Anne Holt & Even Holt
Kammer*flimmern*

ANNE EVEN
HOLT & HOLT
Kammer-
flimmern

Thriller

Aus dem Norwegischen
von Gabriele Haefs

Piper München Zürich

Mehr über unsere Autoren und Bücher:
www.piper.de

Von Anne Holt liegen bei Piper außerdem vor:
Das einzige Kind
Im Zeichen des Löwen (mit Berit Reiss-Andersen)
Das achte Gebot
Blinde Göttin
Selig sind die Dürstenden
In kalter Absicht
Das letzte Mahl (mit Berit Reiss-Andersen)
Die Wahrheit dahinter
Was niemals geschah
Mea Culpa
Die Präsidentin
Der norwegische Gast
Opferzahl

Die Originalausgabe erschien 2010 unter dem Titel
»Flimmer« im Piratforlaget AS, Oslo.

MIX
Papier aus verantwor-
tungsvollen Quellen
FSC® C083411

ISBN-13: 978-3-492-05397-6
© Anne Holt & Even Holt, 2010
Deutsche Ausgabe:
© Piper Verlag GmbH, München 2011
Gesetzt aus der TheAntiqua B
Satz: Kösel, Krugzell
Druck und Bindung: CPI – Clausen & Bosse, Leck
Printed in Germany

*Für Amalie, Amund, Jenny
und Iohanne, unsere Kinder*

»Für das Herz ist das Leben einfach: Es schlägt,
solange es kann. Dann hört es auf.«
Karl Ove Knausgård

Dienstag, 4. Mai 2010

8.47 Uhr
Universitätskrankenhaus Grini (GRUS), Bærum bei Oslo,
Norwegen

Als Dr. Sara Zuckerman den Patienten im hellblauen verwaschenen Operationshemd sah, blieb sie abrupt stehen. Sie lächelte, um den Schrecken zu überspielen. Das war unnötig, denn noch hatte er sie nicht gesehen.

Die OP-Schwester half dem Patienten von der fahrbaren Liege auf den Operationstisch. Der Kranke bewegte sich steif, als hätte er am Vortag in aller Stille nicht seinen siebzigsten, sondern einen weit höheren Geburtstag begangen. Das Hemd schlotterte um seine Glieder und ließ ihn so verletzlich wirken, dass Dr. Zuckerman noch immer zögerte. Als er den Kopf senkte, um sich zurechtzusetzen, sah sie unter der sterilen Haube verfilzte Haare wie kleine Pfeile auf seine mageren Schulterblätter zeigen.

Ein Greisengesicht, das sie nicht wiedererkannte.

Sie hielt den Atem an und spürte, wie ihr Puls schneller wurde.

Hier lief etwas schief.

In diesem Moment müsste ein anderer in der Tür zu OP 7 stehen. Einer der anderen Kardiologen könnte den Eingriff ebenso gut ausführen. Besser, dachte sie, auch wenn niemand ihre Erfahrung besaß. Niemand hatte ihre Erfolgsgeschichte, ihre Kenntnisse, ihr Ansehen. Sie war ein Star, ein Superstar an einem Himmel, der größer war als der über Norwegen, über Bærum, über dem kleinen Krankenhaus, das sich in keiner Weise mit dem Ort messen konnte, in dem sie einmal zu Hause gewesen war.

Aber es lief hier etwas schief.

Sie hätte ablehnen müssen.

Sie hatte abgelehnt.

Prof. em. Dr. med. Erik Berntsen, ein Menschenalter hindurch Nestor der nordischen Elektrophysiologie, hatte seinen Willen durchgesetzt.

»Guten Morgen«, sagte Sara Zuckerman eine Spur zu laut und zu munter.

In wenigen Minuten würde sie eine Operation durchführen, die, obwohl es sich um einen Routineeingriff handelte, durchaus das Leben des Patienten fordern könnte. Und das wusste niemand besser als der Patient selbst.

Er wandte ihr das Gesicht zu.

Natürlich war alles in Ordnung. »Einer Kapazität wie dir brauche ich ja nicht zu erklären, was hier geschehen wird«, sagte Sara Zuckerman. »Aber aus Rücksicht auf unsere PJlerin Karita Solheim ...«

Sie nickte zu einer jüngeren Frau hinüber, Medizinstudentin im Praktischen Jahr, die aussah, als sollte sie eine Hinrichtung überwachen.

»... machen wir es wie sonst auch.«

Noch immer fiel es Sara schwer, dem Patienten in die Augen zu schauen. Die waren gelbbraun, das wusste sie, und ungewöhnlich groß. Sie lagen tief in den Höhlen, unter schwarzen Augenbrauen mit einzelnen grauen steiferen Haaren. Sie kannte seinen Blick gut; selbstbewusst, stark und mit einem Hauch der Arroganz, die sie früher für fachliche Stärke gehalten hatte. Er war ein Einzelgänger, ein Ausnahmewissenschaftler wie die, an die sie gewöhnt war und mit denen sie zu tun gehabt hatte, ehe sie nach Norwegen zurückgekehrt war. Was sie sich nie gewünscht hatte und was sie sich nicht einmal hatte vorstellen können. 2002, als das Unglück geschehen war und sie nach Hause fahren musste, war Norwegen nur eine vage und unliebsame Erinnerung an eine Jugendzeit.

Erik Berntsen wäre überall auf der Welt einzigartig gewesen.

Ihn so hilflos zu sehen tat ihr geradezu physisch weh.

»Ursache der Einweisung«, sagte Sara Zuckerman mechanisch, »ist eine Ventrikeltachykardie und Synkope vor zwei Wochen. Die Implantation eines ICD vom Typus Mercury Deimos wird plangemäß ungefähr eine Stunde dauern.«

Sie und der Patient wussten, dass kaum jemand in Norwegen solches Glück hatte wie er. Die medizinischen Bedingungen für die Zuteilung eines ICD, eines Herzstarters, der die Steuerzahler an die 100 000 Kronen kostete, waren im reichen Norwegen strenger als in anderen Ländern Europas.

»Wie du selbst am besten weißt ...«, sagte sie jetzt.

Und sah ihm wieder ins Gesicht. Sein Kopf wirkte zu groß für den dünnen Hals. Sie ertappte sich bei dem Wunsch, seine Wange zu streicheln.

»... ist mit jedem operativen Eingriff ein gewisses Risiko verbunden. Die häufigste Komplikation ist ein Pneumothorax. Seltener kommt es zur Tamponade, bei der sich der Herzbeutel mit Blut füllt. Das kann zu einem kritischen Zustand führen, der ...«

Zum ersten Mal, seit er in den OP gebracht worden war, lächelte Erik Berntsen. Eine freudlose, leicht herablassende Grimasse.

»Tut mir leid«, rief sie. »Ich vergesse ganz, mit wem ich rede.«

Sie merkte, dass sie noch immer zu laut sprach.

Die PJlerin bei der Tür atmete fast nicht mehr. Dr. Zuckerman trat zu ihr und legte der jüngeren Frau die Hand auf den Arm. »Das geht schon gut.«

Etwas Besseres fiel ihr nicht ein.

Aus Karita Solheim würde nie eine Kardiologin werden, auch wenn es ihr größter Traum war. Wie sie überhaupt auf die Idee gekommen war, Ärztin zu werden, war für Dr. Zuckerman ein Rätsel. Karita versuchte heute zum dritten Mal, die Implantation eines ICD, eines Implantable Cardioverter Defibrillators, zu begleiten. Bei diesem Eingriff ging es darum, einen kleinen Computer unter der Haut am linken Schlüsselbein anzubringen. Ein relativ einfacher Eingriff für eine erfahrene Kardiologin.

Karita Solberg konnte nicht einmal zusehen.

Beim ersten Versuch, sechs Monate zuvor, war Karita Solberg bereits in dem Moment in Ohnmacht gefallen, als Sara Zuckerman das Skalpell gesenkt hatte. Im Fallen riss die junge Frau ein Tablett mit sterilen Instrumenten mit, was einen Höllenlärm verursachte. Der Patient, der bei einer solchen Operation nur örtlich betäubt wird, geriet in Panik, und der Eingriff musste abgebrochen werden.

Beim zweiten Versuch hatte Karita den OP nach zehn Minuten verlassen.

Heute war ihre letzte Chance, und das wussten sie beide.

Psychologin, dachte Sara Zuckerman, als sie mit raschen Schritten zum Umkleideraum ging, während Karita wie ein ängstliches Hundebaby hinter ihr herwuselte. *Du solltest es mit der Psychiatrie versuchen, mein Mädel, dann bist du vor der echten Medizin gefeit.*

Das war ihre Ansicht, aber sie war lange genug in Norwegen, um zu wissen, dass sie so etwas niemals laut sagen dürfte.

Vom Umkleideraum aus konnte sie durch eine Glaswand in den OP blicken. Erik Berntsen hatte endlich resigniert und sich flach auf den Tisch gelegt. Während Sara Zuckerman den schweren Röntgenkittel anzog, bemerkte sie, dass seine Finger zitterten. Energisch schrubbte sie sich Hände und Unterarme mit einer sterilen Bürste, länger als die üblichen fünf Minuten. Erst als Sivert Sand, der Programmierer von Mercury Medical, demonstrativ auf die große Wanduhr schaute, trat sie zum Operationstisch.

»Geld oder Leben«, murmelte Sivert Sand.

Der Mann ging ihr auf die Nerven.

Aber er war tüchtig, und sie brauchte einen Assistenten von Mercury Medical, um die Herzstarter zu programmieren und zu testen, sowie sie in den Körper des Patienten eingesetzt worden waren.

Die Krankenschwester hatte die Packung mit steriler Kleidung bereits geöffnet. Ganz oben lagen zwei Papierhandtücher, und Sara rieb sich gründlich Hände und Arme damit ab. Die Operationsschwester schloss Sara den sterilen Kittel im Rücken und reichte ihr erst die grünen Handschuhe, dann die grauen.

Abteilungsoberärztin Sara Zuckerman war bereit für den ersten Eingriff des Tages.

Erik Berntsen schloss die Augen. Sein Körper war bedeckt, bis auf ein gründlich gereinigtes Feld von vier mal zehn Zentimetern gleich unter dem linken Schlüsselbein.

Die Narkoseschwester fragte mit tonloser, fast mechanischer Stimme: »Keflin?«

»Ja«, antwortete Dr. Zuckerman. »Zwei Gramm intravenös.«

Sie warf einen Blick auf die Bildschirme. Normaler

Blutdruck, regelmäßiger Sinusrhythmus, zufriedenstellende Sauerstoffsättigung.

»Was macht denn der Hund?«, fragte Sara Zuckerman und schaute über den Vorhang, der dem Patienten den Blick auf die OP verwehrt, ehe sie kurz Anweisung gab, die beiden Lampen auf den Operationsbereich einzustellen. »Kommt er mit einem Drittel Schwanz auch zurecht?« Erik Berntsen gab keine Antwort.

Narkoseschwester Frid Moelv saß bewegungslos vor ihren Bildschirmen.

Karita Solheim wich vom Operationstisch zurück, mit einem winzigen Schritt nach dem anderen.

»Das geht gut, Erik.«

Dr. Zuckerman beugte sich über sein Ohr und flüsterte jetzt: »Ich habe das schon zahllose Male gemacht. Sei jetzt ganz locker, ja?«

Er öffnete ein wenig die Augen. Versuchte zu lächeln. Räusperte sich leise. »Fang an«, sagte er, ohne dass seine Stimme so richtig trug. »Rede mich über alles hinweg. Das hilft. Dann ist es fast, als ob ... als ob ich es selbst machte.«

»Klar doch«, sagte sie und holte so tief Luft, dass sich unter dem Mundschutz die Umrisse ihrer Lippen abzeichneten. »Zuerst gebe ich zwanzig Milliliter Xylocain unter die Clavicula ... so.«

Es blutete leicht, als sie die Kanüle aus dem Punkt gleich unter dem Schlüsselbein zog, nachdem sie selbst die örtliche Betäubung gesetzt hatte.

Abrupt drehte sie sich zu Sivert Sand um. »Verzeihung, aber kannst du bitte damit aufhören?«

Er starrte sie verdutzt an.

»Womit denn?«

»Dem Summen. Kannst du aufhören?«

»Ach. Entschuldige. Hab ich gar nicht gemerkt.«

Er vertiefte sich in die vor ihm stehende Programmiermaschine. Die sah aus wie ein Laptop aus den frühen Achtzigerjahren, schwer und klobig, aber mit Touchscreen.

»Der schafft das gut«, flüsterte Erik Berntsen.

»Wer?«

Sara beugt sich zu ihm.

»Zorro. Ohne die Schwanzspitze.«

»Wie gut. Dieser Hund wird dich noch überleben.«

Als ihr klar wurde, wie unpassend diese Bemerkung war, fügte sie schnell hinzu: »Jetzt mache ich einen fünf Zentimeter langen Schnitt, horizontal. Hier …«

Eine fast obszöne Wunde öffnete sich in der papierweißen Haut. »Und jetzt schneide ich vorsichtig bis zur Faszie«, sagte sie. »Hörst du zu, Karita? Bis zur Faszie, also gleich über der Muskulatur, etwa zwei Zentimeter in die Oberhaut. Mithilfe von Diathermie verbrennen wir Gewebe und verhindern …«

»Es riecht nach verbranntem Fleisch«, sagte Karita Solheim heiser.

»Kümmere dich nicht darum. Schau zu.«

Die Wunde blutete ein wenig. Sara Zuckerman schob den rechten Mittelfinger zwischen Muskel und Fett, um eine Tasche für den ICD zu bilden.

»Zuerst müssen wir die Kanüle wie eine Art Trichter für den Leitdraht einführen, schräg zum Jugulum …«

Die Nadel glitt auf die Spitze des Brustkastens zu.

»… um die Vena subclavia zu treffen. Was ich … nicht getan habe.«

Es war ganz still, als sie einen weiteren Versuch machte. Ohne Erfolg.

Auch beim dritten Mal verfehlte sie die Vene, die zum Herzen führte. Ihr Mund war wie ausgedörrt, als sie zum vierten Mal ansetzte. »Verdammt. *O verdammte Pest!*«

Als Sara Zuckerman im Jahre 1980 mit achtzehn Jahren ihre Heimatstadt Tromsø verlassen hatte, um nie zurückzukehren, hatte sie nur zwei Dinge mitgenommen: einen orangefarbenen Bergans-Rucksack mit Traggestell, den ihre Großmutter ihr zur Bat-Mizwa geschenkt hatte, vollgestopft mit Büchern und sauberer Wäsche, sowie einen unfeinen Hang zum Fluchen.

In den Jahren, die sie in den USA verbracht hatte, mit immer herausfordernderen Studiengängen, akademischen Graden, Anstellungen und Prestigeprojekten, war ihre Sprache gebildeter geworden. Rasch wurde sie amerikanisiert, noch rascher hatte sie Erfolg. Bis sie im Jahr 2002 plötzlich nach Norwegen zurückkehrte. Zur Enttäuschung der akademischen Szene an der Cleveland Clinic, wo inzwischen mit ihr zu rechnen war. Erst nach ihrer Heimkehr stellte sie fest, dass man sich von alten Gewohnheiten nur schwer trennen kann. Ihr Akzent war zwar verschwunden, aber sie musste sich zusammenreißen, um nicht zu fluchen.

Sie hatte die Arteria subclavia getroffen. Knallrotes Blut pulsierte rhythmisch in die Spritze. »Scheiße! Einen Druckverband!«

Karita Solheim schwankte.

Narkoseschwester Frid Moelv sprang viel rascher auf, als man es von der üppigen Frau in mittleren Jahren erwartet hätte, und schlang ihre Arme um die PJlerin. »Die fällt uns ja gleich um.«

»Schaff sie raus«, fauchte Sara Zuckerman. »Schaff sie hier raus, und lass sie nie wieder herein!«

»Das liegt nicht am Blut«, murmelte Karita, während ihr zur Tür geholfen wurde. »Es liegt nicht am Blut. Blut kann ich ertragen. Es ist nur ... das Herz. Sie hat doch das Herz ver...«

Erik Berntsen war aschgrau. Sara atmete tief, schaute über den Vorhang und fing seinen Blick ein.

»Ich habe einen Fehler gemacht, Erik. Aber du weißt,

dass wir die Sache unter Kontrolle haben. Versuch, ganz locker zu sein. Ich drücke jetzt fünf, sechs Minuten auf den Operationsbereich, und dann machen wir weiter. Okay?«

Er flüsterte etwas, was wie Ja klang.

Fünf Minuten später traf sie die Vene beim ersten Versuch. Sie schob durch die hohle Spitze der Spritze einen langen Draht in den Körper des Patienten.

»Sprich«, sagte Erik Berntsen heiser. »Sprich mit mir.«

»Der Draht ist eingeführt«, sagte sie rasch. »Der Röntgenbogen liefert mir ein feines Bild ... so.«

Auf dem Bildschirm mit dem Bild des Röntgenapparates, der die Brustpartie des Patienten wie ein Halbmond umgab, konnte sie sehen, wie der Führungsdraht der Vene bis ins Herz folgte, in die rechte Vorkammer und fast bis hinab zur rechten Hauptkammer. Der Leitdraht hatte keine andere Funktion, als was sein Name verriet: den späteren Gegenständen den Weg zu zeigen.

»Gib mir eine Sieben-French-Hülse«, sagte sie zu Linda Gundersen. »Jetzt führe ich die Hülse über den Leitdraht. Und jetzt werde ich ...«

Sara schob die Plastikhülse energisch bis zu dem Punkt, an dem der Draht in der Vene verschwand. Endlich steckte die Hülse wie ein Rohr in der Vene.

»Mach die Elektrode bereit«, sagte sie.

Linda Gundersen öffnete die sterile Packung mit der Elektrode, die den Herzstarter mit dem Herzen verbinden sollte. Dr. Zuckerman zog behutsam das innere Teil der Hülse aus der Brust des Patienten und dichtete das Loch mit dem Daumen ab, als sie sah, dass das Blut frisch und dunkelrot strömte.

Im Raum war es warm. *Viel zu warm*, dachte Sara Zuckerman. Geradezu unangenehm heiß, als ob die Wechseljahre, an die sie nie so recht zu denken wagte, plötzlich beschlossen hätten, sie an ihr wirkliches Alter zu erinnern.

Sie hätte sich niemals zu dieser Operation bereit erklären dürfen.

Ihre Hände zitterten kaum merklich, als sie die Elektrode nahm und den Daumen vom Loch hob. Rasch führte sie die Leitung durch die Hülse und hinab zur rechten Arterie. Ihr Blick war auf den Bildschirm des Röntgenapparates gerichtet.

»So«, murmelte sie.

»Sprich zu mir«, verlangte Erik Berntsen. »Sprich, habe ich gesagt.«

»Ich ziehe jetzt den Stylos aus der Elektrode«, sagte sie rasch.

Der linke Teil der Elektrodenleitung, der noch immer unter dem linken Schlüsselbein hervorragte, war ohne den versteifenden Draht weich wie Spaghetti. Sara Zuckerman bog ihn zu einem Winkel von vierzig Grad, ehe sie ihn wieder durch den Hohlraum in der Elektrode führte.

»So«, sagte sie. »Jetzt müsste es eine Kleinigkeit sein, zu ...«

Sie schob die Leitung vorsichtig in die Hülse.

Kleinigkeit, dachte Sara. *Das hier sollte eine Kleinigkeit sein.* »Ist es nicht ungewöhnlich warm hier?«, murmelte sie.

Die Leitung passierte die Herzklappe und lag an Ort und Stelle.

»Perfekt. Und jetzt den Schraubenzieher.«

Mit der linken Hand hielt sie die Leitung wie mit einer Pinzette, während ihr rechter Zeigefinger den Schraubenzieher zwölfmal um seine eigene Achse drehte. Am anderen Ende der Leitung, am Ende von Erik Berntsens rechter Herzhälfte, zeigte die Großaufnahme auf dem Bildschirm, dass die Elektrodenschraube offenbar am Herzmuskel befestigt war. Sara verband eine weitere Leitung mit der Elektrode und reichte das lose Ende an Sivert Sand weiter.

Ehe sie den ICD einschaltete, musste sie sicher sein, dass alles funktionierte. »Signalstärke testen«, befahl Sara mit scharfer Stimme.

»Vier Millivolt«, sagte Sivert Sand und schüttelte den Kopf.

Das war zu schwach. Die Signalstärke musste mindestens fünf Millivolt betragen, damit der ICD befriedigend funktionierte und Erik Berntsen den lebensrettenden Stoß aus den kleinen, aber kräftigen Batterien des ICD geben konnte, falls sein siebzig Jahre altes Herz abermals versagte. Rasch drehte sie die Elektrode von der Herzwand los. Schob das Endstück einige Millimeter weiter und schraubte es wieder fest.

»Drei Millivolt«, sagte Sivert Sand tonlos.

»Verdammt«, flüsterte Sara Zuckerman und schraubte die Elektrode ein weiteres Mal los.

Beim dritten Testversuch lächelte Sivert Sand: »Elf Millivolt.«

Ein Herzstarter hat zwei Aufgaben. Erstens soll er die natürlichen elektrischen Signale des Herzens auffangen. Zweitens soll er diese Signale deuten, um, falls es zu einer bedrohlichen Herzrhythmusstörung kommt, einen angemessenen Stoß zu geben und den normalen Rhythmus wiederherzustellen. Außerdem muss die Elektrode das Herz stimulieren wie ein Schrittmacher, wenn der Eigenrhythmus Probleme macht.

»Ich fühle mich nicht so gut«, murmelte Erik Berntsen.

»Alles in Ordnung«, sagte Sara Zuckerman. »Jetzt noch ein paar Nacharbeiten, dann bist du wieder einsatzbereit.«

»Blutdruck reduziert«, sagte Frid Moelv ruhig. »Leichte Frequenzsteigerung.«

»Okay«, murmelte Dr. Zuckerman.

Die geöffnete Packung mit dem ICD lag bereit. Auf dem Bildschirm konnte sie sehen, dass die Leitung eine hervorragende Position eingenommen hatte, und mit geübten Bewegungen verband sie sie mit dem Herzstarter. Narkosearzt Eivind Storelv betrat den OP. Er sollte den Patienten kurzfristig in Narkose versetzen, um die Schockfunktion des ICD zu testen.

Dr. Zuckerman war dabei, die Wunde zu schließen.

»Meine Brust tut weh«, keuchte Erik Berntsen. »Probleme ... mit ... Dyspnoe.«

»Pneumothorax?«, fragte Eivind Storelv.

Dr. Zuckerman schüttelte den Kopf. Sie hatte keinen Grund zu der Annahme, der Lungenflügel könnte punktiert sein.

»Ich bin so weit«, sagte Sivert Sand.

»Neunzig zu siebzig«, sagte Frid Moelv, ihre Stimme bekam einen ängstlichen Beiklang, als sie feststellte, dass der Blutdruck weiterhin fiel.

Sara Zuckerman warf einen Blick auf den Röntgenschirm.

»Verdammt!«

Jetzt rief Sara Zuckerman: »*Tamponade!*«

Die Herzwand hatte offenbar ein Loch. Sara wusste, dass das bei einem der beiden Versuche passiert sein musste, die Elektrode zu befestigen. So, wie sie jetzt saß, war die Befestigung korrekt. Sara hatte mehr solcher Eingriffe ausgeführt, als sie sich erinnern konnte, und alle ihre Instinkte warnten: Lass die Elektrode stecken! Rühr die Elektrode nicht an! Dreimal zuvor, nur drei entsetzliche Male zuvor, hatte sie ein Loch in das Herz eines Patienten gestochen. Dreimal von den Hunderten, vielleicht über Tausenden von Malen. Nur drei verdammte Male hatte sie das Herz des Patienten punktiert.

Ohne fatale Konsequenzen. Sie hatte noch keinen Patienten auf dem Operationstisch verloren.

Sara Zuckerman war achtundvierzig Jahre alt, und kein einziger Patient war ihr unter den Händen gestorben. Nach der OP mochte das passiert sein, einige Kranke waren eben nicht zu retten gewesen. Nicht einmal von der berühmten Sara Zuckerman. Aber sie waren nicht *hier* gestorben, diese Patienten, nicht *hier*, wo die Verantwortung bei ihr lag.

Für einen Moment sah sie die Angst in Dr. Storelvs Augen.

»Sollen wir noch einen Narkosearzt holen? Einen Interventionsradiologen?«, Frid Moelv fragte zum zweiten Mal.

»Nein, nein!«

Sara erkannte ihre eigene Stimme nicht.

Erik Berntsen war ihr Patient.

Sie war Prof. Dr. med. Sara Zuckerman, hatte 2001 den Mirowski-Preis erhalten, war die ehemalige Leiterin des Heart and Vascular Institute der Cleveland Clinic in Cleveland, Ohio, und jetzt Abteilungsoberärztin und Professorin an einem modernen und hervorragend ausgestatteten Krankenhaus in Norwegen.

Ohne zu fragen, griff sie mit der rechten Hand nach einer groben Kanüle.

»Ein Echo?«, fragte Dr. Storelv zaghaft. »Damit wir verifizieren können, dass eine Tamponade vorliegt?«

Als ob sie dafür Zeit hätten, dachte Sara. Typisch norwegisch: Kontrollen. Überprüfungen.

Inzwischen starben die Patienten.

»Achtzig systolisch«, sagte Frid Moelv. »Der Druck fällt weiter.«

Erik Berntsen war bewusstlos. Sara packte die grobe Kanüle, eine leere Spritze, und stach sie schräg unter das Brustbein. Bestimmt, sicher und brutal.

Dunkelrotes Blut strömte hervor.

Berntsen grunzte.

Wie ein Schwein. Wie ein Schwein grunzte er, er war wieder da.

»Hundert systolisch«, rief Frid Moelv. Der Blutdruck stieg.

»Hundertzehn zu achtzig«, das rief sie fast vor Erleichterung, und Sara lächelte.

»Zorro ist Papa geworden«, nuschelte Erik Berntsen. »Von acht Schnauzerbabys.«

Sara Zuckerman gab keine Antwort. Sie legte einen Katheter in die Kanüle, die sie eben erst in den Herzbeutel des Patienten gerammt hatte.

»Die Tamponade schließt sich wegen des Drucks«, sagte sie und richtete sich auf. »Um den ICD kümmerst du dich, Sivert. Mach eine Standard-Tachyprogrammierung. Eivind, diesmal schenken wir uns den Defibrillierungstest.«

Die Tamponade machte es zum Risiko, den ICD jetzt vollständig zu testen.

»Danke für die Hilfe, euch allen.«

Sie verließ den OP und streifte Handschuhe und Kittel ab. Als sie die bleierne Röntgenschürze fallen ließ, merkte sie, dass sie schweißnass war. »Diese Karita wird keinen Fuß mehr in meinen OP setzen«, sagte sie laut.

Als sich die Tür hinter ihr schloss, fiel ihr ein, dass sie kein Wort zum Patienten gesagt hatte, nachdem sie ihn ins Leben zurückgeholt hatte. Aber das spielte keine Rolle, sie hatte ihm ja doch nichts zu sagen.

2.48 a.m.
Upper East Side, Manhattan, NYC, USA

Rebecca schlief schon lange nicht mehr. Ab und zu nickte sie ein, das schon, vor allem wenn das boshafte Morgenlicht durch die hohen Fenster kroch und verkündete, wie schmutzig es überall war. Dann kam es vor, dass sie die Augen schloss, um dann mit einem Ruck in ihrem Sessel hochzufahren und festzustellen, dass die Zeiger der Wanduhr weitergewandert waren. Sie träumte niemals in diesen Zeitphasen.

Die Vorhänge, klebrig von Staub und Nikotin, wollten ihr nicht gehorchen, wenn sie versuchte, den Tag auszuschließen, indem sie die dicken geflochtenen Schnüre vom Messinghaken nahm. Vielleicht ließen sie ja auch ihre Kräfte im Stich, dachte sie bisweilen, auch wenn sie versuchte, die von Gelenkrheumatismus geplagten Hände zu übersehen. Ihre Arme waren so dünn, dass ihre Hände Adlerklauen glichen. Wenn sie duschen wollte, zog sie sich erst aus, nachdem sie sorgfältig den Spiegel mit einem Badetuch verhängt hatte. Ihr Gesicht zeigte noch Spuren von der, die sie einst gewesen war, und ein seltenes Mal, vielleicht wenn ihr Sohn unterwegs zu ihr war, trug sie auch Make-up auf. Aber ihr Körper gehörte ihr nicht mehr. Sie verhängte den Spiegel.

Lage und Größe der Wohnung, die hohen Fenster, die ehemals so teuren Möbel und die Bilder an den Wänden hätten von einer ganz anderen Zeit berichten können, wenn jemand zugehört hätte. Da aber niemand zu Besuch kam, außer einige Male im Jahr ihr Sohn und der Bote von Samson's Fast Food & Liquor, der jedoch nie über die Schwelle trat, war die früher so prachtvolle Wohnung im 32. Stock nur eine stumme Hülle um die vierundsechzig Jahre alte Frau, die aussah wie eine Greisin.

Diese Nacht war schlimmer gewesen als die meisten anderen.

Rebecca starrte die Flasche Absolut Vodka an und konnte nicht recht begreifen, warum die nur noch so wenig enthielt. Resigniert leerte sie den Rest in das hohe Glas, verzichtete auf Wasser und trank.

Normalerweise füllte sie sich mit viel billigerem amerikanischen Wodka ab. Diese Flasche aus Skandinavien schmeckte nach Johannisbeeren und war ein Geschenk des einzigen Menschen, der ihr geblieben war. Ein Geschenk, das sie überrascht hatte, denn er fand ihre Trinkerei schrecklich. Sie hatte die Flasche ganz hinten in dem riesigen Schrank im größten Zimmer versteckt, in der Hoffnung, sie zu vergessen. Jetzt konnte sie sich nicht erinnern, warum sie gegen ihr selbst auferlegtes Versprechen verstoßen hatte.

Ein nachtschwarzer Mairegen zeichnete Streifen auf die Fensterscheiben. Wenn der Regen irgendwann aufhörte, würde es noch schwieriger sein, die Details der prachtvollen Aussicht zu unterscheiden, über die sie sich einst so gefreut hatte. Der Wechsel von Regen und Schmutz, Regen und Staub, Regen und Abgasen, von der Sonne zu einer harten Kruste auf dem Glas gebrannt, hatte die Fenster mit den Jahren in Zauberspiegel verwandelt. Noch immer konnte sie natürlich die Stadt dort draußen ahnen, diese riesige Stadt, in der sie einst zu Hause gewesen war, aber wenn sie bei den widerspenstigen Vorhängen stand, sah sie vor allem ihr groteskes Spiegelbild.

Obwohl Rebecca ihre Wohnung noch immer aufräumen konnte, abgesehen von den überquellenden Aschenbechern in der Küche, im Schlafzimmer und im kleinsten Wohnzimmer, machten Steifheit und Schmerzen wirkliches Reinemachen seit Langem unmöglich.

Der Putzfrau war schon längst gekündigt worden.

Rebeccas Hände zitterten, als sie sich eine Zigarette anzündete.

Sie zitterten nicht nur, sie schüttelten sich und tanzten herum, als ob sie mit Parkinson zu kämpfen hätte. Vielleicht hatte sie sich diese Krankheit ja auch zugezogen, sie hatte seit über drei Jahren keinen Arzt mehr aufgesucht. Früher hatte sie ihre eigenen präzisen Diagnosen gestellt. Sie war eine Diagnostikerin von Rang und Stand gewesen.

Jetzt tippte sie nur auf Unterernährung und Schrumpfleber neben dem unbestreitbaren Gelenkrheumatismus.

Der Fernseher flimmerte an der gegenüberliegenden Wand.

Ihr Sohn hatte ihn bei seinem letzten Besuch mitgebracht. Ein 42-Zoll-HD-Flachbildschirm. Er war so umsichtig, ihr Orty, und der Einzige, der sie davon abhalten konnte, so viel, so schnell und so pausenlos zu trinken, dass es ihr Tod sein würde. Trotz des vernebelten Gehirns konnte sie noch immer berechnen, wie viel dazu nötig wäre. Sie tat es nicht, denn sie hatte ihn, den lieben Jungen, den guten Sohn, der so weit weg wohnte, der aber jede Woche anrief, zum selben Zeitpunkt, das einzige Licht in dem, was von Rebeccas Leben übrig war. Er hatte einen riesigen Fernseher mitgebracht, und das war lieb gemeint gewesen.

Sie konnte nur nicht begreifen, was sie damit sollte.

Sie schaltete den Apparat niemals aus, aber sie schaute nicht hin. Meistens las sie, griff aufs Geratewohl ein Buch aus den Regalen und ließ die Augen über die Seiten laufen, um die Zeit zu vertreiben. Der Fernseher stand einfach nur da und erinnerte sie an alles, was sie nicht mehr hatte.

Das Leben, zum Beispiel.

**9.53 Uhr
Universitätskrankenhaus Grini, Bærum**

Als Lars Kvamme im Zickzack zwischen den Autos über den überfüllten Parkplatz vor dem GRUS lief, dachte er nicht an das außergewöhnliche Wetter. Die Sonne stand schon hoch am Himmel, der blauer, klarer und wärmer war als an einem schönen Tag im Juli. Der ewig lange Winter schien einen Schuldschein zur augenblicklichen Einlösung ausgestellt zu haben: Jetzt sollte es Sommer werden.

Oberarzt Lars Kvamme blickte nicht einmal auf. Er wollte in der Kantine vorbeischauen, ehe er seinen Arbeitstag begann. Er warf einen Blick auf die Armbanduhr und fluchte leise, als er sich den riesigen gläsernen Krankenhaustüren näherte. Er kam fast anderthalb Stunden zu spät. Eine achtzig Jahre alte angeheiratete Tante aus Lillehammer war über das Wochenende zu Besuch gewesen und hätte eigentlich am Sonntag zurückfahren wollen. Sie hatte sich jedoch eine leichte Erkältung zugezogen, was Lars Kvammes Frau zu einer drohenden Lungenentzündung aufblies. Die beiden Frauen hatten beschlossen, dass die Tante bleiben solle, bis es ihr besser ging.

Keine der beiden hatte gefragt, wie er das sah. Als Lars Kvamme den Besuch an diesem Morgen endlich zum Zug hatte bringen dürfen, hatte der Zug Verspätung.

Deshalb hatte Lars Kvamme die Morgenbesprechung verpasst.

Als er das Foyer betrat, mit Kiosk, Café, Blumenladen und einer gut sortierten Buchhandlung, regte er sich noch mehr auf. Über die Eingangshalle des neuen Krankenhauses, die viel mehr Ähnlichkeit mit einem Einkaufszentrum hatte, und über die Morgenbesprechung am Vortag.

Es war um eine Belanglosigkeit gegangen, einen verstorbenen Rentner. Traurig für die Angehörigen, natürlich, aber darüber hinaus nicht zutiefst tragisch. Der Mann war hoch in den Siebzigern gewesen und aufgrund eines akuten dekompensierten Herzversagens eingeliefert worden. Es war nicht so, dass Lars Kvamme das nicht wichtig genommen hätte: Zu den unangenehmeren Seiten des Arztberufs gehörten die Begegnungen mit trauernden Angehörigen, wenn die Natur sich von moderner Medizin nicht hatte besiegen lassen.

Lars Kvamme starrte zu Boden, als er zur Angestelltenkantine ging, die, für das Publikum unzugänglich, im westlichen Zwischenstock eingerichtet war. Durch das Glasdach, das sich schräg zur Chirurgie hin wölbte, flutete das Sonnenlicht herein.

Sara Zuckerman hatte sich nicht in die Behandlung seiner Patienten einzumischen. Und wenn sie sich jetzt dazu berufen fühlte, die Karte auszuspielen, auf der stand, dass sie immerhin seine Vorgesetzte war, dann hätte sie das Gespräch unter vier Augen führen müssen. Dass er den Patienten nicht korrekt betreut habe und dass es indirekt seine Schuld gewesen sei, dass der Mann gestorben war, hätte er normalerweise abstreiten können. Stattdessen war er wie ein Idiot errötet, ein Mann von fünfundfünfzig Jahren, ein Herzspezialist mit dreißig Jahren Praxis, er war rot geworden und hatte sich nicht verteidigen können.

So war sie schon die ganze Zeit gewesen.

Arrogant. Besserwisserisch. So verdammt amerikanisch, obwohl behauptet wurde, sie stamme aus Tromsø.

An einem Tisch saßen drei Kollegen von der Station. Sie lachten über irgendeine Bemerkung, aber als sie ihn sahen, verstummte das Lachen so abrupt, dass er stehen blieb.

Wieder spürte er, wie die Wärme sich in seinem Körper ausbreitete.

Er rang sich ein Lächeln ab, das nicht erwidert wurde, und hob die Hand zu einem schlaffen Gruß.

Niemand forderte ihn auf, sich zu ihnen zu setzen.

Das Sonnenlicht war so grell, dass er die Gesichter der anderen kaum erkennen konnte. Sie waren nur dunkle Silhouetten, feindselige Gestalten, die nicht über seine Position und Erfahrung verfügten, die ihn aber lebhaft daran erinnerten, wie Sara Zuckerman ihn übergangen hatte, als die Chefposten an diesem neuen GRUS besetzt und die Professorentitel verteilt werden sollten.

Scheiß ... Scheiß ... Scheiß *Judenfotze,* dachte er, machte auf dem Absatz kehrt und lief hungrig zu seinem Büro.

20.15 Uhr
Markveien, Grünerløkka, Oslo

»Wie phantastisch! Ich hätte nicht gedacht, dass es hier in Løkka so große Wohnungen gibt!«

Der leitende Ingenieur bei Mercury Medical, Sverre Bakken, lächelte nervös, als ihm ein Glas in die Hand gedrückt wurde, und hielt Ausschau nach einer Sitzgelegenheit. Es gab viele Möglichkeiten. Gleich vor den großen Glastüren zur Terrasse stand eine niedrige Sitzgruppe. Vor dem Kamin, mitten im Zimmer, standen zwei tiefe Sessel. Der Esstisch, der die offene Küche mit dem riesigen Wohnzimmer verband, war für drei gedeckt, was ihn verwirrte. Er war davon ausgegangen, dass sie nur zu zweit sein würden. Jedenfalls war es wohl noch zu früh, um sich an den Esstisch zu setzen.

»Prost«, sagte Morten Mundal und hob sein Glas. »Wir setzen uns auf die Terrasse. Dieses Wetter ist doch total krank, oder?«

Er griff zur Fernbedienung, und eine Sekunde darauf öffneten sich die Glastüren mit einem leisen Summen.

Sverre Bakken lachte ein wenig angespannt.

»Also wirklich! Was ist das für eine Wohnung!«

»Die Hälfte hab ich vor vielen Jahren günstig gekauft«, antwortete Morten Mundal. »Hab sie renoviert und bin seither wohnen geblieben.«

Er ging auf die Dachterrasse und zeigte auf zwei Glasstühle, zwischen denen ein Glastisch stand. Die Sonne schaute noch immer über die Dächer im Westen, und das Licht war so grell, dass Sverre die Sonnenbrille aus der Brusttasche zog und aufsetzte.

»Dann kam die Finanzkrise«, sagte Morten Mundal. »Im Herbst 2008 brach der Immobilienmarkt mit einem Riesenknall zusammen, das weißt du sicher noch. Und in diesem Moment stellten meine Nachbarn fest, dass sie einander nicht ausstehen konnten, obwohl sie verheiratet waren und ein vier Jahre altes Kind hatten. Sie mussten einfach verkaufen. Ich übernahm für wenig Geld, und seither habe ich meine Zeit damit verbracht, mich zunächst mit der Stadt zu streiten, ob ich die beiden Wohnungen zusammenlegen darf, danach mit den Handwerkern. Ich habe beide Fights gewonnen, um das mal so zu sagen.«

Er lächelte strahlend, setzte sich und wies auffordernd auf den anderen Stuhl.

»Mercury sorgt für seine Leute«, sagte er und hob sein Glas.

Sverre Bakken gab keine Antwort. Er trank einen Schluck und berechnete in Gedanken, was eine solche Wohnung wert sein mochte. Er hatte noch nie eine so große und elegante Wohnung mitten im angesagtesten Teil der Stadt betreten. Als Morten ihn zum Essen eingeladen und die Adresse genannt hatte, hatte Sverre Bakken es seltsam gefunden, dass Mercury Medicals Nordeuropachef in Løkka wohnte. Im Vorjahr hatte er das

Einkommen seines Chefs erfahren, als die Steuerlisten ins Netz gestellt worden waren: Morten verdiente über drei Millionen im Jahr. Er gehörte in ein Haus mit Fahrstuhl und Tiefgarage.

Jetzt, mit einem Glas in der Hand und mit der Abendsonne im Gesicht, auf einer nicht einsehbaren Dachterrasse, fand er das alles überzeugender.

»Der Kurs ist heute um 0,8 Prozent gestiegen«, sagte er und schaute trotz der Brille mit zusammengekniffenen Lidern zum Himmel.

»Mercurys Kurs steigt immer«, erwiderte Morten. »Und deshalb kann das hier überhaupt nicht schiefgehen.«

Sverre Bakken fühlte sich in Mortens Gesellschaft noch immer nicht ganz wohl. Als er eines Freitagnachmittags im Spätwinter gefragt worden war, ob sie »ein Bier zischen« sollten, hatte er nicht begreifen können, warum der oberste Chef sich mit einem Programmierer wie ihm abgeben wollte. Er hatte natürlich dankend angenommen, alles andere wäre nicht sonderlich klug gewesen. Beim zweiten Bier hatte er sich von dem Gedanken gelöst, dass das hier ein Aufreißversuch sein sollte. Sverres Zwillingsbruder war schwul, und sein Radar für diese Dinge war äußerst zuverlässig.

»Apropos Optimismus«, sagte Morten und stellte vorsichtig sein Glas auf den kleinen Tisch. »Hat Ingunn sich in der Frage mit den Kindern geschlagen gegeben?«

Sverre Bakken gab keine Antwort.

Er wollte nicht über seine Scheidung reden und leerte sein Champagnerglas mit einem einzigen Zug. »Eigentlich nicht«, sagte er schließlich.

Der Alkohol traf ihn unerwartet schnell. Ein einziges Glas spürte er sonst kaum. Trotzdem lehnte er nicht ab, als Morten die Flasche aus dem Kühler auf dem Boden nahm und das Glas abermals füllte.

»Das wird alles besser«, sagte Morten gelassen. »Sieh dir das mal an.«

Er zog einen zusammengefalteten Zettel aus der Brusttasche und reichte ihn seinem Besuch.

Sverre faltete ihn auseinander und legte ihn auf seinen Oberschenkel. »Ich bin Ingenieur«, sagte er. »Kein Aktienmakler. Was bedeutet das?«

Morten lächelte, hielt sein Gesicht in die Sonne und schloss die Augen. »Mercury wurde vor neun Jahren gegründet«, sagte er leise. »Das sind etwa 3200 Tage. Was du in der Hand hältst, ist eine Übersicht über die Tage, an denen die Aktienkurse bei Börsenschluss beträchtlich niedriger lagen als bei Handlungsbeginn. Dreihundertfünfzig Tage, Sverre!«

Er setzte sich auf und beugte sich über den Glastisch vor. »Dreihundertfünfzig Tage. Nur knapp über zehn Prozent.«

»Du vergisst die Tage, an denen die Börse geschlossen ist.«

»Ja, ja, ja ...«

Morten machte eine abwehrende Handbewegung. »Auf jeden Fall ist es eine fabelhafte Zahl. Mercury Medical ist nicht nur eines der weltgrößten Unternehmen. Es ist noch dazu durch und durch solide. Es gibt kaum noch andere, die sich so gut gehalten haben. Bei Mercury kann man einfach kein Geld verlieren. Und alle glauben, dass das so weitergehen wird.«

Begeistert breitete er die Arme aus.

»Wenn du meinst«, sagte Sverre. »Ich hoffe, du hast recht. Ich hoffe ja so sehr, du hast recht.«

Und in einem Moment des Missmuts und der Reue darüber, dass er sich auf diese Sache eingelassen hatte, leerte er sein Glas zum zweiten Mal.

Montag, 4. März 2002

7.37 a.m.
Mercury Medical Zentrale, Manhattan, NYC

Die Hand des Wachmanns auf David Crows Schulter war von einer besonderen Schwere. Das hier war kein freundschaftlicher Klaps, keine Geste des Wiedererkennens oder einfach nur ein Gruß. Der Griff war überaus energisch. Ein Befehl, erteilt mit einer Autorität, bei der David Crow den Kopf einzog.

Er wusste nicht, welcher der sonst so kumpelhaften Männer in der dunkelblauen Uniform jetzt hinter ihm stand.

Er war erwischt worden, und ihm war sofort klar, dass diese Nutte Holly geklatscht hatte. Das meiste von dem, was sie behaupten würde, könnte er einfach abstreiten. Aussage würde gegen Aussage stehen, und er war für Mercury Medical wichtiger als sie.

Schlimmer war die Sache mit dem Kokain.

Denn er hatte schon zwei Verwarnungen wegstecken müssen. Dort, wo er jetzt stand, vor der Sicherheitsschleuse in dem Wolkenkratzer mit den Geschäftsräumen von Mercury Medical, verschwand jegliches Geräusch. Niemand kam und ging. Er war allein mit einer schweren Hand auf der Schulter, und alles war zu Ende.

Genau wie am Tag seines elften Geburtstags.

Er wollte nie mehr an seinen elften Geburtstag denken, aber als er nun hier stand, mit einer störenden Hand auf der Schulter, drängte der elfte Geburtstag sich auf.

Sein Vater hatte das erste Fest organisiert, das der Junge seit vielen Jahren haben würde. Verlegen, aber stolz hatte David Einladungen verteilt. Fünfzehn Jungen hatten die Karte mit Batman auf der Vorderseite und Zeit, Ort und Grund in eleganter Schrift auf der Rückseite erhalten. Nur vier kamen, aber vier Freunde waren trotzdem viel mehr als keiner, und der Vater machte gute Miene zum bösen Spiel. Er hatte Kuchen gekauft, richtigen Kuchen, mit so knallweißem Guss, dass man fast eine Sonnenbrille brauchte. Das Haus war sauber. Auf dem Kuchen brannten Kerzen. Über der Küchentür hing in funkelnden Papierbuchstaben HAPPY BIRTHDAY!. David war glücklich und gespannt und öffnete die Geschenke so langsam, dass die anderen ungeduldig wurden und mit Papierkugeln warfen.

Mama hatte versprochen, im Bett zu bleiben.

Sie würde es sowieso nicht schaffen herunterzukommen, sie brauchte sogar Hilfe, um auf den Nachtstuhl zu gelangen, und der stand immerhin im Schlafzimmer. Natürlich würde sie nicht kommen.

Sie kam.

Sie fiel.

Als die Kerzen auf dem Kuchen ausgeblasen werden sollten, ließ ein donnerndes Geräusch David aufschauen. Er hatte eben tief Atem geholt, um mit aller Kraft loszupusten und alle elf Kerzen auf einmal zu löschen.

Mama stürzte.

Was sie wog, wusste niemand mehr. Papa tippte auf 470 Pfund. Es gab im Haus keine Waage, die solche Werte anzeigte, und es spielte auch keine Rolle. Sie war die ganze Treppe hinuntergefallen, ein teigiges Ungeheuer, das nicht einmal von dem engen Geländer aufgehalten wurde, als es erst einmal Tempo gewonnen hatte. Jetzt lag sie auf dem Boden im Erdgeschoss, einen riesigen Oberschenkel in seltsamem Winkel unter sich, während ihr Gesicht zur Decke starrte.

Die Jungen lachten.

Ein leises Gackern zuerst. Ein verbotenes Kichern, schrilles Knabenlachen, angespannt und verängstigt, während David und der Vater zur Mutter rannten.

Sie lag so still da.

Ein Speckberg.

Ihre Haare waren wie mit schmutzigen Wachsfarben auf den Kopf gemalt. Die Brüste, die riesigen Brüste, lagen wie Badebälle über den Armen. Wie sie so dalag, auf dem Rücken, das eine Bein unter sich, sah sie wie amputiert aus. Als hätte der Arzt recht mit der Behauptung, ihre Arme und Beine würden nach und nach absterben. Nur Mamas Gesicht war schön. Sogar jetzt, mit dem sabbernden halb offenen Mund. Ihr kleines Gesicht war so reizend mit den feinen Zügen, in die David sich manchmal nachts, wenn er nicht schlafen konnte, vertiefte. Dann hielt er ein Bild in den Händen, aus der Zeit, als Mama siebzehn Jahre alt und einfach nur groß und üppig gewesen war. In ihrem Gesicht war sie wirklich vorhanden, in der geraden Nase, die ein wenig nach oben zeigte und die David geerbt hatte, und in den dunklen Mandelaugen, die gegen dreifache Liderwülste kämpften, um sich in ihrer paradoxen Schönheit zeigen zu können. Mama war in den weichen rosa Lippen vorhanden, die ihn jeden Abend auf die Wange küssten, wenn er den Raum mit dem spezial konstruierten Stahlbett betrat, ehe er in sein eigenes Zimmer stapfte und ins Bett ging.

Papa weinte und packte David an der Schulter.

Mama starrte leer zur Decke hoch. Papa schluchzte und quetschte Davids Schulter zusammen. Die Jungen lachten. Mama starrte und starrte, und David rannte endlich los.

Er rannte an diesem Abend so weit, dass die Polizei ihn erst drei Tage später fand.

Der Wachmann sagte etwas.

David konnte das nicht hören. Er hörte wirklich nichts. Er spürte nur den schweren Griff um seine Schulter und wusste, was passieren würde. Diesmal konnte er nicht davonlaufen.

Er richtete sich auf und drehte sich zu dem Wachmann um. »Charlie«, sagte David Crow grinsend. »Willst du mich etwa festnehmen? Und ich dachte, ich hätte einen ganz normalen Tag beim Job.«

Er hielt Charlie die Handgelenke hin und ballte ein wenig die Fäuste. Als Charlie, ohne auf diesen Sarkasmus zu achten, ihn jetzt um den mageren Oberarm packte, zuckte David mit den Schultern.

Zusammen gingen sie zum Büro des Sicherheitsdienstes, ganz hinten neben dem vierfachen Fahrstuhlschacht. Der riesige Charlie einen halben Schritt hinter dem schmächtigen Dreiundzwanzigjährigen mit dem flackernden Blick.

Für einen Moment hatte David sich verwirren lassen, als er Charlies Hand auf der Schulter gespürt hatte. Er war außer sich vor Angst gewesen, das musste er zugeben, geschlagen von der lähmenden Gewissheit, dass alles vorbei war.

Wie damals, als Mama an seinem elften Geburtstag die Treppe hinuntergefallen und er vor dem Lachen der Jungen weggelaufen war.

Dann wurde er wieder er selbst.

Als er aus dem Augenwinkel sah, wie Peter Adams sich mit einer Miene der Enttäuschung und der reservierten Kälte näherte, grinste David ein weiteres Mal.

»*As if*«, murmelte er und fing an, sich eine Geschichte

zusammenzukochen, die ihn wieder mal aus der Klemme ziehen würde.

David William Crow jr. war nämlich das junge Genie, ohne das niemand bei Mercury Medical zurechtkam.

Donnerstag, 6. Mai 2010

7.02 Uhr
GRUS, Bærum

Als die Krankenschwester das leere Bett sah, war sie nicht einmal besorgt. Der Patient war auf dem Weg der Besserung. Am Vorabend war er durch die Gänge gewandert. Er hatte sich im Fernsehzimmer die Nachrichten angesehen, hatte sich freundlich mit anderen Patienten unterhalten und war früh und ohne Schlafmittel eingeschlafen. Jetzt war er vermutlich zur Toilette gegangen.

Für einen Moment blieb sie stehen.

Im Bad nebenan war es still.

Die Toilettengegenstände lagen auf dem Nachttisch. Sie stellte ein leeres Glas auf einen Teller mit Krümeln und einem kleinen Klecks Marmelade, überlegte es sich dann anders, ließ das schmutzige Geschirr stehen und schob die Hand ganz leicht in das ungemachte Bett.

Noch warm.

Im Bad war es weiterhin ganz still.

»Hallo«, sagte die Krankenschwester und legte das Ohr an die brandrote Tür. »Erik Berntsen? Sind Sie da?«

Als keine Antwort kam, trat sie einen halben Schritt zurück. Das digitale Display zeigte, dass die Tür nicht abgeschlossen war. Sie legte die Hand auf die Klinke. Die Tür öffnete sich.

Das Badezimmer war leer. In und vor der Dusche war alles trocken. Der Geruch des Morgenurins ließ sie in die Toilettenschüssel schauen. Der Patient hatte sich am Morgen immerhin entleert. Mit einer vagen Grimasse des Abscheus zog sie ab.

Dann machte sie sich daran, das Zimmer zu durchsuchen. Die Kleider des Patienten waren verschwunden. Das Mobiltelefon, das er auf dem Krankenhausgelände nicht hätte benutzen dürfen, wie sie ihm mehrmals klargemacht hatte, war auch nirgendwo zu sehen. Er hatte spöttisch gelächelt und behauptet, es gebe keinerlei Beweise dafür, dass Mobilstrahlung die empfindlichen Instrumente in einem Krankenhaus stören könnte, aber für sie war eine Regel eine Regel und musste befolgt werden, egal, was ein alter Professor dazu sagte.

Als sie die doppelte Schranktür am Fenster öffnete, fand sie seinen Koffer und eine bis zum Rand mit Büchern gefüllte Stofftasche.

Leicht ratlos blieb sie mitten im Zimmer stehen.

Auch wenn der Patient noch so eigensinnig war, so blieb es doch eine Tatsache, dass er erst vor zwei Tagen einen nicht ganz leichten Eingriff durchgemacht hatte, gerade für einen Mann in seinem Alter. Ganz problemlos war die Sache ja auch nicht verlaufen, wie sie in den Unterlagen gelesen hatte.

Nervös strich sie sich mit der Hand durch die Haare, ehe sie den benutzten Teller und das Glas zusammenräumte und aus dem Zimmer trug. Vielleicht wanderte Erik Berntsen ja im Gang umher.

Vermutlich war alles in schönster Ordnung, aber als die Tür hinter ihr zufiel und sie ihn weder rechts noch links sehen konnte, zögerte sie abermals.

Das hier gefiel ihr nicht.

Für die Betten war sie verantwortlich, und die Patienten, die darin lagen, hatten sich ihren Anordnungen zu fügen. Jedenfalls sollten sie nicht auf eigene Faust durch die Gegend gondeln.

Als sie den Fernsehraum ansteuerte, schlugen ihre Sandalen hart wie Holzschuhe gegen den Linoleumboden.

»Erik Berntsen ist verschwunden«, sagte sie wütend zu einem Träger, der ihr ein leeres Bett entgegenschob. »Zimmer 301. Hast du ihn gesehen?«

Der Träger zuckte mit den Schultern und ließ sich nicht einmal zu einer Antwort herab.

7.26 Uhr
Gjettumkollen, Bærum

»Ich will nicht!«

Tobias Farmen war gerade sieben geworden und hatte es sich in den Kopf gesetzt, nur noch schwarze Sachen zu tragen. Er stand mit bloßem Oberkörper in dem Zimmer, das er mit seiner Zwillingsschwester Tara teilte, und warf den roten Pullover in die Ecke, ehe er die Arme vor dem schmalen Brustkasten verschränkte.

»Na komm schon«, sagte Ola Farmen resigniert. »Jetzt musst du tun, was Papa sagt. Zieh den Pullover an. Außerdem musst du darunter ein Hemd tragen. Hier.«

Er reichte dem Jungen ein blaues Unterhemd.

»Draußen ist es eine Million Grad warm«, sagte der Junge wütend.

»Umso weniger sinnvoll, Schwarz zu tragen. Also los.«

»Ich bin schon fertig«, sagte Tara und stand lächelnd in der Türöffnung. »Was ist ein Sinusrhythmus, Papa?«

Sie trug eine unter den Knien abgeschnittene rosa Leggins und ein so eng sitzendes Trägerhemd, dass ihr Vater die Stirn runzelte.

»Das ist ein Unterhemd, Tara! Außerdem ist es zu klein. Zieh etwas darüber, oder nimm ein T-Shirt. Ich hab doch gestern Abend Kleider für euch rausgelegt! Die Regel ist, dass ...«

»Schwarz«, sagte Tobias verbissen. »Wenn ich kein Schwarz tragen darf, will ich überhaupt nicht in die Schule.«

»Papa«, wiederholte Tara. »Was ist ein Sinusrhythmus?«

Eins, zwei, drei, vier ...

Ola Farmen schloss die Augen und versuchte, tief und gleichmäßig zu atmen, während er bis zehn zählte.

»Ich kann dir das jetzt nicht erklären«, sagte er verzweifelt und schob die Kleine weg.

»Wo ist Mama?«, fragte Tobias, der seinem Vater offenbar durchaus nicht gehorchen wollte.

»Mama ist krank«, sagte Ola wütend. »Und jetzt tut ihr, was ich sage!«

Er konnte es nicht ertragen, auf seine Kinder wütend zu sein. Immer häufiger musste er laut werden, damit sie gehorchten, und jedes Mal war eine Niederlage.

»Und du!«, das schrie er fast und schaute dabei in die nächste Tür. »Du kommst jetzt aus dem Bett, Tarjei!«

Der Neunzehnjährige grunzte und zog sich die Decke über den Kopf. Er machte gerade Abitur, und sie sahen ihn derzeit so gut wie nie. Dass er offenbar soff wie ein Loch, war das eine. Irgendwie musste das zur Abizeit wohl so sein. Dass seine Kleider immer öfter nach Rauch stanken, machte Ola Farmen schon viel größere Sorgen. Er hatte mehrmals versucht, an den ästhetischen Sinn seines Sohnes zu appellieren, da medizinische Gründe bei ihm auf taube Ohren trafen. Tarjei zuckte nur mit den Schultern und stritt alles ab. Nicht er rauche, behauptete er. Sondern ein paar Kumpels.

»Rauchen ist total unmodern«, sagte Ola zum Gott

weiß wievielten Mal. »Richtig proll. Reiß dich zusammen! Steh auf!«

»Aber Papa«, sagte Tara zum dritten Mal. »Ich muss wissen, was ein Sinusrhythmus ist!«

»Du bist erst sieben!«

»Heute reden wir darüber, was wir werden wollen, wenn wir groß sind, und ich will Kardiologin werden. Ich hab in dein Buch geguckt, und da war ein schönes Muster namens Sinusrhythmus. Bitte, Papa.«

Ihre Unterlippe fing an zu zittern.

»Hol Papier und Bleistift«, sagte er resigniert und setzte sich in einen etwas zu kleinen Schreibtischsessel vor Tobias' Schreibtisch. »Und es muss ganz schnell gehen.«

»Da liegt alles«, sagte sie und zeigte darauf.

Rasch zeichnete Ola ein Oval und teilte es dann in vier Felder. »Das ist dein Herz«, sagte er. »Und es hat vier Kammern, das habe ich dir ja schon mal erklärt. Damit dein Herz schlagen kann, muss es dazu aufgefordert werden. Das geschieht durch einen winzigen elektronischen Impuls...«

»Was ist ein Impuls, Papa?«

»In diesem Fall ist das ein kleiner Stoß. Wir nennen das einen *pace*.«

»Einen Pehs. So wie beim Auto?«

»Nein, mit PS hat das nichts zu tun. Es geht um Strom. Wir haben Strom. In unseren Zellen...«

Er schluckte.

»Ich hab es eilig, Herzchen. Aber hör jetzt zu. Diese beiden Kammern hier...«

Er zeigte auf die oberen Felder. »Die heißen rechte und linke Vorkammer. Sie haben die Aufgabe, das Blut zu pumpen, und zwar hierher...« Der Bleistift tippte auf die beiden Hauptkammern. »... sodass diese großen Räume das Blut durch den Körper pumpen können. Zuerst werden die Vorkammern aufgefordert, sich zusammenzuziehen, und gleich darauf wird das auch den Hauptkammern gesagt. Wenn ich dich an etwas koppeln könnte, was wir EKG-Gerät nennen, dann könnten wir diese Aufforderungen ungefähr so sehen ...«

Er zeichnete in aller Eile ein Elektrokardiogramm.

»Eins-zwei«, sagte er und zeigte auf die beiden deutlichen Ausschläge in der Zeichnung. »Eins, zwei. Eins, zwei.«

»Eins zwei, dickes Ei«, sagte Tara.

Ola lächelte. »So singt ein gesundes Herz«, er nickte. »Und das nennen wir den Sinusrhythmus. Aber wenn mit diesen kleinen Stößen etwas nicht stimmt, kann man zum Beispiel das hier kriegen ...«

Er zeichnete senkrechte Striche. »Das nennt man Flimmern, Schätzchen. Zwei-zwei-zwei-zwei-zwei-zwei.«

»So singt kein gesundes Herz«, sagte Tara ernst. »Aber das kannst du reparieren, Papa.«

»Das macht dann aber Sara«, er lächelte. »Und ich habe es jetzt schrecklich eilig.«

»Papa«, rief die fünfzehn Jahre alte Tuva von unten. »Du hast für mich und Theo keine Brote gemacht!«

»Die liegen schon in euren Schultaschen«, antwortete Ola Farmen und fuhr sich mit beiden Händen durch die Haare. »Und jetzt kommst du her und hilfst mir bei den Zwillingen. Mama hat die ganze Nacht gekotzt und ...«

Er hätte vor einer halben Stunde bei der Arbeit sein müssen. Die Vorstellung, schon wieder zu spät zur Morgenbesprechung zu kommen, war unerträglich. Es wäre das fünfte Mal in diesem Monat. Er hätte sich nicht die Zeit für Tara nehmen dürfen, aber da sie das einzige Kind war, das auch nur das geringste Interesse für seine Arbeit aufwies, hatte er der Versuchung nicht widerstehen können.

»Das da?«, fragte Tobias und breitete die Arme aus.

Der Junge hatte eine schwarze Jeanshose, die zwei Nummern zu klein war, und ein schwarzes T-Shirt angezogen, das entsprechend zu groß war. Er sah aus wie ein trotziger Teenie mit Hang zur Gothic-Szene. Seine Stachelfrisur war von einem lächerlichen Tuch bedeckt, ebenfalls schwarz, während die graue Libelle aussah wie direkt auf den Schädel gemalt. Die Libelle weinte Blut, vier knallrote Tropfen, und das war die einzige Farbe an dem Siebenjährigen.

»Hidschab-Tobias«, kicherte Tara und schlug ihm gegen den Hinterkopf.

»Hör auf«, sagte Ola. »Geht jetzt beide frühstücken.«

»Du kannst von mir aus fahren.«

Guro stand in der Schlafzimmertür. Ihre Lider waren geschwollen und die Lippen so blass, dass sie mit der weißen Gesichtshaut fast verschwammen.

»Geh wieder schlafen«, murmelte Ola. »Ich mach das schon.«

»Du fährst jetzt«, sagte sie mit resigniertem Lächeln. »Ich kann jetzt weitermachen. Du kommst viel zu oft zu spät zur Arbeit. Geh.«

Sein Zögern war aufgesetzt, und er wusste, dass er durchschaut war.

»Danke«, sagte er deshalb, statt zu protestieren. »Du bist ein Engel.«

Sie wich zurück, als er in aller Eile versuchte, sie zu küssen.

»Ich hab mich die ganze Nacht erbrochen, Ola.«

»Dann besser nicht. Und erinnere mich daran, warum wir uns so viele Kinder zugelegt haben. Ein andermal, meine ich.«

Er brachte die Treppe mit vier Sprüngen hinter sich und hatte das Haus verlassen, ehe ein Kind ihn mit Fragen oder Gequengel aufhalten konnte. Wenn er alle Verkehrsregeln missachtete, konnte er es doch zur Morgenbesprechung schaffen. Sich gerade an diesem Tag Sara Zuckermans stumme Vorwürfe zu ersparen würde das Leben ein wenig leichter machen.

Guros Magengrippe würde sich im Laufe des Tages bessern. Wenn die Übelkeit keine andere Ursache hat, dachte er plötzlich. Diese Vorstellung war so entmutigend, dass er den CD-Spieler einstellte und seine Angst von Elvis Presleys »In the ghetto« übertönen ließ.

Eine Schwangere kotzt doch nicht die ganze Nacht, tröstete er sich und trat aufs Gaspedal.

7.29 Uhr
GRUS, Bærum

Als Assistenzarzt Petter Bråten Sara Zuckerman auf dem Gang vor dem Besprechungszimmer der Kardiologie anhielt, glaubte sie, den Schweiß seiner Hände durch ihren Kittel spüren zu können. Bråten hatte rote Wangen und atmete ein wenig zu schnell.

»Erik Berntsen«, sagte er kurz. »Weg.«

»Weg? Wie meinst du das?« Einen Moment lang glaubte sie, der jüngere Mann habe auf reichlich saloppe Weise mitgeteilt, der Patient sei verstorben.

»Verschwunden. Er ist verschwunden!«

Sara Zuckerman starrte ihn schweigend an. Er ließ ihren Unterarm los. Sie schüttelte den Kopf, als sie seinen gehetzten Blick sah, und sagte: »Fang mit dem Anfang an. Atme ruhig durch, und sag mir, was passiert ist.«

Sie wollte nicht herablassend klingen.

Petter Bråten aber schien auf ihren Tonfall nicht zu reagieren. Er atmete tief durch, überlegte und sagte dann: »Berntsen war nicht auf seinem Zimmer, als er um sieben geweckt werden sollte. Nicht im Bett, nicht im Zimmer, nicht im Bad. Die Schwester glaubte, er sei vielleicht in den Fernsehraum gegangen oder wolle eine Zeitung kaufen, aber jetzt ist überall gesucht worden. Er ist spurlos verschwunden.«

»Hat er ... Er hat sich doch nicht selbst entlassen?«

»Nein. Er ist nur ganz einfach verschwunden.«

Sara Zuckerman schaute auf die Armbanduhr. Erik wurde erst seit einer halben Stunde vermisst. Vermutlich war die Sache nicht weiter wichtig.

»Soll ich die Polizei verständigen?«, fragte Petter Bråten.

»Die Polizei? Nein, natürlich nicht. Aber es wäre nett, wenn du seine Frau anrufen könntest.«

»Ich? Warum kannst du das nicht machen? Schließlich bist du doch ...«

»Ruf an«, fiel Sara ihm ins Wort. »Aber du darfst sie nicht zu sehr beunruhigen. Vielleicht macht er ja einfach einen kleinen Spaziergang. Gestern Abend war er in hervorragender Form. Also bleib gelassen, bitte.«

Ehe Petter Bråten noch einmal protestieren konnte, machte sie auf dem Absatz kehrt und ging zu ihrem Büro. Sie fischte den Funkmelder aus der Tasche und versuchte, Ola Farmen zu erreichen. Zum dritten Mal, seit sie zur Arbeit gekommen war, und noch immer antwortete er nicht.

Wenn sie ihn nicht so gern gehabt hätte, wäre ein Anschiss mehr als fällig gewesen.

1.45 a.m.
Hotel Plaza, Manhattan, NYC

Agnes Klemetsen konnte nicht schlafen. Das Essen war zu üppig gewesen, und auch wenn sie nicht viel Ahnung von Wein hatte, war ihr doch klar, dass der Inhalt der Gläser zur Mahlzeit gepasst hatte. Sie war vorsichtig gewesen und hatte sich nur ab und zu die Zunge angefeuchtet. Sie war eine halbe Stunde vor Mitternacht ins Hotel zurückgekehrt, war im Wellnessbereich noch fünfhundert Meter geschwommen und hatte dann eine halbe Schlaftablette genommen, um gut zu schlafen.

Die Erwartungen hielten sie trotzdem wach.

Sie schaute sich in der Suite um. Als ein Journalist sie am Vorabend mit dem Tagespreis im Plaza konfrontiert hatte, war sie zum Glück geistesgegenwärtig genug gewesen, um zu sagen, dass Mercury Medical für die Kosten aufkomme. Die Steuerzahler könnten also beruhigt sein. Der Mann hatte nicht ganz zufrieden mit der Antwort gewirkt, und sie mochte nicht im Netz nachsehen, ob er trotzdem darüber geschrieben hatte.

Die Suite war sicher an die hundert Quadratmeter groß. Das Schlafzimmer mit dem gigantischen edwardianischen Bett war vom Wohnbereich durch Eichentüren getrennt, die so lautlos zuglitten, dass es wie Magie wirkte. Neben dem Wohnzimmer lag ein Gästebad, während sie sich in einem riesigen Badezimmer mit Waschbecken, Toilette und Badewanne von Sherle Wagner tummeln konnte. Und wenn Agnes Klemetsen sich auch mit Wein nicht so recht auskannte, so wusste sie doch genug über Inneneinrichtung, um immer noch den Atem anzuhalten, wenn sie ihre Suite im 13. Stock betrat.

Agnes Klemetsen streckte sich im Bett und ertappte sich bei einem Lächeln.

Die Einundvierzigjährige gehörte zu denen, deren Karriere eine neue Grundlage erhalten hatte, als 2006 das Gesetz zur Quotenregelung erlassen worden war. Nicht dass sie nicht auch ohne Quote gut genug gewesen wäre: Ihr Lebenslauf war ungewöhnlich solide. Sie hatte auf der Norwegischen Handelshochschule Betriebswirtschaft studiert und an der London School of Economics promoviert. Aus einer untergeordneten Stellung in dem Betrieb, der früher einmal Kværner geheißen hatte, war Agnes Klemetsen von dem Instrustriemagnaten Kjell Inge Røkke unter seine Fittiche genommen worden, als Kværner aufgekauft und dem mächtigen Akerkonzern einverleibt wurde. Sie hatte immer schon die Sozialdemokraten gewählt, und auf ihrem Weg an die Spitze von Aker wurde sie im Herbst 2005 von der frischgebackenen Finanzministerin Kristin Halvorsen verpflichtet. Agnes Klemetsen fühlte sich geschmeichelt, gab sich zufrieden mit einem Drittel ihres bisherigen Gehalts und war bis zum März 2007 als Staatssekretärin im Finanzministerium tätig. Dann nahm sie in der resignierten Erkenntnis ihren Abschied, dass die Politikerin, die die düsteren, schweren Türen des Ministeriums durchschritt, alle Hoffnung fahren ließ.

Es gab viel spannendere Arenen für eine Frau von Agnes Klemetsens Format.

Die Wirtschaft brauchte kompetente, hart arbeitende und am liebsten kinderlose Frauen. Da der Staat im Kampf um die Erfüllung der Frauenquote von mindestens vierzig Prozent in seinen Aufsichtsräten vorangehen musste, hatte es Angebote in Hülle und Fülle gegeben. Das hier war von allen das größte.

Mit knapp einundvierzig Jahren war sie vom norwegischen Staat in den Aufsichtsrat von Mercury Medical berufen worden, der weltgrößten Firma im Bereich von Pharmazie und medizinischer Elektronik. Sie war die einzige Frau in der Firmenleitung und mit Abstand die Jüngste.

Nachdem das Parlament grünes Licht erteilt hatte für den Umbau des Staatlichen Pensionsfonds Ausland, besser bekannt als Ölfonds, hatte ein großer Teil des gigantischen staatlichen Vermögens in Einzelgesellschaften investiert werden müssen. Bisher war der Fonds, der sich der schwindelnden Summe von dreitausend Milliarden Kronen näherte, auf zahllose Posten in Unternehmen in aller Welt verteilt gewesen, um das Risikoprofil zu minimieren. Was in regelmäßigen Abständen zu Wutausbrüchen in der Presse führte, da die norwegische Bevölkerung an allem verdiente, von Kinderarbeit zu Landminen, von Terrorregimes zu überaus umweltschädlicher Industrie.

Ethische Aktienspekulation war fürwahr eine anstrengende Disziplin.

Das Parlament hatte natürlich Rahmen für die neue Investitionspolitik gesteckt. Vor allem sollte in Umwelt, Gesundheit und nachhaltige Entwicklung in der Dritten Welt investiert werden. Was die Politiker jedoch nicht wussten, wenn sie monatelang an ihren Erlassen herumfeilten, war, dass die Analytiker des Staatlichen Pensionsfonds den politisch korrekten Beschluss schon längst vorhergesehen hatten und bereits daran arbeiteten, dem norwegischen Staat 33 Prozent der Eigneranteile von Mercury Medical zu sichern.

Und jetzt war sie dort, Agnes Klemetsen.

In der Edwardian Park Suite im Plaza Hotel in New York City, als von den Eignern ernanntes Aufsichtsratsmitglied von Mercury Medical.

Es war ein ehrenvolles Amt und eine Herausforderung. Sie versuchte nun schon seit fünf Wochen, sich in Bilanzen, Budgets, Aktivitäten und Organisationsmuster des Konzerns einzuarbeiten. Noch nie hatte sie sich auf etwas so gut vorbereitet wie auf die morgige Pressekonferenz. Dennoch war sie zu nervös, um zu schlafen.

Nein, nicht nervös. Einfach nur aufgeregt. Und froh.

Die norwegische Bevölkerung hatte 500 Milliarden Kronen in ein und dieselbe Gesellschaft investiert, und ihre Aufgabe war es, auf dieses Geld aufzupassen.

500 000 000 000 Kronen!

Sie lächelte und schloss die Augen.

Eine durchwachte Nacht würde dieses Erlebnis nicht schmälern, dachte sie.

Und schlief ein.

8.03 Uhr
GRUS, Bærum

Assistenzarzt Ola Farmen kam nicht rechtzeitig zur Morgenbesprechung, obwohl sein Fahrstil zum Führerscheinverlust Anlass gegeben hätte. Er zuckte bedauernd mit den Schultern, als er den rechteckigen Besprechungsraum betrat. Drei grafische Blätter von Kaare Tveter schmückten eine Längswand, ein großes Gemälde von Ørnulf Opdahl zeigte eine Querwand. Königin Sonja hatte das Komitee zur Ausschmückung des neuen Krankenhauses geleitet. Ihre Vorliebe für norwegische Künstler hatte das GRUS zu einer bewundernswerten Dauerausstellung zeitgenössischer Kunst des Landes gemacht.

Die Bilder, zusammen mit einem langen Tisch aus Birkenholz, die von Natalie Buijs entworfenen Sessel und die flaumleichten Gardinen ließen das Besprechungszimmer wirken wie einen Raum einer internationalen Ölgesellschaft und nicht wie den eines öffentlichen norwegischen Krankenhauses.

Die schöne Umgebung schien aber Sara Zuckermans

Laune nicht zu beeinflussen, dachte Ola Farmen, als er sich mit gemurmelten Entschuldigungen in den Sessel bei der Tür setzte. Sie schaute nur kurz auf, ließ ihren Blick demonstrativ zur Wanduhr wandern und vertiefte sich dann in ihre Unterlagen.

Der Vortrag dieses Morgens hatte gerade begonnen. PJlerin Jenny Kragh sprach über die Behandlung von COPD. Nach nur drei Minuten fragte sich Ola Farmen, ob er es überhaupt über sich bringen würde, die ganze Zeit hier herumzusitzen. COPD war ja ohnehin schon eine langweilige Krankheit. Vor allem für die Betroffenen, aber Jenny Kraghs stotternder Vortrag brachte Ola dazu, sich zum Morgenchaos mit fünf trotzigen Kindern zurückzuwünschen.

Der wachhabende Assistenzarzt Petter Bråten las unter dem Tisch eine Zeitung und versuchte nicht einmal, beim Umblättern ein Rascheln zu vermeiden. Sara Zuckerman hatte noch nicht von ihren Papieren aufgeschaut, die eindeutig nichts mit COPD zu tun hatten, und sogar der Klinikchef rutschte auf seinem Stuhl hin und her.

»Jetzt hören wir uns noch zwei Minuten etwas über COPD an, Kleine. Dann setzen wir den Schlusspunkt, finde ich.«

Kaare Benjaminsen kam aus Kirkenes und war der Einzige aus der Chefetage, der es sich leisten konnte, jüngere Ärztinnen als »Kleine« zu titulieren. Dr. Benjaminsen war umgänglich, allgemein respektiert, ein tüchtiger Arzt, und er regte sich nur auf, wenn jemand seinen Nachnamen falsch betonte. Er hieß Benjaminsen mit Betonung auf JA, nicht auf BEN, und niemand hatte diesen Fehler bisher ein zweites Mal gemacht.

Die beiden Minuten wurden dann aber zu fünf, als Jenny Kragh endlich ihre hilflose Darstellung beendete und sich für die Aufmerksamkeit bedankte.

Petter Bråten schaltete sofort den Beamer ein und zeigte die Neuaufnahmen des vergangenen Tages im DIPS, dem Computerjournal des Krankenhauses. Ein ganz normaler Krankenhaustag, dachte Ola, als er die Übersicht sah. Ein Börsenmakler mit Verdacht auf Vergiftung durch schwarz gebrannten Fusel, eine Frau von sechsundneunzig Jahren mit Lungenentzündung, ein Abiturient mit Alkoholvergiftung, ein weiterer Abiturient mit dem Verdacht auf Hirnhautentzündung, ein dritter Abiturient, der einfach durchgedreht und von der Polizei abgeholt worden war.

Ola schärfte sich ein, sich Tarjei noch einmal vorzuknöpfen, ehe die Abiturfeiern vor dem 17. Mai ihren Höhepunkt erreichten.

»Was ist das mit Erik Berntsen?«, fragte Klinikchef Benjaminsen und starrte Sara Zuckerman an.

Ola fuhr zusammen. »Was denn?«, rutschte es ihm heraus.

Sara schloss gelassen den Ordner, der vor ihr lag, nahm die Lesebrille ab, legte sie in ein knallrotes Etui, starrte Dr. Benjaminsen an und antwortete: »Er ist verschwunden.«

»Verschwunden?«

»Er ist nicht mehr auf seinem Zimmer. Seine Sachen liegen noch da, also wollte er sich offenbar nicht selbst entlassen. So absurd es auch klingen mag, dass eine Kapazität wie Berntsen gegen den Rat seiner behandelnden Ärzte verstößt, müssen wir diese Möglichkeit natürlich in Betracht ziehen. So, wie die Lage derzeit ist ...«

Sie verstummte, als Lars Kvamme losprustete.

»Du lachst?«, sagte sie und starrte ihn an.

Er verstummte sofort.

»Warum war der Patient nicht an der Telemetrie?«, fragte er dann.

»Am ersten Tag ist er überwacht worden«, antwortete

sie ruhig.»Da alles gut ging und das Echo nach der Tamponade wieder normale Verhältnisse zeigte, ohne Anzeichen auf Rezidiv, hielt ich es für angebracht ...«

»Nach dem Patzer, den du dir bei der Implantation geleistet hast, hätte er mindestens zwei Tage an der Telemetrie bleiben müssen«, sagte Lars Kvamme und beugte sich über den Tisch zu ihr vor. »Und dann wäre er auch nicht verschwunden, oder?«

Sara gab keine Antwort. Noch immer zeigte ihr Gesicht mangelndes Interesse an dem Mann und seinen Reden. Sie ließ seinen Blick trotzdem nicht los.

Es wurde still. Dr. Benjaminsen verzog ganz unmerklich den einen Mundwinkel, während er mit dem Bleistift auf den Tisch trommelte.

Er sagte noch immer nichts.

Sara sagte auch nichts.

»Es ist ja möglich, dass der Patient nicht zufrieden war«, sagte Lars Kvamme.

Er hob die Arme und verschränkte die Hände im Nacken. »So wenig zufrieden, dass er nicht mehr hier sein wollte.«

Sara deutete ein Lächeln an und erhob sich. »Das Komische an dir ist, dass du es immer nur schaffst, dir selbst vors Schienbein zu treten, Lars.«

In der nun folgenden Stille schlug Ola die Augen nieder.

Sara nahm ihre Ordner und klemmte sie sich unter den Arm.

Dann nickte sie Petter Bråten und Ola Farmen zu, ein unmissverständliches Kommando, ihr zu folgen, als sie auf die Tür zuging.

»Einen schönen Tag noch«, hörte Ola von Dr. Benjaminsens Tischende, als er sich gehorsam erhob. »Falls es noch niemand bemerkt haben sollte, draußen ist Sommer.«

**9.17 Uhr
Dæhlivannet, Bærumsmarka bei Oslo**

Ein Mann stand versteckt hinter einer Tanne und wartete.

Er war außer Atem, obwohl er nicht weit und auch nicht sonderlich schnell gerannt war, aber Spannung und Angst, entdeckt zu werden, hatten ihn sehr mitgenommen.

Um diese Zeit an einem normalen Alltag war auf den Wanderwegen in Bærumsmarka zum Glück nicht viel los. Wer frei hatte, war lieber ans Meer gefahren, dachte er. Die Mütze hatte er in die Stirn gezogen, obwohl es unangenehm warm war. Den Kragen hatte er hochgeklappt.

Die beiden Männer, die fünfzig Meter weiter auf dem Weg standen, stritten sich jetzt. Der Jüngere fuchtelte heftig mit den Armen. Der Mann hinter der Tanne hatte keine Ahnung, wer es war.

Das war aber auch nicht wichtig.

Er hatte mehr als genug damit zu tun, sich auf die überraschende Wendung einzustellen, die die Sache genommen hatte. Während er zweimal besonders tief Luft holte, um wieder zu Atem zu kommen, merkte er, dass er verängstigter war, als ihm guttat. Das war nicht das, wozu er sich bereit erklärt hatte. Er kam sich vor wie ein Mitwirkender in einem zweitklassigen Film, und er wäre zu gern zum Auto zurückgegangen, um zur Arbeit zu fahren und die ganze Angelegenheit zu vergessen.

Er konnte nicht vergessen. Vergessen war unmöglich; er steckte so tief darin, dass es keinen Weg zurück gab.

Und da war noch das mit dem Geld.

Er brauchte das Geld.

Worüber die beiden Männer sprachen, konnte er nicht verstehen. Das Rauschen der Baumwipfel über ihnen war zu stark. Er fischte sein auf lautlos gestelltes Telefon aus der Tasche. Niemand hatte angerufen. Als er die Uhrzeit sah, machte sein Herz einen doppelten Schlag, und er starrte aus zusammengekniffenen Lidern die beiden Männer an.

Der Ältere fiel um.

Er fiel ziemlich langsam um. Er riss die Augen auf und öffnete den Mund, dann sank er in sich zusammen, als wäre das Leben plötzlich aus ihm herausgeströmt.

Was ja auch der Fall war.

Der jüngere Mann bewegte sich nicht, war erstarrt zu einer dramatischen Geste, den einen Arm ausgestreckt, den Zeigefinger der anderen Hand auf die Stelle gerichtet, wo eben noch der alte Mann gestanden hatte.

Der Mann im Versteck hielt den Atem an. Obwohl er gewusst hatte, was passieren würde, war ihm abwechselnd heiß und kalt. Er schluckte mehrere Male und hatte dabei das Gefühl, dass seine Zunge in seiner trockenen Mundhöhle anschwoll.

Der jüngere Mann machte jetzt einen hilflosen Wiederbelebungsversuch. Er saß rittlings auf dem Toten und legte bei Weitem nicht genug Kraft in die Herzmassage. Nach etwa einer Minute gab er auf.

Jetzt weinte er und griff sich an den Kopf. Plötzlich sah er sich verzweifelt nach allen Seiten um. Offenbar entdeckte er dabei niemanden, denn nun packte er mit resolutem Griff den Toten unter den Armen und zog ihn zwischen einige hohe Birken mit lichtgrünen Wipfeln. Der Mann im Versteck konnte nun keinen von beiden mehr sehen. Er widerstand der Versuchung, sich anzuschleichen, und blieb bewegungslos stehen.

Er hörte nur den Gesang der Vögel und das Rauschen des Windes. Es roch nach Frühling, feuchtem Boden und vermodertem Laub vom Vorjahr. Wieder sah er sein Telefon an, als ob es ihm erzählen könnte, was jetzt zu tun war.

Plötzlich brach der jüngere Mann aus dem Unterholz. Er blieb einige Sekunden lang auf dem Weg stehen und schaute sich nach rechts und links um, dann rannte er den Weg hinunter.

Auf den anderen zu.

So leise er konnte, ging der drei Schritte zurück und in die Hocke. Vermutlich war das nicht nötig, denn der junge Mann stürzte in purem Entsetzen den Weg hinunter und verschwand.

Das Telefon vibrierte leise in der Hand des Mannes, der sich im Gebüsch versteckte. Er hob das Telefon und öffnete die SMS.

Wenn alles geht wie erwartet, tu, was du zu tun hast. Die Leiche MUSS schnell gefunden werden. Der ICD MUSS MUSS MUSS zu SZ gelangen. Tu einfach, was sein muss. Nicht anrufen.

Verdammt. Das hatten sie jedenfalls nicht verabredet.

Der Mann starrte die Mitteilung entgeistert an. Vermutlich ist die Leiche zugedeckt, dachte er. Auch wenn die Gegend viel besucht war, vor allem an den Wochenenden und so nah am Parkplatz, könnte es Tage dauern, bis jemand über den Toten stolperte. Er musste auf den Weg gebracht werden. Wer ihn fände, würde die Polizei informieren. Die würde den Toten zum Rikshospital bringen, wo das Rechtsmedizinische Institut untergebracht war.

»Verdammt«, wiederholte er verbissen.

Er brauchte das Geld. Verdammt dringend. Wenn der Alte einfach so im Rikshospital landete, würde es wahrscheinlich kein Geld geben.

Er riss sich die Mütze vom Kopf und stopfte sie in die Tasche.

Dann entschied er, was zu tun war, und lief den Weg hinunter zum Auto, um zu holen, was er brauchte.

7.00 a.m.
Central Park, Manhattan, NYC

Der Mord war nie aufgeklärt worden.

Catherine Adams ging vor der großen Ulme in die Hocke und legte die Blumen dicht an den Stamm. Das feuchte Einwickelpapier würde die Blumen den ganzen Tag lang frisch halten. In den ersten beiden Jahren, in denen sie an ihren ermordeten Mann gedacht hatte, war sie mit einer Vase hergekommen, die aber sofort gestohlen worden war.

Langsam richtete sie sich auf und faltete die Hände.

»Du fehlst mir«, flüsterte sie.

Das stimmte. Auch wenn die Trauer jetzt, vier Jahre später, nicht mehr alles überschattete und ihr Leben durchaus erträglich geworden war, verging doch kein Tag, ohne dass sie an ihn gedacht hätte. Ab und zu ertappte sie sich sogar bei einem Lächeln über irgendeine Erinnerung, was im ersten Jahr unmöglich gewesen wäre.

Sie hatten vierzehn kinderlose Jahre miteinander verbracht, und er fehlte ihr, mit all seinen Gewohnheiten und Fehlern.

Hätte die Polizei den Mord aufgeklärt, wäre es vielleicht natürlich gewesen, zum Grab zu gehen. Dann wäre sie an jedem 6. Mai zum Evergreen Cemetery in Kennebunkport, Maine, gefahren. Peters gesamte Verwandtschaft hatte protestiert, aber sie hatte sich für einen grob zurechtgehauenen kleinen Obelisken entschieden, auf dem nur sein Name und sein Geburts- und Todestag eingemeißelt waren.

Einem Grabstein ihre Liebe zu erklären war albern, fand Catherine, und der Stein auf Peters Grab war der schlichteste und unauffälligste, den sie hatte auftreiben können.

Aber das Grab war ihr nicht wichtig.

Sein Leben hatte hier, auf dem dunklen Weg unter den Bäumen im Norden des Parks, ein Ende genommen. Hier war sie ihm am nächsten. Hier und in seinem Arbeitszimmer zu Hause, das seit dem Abend, an dem er gestorben war, unverändert geblieben war. Es kam nicht mehr so oft vor, dass sie die verschlossene Tür mit dem Schlüssel öffnete, der an einer Goldkette um ihren Hals hing, aber wenn sie das Zimmer betrat, glaubte sie, den Drehstuhl knarren zu hören, wenn er sich vom Schreibtisch am Fenster zu ihr umdrehte.

Sie hatte ihn vor dem Joggen gewarnt. Alle wussten, dass der Central Park so spät am Abend gefährlich war, auch wenn die Kriminalität seit der Jahrhundertwende stetig abgenommen hatte. Sie selbst war bei ihren Eltern gewesen, drei Stunden nördlich von New York, und Peter hätte am Freitagabend heraufkommen wollen. Stattdessen erschien mitten in der Nacht die Polizei mit der tragischen Nachricht vom Tod ihres Mannes. Das war ungefähr das Einzige, was sie in diesem Fall unternommen hatten. Trotz Peters Position und trotz seiner einflussreichen Freunde war der Fall als Raubmord eingestuft worden, begangen von einem oder mehreren der losen Vögel der Stadt, und nach zwei Monaten in einem Archiv gelandet.

Raubmord, hatten sie gesagt.

Als sie protestierte und sagte, er habe beim Joggen niemals Geld bei sich gehabt, wechselten sie einen Blick, die beiden Polizisten, der eine hatte ein wenig gelächelt, der andere die Augen verdreht. Dass Peter seine Armbanduhr zu dreihundert Dollar noch trug, als er gefunden wurde, nahmen sie auch nicht weiter wichtig.

Hätte man den Mord aufgeklärt, wäre alles einfacher.

Langsam trat sie einen Schritt zurück.

Ein zerzaustes Eichhörnchen jagte vor ihren Füßen

vorüber. Beim Blumenstrauß hielt es inne und schnupperte kurz. Es schaute sie an und streckte ihr die Vorderpfoten hin, wie um Futter zu erbitten.

Catherine Adams drehte sich um und ging langsam nach Hause.

7.10 a.m.
Mercury Medical Zentrale, Manhattan, NYC

Otto Schultz nahm sich nur selten Zeit, die Aussicht zu genießen. Sein Schreibtischsessel kehrte den riesigen Fenstern den Rücken zu. So wollte er es, und so war es immer gewesen. Zum einen wurde er vom Großstadtpanorama nicht abgelenkt. Zum anderen wurde er zu einer dunklen Silhouette für alle, die auf die Idee kämen, CEO Otto Schultz in seinem Büro im obersten Drittel des Wolkenkratzers in Manhattan zu besuchen, in Mercury Medicals Hauptquartier. Auf seinen Befehl hin wurde das Vorzimmer dunkel gehalten, wer sein Zimmer betrat, wurde geblendet.

In zweifacher Hinsicht.

Otto Schultz war zweiundsechzig Jahre alt und so dick, dass sein Schreibtischsessel eine Spezialkonstruktion war. Er hatte im College als Middle Linebacker gespielt, eine Position, die Klugheit und Gewicht verlangt hatte. In der Footballsaison 1971 hatte er zu den heißesten Kandidaten gehört, als es um die Anwerbung für die Profimannschaften ging. Aber er hatte alle damit überrascht, dass er seine sportliche Karriere an den Nagel gehängt hatte. Er studierte nach einer freiwilligen Runde als Sergeant in Vietnam Medizin. Nach seiner Rückkehr absolvierte er sein Klinikum und studierte nebenbei Wirtschaftswissenschaften. In den ersten zehn Jahren seines Berufslebens schlief er niemals mehr als vier Stunden.

Otto Schultz war ein überragender Mann, zwei Meter groß und 248 Pfund schwer. Das Gewicht war gut verteilt, obwohl das Alter natürlich seine Spuren hinterlassen hatte. Noch immer spielte er regelmäßig Golf und Tennis, und alle zwei Monate ließ er sich von einem Arzt auf Herz und Nieren überprüfen. Das Ergebnis war immer tadellos: niedriger Cholesterinspiegel, ein Herz wie ein Pferd und eine Leber wie ein siebzehn Jahre alter Antialkoholiker.

Er erhob sich aus dem Schreibtischsessel. Legte die Hand um seinen Stiernacken und drehte den Kopf zweimal hin und her, ehe er ans Fenster trat. Der leichte Regen hatte am Morgen aufgehört. Die Sonne brach durch die Wolkendecke und wurde vom Hudson River als Lichtkaskade reflektiert.

Er freute sich auf Besprechung und Pressekonferenz dieses Abends.

Während er einem Schlepper nachsah, der flussaufwärts fuhr, murmelte er seine längst fertige Rede. Otto Schultz las nie vom Manuskript ab. Das bedeutete nicht, dass er sich nicht vorbereitet hätte. Obwohl er Redenschreiber hatte, war jeder seiner Auftritte unverkennbar von seinem Wesen geprägt. Er besaß die Fähigkeit eines Schauspielers, lange Texte auswendig zu lernen, aber immer ließ er Raum für Improvisation.

Der Schlepper dort unten sah aus wie ein Spielzeug, klobig und rund. Er erinnerte ihn an ein Boot, mit dem er als Kind in der Badewanne gespielt hatte, und er lächelte ein wenig.

Alles wäre so gewesen, wie es sein sollte, wenn am Vortag nicht diese E-Mail eingelaufen wäre. Die machte ihn auf eine ungewohnte Weise nervös. Otto Schultz war ein Mann, der sich nicht leicht beunruhigen ließ. Er hatte sein Berufsleben in eisernem Griff. Und sollte der sich dennoch für einen Moment lockern, gab es immer Möglichkeiten, die Kontrolle zurückzugewinnen. Die besten Leute. Überlegene Technologie. Otto Schultz war durch harte Arbeit, einen klugen Kopf und eine Art, tüchtige Menschen so zu behandeln, dass sie sich einzigartig fühlten und ihr Allerbestes gaben, an die Spitze gelangt. Sein Mangel an Verständnis, falls jemand nicht gut genug war, ließ ihn gnadenlose Konsequenzen ziehen. Diesem Mann trat man mit vager Furcht und tiefer Bewunderung gegenüber. Und man hatte zu beidem guten Grund.

Für Otto Schultz gab es nur zwei Dinge, die im Leben etwas bedeuteten: Mercury Medical und seine Familie. In dieser Reihenfolge.

Am Morgen war Mercury Medical an der Börse auf 256 Milliarden Dollar notiert worden. 2009 hatte das Unternehmen zum ersten Mal in der Geschichte die Hundertmilliardengrenze überschritten. In diesem Zusammenhang war Otto Schultz von CNN interviewt worden, wobei der Journalist großen Wert auf die Tatsache gelegt hatte, dass die Finanzkrise diese gigantische Firma offenbar nicht betroffen hatte. Eher sah es nach dem Gegenteil aus. Otto Schultz grinste, schaute in die Kamera und erklärte, die Menschen brauchten auch nach dem Zusammenbruch der Finanzmärkte Herzmedizin und Mittel gegen Magengeschwüre. Oder vielleicht noch mehr, fügte er nach einer kleinen Kunstpause hinzu.

Dass der norwegische Staat sich in die Gesellschaft eingekauft hatte, war nicht zuletzt für Otto Schultz ein Sieg. Er hatte eine so solide Firma aufgebaut, dass ein ganzes Land es wagte, auf weiteres Wachstum zu setzen. Nach diesem Geschäftsabschluss hielten etliche Analytiker es für gerechtfertigt, Otto Schultz zum Genie auszurufen.

Der Prozess in Norwegen war langwierig und verworren gewesen. Das reiche kleine Land leistete sich einen Entscheidungsprozess, über den er nur den Kopf schütteln konnte. Demokratie war gut und schön. Er hatte selbst neun Monate seines Lebens im vietnamesischen Dschungel geopfert, um die freie Welt zu verteidigen. Aber es musste doch Grenzen geben. Der geheime Bericht des »Staatlichen Pensionsfonds – Strategische Platzierungen« – Otto Schultz konnte den norwegischen Namen fast akzentfrei aussprechen – lag im Juni 2009 vor. Ein Komitee aus Vertretern der Bank von Norwegen, des norwegischen Finanzministeriums, zwei britischen und einer afrikanischen Finanzverwaltungsgesellschaft und drei Theoretikern mit Professuren an allen möglichen Universitäten hatten fünf Firmen als mögliche Investitionsobjekte ausgesucht. Mercury Medical hatte auf Platz 1 gestanden. Für Otto Schultz war es selbstverständlich gewesen, dass die CEOs der Pan-American Energy Group und des Middle-East Clean Water, die beiden nächsten Firmen auf der Liste, sich die geheime Darlegung besorgt hatten. Er staunte, als sich später herausstellte, dass er als Einziger über ausreichend gute Kontakte verfügte, um sich Einblick in den Entscheidungsprozess zu verschaffen.

Sie waren schon komisch, wenn es um Politik ging, diese Norweger, aber andererseits wurden sie dadurch zu guten Eignern. Es gab auf der ganzen Welt kaum ein stabileres Land, weder politisch noch wirtschaftlich gesehen.

Ein reiches, ruhiges, sattes Land.

Perfekt.

An Pensionsfonds als Eigentümer war Otto Schultz gewöhnt. Noch bevor der Staat sich bei Mercury Medical eingekauft hatte, gehörten fast zwanzig Prozent aller Aktien privaten Fonds in den USA, Deutschland und Großbritannien. Ruhige, auf lange Sicht planende Eigner, die für Leitung und Verwaltung keinerlei Probleme machten. Nach dem norwegischen Aufkauf blieben an die fünfzehn Prozent der Aktien in den Händen von Kleininvestoren. Otto Schultz war über Nacht um zwei Millionen Dollar reicher geworden.

Wenn Mercury Medical sein Lebenswerk war, so kam seine Familie doch an zweiter Stelle. Er leitete sie bis ins Kleinste, und zwar in dem Rahmen, den er bei seiner Hochzeit im Alter von fünfundzwanzig Jahren festgelegt hatte. Die Kinder kamen pünktlich zur Welt, plus minus vierzehn Tage. Das Erste wurde geboren, als Otto und Suzanne in kleinen Verhältnissen in Chicago lebten. William, der Jüngste, wurde 1985 geboren, als Otto seinen ersten großen Erfolg im Beruf gelandet hatte: Apollo Med-Elec war nach nur acht Jahren unter den ersten fünf Firmen im Bereich medizinischer Elektronik. 2001 wurden Apollo Med-Elec und Gemini Pharmacy zusammengelegt, und Otto Schultz kam eines späten Abends nach Hause und hatte für die ganze Familie eine Reise nach Aruba gebucht. Dass seine Tochter drei Tage später in einem Off-Broadway-Stück ihren ersten Auftritt haben sollte, spielte keine Rolle. Jetzt müsse gefeiert werden, erklärte Otto. Zusammen.

Alle fuhren nach Aruba, wie er es beschlossen hatte.

Es wurde ein phantastischer Urlaub, wie er es beschlossen hatte.

Als seine Frau vor knapp zwei Jahren ohne Vorwarnung erklärt hatte, sie habe einen anderen, hatte er zuerst gelacht. Es war einfach nicht zu glauben. Sie waren seit dem College zusammen, und Otto Schultz besaß im Privatleben denselben eisernen Willen wie im Geschäft: Er hatte sie nie betrogen.

Jedenfalls nicht nennenswert.

Sie hatte doch alles.

Drei Kinder, einen einigermaßen treuen Mann und

Finanzverhältnisse, von denen die meisten nicht einmal träumen konnten.

Wohnung in der Fifth Avenue. Haus auf Long Island. Nein, Palast auf Long Island. Dazu Ferienhäuser auf Martha's Vineyard, in Colorado und auf den Anhöhen oberhalb von Villefranche-sur-Mer an der Riviera.

Er hatte ihr alles gegeben, und dann tauchte sie an ihrem sechzigsten Geburtstag auf und behauptete, die Liebe gefunden zu haben, bei einem sechs Jahre jüngeren Mann, der sich als Kunstmaler nur mit Mühe über Wasser hielt.

Suzanne wollte die Scheidung.

Die Niederlage, wegen eines jämmerlichen Hungerleiders verlassen zu werden, war umso schlimmer, als die Kinder ihre Mutter offenbar verstehen konnten. Sie hatten sich mit dem alternden Hippie angefreundet.

Die sonntäglichen Essen, zu denen Otto Schultz noch immer einlud, verliefen kühl, und er wusste nicht, wie er die alte Vertrautheit mit seinen Kindern zurückgewinnen sollte. In der vergangenen Woche war William nicht einmal aufgetaucht.

Der Absender der E-Mail war unbekannt.

Der Inhalt war nicht wichtig und ging ihn weder privat noch beruflich an, aber gerade das beunruhigte ihn. Niemand schrieb ihm, wenn es nicht wichtig war. Nicht an diese Adresse.

Otto Schultz hatte vier E-Mail-Adressen. Eine für die Allgemeinheit, für die eine Sekretärin zuständig war, um einen Anschein von Erreichbarkeit zu erwecken. Die zweite Adresse war für die Angestellten von Mercury Medical in aller Welt und wurde ebenfalls vom Vorzimmer aus bedient. Eine Adresse war für Freunde und Verwandte reserviert. Dort sah er zweimal am Tag nach. Die letzte Adresse war nur knapp dreihundert Menschen bekannt, unter ihnen die wichtigsten Chefs von Mercury Medical, ein paar einflussreiche Senatoren und Kongressangehörige, zwei Präsidenten, ein oder zwei Ministerpräsidenten und natürlich Oprah Winfrey.

Die fragliche E-Mail war an die letzte Adresse gegangen. Wer war der Absender? Warum war die Mail geschickt worden, und wie in aller Welt hatte der Betreffende diese überaus geheime Adresse an sich gebracht?

Otto Schultz wandte sich vom Fenster ab und setzte sich wieder in den riesigen Schreibtischsessel. Er tastete sich rasch zu der störenden E-Mail durch und überflog den Text ein weiteres Mal. Um sich selbst klarzumachen, wie belanglos diese Post war, wollte er sie schon löschen, überlegte sich die Sache dann aber anders. Vielleicht könnte die Sicherheitsabteilung feststellen, wo die Mail abgeschickt worden war. Statt auf die Löschtaste zu drücken, überführte er die Mail in seinen privaten Ordner und befahl dann dem Sicherheitschef in einer weiteren Mail, sich um zehn nach elf bei ihm zu melden.

Jetzt hatte er immerhin etwas unternommen.

Er musste aufhören, an diese verdammte Mail zu denken.

Am Abend war die Pressekonferenz. Damit war er mehr als genug beschäftigt. Er hob die Kaffeetasse mit der für diesen Tag zugemessenen Ration schwarzen Gebräus und entschloss sich zu einem Abstecher in das Fitnessstudio im 43. Stock.

**13.16 Uhr
Dæhlivannet, Bærum**

»Marius! *Marius!* Immer brav bei uns auf dem Weg bleiben!«

Die blonde Frau von Mitte vierzig trug leichte Wanderkleidung. Vor ihr auf dem Weg trotteten sechs Fünfjährige mit gelben Reflexwesten, zwei und zwei nebeneinander. Ein Mann von etwa fünfundzwanzig ging weiter hinten mit einem vollgestopften Rucksack. Zwischen den Erwachsenen tollten neun Kinder im Alter von drei bis vier Jahren herum.

»Er schafft das nicht«, sagte der Mann und lachte. »Marius kann einfach nicht in der Reihe bleiben. Er hat Ameisen im Ar... im Hinterteil.«

Marius war bereits sechs und damit das älteste von allen Kindern. Wie ein Hund war er auf dem ganzen Weg vom Kindergarten hin und her gelaufen.

In den Wald und aus dem Wald, um jede Baumgruppe, an der sie vorbeigekommen waren.

»Irgendwann muss er doch mal müde werden«, sagte die Frau.

»Aber klar doch«, antwortete ihr Kollege und drehte sich zu einer Norwegisch-Somalierin um, die nur mit Mühe Schritt halten konnte. »Na los, Ayan!«

»Ich hab 'nen Toten gefunden«, rief Marius.

Die Frau blieb stehen. Die Kinder liefen weiter.

»Halt«, rief die Frau.

Die beiden Kinder ganz vorn streckten die Arme zur Seite, damit die anderen nicht weitergehen könnten.

»Einen Toten«, schrie Marius wieder, er kam mit glücklicher Miene auf sie zugerannt. Sein Gesicht glühte.

»Ganz echt«, rief er. »Einen echten alten Mann, der tot ist!«

Die fünfjährige Frida fing zu weinen an. Die kleinsten

Kinder, zwei Jungen, die gerade drei geworden waren, heulten ebenfalls los, ohne so recht zu wissen, warum.

»Kekse«, rief der Mann und nahm den riesigen Rucksack ab. »Wer will Kekse und Saft?«

»Ich«, rief Marius.

Der Mann nahm Blickkontakt zu der Frau auf. »Geh du schon mal«, sagte er. »Ich halte sie hier fest.«

»Mein Opa ist auch tot«, schluchzte Frida. »Der ist zu Heiligabend gestorben.«

Ayan hatte sie endlich eingeholt und nahm die Kleine in die Arme. Marius und drei andere Jungen beugten sich schon über den Rucksack. Der junge Mann hielt zwei Kekspackungen hoch in die Luft.

»Ich will einen«, schrien die Kinder wild durcheinander.

»Alle kriegen was«, rief der Mann. »Aber ihr müsst euch brav anstellen.«

Die blonde Frau ging los. Für einen Moment fühlte sie sich versucht, den Kollegen zu bitten, die Aufgaben zu tauschen. Aber er war nur ein junger Assistent ohne Ausbildung.

Sie war die Leiterin des Kindergartens. Außerdem hatte Marius den Toten sicher nur erfunden.

Er hatte wirklich eine blühende Phantasie, der kleine Marius.

13.39 Uhr
GRUS, Bærum

Ola Farmen saß in seinem Büro und starrte auf das Telefon.

Sie hatten überall nach Erik Berntsen gesucht. Er war spurlos verschwunden. Seine Frau hatte keine Ahnung gehabt. Am frühen Morgen hatte Petter Bråten sie angerufen und ihr mitgeteilt, dass ihr Mann nicht mehr da sei. Zuerst hielt auch sie den Ausdruck »nicht mehr da« für eine hilflose Umschreibung der Tatsache, dass Erik tot sei. Als Petter Bråten dieses Missverständnis endlich erkannte und das eigentliche Problem erklärte, wurde sie wütend. Sie konnte nicht begreifen, wie in einem Krankenhaus ein Patient verschwinden konnte. So etwas war jedenfalls in all den Jahren mit keinem von Eriks zahllosen Patienten passiert.

Die beiden Töchter hatten ebenfalls nichts vom Vater gehört. Petter hatte Berntsens Sohn nicht erreicht, aber es gab keinen Grund zu der Annahme, dass der vierundzwanzigjährige Nachkömmling das Verschwinden des Vaters erklären könnte. Der ältesten Schwester zufolge war er ein Taugenichts, der seine Eltern nur selten besuchte. Vermutlich hielt er sich nicht einmal in Norwegen auf.

Sara Zuckerman hatte Ola schließlich gebeten, die Polizei zu informieren. Klinikchef Benjaminsen und Lars Kvamme hatten schon früher Alarm schlagen wollen, aber Sara hatte darauf bestanden, noch zu warten. Es wäre nur eine zusätzliche Belastung für Berntsens Familie, wenn die Polizei in etwas hineingezogen würde, wofür es aller Wahrscheinlichkeit nach eine schlichte Erklärung gab.

Die Wahrscheinlichkeit für eine schlichte Erklärung war dann im Laufe des Tages immer kleiner geworden.

Ola Farmen konnte nicht verstehen, warum ausgerechnet er anrufen sollte. Es wäre richtiger gewesen, wenn Kaare Benjaminsen das übernommen hätte. Oder Sara selbst. Er spürte, wie sein Ärger wuchs, je mehr Zeit verging, ohne dass das Telefon einen Mucks von sich gab.

Bei der Polizei hatte ihm ein gewisser Kommissar Klavenes lange schweigend zugehört, dann hatte er ziemlich schroff mitgeteilt, er werde Dr. Farmen in wenigen Minuten zurückrufen. Ola wusste, dass erst geprüft wurde, ob er der war, als der er sich ausgab. Aber nun waren elf Minuten vergangen, und er hatte Wichtigeres zu tun.

Er ließ sich im Sessel zurücksinken und schaute aus dem Fenster.

Auf den großen Rasenflächen zwischen der Chirurgie und dem Verwaltungsgebäude hatten dunkelhäutige Jungen einen Fußballplatz eingerichtet. Die Schilder mit der Aufschrift *Bitte den Rasen nicht betreten* waren als Eckpfosten für kleine Tore genutzt worden. Die Hecke am Weg im Süden war die eine Seitenlinie, das rechteckige erhöhte Becken weiter vorn fungierte als Grenze an der gegenüberliegenden Seite. Ola ertappte sich dabei, dass einer der Jungen ihn faszinierte.

Er fuhr zusammen, als das Telefon klingelte. »Dr. Farmen«, sagte er verwirrt.

»Hauptkommissar Klavenes.«

»Ja. Hallo.«

»Dieser Erik Berntsen, der war also Patient bei Ihnen?«

»Er ist Patient bei uns, wir können ihn nur nicht finden. Er wurde in der vergangenen Nacht zuletzt gesehen, so gegen vier Uhr.«

»Wir haben ihn gefunden. Das heißt, eigentlich hat ihn ein Kind gefunden. Vor kurzer Zeit.«

»Was? Was sagen Sie da?«

»Er hatte seine Brieftasche bei sich. Führerschein und Kreditkarte mit Bild. Wir haben ihn natürlich noch nicht offiziell identifizieren können, aber wir sind uns sicher, dass er es ist. Gerade siebzig geworden, nicht wahr?«

Ola nickte nur.

»Nicht wahr?«, wiederholte die Stimme.

»Doch. Ja.«

»Wir haben den Fundort noch nicht abschließend untersucht«, sagte der Polizist. »Die Leiche wird ...«

»War es ein Verbrechen?«, fiel Ola ihm ins Wort.

»Das wissen wir noch nicht. Warum war er bei Ihnen?«

»Ihm ist ein ICD eingesetzt worden. Ein Herzstarter.«

»Siebzig Jahre und herzkrank«, sagte Klavenes. »Für mich klingt das nach einer natürlichen Todesursache. Aber darüber werden wir später mehr sagen können. Die Angehörigen sind noch nicht informiert worden, und vielleicht sollten Sie das ... Normalerweise bringen wir Verstorbene in die Gerichtsmedizin, aber in diesem Fall sollte er vielleicht ...«

»Wissen Sie«, Ola fiel ihm ein weiteres Mal ins Wort. »Ich glaube, das müssen meine Vorgesetzten entscheiden. Dürfen wir Sie wieder anrufen?«

»Natürlich.«

»Haben Sie eine Durchwahl?«

Der Mann leierte eine Mobilnummer herunter, und Ola kritzelte sie auf eine Zeitung.

»Danke«, sagte er und beendete das Gespräch.

Er war bisher nicht einmal auf den Gedanken gekommen, dass Erik Berntsen tot sein könnte. Er war durch das Verschwinden verwirrt gewesen, das wurde ihm jetzt klar. Nichts ließ annehmen, dass Berntsen das Krankenhaus gegen seinen Willen verlassen hatte. Er war ein Starrkopf, das wussten alle, und er konnte durchaus beschlossen haben, nicht bis zum Dienstantritt der Morgenschicht zu warten, ehe er sein Bett verließ. Das schöne Wetter konnte ihn bewogen haben, einen Spaziergang zu machen. Am Vorabend hatte er sich stark und gesund gefühlt, behauptete die zuständige Krankenschwester.

Einen Spaziergang machen ...

Erik Berntsen sei beim Dæhlivann gefunden worden, hatte der Kommissar mitgeteilt. Im Wald, mit anderen Worten.

Ola kniff im grellen Sonnenlicht die Lider zusammen.

Das hier war ein Tag für Meer und See. Aber nicht, wenn man siebzig und frisch operiert war.

Um ans Dæhlivann zu gelangen, hatte Professor Berntsen ein Auto gebraucht, dachte er. Das war in seinem Zustand durchaus nicht anzuraten. Nicht anzuraten und außerdem verboten. In wenigen Tagen wäre eine Kopie von Berntsens Diagnosestellung an die zuständige Behörde weitergeleitet worden, und die hätte der Polizei routinemäßig mitgeteilt, dass der Mann nicht mehr die Befähigung zur Führung eines motorisierten Fahrzeugs hatte. Jemand anders musste Erik Berntsen gefahren haben. Der alte Professor war stur und dickköpfig, aber kein Idiot.

Die Jungen draußen spielten weiter Fußball. Der kleine Techniker, der Ola faszinierte, bekam soeben eine Steilvorlage und kickte den Ball in perfektem Flug mitten zwischen die beiden Schilder, die das Betreten der Rasenflächen untersagten.

»8:0«, schrie der Junge und jubelte.

Ola beobachtete den kleinen Ballkünstler und verspürte die übliche Verärgerung darüber, dass er fünf Kinder ohne jegliches Interesse an Fußball gezeugt hatte. Am liebsten hätte er seinen Kittel in eine Ecke geschleudert, um hinauszulaufen und mitzukicken. Aber er musste Sara Zuckerman aufsuchen und ihr berichten, dass ihr Patient tot war. Ihm grauste dermaßen davor, dass er für einen Moment mit dem Gedanken spielte, nach Hause zu fahren.

Stattdessen wandte er sich abrupt vom Fenster weg, riss die halbe Seite der Tageszeitung ab, steckte den Zettel in die Tasche und machte sich auf den Weg zu Kaare Benjaminsen. Wenn er sich danach in ein Labor schlich und ganz viel Glück hätte, würde Sara die Nachricht von jemand anderem erfahren. Wenn er das absolut unerhörte Superglück hätte, würde der Arbeitstag sogar vorübergehen, ohne dass er ihr überhaupt begegnete.

»Träumen ist schließlich erlaubt«, murmelte er und schloss die Tür hinter sich ab.

11.56 a.m.
Upper East Side, Manhattan, NYC

Rebecca hielt das zweite Glas Gin Tonic an diesem Tag in der Hand. Zum ersten Mal seit langer Zeit fühlte sie sich klar im Kopf und ziemlich nüchtern. Am Morgen war sie im Sessel eingeschlafen. Sie konnte sich nicht an ihren Traum erinnern, hatte aber doch ein vages Gefühl von Sommer, als ein Streifen Sonnenlicht im Gesicht sie jäh geweckt hatte. Sie brauchte einige Sekunden, um zu wissen, wo sie war, was ihr sonst nie Probleme machte. Zwei Stunden Schlaf waren ein Segen, vor allem an einem Tag wie diesem. Nach einem Joghurt und einem starken Drink hatte sie duschen wollen, hatte aber rasch erkannt, dass die Zeit nicht reichte. Im Badezimmer zog sie einige Male die Bürste durch ihre grauen Haare. Ein wenig Schminke auf die Augen. Sie warf einen Blick auf die Zahnbürste, ließ sie aber liegen. Als sie ins Wohnzimmer zurückkehren wollte, sah sie, dass ihre Bluse auf der Brust rot verschmiert war. Sie hatte keine Ahnung, woher dieser rote Streifen stammte. Da sie auch nicht wusste, ob sie noch eine saubere Bluse im Schrank hatte, zog sie einen Burberry-Schal vom Haken hinter der Tür und band daraus eine Schleife, um den Fleck zu verbergen.

Nun saß sie im größten Zimmer vor dem eleganten Rokokosekretär bereit. Auf der ausgeklappten Schreibplatte stand ein iMac, dessen hypermodernes Design den alten Schreibtisch mit seinen Goldornamenten und Blütenranken komisch aussehen ließ. Ihr Sohn hatte ihr den Computer gebracht, so wie er sie mit allem versorgte, außer mit Alkohol. Er kümmerte sich sogar um ihre Kleidung, wenn er drei-, viermal im Jahr die Möglichkeit hatte, sie zu besuchen. Er sammelte die schmutzigen Sachen ein und brachte die Säcke in die Reinigung. Einige

Tage nach seiner Abreise wurden die Kleider sauber und gebügelt an die Tür gebracht und mussten vorhalten, bis Orty das nächste Mal auftauchte.

Sie war dankbar, aber diese Maschine konnte sie nicht leiden.

Orty hatte ihr beigebracht, den Computer einzuschalten, im Netz zu surfen, E-Mails zu verschicken und das kleine Symbol zu erkennen, das ihr verriet, dass er sie per Skype zu erreichen versuchte. Ehe alles schiefgegangen war und sie sich im Jahre 2001 vollständig dem Alkohol hingegeben hatte, war sie fast eine Computer-Spezialistin gewesen. Irgendwo in ihrem alkoholisierten Gehirn musste dieses Wissen noch gespeichert sein, denn sie hatte nicht mal eine halbe Stunde gebraucht, um die Benutzung des Apparates zu begreifen.

Skype war aber etwas ganz Neues.

Es gefiel ihr, Orty zu sehen, wenn sie miteinander sprachen, und sie benutzte den Computer zu nichts anderem. Sie brauchte nicht viel über die Welt draußen zu wissen. Orty war der Einzige, dessen E-Mail-Adresse sie kannte, und mehr, als bei den wöchentlichen Gesprächen per Skype erzählt wurde, gab es nicht.

Der Apparat mit seiner schwarzen leeren Fläche machte ihr jedes Mal Angst, wenn sie auf dem Weg zur Küche, wo sie sich zu trinken holte, daran vorbeikam. Sie konnte ihr Spiegelbild darin sehen, wenn das Licht in der Diele brannte. Das Spiegelbild war bläulich und ließ sie aussehen wie ein Gespenst, das durch diese Grabkammer von Wohnung schlurfte.

Auf dem Bildschirm tauchte ein S auf, weiß auf hellblauem Grund.

Rebecca zog den Schal gerade und überzeugte sich davon, dass der Fleck nicht zu sehen war. Mit zitternder Hand nahm sie die Maus und führte den Cursor zu dem kleinen Emblem unten rechts auf dem Bildschirm.

Das Bild flimmerte für einen Moment.

»Hallo, Mama. Wie geht's dir denn?«

»Ach, du weißt schon.«

Sie lächelte ihren Jungen vorsichtig an. Er sah so gut aus. Seinem Vater wie aus dem Gesicht geschnitten, mit blonden Haaren und großen blauen Augen. Als kleiner Junge hatte Orty in der Sommersonne kreideweiße Haare gehabt. Noch immer waren sie ungewöhnlich hell, aber vielleicht half der Friseur ja nach. Schön war er jedenfalls, und sie beugte sich zum Bildschirm vor und strich mit der Hand über das kalte Glas.

»Aber Mama.«

Orty lächelte verlegen und ließ sich ein wenig zurücksinken. Sie ließ ihren Finger über seine Nase laufen, seine gerade Nase mit den feinen Flügeln, die sich ausweiteten, wenn er sich konzentrierte. Oder wenn er als Kind traurig gewesen war und versuchte hatte, nicht zu weinen.

»Hast du große Schmerzen?«, fragte Orty und zeigte auf seine Kamera, damit sie in das kleine Auge oben am Bildschirm blickte.

»Ach, du weißt schon.«

Sie setzte sich gerade.

»Heute Morgen konnte ich schlafen«, sagte sie. »Richtig schlafen, das war schön.«

»Fein.«

Dann schwiegen sie beide. Das machte nichts. Rebecca sah ihn gern an. Er kam ihr nah vor, trotz des flachen, kalten Bildes.

»Mama«, sagte Orty endlich. »Ich möchte dir etwas erzählen. Aber es muss zwischen uns bleiben. Etwas Wichtiges.«

Sie lachte heiser und griff zu ihrem Glas. »Alles, was du sagst, bleibt unter uns. Ich rede doch sonst mit niemandem.«

»Du musst rauskommen, Mama. Du hast da draußen immer noch Freunde.«

Rebecca brachte es nicht einmal über sich zu widersprechen. Orty hatte nie begriffen, wie schlecht es ihr wirklich ging, und sie hatte nicht vor, ihn auf den neuesten Stand zu bringen.

»Trinkst du?«, fragte er plötzlich laut. »Trinkst du so früh am Tag schon, Mama?«

»Nicht doch«, sie lächelte und hob ihr Glas. »Das ist Wasser, mein Junge. Pures Wasser.«

Sie leerte das halbe Glas. »Siehst du? Wasser. Was willst du mir erzählen?«

»Ich weiß jetzt, wie ich ihn fertigmachen kann.«

Sie blickte ihm erwartungsvoll in die Augen. Er wirkte plötzlich so viel jünger, mit halb offenem Mund und strahlendem Blick. So war er als Kind immer gewesen, wenn er ihr eine Zeichnung oder sein Zeugnis oder etwas brachte, was er in den ewig langen Sommerlagern gebastelt hatte, in die sie ihn jeden Sommer schickten, obwohl er noch mit über zehn Jahren Bettnässer war. Dieser Blick, dieser Hunger nach Anerkennung, die sie ihm jetzt, so viele Jahre später, nicht mehr geben konnte.

»Hör auf«, sagte sie nur. »Hör jetzt auf, Orty.«

Seine Nase wuchs. Sein Gesicht war verzerrt, ein Eiergesicht mit riesigen Augen: »Ich habe seine Achillesferse gefunden!«

Sie hob langsam den Blick. »Du hast dir ein schönes Leben aufgebaut, Orty. Papa war stolz auf dich. Ich bin es auch. Du brauchst nicht ...«

»Mama! Mama! Hör mir zu! Ich mache ihn endlich fertig«, sagte Orty. »Ich weiß jetzt, wie ich ihn fertigmachen kann, ich verspreche dir, dass ...«

»Kennst du die Sage von Achilles?«, unterbrach sie ihn mit scharfer Stimme.

Orty gab keine Antwort.

»Achilles war halb Mensch, halb Gott. Er wurde in den Fluss Styx getaucht, um unverletzlich zu werden, aber seine Mutter hatte die Ferse vergessen, an der sie ihn festgehalten hatte. Die Ferse war das Menschliche an ihm. Sie machte ihn verletzlich.«

Endlich richtete sie den Blick auf die Kamera.

Jeden Tag, jede Nacht, jede Sekunde, die sie existierte, dachte sie an die vielen falschen Entscheidungen, die sie getroffen hatte. Ein Kind hatten sie sich erlaubt, John und Rebecca, für ein einziges Kind hatten sie in ihrem Leben Platz zu schaffen versucht. Als der Junge geboren wurde, hatte sie ihre Disputation ein halbes Jahr aufschieben müssen und sich über das kleine Wesen geärgert, das sich an ihr festsaugte, bis sie ihm mit fünf Tagen die Flasche aufzwang. Sie hatte Orty und damit sich selbst verraten.

Nur wenn die Nächte schlimmer gewesen waren als sonst, dachte sie an Otto Schultz.

Otto hatte die Möglichkeit gehabt, ihr zu helfen. Er hätte sie die richtige Wahl treffen lassen können. Stattdessen hatte er sie in den Abgrund stürzen und John im Fall mitreißen lassen.

»Otto Schultz hat nichts Menschliches an sich«, sagte sie endlich. »Deshalb hat er auch keine Achillesferse. Vergiss es! Vergiss es!«

6.50 p.m.
Mercury Medical Zentrale, Manhattan, NYC

Der Besprechungsraum im 33. Stock war sechs Monate wegen Renovierung geschlossen gewesen. Nur eine Handvoll Menschen hatte während dieser Zeit Zugang gehabt. Erst an diesem Tag sollten die Türen geöffnet werden, zur ersten Pressekonferenz des Unternehmens, seit der norwegische Staat der große Eigner bei Mercury Medical geworden war.

Sie hatten an nichts gespart.

Der Raum hatte sich in eine Aula verwandelt.

Als Agnes Klemetsen zehn Minuten vor den draußen wartenden Journalisten durch die doppelten Türen geleitet wurde, hätte sie fast nach Luft geschnappt.

Otto Schultz lächelte und legte ihr die Hand auf den Arm. »Nur das Beste«, flüsterte er vertraulich. »Und jetzt ist das alles hier ...«

Er zuckte mit den Schultern und lächelte so weiß, dass sie wieder dachte, er müsse sich die Zähne gebleicht haben.

»... wenn nicht dein Eigentum«, sagte er, »dann doch der deines Landes. Schau mal!«

Ein riesiger Daumen zeigte nach oben. »Wir haben uns zum 34. Stock durchgeschlagen, um eine Dachhöhe zu erreichen, wie sie sich für die erfolgreichste Firma der Welt gehört.«

Die Decke war auf eine Weise beleuchtet, die Agnes nicht so ganz begriff. Hinter riesigen Glasflächen, die von Rahmen aus poliertem Stahl getragen wurden, schien das Tageslicht hereinzuströmen. Im Licht gab es eine undefinierbare Bewegung wie unter einer wechselnden sommerlichen Wolkendecke. Da das Gebäude noch über fünfzehn Etagen weiter nach oben ging, konnte es trotzdem nicht der Maitag sein, den sie dort draußen sah. Diagonal unter der Decke, von der westlichen zur östlichen Ecke des riesigen Raumes, verlief eine farbenfrohe Dekoration in einem Stil, den sie zu erkennen glaubte.

»Magne Furuholmen«, sagte Otto Schultz zufrieden. »Er hat sofort Ja gesagt, als wir ein norwegisches Element brauchten.«

Der Saal war mindestens vierhundert Quadratmeter

groß. Vier Stahlpfeiler trugen die neue Decke. Die Pfeiler standen in einem Quadrat und mit Zwischenräumen von acht bis zehn Metern. Als Agnes Klemetsen ihren Blick einem Pfeiler vom Boden zur Decke folgen ließ, bemerkte sie, dass die Farbe immer wieder wechselte. Soviel sie sehen konnte, war in das Metall kein Lichtfeld eingelassen, und sie konnte auch nirgendwo einen Projektor entdecken.

»Faszinierend, was?«

Otto Schultz zwinkerte ihr zu. »Nanotechnologie«, flüsterte er. »Keine Ahnung, wie das funktioniert, aber jedenfalls ist es schön.«

An diesem Abend war der Saal mit hundert Stühlen vor einem niedrigen Podium eingerichtet. Die Stühle standen ein gutes Stück von der Bühne entfernt, und bei keinem wurde die Sicht durch die leuchtenden Säulen behindert. Als Otto Schultz sie zum nächststehenden Stuhl führte, sah Agnes Klemetsen, dass der einen ausklappbaren LCD-Schirm, ein iPhone-Dock und natürlich eine elegant getarnte Steckdose aufwies. Otto Schultz drückte auf einen Knopf auf der rechten Seite der Stuhllehne und öffnete damit die Tür zu einem kleinen Kühlraum unter dem Sitz. Eine Flasche Mineralwasser mit einem Stielglas kam lautlos aus einem Behälter.

»Ich kann mich noch immer wie ein Junge über so etwas freuen«, sagte Otto Schultz. »Du hättest mal sehen sollen, womit dieser Saal sonst noch möbliert werden kann. Aber in ein paar Minuten werden die Türen für die Presse geöffnet. Also gehen wir doch hinter die Bühne.«

Agnes Klemetsens Augen wanderten von der hintersten Wand, die auf irgendeine Weise aus Wasser bestand, zur Bühne, auf der sie bald Platz nehmen würde und die sich offenbar nicht nur heben und senken, sondern auch einen anderen Winkel annehmen, sich drehen und die Farbe ändern konnte. An beiden Längsseiten des Raumes, gute zwei Meter unter der Decke, verliefen symmetrische Galerien mit Wendeltreppen aus Glas. Das künstliche Tageslicht von oben und das Fehlen von sichtbaren Befestigungen ließen die Zwischenböden aussehen, als schwebten sie in der Luft.

Der gewaltige Saal hatte für einen Moment die Nervosität verdrängt, die sie zu ihrer Überraschung seit dem Morgen quälte. Jetzt setzte die Nervosität wieder ein. Agnes Klemetsen griff sich an die Brust und schluckte.

Das musste Otto Schultz bemerkt haben. Er senkte die Stimme und beugte sich näher zu ihr vor. »Bald werden wir Geschichte schreiben«, sagte er und hielt ihren Blick so fest, dass sie kaum zu blinzeln wagte. »Wir werden auf dieser Bühne sitzen, du, ich, Bill Gates und seine Frau Melinda. Und du, Agnes, wirst dem Rest der Welt die frohe Botschaft übermitteln, dass ein Prozent von Mercury Medicals jährlichem Nettoüberschuss in die Bill and Melinda Gates Foundation und vor allem in die Arbeit zur Verbesserung der Gesundheit von Kindern gespritzt werden wird.«

Seine Stimme hatte etwas Feierliches, und er stand kerzengerade da. Er war sicher dreißig Zentimeter größer als sie. »Gespritzt werden!«, wiederholte er und lachte. »Eine gute Wortwahl für ein Impfprogramm!«

Agnes lächelte gequält. »Gehen wir?«, fragte sie mit einem Hüsteln. »Ich könnte einen Schluck Wasser brauchen, ehe das hier losgeht.«

»Klar«, sagte Otto Schultz und hielt ihr galant die Hand hin. »Aber zuerst musst du noch unsere philanthropischen Freunde kennenlernen.«

Als sie sich bei der Tür zur Bühne ein letztes Mal umdrehte, sah sie, dass die Fernsehsender ihre Kameras schon aufgebaut hatten. Sie standen neben einer Art Spiegelkonstruktion auf der anderen Seite des Saales und waren für sie bisher nicht zu sehen gewesen.

»Eins, zwei, drei, vier, fünf, sechs ...«, zählte sie lautlos.
Fünfzehn Kamerateams.
Hundert angemeldete Journalisten.
Ihr Puls beschleunigte sich dermaßen, dass sie für einen Moment Todesangst hatte. Andererseits, sagte sie sich, könnte es wohl kaum einen besseren Ort geben, falls das Herz plötzlich Probleme machte, als das Hauptquartier von Mercury Medical.
Bei diesem Gedanken musste sie zum ersten Mal seit mehreren Stunden lächeln.

Montag, 4. März 2002

8.32 a.m.
Mercury Medical Zentrale, Manhattan, NYC

Es war so kindisch, dass David Crow die Augen verdrehte, obwohl er allein war. Ihn hier zurückzulassen, in einer fensterlosen Kammer mit offenbar verschlossener Tür, war an sich schon ein Klischee. Er hätte eine hohe Summe darauf wetten mögen, dass Peter Adams bereits vor der Tür stand und nur darauf wartete, dass die Zeit verging. Dass David noch größere Angst bekäme.

Das hier war viel Lärm um nichts.

Sie würden die Polizei nicht rufen.

Die Bullen würden sich zweifellos für eine so große Menge Kokain interessieren. Natürlich würde sich David mithilfe der Staranwälte von Mercury Medical einer Gefängnisstrafe entziehen können. Aber es würde trotzdem einen Höllenlärm geben. Untersuchungshaft und Kaution und Prozess und alles, was weder er noch Mercury brauchten.

Aber Mercury brauchte ihn, so einfach war das.

Als Apollo und Gemini vor Kurzem zu einer Firma mit dem dämlichen Namen Mercury fusioniert hatten – dieses Riesenbaby Otto Schultz hatte eine gigantische Nummer aus dem astronomischen Wortspiel gemacht –, hatte jede der Gesellschaften Abteilungen für *Research &*

Development gehabt. R & D Software lag noch immer in Manhattan, worum die fast tausend Angestellten von R & D Hardware und R & D Pharmacy sie beneideten. Die Softwareabteilung hatte allein in den vergangenen sechs Monaten elf neue Leute eingestellt, aber keiner war so wichtig wie der Jüngste von allen.

David William Crow jr.

Das wusste er, und er wusste, dass sie es wussten.

Es war heiß in der Kammer, und er hatte nichts zu trinken. Auch das ganz nach dem Klischee.

Er verstand nicht ganz, was sie wollten.

Es musste doch um das Kokain gehen, das er in seiner unsäglichen Naivität Holly gezeigt hatte. Dass die Security den Scheiß beschlagnahmt hatte, musste er wohl hinnehmen. Es gab ja noch mehr davon. Dass sie aus der Sache eine so große Nummer machten, war schon weniger zu verstehen. Hier saß er, untätig und nutzlos, und Peter Adams war trotz allem Chef der gesamten R & D. Es war ziemlich blödsinnig, dass ein Typ wie er den ganzen Vormittag damit verschwendete, David Crow eins auf die Finger zu geben.

David gähnte.

Er hatte bis drei Uhr morgens im Labor gesessen und danach zwei Bier getrunken, um dann bis halb sieben zu schlafen.

Im Labor war es nachts am besten.

Obwohl alle bei Mercury sich den Arsch abschufteten und niemand Buch über Überstunden führte, waren die meisten gegen neun Uhr abends verschwunden.

Dann konnte er loslegen.

Es roch hier nach Staub, der ihn in der Nase kitzelte. Die Zunge kam ihm noch immer riesig und zundertrocken vor.

Es wurde an die Tür geklopft.

David grinste und schwieg.

Peter Adams kam herein und zog die Tür hinter sich zu, ohne abzuschließen. Für einen Moment blieb er stehen und starrte David an, dann schüttelte er den Kopf, warf einen dünnen Ordner auf den Tisch und setzte sich David gegenüber.

»Ich habe heute Geburtstag«, sagte Peter und trommelte leise mit den Fingern auf der Tischplatte.

»Meinen Glückwunsch«, sagte David.

»Fünfzig Jahre.«

»Na gut.«

»In all diesen Jahren ist mir nie so ein cleverer und begabter Mensch begegnet wie du.« David zuckte gleichgültig mit den Schultern.

»Und nie ist mir ein so durch und durch und total und vollständig ...«

Peter wurde lauter und holte Atem, ehe er rief: »... idiotischer Mensch über den Weg gelaufen!«

David zuckte zusammen. »Kann ich einen Schluck Wasser haben«, war das Einzige, was ihm einfiel.

»Nein. Das hier geht schnell.«

Peter Adams stützte die Ellbogen auf den Tisch und schlug die Hände vors Gesicht. »Zwanzig Jahre«, sagte er resigniert. »Du warst zwanzig, als wir dich vom College geholt haben, in einem Alter, in dem die meisten sich auf dem Campus gerade erst umgeschaut haben, hast du schon an deiner Doktorarbeit gesessen. Du warst ...«

Abrupt setzte er sich gerade. »David, David, David.«

David wich seinem Blick aus.

Der Mann sollte sich ja nicht so aufführen, als ob er Davids Vater wäre.

»Ich wünschte, ich wäre dein Vater«, sagte Peter.

»Lass den Quatsch.«

»Dann könnte ich dich drei Monate in eine Entziehungsklinik sperren, mit dir für drei Monate nach Alaska fahren, in eine Jagdhütte ohne Computer, und danach könnte ich feststellen, ob auf dich wieder Verlass wäre.«

»Lass den Scheiß, Peter. Also echt! Ich hab doch kein Suchtproblem. Erzähl mir ja nicht, du selbst hättest nicht...«

Peters Handflächen klatschten auf den Tisch. »Du bist es, der den Quatsch lassen soll«, brüllte er so laut, dass er sicher im ganzen Stockwerk zu hören war. »Ist dir überhaupt klar, was das hier ist?«

Er packte den roten Plastikumschlag voller Unterlagen und schwenkte ihn hin und her. Ohne auf Antwort zu warten, wurde er sehr leise und fügte hinzu: »In einem dreijährigen Arbeitsverhältnis, zuerst bei Apollo und dann bei Mercury, sind acht ernsthafte Anmerkungen über dich aktenkundig geworden. Acht! Zweimal ging es um Kokain. Sechs Frauen haben dich angeklagt, weil...«

»Diesen Fotzen ging es doch bloß ums Geld«, fauchte David und schlug auf den Tisch.

»Und das haben sie auch bekommen. Ist dir klar, was es die Firma gekostet hat, immer wieder deinen Hintern zu retten? Nur weil du nie gelernt hast, wie man sich Damen gegenüber verhält? Ha?«

David sprang so plötzlich auf, dass sein Stuhl umkippte. »Das muss ich jetzt wirklich nicht haben.«

»Setz dich wieder.«

»Verpiss dich doch.«

»Du bist gefeuert.«

David stand schon bei der Tür, blieb aber abrupt stehen. »Lass den Quatsch«, sagte er.

Hinter sich hörte er Peter seufzen. »Dein Problem, David, ist, dass du allen anderen sagst, sie sollen den Quatsch lassen. Lass du den Quatsch doch selbst. Heute Morgen haben wir drei Röhrchen Kokain in deinem Schreibtisch gefunden. Du hattest sie nicht mal eingeschlossen.«

»Holly, oder? Die konnte den Mund nicht halten.«
»Spielt keine Rolle. Es ist aus, David. Setz dich.«
»Ihr schafft das nicht ohne mich«, sagte David.
»Natürlich schaffen wir das ohne dich. Es ist uns natürlich nicht recht. Aber du lässt uns keine Wahl. Ein Unternehmen wie dieses muss extrem strenge Sicherheitsregeln befolgen. Du bist ein Risiko. Ein verdammt großes Risiko, und damit können wir nicht mehr leben. Setz dich endlich.«
»Ist dir klar, was hier abläuft? Habt ihr überhaupt daran gedacht, dass ich geradewegs zu Boston Scientific oder St. Jude spazieren und denen zeigen kann ...«
»Setz dich, verdammt noch mal!«
Peter Adams war zwar jetzt fünfzig, aber er war ein durchtrainierter Mann. In seiner geräumigen Wohnung in der 66. Straße hatte er ein gut ausgerüstetes Fitnessstudio. Ehe der schmächtige David Crow wusste, wie ihm geschah, hatte sein Chef von hinten beide Arme um ihn geschlungen, ihn hochgehoben und zum Tisch getragen, wo er mit dem Fuß den Stuhl vom Boden hob und den jungen Mann auf den Sitz knallen ließ.
»Au«, schrie David. »Verdammte Kacke!«
Peter beugte sich so nah über sein Gesicht, dass David die Hände zur Abwehr hob.
»Wag es ja nicht, uns zu drohen«, fauchte Peter. »Ein falsches Wort, und ich werfe dich den Wölfen zum Fraß vor!« Er atmete schwer und kehrte an seinen eigenen Platz zurück. Für eine Weile saß er mit fast trauriger Miene schweigend da. »Du unterschreibst dieses Dokument hier«, sagte er endlich und zog einige zusammengeheftete Bögen aus dem roten Ordner. »Danach bekommst du einen Scheck über hunderttausend Dollar und verlässt das Haus.«
»Was ist das?«, fragte David und nickte zu den Papieren hinüber.

»Lies.«

»Keinen Bock. Was ist das?«

»Eine Erklärung.«

»Worüber denn?«

»Dass du die Kündigung einreichst, zugibst, was du getan hast, eine dreijährige Quarantäne von allen Tätigkeiten garantierst, die möglicherweise mit Mercury konkurrieren können, und dass du damit einverstanden bist, dass alle Informationen über dich an die Polizei gehen, sowie du gegen diese Abmachung verstößt. Ich rede hier von diesem Kokainfund und den beiden vorigen. Ich kann außerdem mitteilen, dass alle Vergleiche, die du mit den von dir belästigten Frauen eingegangen bist, in dem Moment ungültig werden, in dem du diese Abmachung brichst. Einseitig. Diese Damen können dich also verklagen, ohne die teilweise hohen Entschädigungssummen zurückzahlen zu müssen. Falls du deine Zusage nicht einhältst.«

»Ihr habt schnell gearbeitet, ich muss schon sagen. Das alles in nur zwei Stunden.«

»Unsere Anwälte haben sich das alles längst vorgenommen. Liest du jetzt oder was?«

David rutschte auf dem Stuhl hin und her. Am liebsten wäre er aufgesprungen und davongestürzt, wie damals, als Mama die Treppe runtergefallen war. Er schwitzte so sehr, dass es in seinen Augen brannte.

Sie würden ohne ihn nicht zurechtkommen. Er führte alle Tests durch. Fand die Löcher in den Programmen, die die anderen Idioten entwickelten. Nur er, David Crow, konnte garantieren, dass der von Mercury produzierte Krimskrams wirklich funktionierte.

Dass sie ihn gehen lassen wollten, war nicht zu begreifen. Eines Abends hatte er einen Kollegen zum anderen sagen hören: »*David Crow is fucking untouchable!*«

Das stimmte. Niemand konnte ihm etwas anhaben.

Goldknabe und Genie.

Wenn sie wüssten, was er nachts getrieben hatte, im Labor, wenn er allein war.

»Du hast Geld erwähnt«, sagte er.

»Wenn es etwas gibt, wovon du genug hast, dann ist es Geld. Aber der Ordnung halber und als kleine Aufmerksamkeit geben wir dir hunderttausend Dollar, wenn du diese Abmachung unterschreibst, deine Schlüsselkarte überreichst und das Gebäude für immer verlässt.«

»Ich muss meine Sachen holen«, sagte David.

Peter lächelte nachsichtig und schüttelte den Kopf. »Aber David. Natürlich kannst du nichts mitnehmen. Ein kluger Junge wie du muss das doch verstehen. Die Security geht dein Büro durch und sucht die persönlichen Dinge heraus. Wir packen einen Karton und schicken ihn dir. Ist dir nicht gut, David?«

Peter Adams beugte sich vor und lächelte mitfühlend, während er versuchte, den Blick des Jungen einzufangen.

»Kann ich nicht wenigstens einen Schluck Wasser haben?«, fragte David.

»Willst du unterschreiben?«

Die Kammer schien zu schrumpfen.

Der Trick hatte gewirkt.

Verdammt, er hat gewirkt. Dieser lächerliche Trick hat gewirkt!

Er wollte nur laufen.

Plötzlich und so schnell, dass Peter die Augenbrauen hob, riss David das Abkommen von der anderen Tischseite und blätterte zur letzten Seite weiter.

Peter reichte ihm einen Kugelschreiber. Der kratzte, als David eine unleserliche Signatur auf das Papier kritzelte.

»Und die Initialen unten auf jede Seite«, verlangte Peter.

Die Seite 3 der Abmachung löste sich, als David alles noch einmal durchblätterte.

»Danke«, sagte Peter, als es getan war, und zog einen Scheck aus der Brusttasche. »Hier ist das Geld.«

David erhob sich. Langsam diesmal, um das Gleichgewicht nicht zu verlieren. Er nahm die kombinierte ID- und Schlüsselkarte vom Gürtel und warf sie auf den Tisch. »Das ist die Einzige, die ich habe. Sieh im Register nach, wenn du mir nicht glaubst.«

Peter verzog keine Miene. Er hatte noch immer die Hand gehoben und ließ den Scheck zwischen den Fingern baumeln. Als ob er eine Nutte bezahlen wollte, dachte David.

»Die Security bringt dich raus«, sagte Peter. »Ich bin mir sicher, dass alle Herzkranken auf der Welt dir einen freundlichen Gedanken widmen würden, wenn sie wüssten, wer du bist.«

»*Kill those motherfuckers, for all I care*«, fauchte David und setzte sich in Bewegung. Als er an dem Mann vorüberlief, der noch vor wenigen Sekunden sein Chef gewesen war, riss er den Scheck an sich.

Dann rannte er los.

11.03 a.m.
Mercury Medical Zentrale, Manhattan, NYC

David Crows Büro war sicher das Unpersönlichste, das Peter Adams je gesehen hatte. Als er in der Tür stand und den Blick vom Bücherregal auf der rechten Seite zu dem doppelten Schreibtisch vor der anderen Längswand laufen ließ, konnte er nicht einen einzigen privaten Gegenstand sehen. Kein Bild, keine Kinderzeichnung, kein albernes Andenken von irgendeiner Auslandsreise. Nicht einmal eine verwelkte Topfblume auf der Fensterbank. In den Regalen waren Ordner und Bücher ordentlich sortiert. Auch auf dem ungewöhnlich langen Schreibtisch herrschte peinliche Ordnung. Ein Gefäß mit Stiften. Eine graue Schreibunterlage vor dem einen der beiden Sessel, Tastatur und Computerbildschirm vor dem anderen. Unter dem Tisch, neben einem Rollschrank mit Schubladen, drei weitere Rechner. Alle ausgeschaltet.

Das Zimmer wirkte fast steril, ein Eindruck, der durch einen vagen Chlorgeruch noch verstärkt wurde. Peter Adams schnupperte und begriff nicht so recht, was das sein konnte.

»Der Typ hat sich mit einer Million Phobien herumgequält«, sagte der Mann von der Security, der so lautlos hereingekommen war, dass Peter zusammenfuhr. »Vor Bakterien, zum Beispiel. Komisch, dass er überhaupt einen Nerv für Dope hatte. Da hat man doch null Kontrolle drüber. Was sollen wir jetzt machen?«

»Seht alles durch«, sagte Peter Adams. »Absolut alles. Holt einen von den Leuten von R & D, falls ihr nicht sicher seid, ob etwas in den Reißwolf kann. Wenn ihr noch Zweifel habt, kommt zu mir. Seid gründlich.«

»Alles klar. Das dauert einige Tage.«

Peter gab keine Antwort.

Er war ein wenig traurig. David Crow war so unsympathisch, dass Peter nicht an ihm gehangen hatte, aber es war doch eine Tragödie, dass ein Genie sein Leben auf diese Weise vergeudete.

Langsamer als sonst ging er zum Fahrstuhl und zu seinem eigenen Büro. Er war so stolz gewesen, dass es ihm gelungen war, David Sony, dem Verteidigungsministerium, der NASA, General Motors und etlichen anderen Interessenten sozusagen vor der Nase wegzuschnappen. Fast schien die Vorstellung, mit Computern zu arbeiten, die mit menschlichem Gewebe kommunizierten, für den Jungen den Ausschlag gegeben zu haben.

Pacemaker.

Implantierbare Herzstarter.
Neurostimulatoren.
Cochleaimplantate.

David besaß nicht nur eine unbegreifliche Fähigkeit dafür, Computerprogramme zu verstehen, zu entwickeln und zu analysieren. Er besaß auch eine umwerfende Phantasie für die Möglichkeiten, die die Zukunft bringen würde. Er glaubte zum Beispiel, dass es möglich sein würde, Blinde sehend zu machen.

Als Peter wieder in seinem eigenen Büro war, wo ein großes Bild der lächelnden Catherine auf dem Schreibtisch stand, dazu drei schöne Orchideen vor dem Fenster und das übliche Chaos in den überfüllten Regalen, wurde ihm klar, dass ihm der Junge vor allen Dingen leidtat. Irgendwo hatte er gehört, dass David nach einer Familientragödie mit zehn, zwölf Jahren in eine Pflegefamilie gekommen war. Der Pflegevater hatte sofort erkannt, dass der Junge über ungewöhnliche Fähigkeiten verfügte, und hatte ihn offenbar mit allem zusammengebracht, was in avancierter Computertechnologie Rang und Namen hatte. Ansonsten hatte er David vernachlässigt.

Ein wenig leid tat er sich auch selbst. Er musste schließlich einen Ersatzmann finden. Und im Moment hatte er keine Ahnung, wo der zu finden sein sollte.

Vermutlich nirgendwo.

Freitag, 7. Mai 2010

9.30 Uhr
GRUS, Bærum

Der Pathologe hatte eine schnarrende Stimme, die durch die schlechte Verbindung noch schnarrender wurde. Er schien im Rikshospital in einer Grotte zu sitzen, und Sara Zuckerman hätte ihn fast gebeten, von einem anderen Telefon aus anzurufen.

»Das Ergebnis ist relativ klar«, sagte der Mann trocken. »Jedenfalls vorläufig: frischer Herzinfarkt. Wie erwartet eigentlich.« Den Hörer zwischen Wange und Schulter geklemmt, fingerte sie an einem Brieföffner mit Silberschaft herum. Der Schaft war fein ziseliert, und sie ließ den Zeigefinger über das Schlangenmuster fahren, ehe sie vorsichtig die Spitze der Klinge berührte. Immer fester drückte sie damit gegen ihre Haut.

»Ganz deiner Ansicht«, sagte sie leise.

»Und nach dem, was du mir eben erzählt hast«, sagte die schnarrende Stimme, »kann ich dir vermutlich mit der Mitteilung eine Freude machen, dass es keinerlei Anzeichen für eine Tamponade gibt.«

Der scharfe Stahl bohrte sich durch die Haut. Sara legte den Brieföffner weg und starrte die kleine Blutperle an, die langsam größer wurde.

Sie wusste nicht, was sie empfand. Erleichterung, vielleicht, jedenfalls für einen Moment, ehe sie sich schämte, weil sie überhaupt befürchtet hatte, Eriks Tod könne ihre Schuld sein.

Der Pathologe schnarrte weiter: »Berntsen war scheinbar koronargesund, man kann das hier also als leicht unerwartet bezeichnen. Aber so ist das Leben. Der Mann war ja auch nicht mehr der Jüngste. Wir haben keine Anhaltspunkte für zerebrovaskuläre Katastrophen oder Lungenembolie gefunden.«

»Was ist mit dem ICD?«, fragte Sara.

»Ich wünschte, einer von den Elektrophysiologen hier könnte einen Blick darauf werfen. Die haben sich jedoch geweigert, etwas so ...«

Seine Stimme verschwand ein weiteres Mal. »... Intimes«, war er plötzlich wieder da. »Sie wollten einen alten Kollegen nicht so intim betrachten. Sie haben deshalb einen Herzspezialisten von der Station geschickt. Der konnte nichts Abweichendes finden.«

Sara steckte den Finger in den Mund und schloss die Augen. Ihre Erleichterung war so groß, dass sie sie nicht mehr verleugnen konnte.

Sie hätte einen ehemaligen Liebhaber auf keinen Fall operieren dürfen. Emotionale Bindungen an einen Patienten unter dem Messer waren tabu, ob hier nun die Rede von Hass, von Liebe oder von einem Gemisch aus beidem war.

Wie in ihrem Fall.

Sie hatte kaum geschlafen.

In den Morgenstunden, als die leichten Schlafzimmervorhänge langsam rosa geworden waren und der Versuch, noch Schlaf zu finden, keinen Sinn mehr gehabt hatte, war sie aufgestanden, um für Kaare Benjaminsen einen Bericht über ihre Fehler zu schreiben. Er würde den Bericht vermutlich an die Ethikkommission des Krankenhauses weiterreichen. Bei der Vorstellung, dass Lars

Kvamme diesem Rat angehörte, hatte sie eine Gänsehaut bekommen, obwohl sie in einem warmen Trainingsanzug vor dem Rechner saß.

Nach zwei Tassen Kaffee und drei übereilten Entwürfen hatte sie beschlossen, den vorläufigen Obduktionsbericht abzuwarten.

Das Atmen fiel ihr jetzt leichter.

»Berntsen muss wirklich schlimm gefallen sein«, sagte der Pathologe, aber sie hörte kaum noch zu. »Die Suturae waren gerissen. Die Wunde hatte sich ganz einfach wieder geöffnet. Aber er wurde im Wald gefunden, soviel ich weiß, und da kann er ja gestürzt sein. Wir haben mehrere Blutergüsse, die zu einem Sturz passen würden. Ich weiß ja nicht, wieso ein Mann wie Berntsen sich nur zwei Tage nach einem solchen Eingriff im Wald herumgetrieben hat, aber das ist zum Glück nicht mein Problem. Der ICD war jedenfalls unversehrt.«

Für einen Moment meinte Sara, Eriks Geruch wahrzunehmen.

Er war immer so sauber, mit einem undefinierbaren Hauch von Vanille und Pfeffer. Seine Hemden waren immer frisch gebügelt. Einmal, als sie mitten in der Nacht erwacht war, hatte sie sein perfekt gebügeltes Hemd auf einem Kleiderbügel vor der Schranktür hängen sehen. Sie war leise aufgestanden und hatte es ins Badezimmer gebracht.

Bodil bügelte seine Hemden, Bodil wusch und bügelte und kochte und hatte zwei Mädchen und einen Jungen aufgezogen, den Nachkömmling, auf dem Erik bestanden und der Bodil daran gehindert hatte, wieder zu arbeiten, als die Mädchen groß genug waren. Als der Junge älter wurde, war es dann zu spät, fanden Erik und Bodil. Sie bügelte dreimal in der Woche Hemden und hatte keine Ahnung davon, dass die so einfach an einem Kleiderbügel in Sara Zuckermans Schlafzimmer nächtigten.

»Bist du noch da?«, fragte der Pathologe. »Hallo?«

»Ja, sicher. Vielen Dank. Wenn der endgültige Bericht vom vorläufigen abweicht, kannst du mich dann bitte anrufen?«

»Natürlich. Dir auch vielen Dank.«

Als sie den Hörer weglegte, fiel ihr ein, dass der ICD eigentlich Kammerflimmern hätte zeigen müssen, wenn ein Infarkt vorgelegen hatte. Ein Herzstarter war der implantierte Fahrtenschreiber des Besitzers, ein Registrator der Sekunden vor der Katastrophe. Für einen Moment spielte sie mit dem Gedanken, den Pathologen noch einmal anzurufen.

Dann piepsten beide Funkmelder gleichzeitig.

Die eine Nummer war 4300, die Krankenhauszentrale. Jemand von außerhalb versuchte, sie zu erreichen. Die andere Nummer gehörte zu einem Mobiltelefon, das für internen Gebrauch vorgesehen war.

Petter Bråten wollte mit ihr sprechen.

Sie seufzte und stand auf. Das ungewöhnlich warme Wetter hatte sich gehalten, der Himmel war vor Hitze weiß. Zwischen den Krankenhausflügeln hatten die Rasenflächen eine patinagrüne Färbung angenommen. Eine Entenschar hatte sich in dem länglichen Becken niedergelassen. Sie wurde von einem kleinen Jungen in einer Kinderkarre gefüttert, während die Mutter am Beckenrand saß und Zeitung las.

Sara sehnte sich plötzlich danach, Enten zu füttern, unter einem schattenspendenden Baum auf einer Bank ein Buch zu lesen.

Erik Berntsen war tot, aber es war nicht ihre Schuld.

Sie ertappte sich dabei, dass sie mit dem Davidstern spielte, den sie um den Hals trug. Rasch schob sie den Anhänger wieder unter ihr Hemd.

Sie würde nun endlich einen Schlussstrich unter die leidenschaftliche, problematische und in den letzten Jahren, als er sie nicht mehr gewollt hatte, traumatische Beziehung zu Erik ziehen. Sie merkte, dass sie nicht einmal trauerte. Es tat ihr leid, wie sie sich immer vom Tod eines Patienten beeinflussen ließ. Die Erleichterung, die sie empfand, lag nicht nur daran, dass der Pathologe sie entlastet hatte, dachte sie. Wichtiger war, dass sie sich nicht mehr sehnen würde.

Auf dem Weg aus dem Büro blieb sie vor dem Spiegel stehen. Sie sah müde aus, blass. Ihre Lider waren schwer und geschwollen. Eine schlaflose Nacht machte ihr sonst nicht so zu schaffen, durchwachte Nächte gehörten zur Routine im Leben einer Krankenausärztin. Sie kniff die Lider fest zusammen, immer wieder. Das half ein wenig.

Sie würde bald etwas mit ihren Lidern machen müssen.

Am Mittwoch, in nur fünf Tagen, würde sie nach Denver fahren, um an Heart Rhythm 2010 teilzunehmen. Dort würden sich zehntausend Herzspezialisten aus der ganzen Welt zum jährlichen Kongress einfinden, und sie würde überall Bekannte treffen. Es würde späte Abendessen und noch spätere Drinks im Hotel geben. Ihr Spiegelbild war da keine große Aufmunterung. Sie beschloss, am Montag eine Stunde Gesichtspflege einzuschieben.

Mit beiden Händen fuhr sie sich durch die Locken, fischte einen Lippenstift aus der Kitteltasche, fuhr sich damit über die Lippen, straffte den Rücken und lächelte, ehe sie die Tür öffnete, um sich auf die Suche nach Petter Bråten zu machen.

Wenn sie wirklich ihre Lider richten lassen wollte, würde sie das in den Sommerferien machen müssen. Oder im Herbst, dachte sie resigniert, denn sie würde wohl erst im kommenden Jahr zwei Wochen Urlaub nehmen können.

5.00 p.m.
Waldorf Astoria Hotel, Manhattan, NYC

»Du kennst nicht zufällig einen Dr. Erik Berntsen?«, fragte Otto Schultz so überraschend, dass Agnes Klemetsen ihn entgeistert anstarrte.

Sie saßen in der Bar des Waldorf Astoria. Er mit einem Glas Champagner, sie mit einer schwach zischenden Clubsoda mit herzförmigen Eisstücken. In einigen Minuten würde die Limousine sie zum Essen in den Four Seasons abholen. Otto Schultz hatte darauf bestanden, sie vor dem Essen auf einen Drink zu treffen, hatte aber Anstand genug besessen, nicht zu protestieren, als sie den Champagner dankend abgelehnt und um etwas Alkoholfreies gebeten hatte.

»Professor Erik Berntsen?«, fragte sie. »Den Elektrophysiologen?«

»The one and only«, sagte er und hob sein Glas. »Great guy.«

Natürlich kannte sie Erik Berntsen.

Der Dickkopf hatte mehrere Jahre unter ihrer Leitung als Vertreter der Angestellten im Vorstand des Osloer Universitätskrankenhauses gesessen. Er war bekannt als fähiger Arzt und Forscher, mit pädagogischen Fähigkeiten, die ihn zum Liebling der Studierenden machten. Zugleich war er ein arroganter Streithammel, der sich in jeden vorstellbaren Konflikt mit der Krankenhausleitung stürzte. Ununterbrochen verlangte er mehr Geld, ging bei jedem Vorschlag zu Einsparungen in die Luft, schimpfte, fluchte und pöbelte. Zwei Jahre zuvor war er durch eine umgänglichere Rheumatologin ersetzt worden. Das neue Vorstandsmitglied besaß immerhin ein gewisses Verständnis dafür, dass man in einem öffentlichen Krankenhaus nicht unendlich viel Geld ausgeben konnte. Sie war in der Lage, einen Haushaltsplan zu lesen, und begriff die Konsequenzen einer Überschreitung.

Agnes Klemetsen wusste nicht, worauf Otto Schultz hinauswollte.

Dass er Erik Berntsen kannte, war unwahrscheinlich. Otto Schultz hatte zwar Medizin studiert, arbeitete aber seit über einem Menschenalter als Geschäftsmann. Und Berntsen mochte im heimischen Ententeich ein großer Fisch sein, aber sie konnte sich nicht vorstellen, wie er in Kontakt zu dem Großmogul Schultz gekommen sein sollte.

Falls sie einander doch kannten, musste sie allerdings ihre Worte genau wählen.

Agnes Klemetsen konnte Erik Berntsen nicht ausstehen.

Deshalb sagt sie gar nichts.

»Er ist tot«, sagte Otto Schultz mit Bassstimme. »*Poor fellow. Heart attack. Ironic, isn't it?* Da hat er sich nun seit Ewigkeiten mit Schrittmachern und ICDs beschäftigt, und dann wird er so einfach von einem Herzstillstand erledigt.«

Er schüttelte den Kopf und schnalzte bedauernd mit der Zunge.

Agnes Klemetsen nickte kurz.

»Hast du ihn also gekannt?«, fragte Otto Schultz noch einmal.

»*The car is ready and waiting, Sir!*«

Ein klapperdürrer Kellner, tadellos gekleidet, rettete Agnes Klemetsen. Sie hatte gar nichts zu sagen brauchen.

Auf diese Weise hatte sie sich nach oben manövriert. Eine solide Ausbildung als Grundlage, danach harte Arbeit. Und eine fein abgestimmte Fähigkeit, den Mund zu halten, wenn es darauf ankam, dachte sie und nahm lächelnd den von Otto Schultz angebotenen Arm.

»Four Seasons«, sagte sie, »ich habe noch nie das Vergnügen gehabt, dort zu speisen.«

»Dann kannst du dich freuen«, sagte Otto Schultz und schob dem dünnen Kellner einen Zehndollarschein zu.

Dass der Kellner mit unzufriedener Miene den Geldschein anstarrte, bemerkten sie beide nicht, sie waren längst in ein Gespräch über die aktuelle Ausstellung im Guggenheim-Museum vertieft.

19.00 Uhr
GRUS, Bærum

Ola Farmen saß schlafend in seinem Schreibtischsessel. Er saß kerzengerade, die Füße auf den Boden gestellt. Die Hände hingen locker über die schmalen Armlehnen. Sein Kopf war nicht einmal auf die Brust gesunken.

Fünf Kinder, doppelte Ausbildung – zuerst zum Ingenieur, dann zum Mediziner –, danach zehn Jahre im Krankenhaus hatten ihn so werden lassen. Ola konnte überall und jederzeit einschlafen, wenn er nur fünf Minuten übrig hatte. Sitzend, liegend, sogar stehend konnte er für einige Sekunden in einen Dämmerzustand gleiten, aus dem er ausgeruht und klar im Kopf erwachte.

Jetzt wurde er vom Telefon geweckt.

Er rieb sich die Augen und griff nach dem Hörer.

»Hanna von der Telemetrie hier«, sagte eine Stimme.

»Ja?«

»Patientin Berit Karlsen, geboren 1974, vor drei Tagen eingewiesen …«

»Ich weiß Bescheid«, fiel Ola ihr ins Wort. »Worum geht es?«

»Kannst du dir mal ihr EKG ansehen? Angeblich zeigt es Deltawellen.« Olas Finger eilten über die Tastatur, als er weiter zuhörte. Sofort befand er sich im System und suchte sich zu Berit Karlsen durch. Ansonsten gesund, noch jung, zeitweise von sehr schnellem regelmäßigen Herzrhythmus gequält. Passt klinisch gut zum Wolff-Parkinson-White-Syndrom, dachte er, während er das nun auf dem Bildschirm auftauchende EKG musterte.

»Seh nichts«, murmelte er und beugte sich weiter vor, während er die Lider zusammenkniff, um eventuelle Deltawellen entdecken zu können. »Wer behauptet, dass da welche sind?«

»Dr. Zuckerman.«

»Na gut. Aber ich kann wirklich nichts sehen«, sagte er. »Ich werde Dr. Zuckerman anrufen, um mir die Sache von ihr bestätigen zu lassen. Setzt die Patientin nicht auf Tambocor, ehe ich mich gemeldet habe.«

»Danke. Alles klar.«

Eigentlich war es nicht Sara, die er anrufen müsste. Lars Kvamme hatte Bereitschaftsdienst. Wenn Ola irgendwelche Zweifel hatte, sollte er den Bereitschaftsdienst anrufen.

Aber verdammt noch mal, er würde an einem Freitagabend doch nicht Lars Kvamme anrufen.

Nachdem Lars Kvamme zwei Jahre zuvor die enge kollegiale Beziehung zwischen Sara und Ola bemerkt hatte, schien er sich Ola gegenüber alles zu erlauben, was er Sara gegenüber nicht wagte. Zweimal hatte er Ola sogar im Beisein von Kollegen als »Saras Boytoy« bezeichnet.

Obwohl der Bereitschaftsdienst rund um die Uhr als Qualitätssicherung fungieren sollte, zögerte Ola immer ein wenig länger, ehe er am Wochenende jemanden störte.

Und schon gar nicht einen stocksauren Lars Kvamme.

Er wählte Saras Nummer. Nach viermaligem Klingeln fiel ihm ein, dass Sabbat war.

Sara Zuckerman glaubte nicht an Gott, diesen Eindruck hatte Ola jedenfalls. Sie waren vor allem Kollegen, Sara und er, aber seit zwei Jahren sahen sie einander vier-, fünfmal pro Jahr privat. Die Kinder liebten sie. Tarjei wurde rot, wenn Sara auch nur erwähnt wurde. Guro meinte, er durchlebe gerade seine erste richtige Verliebtheit, in eine Frau, die fast dreißig Jahre älter war als er.

Ola konnte den Jungen verstehen.

Sara war keine klassische Schönheit. Dazu war ihr Haar zu ungebärdig und ihr Mund zu groß, und außerdem nahm sie viel zu leicht zu. Aber Sara hatte etwas Exotisches. Nicht nur wegen der strahlend blauen Augen bei ihrem ansonsten dunklen Teint oder wegen der üppigen Lippen. Das Fremdartige lag eher in ihrem Auftreten. Wie sie sich bewegte, wie sie sprach, herzlich lachte oder kühl ironisierte: Sara Zuckerman füllte einen Raum in dem Moment, in dem sie ihn betrat. Sie war die stärkste, arroganteste und beeindruckendste Frau, der Ola Farmen je begegnet war.

Aber er wusste fast nichts über ihr Privatleben.

»Hallo«, hörte er zum zweiten Mal, ehe er sich zu einer Antwort sammeln konnte.

»Hallo«, sagte er hilflos. »Ola hier.«

»Ja, hallo. Warte einen Moment.«

Er hörte Scharren und eine zufallende Tür. Es klang wie eine Ofentür.

»Hier bin ich«, sagte Sara gleich darauf. »Was ist los?«

»Es geht um eine Patientin«, sagte Ola zögernd. »Berit Karlsen, geboren 1974, sie wurde eingewiesen wegen ...«

»Warum rufst du nicht den Bereitschaftsdienst an?«

Die Schärfe ihrer Stimme veranlasste ihn, in seinen rechten Daumennagel zu beißen.

»Lars Kvamme«, sagte er leise. »Der hat Bereitschaftsdienst. Ich ruf ihn nur an, wenn es unbedingt sein muss. Und du hast dir ihr EKG angesehen und gesagt, dass darauf Deltawellen zu erkennen seien. Ich finde keine, aber es kann ja sein, dass ...«

»Setz sie auf Tambocor«, fiel Sara ihm ins Wort, »100 Milligramm mal zwei. Gib eine kleine Dosis Betablocker dazu, sicherheitshalber.«

Ola notierte alles auf einem alten Flugschein, den er noch nicht bei Eurobonus eingereicht hatte. »Gut«, sagte er. »Danke. Entschuldige die Störung.«

»Du kannst mir im Gegenzug einen Gefallen tun. Ich habe vergessen, meinen Funkmelder im Büro in den Lader zu stecken. Könntest du das für mich tun? Er liegt auf dem Schreibtisch oder steckt in der Kitteltasche. Der Kittel hängt am Haken hinter der Tür.«

»Sicher«, sagte er.

»Sonst noch was?«

Er gab keine Antwort.

»Hallo? Ola?«

»Sara«, sagte er und zögerte. »Feierst du Sabbat? Du arbeitest doch ab und zu am ...«

»Sabbat wird nicht gefeiert. Der wird gehalten. Du feierst doch auch nicht Sonntag, Ola!«

Wieder wurde es ganz still zwischen ihnen.

»Und die Antwort ist Ja«, fügte sie schließlich hinzu. »Wenn ich es ermöglichen kann. Wegen Thea. Ich halte so wenig von Gott wie von anderem Aberglauben. Für den Weihnachtsmann habe ich allerdings etwas übrig. Keine gute Jüdin, wenn du verstehst.«

Ola fühlte sich peinlich berührt. Nicht so sehr, weil er gefragt hatte, sondern weil sie sich verpflichtet gefühlt hatte, ihm zu antworten. Sara verfügte über eine ganz besondere Fähigkeit, um die Dinge herumzureden, wenn sie keine Lust hatte, sich zu öffnen. Meistens hatte sie keine. Es war zu einem fast liebevollen Spiel zwischen ihnen geworden, der verdienstvollen Professorin und dem fast zehn Jahre jüngeren Vater von fünf Kindern, der nie so recht gelernt hatte, erst zu denken und dann zu reden. Sara fragte und bekam Antworten, mehr als genug sogar; Ola fragte und erhielt Andeutungen, die das Bild eines Lebens zeichneten, über das er gern mehr gewusst hätte. Als fachliche Mentorin war sie unübertroffen. Als Chefin war sie streng und bisweilen ungerecht. Wenn sie einander in der Freizeit trafen, fand er sie warm, charmant und offen, aber immer hatte er das Gefühl, ein wenig an der Nase herumgeführt worden zu sein, wenn der Abend zu Ende war.

Es war, als ob Sara sich selbst inszenierte.

Sie hat etwas Wachsames, meinte Guro, eine Reserviertheit, die im Gegensatz steht zu ihrem amerikanischen Auftreten mit dem strahlenden Lächeln und den freundlichen Worten. Vielleicht hat sie ein gut verborgenes Problem damit, sich anderen Menschen anzuschließen.

Aber dann war da die Sache mit Thea.

Wenn es um Thea ging, war Sara immer ungeheuer offen.

Ola fragte sich, ob die Geschichte mit Thea dazu geführt hatte, dass er Sara Zuckerman sofort lieb gewonnen hatte. Er spezialisierte sich damals auf Innere Medizin und arbeitete im Rikshospital, wo Gerüchte über Sara kursierten.

Es ging um einen Autounfall, um ein Mädchen, das zur Waise geworden war, und um Sara, die nur wenige Stunden später die Cleveland Clinic verlassen hatte, um sich um das Kind zu kümmern. Eines Tages klopfte er gegen Mittag an ihre Bürotür und stellte sich vor. Offenbar war er der Erste, der sie offen fragte, warum eine Kapazität wie sie alles hingeworfen hatte, um für ihre Nichte da zu sein. Zumal das Kind jede Menge Verwandtschaft mütterlicherseits hatte.

Sara hatte gelächelt und ihn freundlich zurechtgewiesen. Professorin an einem Universitätskrankenhaus in Norwegens Hauptstadt zu werden bedeutete kaum, alles hinzuwerfen. Danach lud sie ihn zum Essen ein und verpasste ihm eine Lektion in Ethik und philosophischen Betrachtungen über Pflicht, von der ihm schwindlig wurde.

Und die ihn leicht verliebt machte.

Die Verliebtheit ging vorüber.

Die Bewunderung legte sich nie, und er liebte ihr kleines schweigendes Abkommen, dass er gern fragen durfte, dass es aber nur eine Antwort gab, wenn Sara in der passenden Stimmung war.

Das war nur so selten der Fall, dass es ihn fast umwarf, als sie in vier kurzen Sätzen ihre Beziehung zu Gott und dem Judentum erläuterte.

»Ach«, sagte er. »Na dann. Alles klar.«

»Und da der Sabbat in einer knappen Stunde beginnt, lege ich jetzt auf. Ich habe Challoth im Ofen.«

Er konnte hören, dass sie lächelte.

»Bis dann«, sagte er. »Ich kümmere mich um den Funkmelder. Und vielen Dank für ...«

»Gute Wache«, fiel sie ihm ins Wort und legte auf.

20.27 Uhr
GRUS, Bærum

Als Ola Farmen den Code an Sara Zuckermans Bürotür eingab, fühlte er sich nicht wohl in seiner Haut. Alle Angestellten sollten aus Sicherheitsgründen jede Woche den Code wechseln. Sara hatte ihm ihre Kombination vor mehr als einem halben Jahr gegeben, und sie funktionierte noch, also hielt sie sich nicht an die Vorschriften. Ola ging nur auf ausdrücklichen Befehl allein in ihr

Büro, aber er kam sich dennoch wie ein Dieb vor, als er das leise Summen und das Klicken hörte, mit dem das Schloss aufsprang. Rasch sah er sich nach beiden Seiten um, dann drückte er auf die Klinke und öffnete.

Flüchtig nahm er Saras Duft wahr.

Das Licht schaltete sich automatisch ein und wurde von Bewegungssensoren gelenkt. Auf diese Weise wurden im Jahr einige Tausender an Strom gespart. Das Krankenhaus war an eine riesige Erdwärmeanlage angeschlossen, auf den flachen Dächern waren die Solarzellen in die Architektur integriert und versorgten das Krankenhaus mit heißem Wasser und immer neuen Umweltpreisen. Dass die Ersparnisse erst in einem halben Jahrhundert zum Tragen kämen, wurde nicht so häufig erwähnt.

Das Büro, im Gegensatz zu Olas eigenem, war so ordentlich wie immer. Der riesige Schreibtisch war übersichtlich und sorgfältig geordnet.

Kein Funkmelder.

An einem Haken hing der weiße Kittel. Die Hand in Saras Tasche zu schieben kam ihm geradezu verbrecherisch vor, und er zögerte, ehe er angesichts seiner eigenen Hilflosigkeit den Kopf schüttelte und ihrem Wunsch nachkam.

Ein ICD, dachte er und starrte den kleinen Herzstarter an, den er für den Funkmelder gehalten hatte.

Aus einem Reflex heraus nahm er einen Latexhandschuh aus dem Mülleimer bei der Tür und schob den ICD hinein. Er hatte schon von Ärzten gehört, deren unachtsamer Umgang mit explantierten ICDs zu heftigen Überraschungen in Form von Stromstößen geführt hatte.

Warum spazierte die Abteilungsoberärztin Sara Zuckerman mit einem ICD in der Tasche durch das GRUS?

Als er den Herzstarter hob, als könnten die Antworten

auf seine Frage in die Stahllegierung eingraviert sein, merkte er, wie sein Puls schneller wurde.

Er sah kleine Reste von etwas, was Blut sein konnte, und ihm wäre der ICD fast aus der Hand gefallen.

Die Demomodelle waren immer makellos. Die unbenutzten waren immer steril. Vorsichtig griff er den kleinen Apparat mit dem linken Daumen und dem Zeigefinger und hielt ihn ins Licht.

Dieser ICD war schmutzig, das sah er sogar durch das Latex.

Er war benutzt, ganz einfach.

Er hatte in Saras Tasche einen ICD gefunden, der offenbar in einen menschlichen Körper implantiert gewesen und wieder herausgenommen worden war.

Ola Farmens Mutter hatte ihrem Sohn als Kind mit allen Mitteln klargemacht, dass man nicht die Briefe, Schubladen oder Taschen anderer Menschen zu öffnen hat. Der Knabe war extrem neugierig gewesen. Er hörte alles, fasste alles an, fragte nach allem. Knallharte Maßnahmen vonseiten seiner Eltern hatten ihm dann doch gute Manieren beigebracht.

Ungewöhnlich neugierig war er allerdings noch immer.

Er blieb mit dem Apparat in der Hand stehen.

Sicher gab es eine logische Erklärung. Wenn ein Patient mit implantiertem ICD starb, galt der kleine Computer als Sondermüll. Einen Herzstarter aus einem Leichnam zu entfernen war allerdings eine Aufgabe für einen Assistenzarzt und nicht für eine Professorin. Wenn sie aber dennoch einen solchen Eingriff vorgenommen hätte, würde sie doch nie im Leben mit einem ICD in der Tasche durch die Gegend laufen.

Das war unbegreiflich.

Von wem zum Teufel stammte der ICD?

Er könnte natürlich anrufen und fragen.

Nein.

Es konnte auch ein makabrer Scherz sein. Ola selbst hätte vielleicht keinen Schock erlitten, aber er wäre jedenfalls zusammengefahren, wenn er die Hand in die Tasche gesteckt und einen verschmutzten ICD herausgezogen hätte. Auch wenn Sara sich wohl schwerer umwerfen ließ, so ging er doch davon aus, dass sie nicht gerade begeistert sein würde.

Er merkte, dass er zögerte, als er langsam die freie Hand in seine eigene rechte Kitteltasche schob: mit steifen Fingern. Als sie auf das kalte Metall seines Mobiltelefons stießen, erstarrte er.

»Idiot«, murmelte er und nahm das Telefon heraus.

Eine SMS würde Sara vielleicht nicht stören. Es stand ja nicht einmal fest, dass ihr Mobiltelefon eingeschaltet war. Er ließ die Finger über die Tasten huschen. *Wollte Funkm holen. Fand ICD in deiner Tasche.*

Er starrte den Text einen kurzen Moment an, ehe er hinzufügte: *Der scheint einem Patienten entnommen zu sein, ruf an, wenn du kannst.*

Sein Daumen drückte die Sende-Taste.

Er konnte nicht einmal Saras weitere Taschen untersuchen, um den Funkmelder zu finden, als es schon klingelte. Das Display zeigte »Sara Z«, und er nahm das Gespräch an.

»Ja«, sagt er vorsichtig.

»Was soll das heißen, zum Teufel?«

»Was?«

»Was hast du gefunden, sagst du?«

Noch immer kam er sich vor wie ein Eindringling. Trotzdem ging er zu ihrem Sessel. »Ich wollte deinen Funkmelder suchen, wie du mich gebeten hattest«, sagte er und setzte sich. »Aber in deiner Tasche habe ich einen ICD gefunden. Der ist schmutzig. Blut, wie es aussieht.«

»Einen ICD? In *meiner* Tasche?«

»Ja!«

»Wie ist er dahin gekommen?«

»Woher soll ich das wissen?«

»In meinem Kittel? Der in meinem Büro hinter der Tür hängt? Machst du Witze?«

»Ich bin jetzt hier, Sara, und vor mir liegt ein ICD.«

Es wurde still.

»Lies die Daten ab«, sagte sie plötzlich und kurz. »Mach einen Ausdruck, und ruf mich an, wenn deine Nachtwache zu Ende ist.«

»Okay. Wird gemacht.«

»Danke.«

Sie brach das Gespräch ab. Ola ließ sich vorsichtig zurücksinken, als wäre er nicht sicher, ob die Stuhllehne sein Gewicht aushalten würde. Guro wäre bestimmt sauer, wenn er nach Dienstschluss nicht sofort nach Hause käme. Sie war zwar auf dem Weg der Besserung, aber als er sie nachmittags angerufen hatte, ging es den Zwillingen schlecht, und sie kotzten wie die Reiher.

Ola hätte am liebsten die Augen geschlossen und eine Weile geschlafen.

Aber er stand auf, sprach ein Stoßgebet und beschloss, den ICD bei der erstbesten Gelegenheit abzulesen. Er steckte ihn in die Tasche, legte das Telefon in die andere und kehrte in sein Büro zurück.

Nach dem Funkmelder zu suchen hatte er darüber total vergessen.

23.59 Uhr
Båtstøjordet, Høvik, Bærum

Als Sara mit einem Ruck aus dem Bett auffuhr, wusste sie nicht, was sie geweckt hatte. Sie hatte nur eine knappe Stunde geschlafen.

»Thea«, flüsterte sie ängstlich in die Dunkelheit.
Niemand antwortete.
Die Türklingel schrillte.
Wütend und ängstlich warf Sara die Decke zurück, stellte die Füße auf den kalten Boden und zog den Morgenrock vom Haken neben der Tür. Bei jedem Schritt wurde sie wütender und weniger ängstlich. Auf dem Weg zur Treppe schaute sie bei Thea hinein. Selbst jetzt, als Teenager, bestand die Nichte darauf, bei offener Tür und eingeschalteter Nachttischlampe zu schlafen.

Sie schlief tief und bewegungslos im schwachen blauen Lampenlicht.

Die Türklingel ertönte ein weiteres Mal.

»Ist ja gut, Mensch«, flüsterte Sara.

Im Erdgeschoss blieb sie für einen Moment stehen. Statt in die Diele zu gehen, schlich sie sich ans Küchenfenster. Vorsichtig schob sie den Vorhang zur Seite.

»Ola?«

Er sah sie nicht, hob aber gerade wieder die Hand zur Klingel.

»Ich komm ja schon. Ich komm ja schon!«

Damit er nicht wieder klingelte, klopfte sie an die Fensterscheibe, dann lief sie zur Haustür und riss sie auf. »Was in aller Welt?«, rief sie und musterte ihn von Kopf bis Fuß.

Ola trug noch seinen weißen Kittel, und seine Haare standen nach allen Seiten ab, als hätte er sie sich gerauft. Über seine Schulter hinweg konnte sie sehen, dass er schräg geparkt hatte, dicht vor den Mülltonnen, mit einem Rad im Tulpenbeet.

»Das musst du dir ansehen«, keuchte er und schwenkte einen Stapel Papiere, den sie sofort als Ausdruck eines ausgelesenen ICDs erkannte.

»Jetzt? Mitten in der Nacht? Was ist passiert, Ola?«

»Weiß der Teufel«, fauchte er und drängte sich an ihr vorbei.

Im Haus drehte er sich zu ihr um und hob die rechte Hand so plötzlich, dass sie zurückwich.

»Schau mal«, sagte Ola außer sich. »Weißt du, was das hier ist?«

»Ja«, sagte sie leise. »Das ist ein ICD. Könntest du bitte leiser sein? Thea schläft bei offener Tür und...«

»Den hast du am Dienstag Erik Berntsen eingesetzt!«

Sie starrte ihn an wie einen Einbrecher. »Was? Was sagst du da?«

»Diesen ICD hast du Professor Berntsen eingesetzt«, wiederholte Ola und hielt ihr den Apparat noch dichter vor das Gesicht. »Berntsen! Der tot ist und in einem Kühlraum im Rikshospital liegt! Kannst du mir erklären, wie sein Herzstarter in deiner Tasche im GRUS gelandet ist?«

Sie verstand nicht, was Ola da sagte, warum er dort war, mitten in der Nacht, wo er doch Dienst hatte und sie schlafen sollte. »Komm«, sagte sie endlich und ging in die Küche, wartete, bis er ihr gefolgt war, und schloss dann hinter ihm die Tür. »Setz dich. Ich glaube, wir brauchen Kaffee.«

»Dazu habe ich keine Zeit. Sieh dir das hier endlich an.«

Sie holte tief Luft und legte ihm ruhig eine Hand auf den Unterarm. »Ola, du irrst dich. Natürlich werden wir feststellen, was hier passiert ist. Es ist aber ausgeschlossen, dass Erik Berntsens ICD in meiner Tasche gelandet ist.«

»Ich irre mich nicht.«

»Doch, Ola. Ich habe vorhin mit dem Pathologen gesprochen. Um den ICD haben die sich schon gekümmert. Nichts Unnormales. Das hier ist irgendein Missverständnis, das wir morgen klären werden, wenn...«

»Die Seriennummer stimmt. Dieser ICD ist identisch mit dem, den du am Dienstagmorgen Erik Berntsen eingesetzt hast«, sagte er, ohne ihren Blick auch nur für eine Sekunde loszulassen. »Und das ist noch nicht das Schlimmste.«

Sara schwieg. Die ICDs wurden mit äußerster Genauigkeit registriert, und sie war sicher, dass Ola doppelt und dreifach überprüft hatte, ob die in den ICD einprogrammierte Nummer wirklich mit der übereinstimmte, die im Computer und in dem altmodischen Papierprotokoll registriert war.

Ola zog den akkordeonartigen Ausdruck des ICD über den Küchentisch. Elf kleine Bögen wurden zu einer schmalen, anderthalb Meter langen Bahn. »Das hier ist das Schlimmste«, sagte er und tippte mit dem Zeigefinger auf den ersten Bogen. »Und das. Und das. Und das. Und ...«

Sein Finger hämmerte auf jeden der elf Bögen.

Sara zog den Morgenrock fester um sich zusammen und beugte sich über den Ausdruck.

Auf jedem dünnen Blatt aus matt glänzendem Papier stand oben der Aufdruck MERCURY MEDICAL, MERCURY DEIMOS, Produzent und Produktname, gefolgt von der vierstelligen Seriennummer. Alle Blätter enthielten unterschiedliche Informationen, über den technischen Zustand des ICD, über seine Programmierung und über die Herzfunktion des Patienten. Die fünf letzten Blätter bildeten eine zusammenhängende EKG-Kurve.

Das Einzige, was diesen Ausdruck von den zahllosen Ausdrucken unterschied, die Sara im Laufe der Jahre durchgesehen hatte, war das Feld für Namen und Personenkennnummer des Patienten.

Dort hätte stehen müssen: *Berntsen Erik 0 30 54 04 60 73*.

Stattdessen war jedes einzelne der elf länglichen Karos gefüllt mit zwei kurzen Wörtern, mit großen Buchstaben und fetter Schrift.

FUCK YOU, stand dort.

FUCK YOU FUCK YOU, elfmal hintereinander.

Donnerstag, 4. Mai 2006

11.23 a.m.
Mercury Medical Zentrale, Manhattan, NYC

Es kam noch immer vor, dass Peter Adams an David Crow dachte. Vor allem dann, wenn die Welt gegen ihn zu sein schien. Catherine und er hatten sich Kinder gewünscht, aber jetzt war es einwandfrei zu spät. Er sprach nie darüber, ertappte sich aber dabei, dass er Kinder im Central Park mit einer dumpfen Sehnsucht ansah, zu der er sich nicht ganz zu bekennen wagte. Ab und zu belastete das Alter ihn auch rein physisch, er konnte nicht mehr so schnell und so lange laufen, und bei den Trainingsrunden im Studio taten ihm die Knie weh. Da Peter Adams früh gelernt hatte, die Güter zu zählen, die ihm zuteilgeworden waren, und nicht die, die er verloren hatte, ließ der Gedanke an David Crow ihn immer noch zusammenzucken.

Er war vierundfünfzig Jahre alt, gesund und wohlhabend.

Er war seit über vierzehn Jahren verheiratet.

David Crow war erst dreiundzwanzig Jahre alt und hatte alles weggeworfen. Das schmächtige rotzarrogante Genie, das vier Jahre zuvor mit einem Scheck über schnöde hunderttausend Dollar das Gebäude von Mercury Medical verlassen hatte, war nur drei Tage später bei einem Bootsunfall ums Leben gekommen. Aus purer Neugier und vielleicht aus einem gewissen Mitgefühl heraus hatte Peter Adams Untersuchungen über den Todesfall angestellt.

David hatte sich nach Florida abgesetzt.

Dort hatte er zwei Damen, die nur beim Preis strenge Maßstäbe anlegten, und ein Schnellboot gemietet, mit dem er nicht umgehen konnte. Unmittelbar vor dem Bug eines Kreuzfahrtschiffes hatte er bei fast fünfzig Knoten ein halsbrecherisches Manöver hingelegt. Das Boot überschlug sich, und Davids Leiche wurde mit gebrochenem Hals und einem deftigen Drogencocktail im Blut von einer vorüberkommenden Jacht aus dem Wasser gefischt. Die beiden Damen hatten alles überlebt.

Jetzt stand Peter Adams vor seinem deckenhohen Bücherregal und dachte wieder über David Crow nach. Als 2002 die Security den gesamten Inhalt von Davids Büro geprüft hatte, waren zwei Ordner übrig geblieben, von denen sie meinte, dass Peter einen Blick hineinwerfen sollte. Sein erster Impuls war gewesen, beide zu vernichten. Stattdessen hatte er sie in sein eigenes Büro gestellt. Er würde sie sich bei passender Gelegenheit genauer ansehen.

Aber die passende Gelegenheit hatte sich nicht ergeben.

Die Ordner waren einfach stehen geblieben, im untersten Regalfach hinter der Tür an der Wand.

Die von David Crow hinterlassene Lücke zu füllen hatte sich als unmöglich erwiesen. In jedem Jahrhundert kommt nur eine Handvoll David Crows auf die Welt. Aber Mercury Medical hatte dennoch aufs Beste überlebt. Ein Genie im Stab zu haben war ein Vorteil gewesen, aber es war keine Voraussetzung für die Entwicklung der vielen komplizierten Programme. Als Mercury immer größer, reicher und stärker wurde, wuchs auch die Attraktivität der konzerneigenen Forschungsabteilung bei den besten Leuten der Branche.

Peter Adams war weiter aufgestiegen.

Als stellvertretender Konzernchef sollte er nun auch in ein neues und größeres Büro im zweitobersten Stock ziehen. Sein Gehalt würde um fünfundvierzig Prozent steigen, und das Optionspaket, das mit dem neuen Posten einherging, würde es ihm und Catherine in ein oder zwei Jahren erlauben, das Weingut in Frankreich zu kaufen, von dem Catherine schon so lange träumte.

In Verbindung mit der Beförderung hatte Otto Schultz eine Reise auf die Bahamas spendiert. Ferien, hatte er befohlen. Gerade jetzt hatten weder Peter noch Catherine große Lust auf eine solche Reise, aber was Otto Schultz entschied, wurde genau so ausgeführt. Die Koffer standen bereit, und Peter hatte doch noch angefangen, sich ein wenig zu freuen, als bei Catherine heftige Blutungen einsetzten. Da sie seit einem Jahr kaum noch menstruierte, sie würde in wenigen Monaten fünfzig, wurde sie sicherheitshalber am Abend ins Krankenhaus gebracht. Es kam zu einer Operation. Die Gebärmutter wurde entfernt, und mit ihr verschwand auch die Reise auf die Bahamas.

Peter Adams wollte die Gelegenheit zu einer großen Aufräumaktion in seinem Büro nutzen. Alles loswerden, was sich angehäuft hatte. Das, was er mit nach oben nehmen wollte, noch einmal sortieren. Wenn Otto Schultz sähe, dass er seinen Urlaub zum Großreinemachen nutzte, würde es Ärger geben. Peter war deshalb erst bei Mercury eingetroffen, als Otto Schultz dem Plan nach zu einer Tagesreise nach Washington, D.C. aufgebrochen sein müsste.

Peter Adams war Systematiker. Er leerte zunächst die oberen Fächer, von rechts nach links. Er lächelte, als er zwischen zwei Büchern ein altes Bild von sich und Catherine fand. Sie feierten ihren ersten Hochzeitstag in Paris und hatten sich von einem japanischen Touristen vor dem Centre Pompidou fotografieren lassen.

Ab und zu musste er innehalten und in alten Katalogen und Büchern blättern. Er staunte darüber, welches Tempo die elektronische Entwicklung genommen hatte. Hier sah er Beschreibungen und Bilder von zehn Jahre alten Geräten und Instrumenten, die längst schon auf dem Schrotthaufen der Geschichte gelandet waren. Eine Broschüre über den ersten Schrittmacher von Apollo Med-Elec war hinter ein Nachschlagewerk gerutscht. Als er den klobigen Apparat aus einer veralteten Metalllegierung sah, schüttelte er kurz den Kopf.

Die roten Kartons füllten sich, einer nach dem anderen. Sechs standen schon bei der Tür. Die Security würde für die vollständige Vernichtung sorgen.

Davids Ordner, dachte Peter, als er vor dem untersten Fach hockte. Er ließ die Finger über die sorgfältig mit Filzstift aufgemalten Daten auf den Ordnerrücken fahren.

March 4th, 2002.

Der vierte März. Der Tag, an dem David gefeuert worden war.

Peter hatte sich nie ganz damit abfinden können, dass es ihm nicht gelungen war, dem Mann zu helfen. Vermutlich hatte er sich nicht genug Mühe gegeben. David war der Goldjunge gewesen, sie hatten sich glücklich gepriesen, ihn im Haus zu haben. Aber er hatte sich einfach quergestellt, wenn Peter versucht hatte, ihn zur Vernunft zu bringen.

Vierter März.

David war am vierten März nicht mehr im Büro gewesen, dachte Peter und runzelte die Stirn. Er war doch im Foyer abgefangen worden.

Vorsichtig zog er den Ordner heraus.

Als er ihn öffnete, fiel sein Blick auf einen USB-Stick,

der in einem Plastikmäppchen an der Innenseite des roten Ordners angeklebt war.

Er war alt, das sah er, eines der allerersten Speichermedien, das auf den Markt gekommen war. Der erste Bogen im Ordner erklärte das, wobei es sich um eine Fehldatierung handelte. Der Ausdruck war mit einer Uhrzeit versehen: *1.26 a.m., 03.04.02.*

Natürlich war David nachts im Labor gewesen. Das war er oft, das wussten alle.

Peter überflog den ersten Bogen. Es handelte sich offenbar um ein Programm in Niedrigsprache. Eine der vier Sprachen dieser Art, die Mercury verwendete, nahm er an. Assemblersprachen waren nicht mehr Peter Adams' Stärke. Er sah, dass das Programm viele Seiten füllte.

Irgendwann war Peter einer der besten Programmierer bei Apollo Med-Elec gewesen, aber seit er zum Chef der R & D Software bei der fusionierten Mercury Medical aufgestiegen war, hatten Verwaltungsaufgaben immer mehr von seiner Zeit gefressen.

Aber er konnte doch erkennen, dass das Programm mit dem Deimos zu tun hatte, Mercury Medicals ICD, von dem sie hofften, dass er bald vierzig Prozent des weltweiten Umsatzes holen würde.

Langsam erhob er sich, ohne den Blick von den Papieren zu nehmen. Er ging zum Schreibtisch, setzte sich und legte den Ordner vor sich hin. Eine vage Unruhe erfasste ihn, als er umblätterte und sah, dass die nächsten Seiten Ausdrucke von Deimos-Simulationen waren.

Seine Finger zitterten.

Es war still im Büro, niemand wusste, dass er da war, außer Holly im Vorzimmer, aber der war eingeschärft worden, dass er nicht gestört werden durfte.

Er las und las.

Eine halbe Stunde darauf war Peter Adams nicht nur beunruhigt; er war zutiefst besorgt.

Samstag, 8. Mai 2010

7.56 Uhr
GRUS, Bærum

Es war auf den Tag genau fünfundsechzig Jahre her, dass nach fünf Jahren deutscher Besatzung der Friede nach Norwegen gekommen war. An dem breiten Weg, der sich vom Haupteingang zum Universitätskrankenhaus Grini schlängelte, knatterten die Flaggen im Wind. Zehn Fahnenstangen auf jeder Seite machten die Einfahrt zu einer Allee in Rot, Blau und Weiß. Der Himmel war noch immer wolkenlos, in der Nacht war allerdings Wind von Nordosten aufgekommen.

Die intensive, unnormale Hitze war vorüber.

Jetzt war wieder Frühling.

Das Krankenhaus lag tief in der Landschaft und erinnerte aus der Luft an eine riesige Möwe. Kein Teil der Anlage war höher als fünf Stockwerke, und die geschwungenen Mauern und die flachen Dächer ließen den Komplex kleiner wirken, als er eigentlich war. Die Umgebung war zu einem gigantischen Park geworden, mit Weiher, Becken, botanischem Garten, zwei Spielplätzen und einem medizinischen Museum mit eigenem Eingang an der südlichen Spitze des einen Möwenflügels.

Die Lage des neuen Universitätskrankenhauses im Westen von Oslo war das Ergebnis einer heftigen und lange anhaltenden Diskussion. Als die Mehrheit am Ende meinte, der hypermoderne Neubau sollte bei der Stadt Drammen entstehen, auf den Wiesen im Norden der Europastraße, in Lier und Gullhella, wurde sie von dem überrumpelt, was später als skandalöser Handstreich der Ortsgruppe der Konservativen bezeichnet wurde. Mit neuen und beunruhigenden Berichten über potenzielle Giftbomben im Boden, dort, wo früher die Dynofabriken gelegen hatten, vollführten die Leute aus Bærum ein politisches Manöver, das niemand später so recht erklären konnte. Der Minister, der für das Unternehmen die Hauptverantwortung trug und in Eiksmarka in Bærum aufgewachsen war, bestätigte die überraschende Entscheidung, kurz bevor der Vorschlag für den Staatshaushalt 2003 dem Parlament vorgelegt wurde.

Dass für ein neues Krankenhaus, das nur wenige Kilometer von dem bereits existierenden Krankenhaus für Asker und Bærum liegen würde, ein Kostenrahmen von vierzehn Milliarden Kronen bewilligt wurde, führte zu einer Art Bürgerkrieg zwischen den Nachbargemeinden Drammen und Asker und Bærum.

Aber der Entschluss war gefasst, und das GRUS wurde gebaut.

An Tagen wie diesem wimmelte es in der Krankenhausumgebung von zufriedenen Menschen. Sie hatten nicht nur ein neues Krankenhaus für ihre Steuergelder bekommen, sondern auch ein vorbildliches Naherholungsgebiet.

Die Stimmung im Freien mochte an solchen Tagen zwar gut sein, im Besprechungsraum, wo die Medizinische Abteilung sich am Morgen traf, war sie jedoch eher gedrückt. Ola Farmen setzte sich als einer der vier Assistenzärzte ganz unten an den Tisch. Lars Kvamme, der am Wochenende kardiologischen Bereitschaftsdienst hatte, sollte die Besprechung leiten. Petter Bråten sah aus, als ob er zu spät aufgewacht wäre, um noch zu duschen. Vielleicht rieche ich ja auch nicht besser, dachte Ola und schaute hinüber zu den drei PJlern, die offenbar gerade aus dem Urlaub gekommen waren. »Urlaub« – ein Wort übrigens, das in Olas Wortschatz kaum noch existierte, Die ganze Familie verbrachte jeden Sommer drei Wochen in ihrer Hütte in Sandefjord. Mit inzwischen fünf Kindern waren die Sommerwochen am Wasser zu einer Anstrengung geworden, die schlimmer war, als zu Hause zu bleiben. Und wenn alles vorüber war, musste Ola im Krankenhaus Doppelschichten einschieben.

»Ola! Dr. Farmen!«

Ola fuhr zusammen.

»Ja?«

»Ich habe nach dem Neunzehnjährigen mit den Kopfverletzungen gefragt«, sagte Lars Kvamme gereizt.

»Ach«, sagte Ola kleinlaut. »Dem Jungen ist sein Kletterversuch im obersten Stock der Gesamtschule Valler nicht bekommen. Mit zwei Promille, gemessen anderthalb Stunden später. Ich habe den wachhabenden Neurochirurgen in Ullevål verständigt. Traumatische Gehirnblutung, aber der Junge bleibt hier. Für den Vormittag ist eine weitere CT vorgesehen. Ansonsten hat sich vor allem Dr. Joachimsen von der Neurologie um den kleinen Trottel gekümmert.«

»Bei solchen Patienten auf der Intensivstation wundert es mich ja doch, dass du dir die Zeit nimmst, das Krankenhaus mitten in der Nacht zu verlassen«, sagte Lars Kvamme. »Ein Vögelchen hat mir gezwitschert, dass du mehr als eine Stunde lang verschwunden warst.«

»Eine Dreiviertelstunde«, sagte Ola.

»Lange genug«, sagte Lars. »Ganz schön verantwortungslos, wenn du mich fragst.«

Ola wollte gerade erwidern, dass niemand vorhabe, ihn zu fragen, als das Telefon in seiner Tasche vibrierte.

Ruf mich an. Müssen uns treffen. Zu niemandem ein Wort. Sara.

Aus weiter Ferne hörte er Lars Kvamme über eine Schwangere mit hohem Fieber und zwei Infarktpatienten schwadronieren. Das ging ihn nichts mehr an. Sein Dienst war vorüber, und er wollte nach Hause und schlafen. Aber dann fiel ihm ein, dass die Zwillinge krank waren und dass Guro sicher Ablösung brauchte.

Die Müdigkeit ballte sich um ihn zusammen, und Lars Kvammes Stimme wurde zum Singsang.

Ola schlief ein.

Als er erwachte, schaute er sich verblüfft um. Die Besprechung war vorüber. Alle waren gegangen. Er hatte fast zehn Minuten geschlafen. Immerhin war er jetzt entschlussfreudiger.

Rasch schrieb er zwei SMS. Eine lange an Guro. Eine kurze an Sara: *Komme in einer halben Stunde.*

8.10 Uhr
Wells Hotel, Vincent Square, London

Audun Berntsen saß in seinem Hotelzimmer und fühlte sich so einsam, wie er wirklich war. Die klein geblümten Vorhänge waren steif vor Staub und Nikotin aus der Zeit, als Rauchen noch erlaubt war, und das schlichte Bett kam ihm eher vor wie eine Pritsche. Es erinnerte ihn an die vier Höllentage beim Militär, ehe er es geschafft hatte, entlassen zu werden, weil er bei einem Marsch wie ein Kind geweint hatte. Er wurde zum Arzt geschickt. »Angst« stand im Protokoll, aber er war nur selten so erleichtert gewesen wie damals, als er in Rena seinen Rucksack gepackt und den Bus zurück nach Bærum genommen hatte. Sein Vater war außer sich vor Zorn gewesen. Der Großvater war im Krieg für die RAF geflogen und war der Sagenheld der Sippe. Der Scheißprof selbst war Leutnant und Stabsarzt gewesen und schäumte, weil seinem Sohn Eier und Rückgrat fehlten, wie er sich auszudrücken beliebte, um dann für ein ganzes Jahr zu verstummen.

Die Kopfschmerzen waren übel.

Er hatte sich bis zum Schluss der New Yorker Börse am Vorabend nüchtern halten wollen. Aber dann folgte doch ein Bier dem anderen, und ehe er sich's versah, saß er in einer Stripteasebar und trank Whisky für Geld, das er nicht hatte.

Einen Moment lang starrte er die halb leere Schnapsflasche auf dem Nachttisch an, ohne sich erinnern zu können, woher sie kam.

Er erhob sich mit steifen Bewegungen, klappte den Laptop zu und klemmte ihn sich unter den Arm. Ein kleines Frühstück würde vielleicht helfen.

Die Londoner Börse hatte schon geöffnet, das sah er auf der digitalen Uhr unter dem kleinen Fernseher. Er klemmte sich den Laptop unter den Arm und taumelte auf die Tür zu. Auf irgendeine Weise musste er weiter nach oben kommen. Zwei glückliche Platzierungen, und er würde jedenfalls die Hotelrechnung bezahlen können.

Hinter dem Tresen in der Rezeption stand die Frau, die ihn zwei Tage zuvor empfangen hatte. Sie war Tag und Nacht dort und schien sich vor allem für Boulevardzeitungen und den Fernseher an der Wand beim Schlüsselbrett zu interessieren. Jetzt knapste sie sich aber doch einige Sekunden ab, um ihn zu mustern. Er wusste nicht recht, ob in den geschminkten Augen Mitleid oder Verachtung zu lesen war.

Audun Berntsen holt sich ein süßes Brötchen und eine Tasse Kaffee vom Büfett ganz hinten im Raum, dann setzte er sich in einen der drei Korbsessel in der Ecke. Er öffnete den Laptop und loggte sich mit dem Code ins Netz ein, für den er an der Rezeption drei Pfund bezahlt hatte. Die letzten Aktualisierungen der New York Stock Exchange des Vorabends wurden gezeigt, und er überflog sie rasch, ehe er sich zur LSE weiterklickte, der Londoner Börse.

Die Zahlen tanzten auf dem Bildschirm.

Das Brötchen kam ihm zäh vor und ließ sich nicht hinunterschlucken.

Er versuchte, die Kaffeetasse zu heben, aber seine Hände zitterten so heftig, dass er die Tasse wieder hinstellte.

Früher hatte er mit Zahlen und Diagrammen bestens umgehen können. Er handelte rasch und beschränkte sich zumeist auf *day trading*. An- und Verkauf am selben Tag. Alles ging so, wie er es wollte. Einmal hatte er an einem Tag über vier Millionen verdient.

Aber dann war etwas passiert.

Er hatte den Blick verloren. Die Fähigkeit. Oder was immer das gewesen sein mochte.

Inzwischen hatte er so hohe Schulden, dass er keinen Überblick mehr hatte.

Er weinte jetzt. Weinte und kaute auf einem Teigklumpen herum, der in seinem Mund so sehr anschwoll, dass er fast keine Luft mehr bekam.

Sein Vater hätte ihm über die ärgsten Probleme hinweghelfen können. Die kurzfristig geliehenen Gelder, die schon nach zwei Wochen fällig wurden, hatten durchaus innerhalb der finanziellen Möglichkeiten seiner Eltern gelegen.

Und dann war sein Vater einfach gestorben.

Audun schluchzte auf.

Er war immer eine Enttäuschung für seinen Vater gewesen. Schlecht in der Schule, ganz anders als seine beiden Schwestern. Kein guter Sportler, auch wenn er gern Schlittschuh und Ski lief. Als er mit einem Audi Quattro nach Hause gekommen war und sich eine Wohnung in Majorstua gekauft hatte, war der Vater auch nicht versöhnt gewesen, da Audun zweiundzwanzig Jahre alt war und nicht einmal Pläne für eine Ausbildung hatte. Jetzt war er vierundzwanzig, war arm wie eine Kirchenmaus und hatte die beiden Fächer, bei denen er im Abitur durchgefallen war, noch immer nicht nachgeholt.

Seine Mutter hatte ihn oft angerufen. Die Schwestern auch. Noch andere hatten versucht, ihn per Mobiltelefon zu erreichen, von Nummern aus, die ihm unbekannt waren. Er hatte keinen Anruf beantwortet, und am Vorabend hatte er sein Telefon in die Themse geworfen. Glaubte er jedenfalls.

Er wusste doch, was sie alle sagen wollten.

Sein Vater war tot, und er hatte nicht einmal seine Mutter angerufen.

9.16 Uhr
Båtstøjordet, Høvik, Bærum

»Thea schläft noch«, sagte Sara, als sie die Tür öffnete. »Du weißt ja ... Jugendliche.«

Ola wusste das nur zu gut. An Samstagen konnte es leicht sechs Stunden dauern, bis alle fünf Kinder startklar waren.

»Hast du schon gefrühstückt?«

Sara nahm seine Jacke und hängte sie an eine farbenfrohe Hakenreihe.

»Eigentlich nicht. Ich vergesse das Essen, wenn ich so müde bin.«

»Komm.«

Er folgte ihr in die Küche. In der Freizeit war sie ein anderer Mensch. Die weiße Krankenhauskleidung machte sie steifer und förmlicher. Ihre Haare, die sich niemals ganz bändigen ließen, waren jetzt so wild, dass er sich fragte, wie sie es schaffte, eine Bürste hindurchzuziehen. Sie trug Jeans und einen leichten grünen Pullover, den er noch nie an ihr gesehen hatte. Ihre nackten Füße steckten in knallrosa Crocs.

Der Duft von Bacon schlug ihm entgegen.

»Schwein?«, murmelte er und setzte sich auf einen Stuhl an dem weißen Tisch.

»Ich esse gern Bacon«, sagte sie. »Das Schwein ist ein Tier, genau wie alle anderen Tiere, die wir essen. Wie gesagt, ich bin nicht gerade eine Bilderbuchjüdin. Und die Küche ist auch nicht koscher, wie du siehst.«

Ola wusste nicht so recht, woran man das sehen könnte, und gab keine Antwort. Er beugte sich über den Teller, den sie vor ihn hinstellte, ehe sie sich ihm gegenüber an den Tisch setzte, und begann zu essen.

Erst jetzt merkte er, wie gewaltig sein Hunger war. Er spachtelte schweigend Eier, Speck und gebratene Tomaten. Ein Radio auf der Fensterbank spielte leise klassische Musik.

»Mmm«, sagte er endlich und wischte sich mit dem Ärmel den Mund ab. »Lecker. Tausend Dank.«

Sara hatte ihren Teller kaum angerührt.

Ohne nachzudenken, zog er eine durchsichtige Brötchentüte aus der Tasche und legte sie vorsichtig neben den Teller. Darin lag der blutige ICD.

Sara schluckte und schob ihren Teller zurück.

»Ups«, sagte Ola und steckte die Tüte wieder in die Tasche. »Verzeihung.«

»Ist schon gut«, sagte sie, aber das klang nicht überzeugend. Sie stand auf und räumte den Tisch ab, ohne etwas zu sagen.

»Und hier ist der Ausdruck«, sagte Ola und faltete das papierene Akkordeon auseinander.

»Du bist dir also ganz sicher«, sagte Sara und setzte sich wieder. »Du bist dir ganz, ganz sicher, dass das der ICD ist, den ich am Dienstag Erik Berntsen eingesetzt habe?«

Er holte Luft und blies seine Wangen auf.

»Okay«, sagte sie rasch. »Du bist dir sicher. Ich habe so viele Fragen, dass ich nicht weiß, wo ich anfangen soll. Aber ich mache einen Versuch. Wenn das hier Eriks ... Erik Berntsens ICD ist, wem gehört dann der, den sie im Rechtsmedizinischen Institut aus seinem Körper genommen haben?«

»Bist du dir sicher, dass ...«

»Ja«, fiel sie ihm ins Wort. »Ich habe mit dem Pathologen gesprochen. Berntsens ICD wurde ausgelesen, alles war in Ordnung und ...«

Sie verstummte mitten im Satz, sprang auf und nahm Papier und Kugelschreiber aus einer Schublade der Vitrine neben der Tür. Dann setzte sie sich wieder, diesmal neben Ola.

»Der hat nichts Unnormales gezeigt«, sagte sie und zeichnete mitten auf ein Blatt Papier die Skizze eines Männerkörpers.

»Na gut ...«

»Er hatte also einen ICD, hier.«

Ein kleiner Kreis wurde dort eingezeichnet, wo ungefähr das Schlüsselbein des Papiermannes gesessen hätte.

»Das ist einwandfrei nicht der, den ich implantiert habe.«

Beide schauten zur Plastiktüte hinüber.

»Und dann ist die Frage ...«

Sie hielt inne und nagte am Kugelschreiber. »Der Pathologe hat gesagt, er sei gefallen.«

»Der Pathologe? Der ist gefallen?«

»Berntsen! Erik Berntsen sei gefallen, meinte er, denn die Nähte hatten sich geöffnet und ...«

»Verdammt, Sara, du meinst doch nicht, dass irgendwer Erik Berntsen geöffnet und den ICD ausgetauscht hat? Das ist das Übelste ...«

»Ich meine gar nichts. Ich verstehe nichts. Ich versuche nur zu überlegen, Ola.«

Er murmelte etwas Unhörbares, erhob sich und ging zum Herd, um den Rauchabzug leiser zu stellen. Auf dem Rückweg zum Tisch drehte er das Radio ab.

»Hast du einen Ausdruck von dem ICD, den sie ihm rausgenommen haben?«, fragte er.

»Natürlich nicht«, sagte Sara ungeduldig. »Aber ich habe mir nachher überlegt ...«

Sie biss so energisch in den Kugelschreiber, dass es knackte. »Als ich aufgelegt hatte, fiel mir ein, dass der ICD Kammerflimmern hätte registrieren müssen, wenn ein Infarkt die Todesursache gewesen wäre. Ich hatte schon einen Augenblick mit dem Gedanken gespielt, den Mann noch einmal anzurufen, aber dann ...«

»Du warst so erleichtert, weil die Todesursache nichts mit der Tamponade zu tun hatte, dass du es nicht mehr über dich gebracht hast«, sagte Ola mit einem fast unsichtbaren Lächeln.

»Das durchaus nicht«, sagte Sara, ohne eine Miene zu verziehen. »Ich wurde von beiden Funkmeldern gleichzeitig gestört. Und dann habe ich alles vergessen.«

»Hat er noch mehr über den Ausdruck gesagt?«, fragte Ola.

»Ja, dass eine Kollegin ihn sich noch näher angesehen hat. Die Elektrophysiologen mochten keinen so engen Kollegen untersuchen.«

»Hast du gebeten, den Ausdruck schicken zu lassen?«

»Nein. Dazu bestand ja kein Grund.«

»Jetzt wohl.«

Sie nickte.

Abermals schwiegen sie, bis Ola es ein wenig unangenehm fand, so dicht neben ihr zu sitzen. Ihre Schultern berührten einander, und er nahm ihr besonderes Parfüm klarer wahr als sonst. Saras Hände mit den kostbaren Ringen lagen endlich still vor ihr auf dem Tisch, um das linke Handgelenk trug sie eine massive Goldkette.

»Fangen wir damit an, was wir nicht ganz sicher wissen«, sagte Ola und erhob sich.

In einem breiten Erker mit Blick auf den Garten gab es eine Bank mit einer Marmorplatte. Darauf setzte er sich, verschränkte die Arme und sagte: »Zu irgendeinem Zeitpunkt wurde Erik Berntsens ICD ausgetauscht. Und das muss ja nah seinem Tod gewesen sein.«

Sara nickte.

»Wenn wir davon ausgehen, dass er an einem Infarkt gestorben ist«, sagte Ola. »Können wir das wirklich?«

»Das nehme ich doch an. Der Pathologe war an dem Punkt eindeutig. Er hatte natürlich Vorbehalte, aber die muss er haben, wenn der endgültige Bericht noch nicht vorliegt, aber er hat große Erfahrung. Ich bin mir ziemlich sicher, dass Erik an einem Infarkt gestorben ist.«

»Na gut. Und da wir wissen, dass er vom Dæhlivann direkt zum Rikshospital gebracht worden ist, muss die ›Operation‹ also …«

Rasch zeichnete er mit den Fingern Gänsefüßchen in die Luft. »… irgendwann zwischen seinem Tod und seinem Eintreffen im Rikshospital geschehen sein.«

»Oder dort«, korrigierte Sara.

»Im Rikshospital?«

»Streng genommen ist es weitaus wahrscheinlicher, dass du im Rikshospital jemanden findest, der einen ICD entfernen und einen anderen einsetzen kann, als an einem schönen Frühlingstag in Bærumsmarka. Ich vermute, dass die Kindergartenkinder auch nicht über kardiologische Kompetenz verfügt haben.«

Ola schlug mit den Füßen gegen die Schranktüren unter der Bank. »Schreib«, sagte er und zeigte auf das Blatt Papier. »Riks anrufen, feststellen, wer ICD entfernt und ausgelesen hat.«

Sara drehte das Blatt um und machte eine Notiz. »Wir kommen der Sache erst näher, wenn ich diese Informationen habe«, sagte sie, »sehen wir uns lieber den Ausdruck an.«

Ola sprang von der Bank, zog den Stuhl neben Sara eine Idee weiter weg und setzte sich.

»Ich kann nur das da sehen«, sagte Sara leise und zeigte auf das erste Karo, wo in fetten Großbuchstaben die Wörter FUCK YOU prangten.

»Das ist eine Mitteilung«, sagt Ola.

»An wen?«

Ola schüttelte den Kopf. »Berntsen?«, schlug er vor.

»Eine Mitteilung, die er vor seinem Tod garantiert nicht erfährt«, sagte Sara und lächelte freudlos. »Clever.«

»Es steht doch nicht fest, dass jemand ihn umbringen wollte«, sagte Ola gereizt. »Das wäre bei der ersten Kontrolle des ICD herausgekommen. Ein Mann wie Berntsen würde garantiert darum bitten, den Ausdruck selbst zu sehen. Er weiß viel mehr darüber als ich!«

Sara runzelte die Stirn und nickte. »Aber dann ...«

Sie schob den Ausdruck ein wenig nach rechts und zeigte auf Bogen zwei der Reihe. »Die Einstellungen stimmen mit dem überein, was ich mitgeteilt habe. Die Programmierung ist korrekt. Hast du alle registrierten Episoden ausdrucken lassen?«

»Ja. Das ist alles, was es gibt.«

Sara zog den Ausdruck noch weiter nach rechts und musterte die lange EKG-Kurve, die sich über die sieben letzten Bögen zog. »Hier«, sagte sie und zeigte darauf.

Ola beugte sich über die Kurve. »Das passt doch gut zu Infarkt.«

»Ja.«

»Dann ist doch alles normal.«

Sara drehte sich zu ihm und legte ihm die rechte Hand auf die Schulter. »Ganz, ganz normal, Ola. Abgesehen davon, dass im Namensfeld ›fuck you‹ steht und dass du und ich an einem Samstagmorgen bei mir in der Küche sitzen und uns einen ICD ansehen, der einem Toten entnommen und durch einen anderen ersetzt worden ist.«

Er lächelte verlegen und zuckte mit den Schultern. »Ich habe doch nur die Kurve gemeint«, sagte er. »Und nicht alles andere.«

»Pst«, sagt sie.

Sie hatte etwas gefunden. Ihr Körper war angespannt, wie zum Aufspringen bereit. Die Haare waren ihr ins Gesicht gefallen und bedeckten es. Ola beugte sich vor, um selbst zu sehen, was Sara meinte.

»Shit«, flüsterte sie plötzlich und hob langsam den Kopf. »Sieh her!«

Ola zog den Papierstreifen zu sich und versuchte zu sehen, was sie meinte. Er sah es sofort, jetzt, wo er darauf aufmerksam gemacht worden war. Der ICD hatte winzige elektrische Impulse geschickt, Pacing, ohne dass das nötig gewesen wäre. »Jemand hat ihm Stöße in die rechte Kammer gejagt«, sagte er leise. »Aktive Ventrikelstimulation von 350.«

»Ganz richtig. Das Erste, was der ICD um 9.19 Uhr am Donnerstagmorgen registriert hat, sind Stöße von 350, obwohl Erik einen ganz normalen Sinusrhythmus hatte.«

Sie hatte vergessen, den Nachnamen des Patienten zu nennen, aber das war ihr egal. »Der ICD soll sich so verhalten, wie er programmiert ist«, sagte Sara langsam und überdeutlich, wie um einem Kind etwas zu erklären. »Und auf diesem Diagramm siehst du, dass Erik einen

Sinusrhythmus von 100 hatte. Ein wenig hoher Puls also, aber absolut in Ordnung, wenn wir bedenken, dass er im Wald unterwegs war. Dann passiert plötzlich das hier...«

Ihr Finger schlug auf die Kurve. »Der ICD tut etwas, worum niemand ihn gebeten hat! Er ist... Er nimmt Ventrikelstimulation vor!«

Ola riss die Augen auf und fuhr auf dem Stuhl zurück, als wäre der Ausdruck gefährlich.

»Was passiert bei einem solchen Pacing, Ola? Das Herz kann es nicht ertragen. Es flimmert, und Erik hat Herzstillstand. Dann antwortet der ICD...«

Sie zeigte wieder auf einen Teil des Diagramms. »Schau her. Der ICD gibt danach die Stöße, zu denen wir ihn programmiert haben. *Aber vorher hat er einem Herzen, das die überhaupt nicht brauchte, eine verdammte Menge kleiner Stöße verpasst!*«

Als sie aufschaute und seinen Blick einfing, sah er, dass ihre Augen nicht mehr blau waren, sondern fast farblos.

»Die folgenden adäquaten Stöße waren nicht genug«, sagte sie. »Und Erik ist gestorben.«

»Der ICD hat ihn getötet«, flüsterte Ola.

Sara erhob sich und ging zur Bank hinüber. Sie nahm die mit Kaffee gefüllte Thermoskanne, goss sich eine Tasse ein, trank einen Schluck und holte tief Luft. »Ja.«

»Ja«, wiederholte Ola.

»Ja«, sagte Sara noch einmal.

Ein roter Kater saß jetzt vor dem Fenster auf dem Gartentisch, er schaute aus zusammengekniffenen Augen herein und miaute. Sara starrte zurück.

Ola vertiefte sich wieder in den Ausdruck, in der Hoffnung, eine andere Erklärung zu finden. »Ein Fehler«, sagte er endlich. »Der ICD war defekt.«

»Klar. So defekt, dass er zufällig Namen und Nummer durch ›fuck you‹ ersetzt. Du bist Ingenieur und Arzt zugleich, Ola. Du kannst mir vielleicht erklären, wie ein kleiner Computer plötzlich einen Defekt erwirbt, der ihn dazu befähigt, seine Umgebung anzupöbeln und seinen Träger umzubringen.«

»Er ist defekt«, wiederholte Ola zögernd.

»Oder er ist so programmiert worden. Vielleicht will irgendwer, dass er tötet.«

»Aber das kann unmöglich sein! *Das ist nicht möglich!*« Ola breitete die Arme aus.

»Wie meinst du das, nicht möglich?«, fragte Sara. »Ein ICD ist ein programmierbarer Computer, und er ...«

Ola sprang auf und lief in der großen Küche auf und ab. »Mercury Deimos hat, wie alle anderen Herzstarter auf dem Markt, die Möglichkeit zur Aufwertung der Software. Wenn man einen Herzstarter implantiert hat, muss der mit verbesserten Funktionen aktualisiert werden können, ohne dass man ihn aus dem Körper entfernen muss. Man nimmt ein Programmiergerät, legt den Programmierkopf auf den Brustkasten des Patienten und dann ...«

»Ich weiß, wie ein ICD programmiert wird«, fiel Sara ihm ins Wort.

»Hab ein wenig Geduld«, sagte er verzweifelt. »Ich rede beim Denken, okay?«

Sie gab keine Antwort, deutete aber ein Nicken an.

»Ein ICD ist in einer Assemblersprache programmiert, das ist eine sehr viel höher entwickelte Sprache, als wir sie zum Beispiel jeden Tag verwenden, wenn wir einen Rechner benutzen. Java ist ein Beispiel für eine Hochsprache, und diesen Namen kennst du sicher aus verschiedenen Anwendungsbereichen im Netz. Sie ist ziemlich leicht zu lernen. Ein durchschnittlicher Computerfreak von vierzehn schafft das. Einfache Algorithmen.«

Sie starrte ihn ausdruckslos an.

»Algorithmen«, wiederholte er unsicher. »Das ist eine ... präzise Beschreibung einer Serie von Operationen, die durchgeführt werden müssen, um ein Problem zu lösen. Es ist ...«

»Ich weiß, was ein Algorithmus ist«, unterbrach sie ihn mit müdem Lächeln.

»Genau. Ja, sicher. Eine Assemblersprache dagegen ist eher ein ... Maschinencode«, endete er. »Eine schlichte, aber sinnreiche Bauanleitung, die für die betreffenden Rechner konstruiert ist. Die Verwendung einer Assemblersprache verlangt in der Regel sehr viel größere Kenntnisse als die Programmierung als Werkzeug.«

»Aber ist das möglich?«

»Was denn?«

»Jemand mit Computerkenntnissen kann sich einloggen und einen ICD verändern? In Assemblersprache?«

»Nein! Nein, nein, nein! Mercury Medical hat sich, wie alle anderen Produzenten, doppelt und dreifach gesichert. Kryptierung und Maschinencode machen es unmöglich, einen ICD auf diese Weise zu manipulieren. Ich bin mir sicher, dass die Codes zu einem medizinischen Gerät dieser Art ungefähr so streng überwacht werden wie die der amerikanischen Kampfflugzeuge. Diese Sicherheitsvorkehrungen sollen natürlich Industriespionage vermeiden, Fehlprogrammierung verhindern und ...«

Er nickte zu dem ICD hinüber.

»... so etwas unmöglich machen, vermute ich.«

»Mord, meinst du?«

»Ich brauche mehr Kaffee«, sagte Ola.

Sie nahm seine Tasse und goss sie so voll, dass der Kaffee überlief. »Sivert Sand von Mercury hat Eriks ICD programmiert.«

»Ja, und?«

»Er ist ein unerträglicher Kerl, aber fähig. Kann er ...«

»Sara! *Sara!*«

Er schloss die Augen und atmete langsam aus. »Hast du denn gar nichts davon verstanden, was ich gesagt habe? Es ist ausgeschlossen, dass ein einfacher Programmierer so etwas schafft. Das hier muss etwas anderes sein, etwas, das ... Es muss ...«

»Was muss es sein?«, fragte Sara, als er nicht weiterredete.

»Wir müssen zur Polizei«, sagte Ola.

Sara fing an zu lachen. »Um was zu sagen?«

»Dass wir glauben, dass Erik Berntsen ermordet worden ist«, sagte Ola.

Sara legte die Hände auf die Tischplatte und beugte sich so weit vor, dass ihr Gesicht nur ein paar Zentimeter von Olas entfernt war. »Erstens hast du eben gesagt, dass niemand bewusst so etwas tun kann.«

»Das habe ich nicht gesagt«, widersprach er. »Die Mitteilung ›fuck you‹ muss doch bedeuten, dass jemand dahintersteckt. Ich sage nur, dass es nicht vorstellbar ist ...«

Er kam nicht weiter.

»Zweitens«, sagte Sara und wurde lauter. »Zweitens halte ich es für absolut ausgeschlossen, dass die Polizei von Asker und Bærum etwas feststellen kann, was du und ich ...«

Sie unterbrach sich, als sie sein Lächeln sah.

»... nicht im Geringsten begreifen. Ich erlaube mir zu glauben, dass unser Freund und Helfer unten in Sandvika die gleiche Chance hat, das hier zu klären, wie ein Schneemann, sich auf dem Eyjafjallajökull wohlzufühlen.«

Ola starrte die Tischplatte an. »Aber wenn wir glauben, dass er ermordet worden ist, dann ...«

»Ich glaube gar nichts, Ola. Ich will wissen, ehe wir überhaupt etwas unternehmen. Ehe wir jemanden verständigen. Und das gilt auch für Mercury Medical. Was sollten wir der Polizei denn überhaupt erzählen? Dass Berntsen ins Krematorium gebracht worden ist, während du und ich hier mit seinem ICD sitzen, den du übrigens in eine verdammte Brötchentüte aus der Kantine gesteckt hast? Dass wir beim Frühstück gemütlich den Ausdruck angesehen haben und dass der nämliche Ausdruck uns aufs Gröbste auffordert, uns sonst wohin zu scheren?«

»Arbeitet ihr?«, fragte plötzlich eine Stimme von der Türöffnung her.

Thea stand barfuß vor ihnen, in einer weißen Schlafanzughose und einem viel zu engen T-Shirt. Ihre blonden Haare standen nach allen Seiten ab, und um die Augen klebten Schminkereste, die schon am Vorabend hätten entfernt werden müssen.

»Aber nein«, sagte Sara lächelnd, packte die Tüte mit dem ICD und versteckte sie hinter dem Rücken. »Ola hat nach dem Dienst nur mal vorbeigeschaut. Um sich Frühstück zu holen.«

»Kriegst du zu Hause nichts zu essen?«, fragte Thea und sah Ola an, der so unbeschwert wie möglich den langen Ausdruckstreifen zusammenfaltete.

»Doch«, sagte er. »Aber ein Mann kann nie genug essen. Und jetzt fahre ich nach Hause zu Frühstück Nummer 2.«

»Grüße an die Familie«, sagte Sara und nickte kurz. »Ich ruf dich an.«

»Früh auf den Beinen«, sagte Ola, als er an Thea vorbeiging und ihr einen Kuss auf die Wange gab. »Meine Teenies lassen sich samstags frühestens um zwölf blicken.«

»Ihr habt mich ja geweckt«, sagte Thea, aber die Tür war schon hinter Ola ins Schloss gefallen.

13.02 Uhr
GRUS, Bærum

Sara Zuckerman arbeitete samstags nur ungern, aber das hatte keine religiösen Gründe.

Als sie vor acht Jahren beschlossen hatte, Cleveland zu verlassen, war das nicht nur aus Pflichtgefühl geschehen, wie alle glaubten. Die Geschichte, die sie anbot, wenn jemand Interesse hatte, war eine Lüge, die sich mit den Jahren wie eine schützende Haut um sie gelegt hatte.

Sara Zuckerman war eine gute Lügnerin.

Nur Thea hatte irgendwann die Wahrheit erfahren.

Ein gewisser Kristian Hanssveen, der Kompagnon von Saras Bruder bei der Z & H VVS, hatte Sara im Oktober 2002 nachts angerufen. Sie blieb mit dem Hörer in der Hand zitternd im Bett sitzen, nachdem sie erfahren hatte, dass ihr Bruder Robert und seine Frau Turid tot waren. Sie waren auf dem Heimweg von ihrem Ferienhaus gewesen, als einem entgegenkommenden Lastwagen in einer Kurve ein drei Tonnen schwerer Felsblock von der Ladefläche gerutscht war. Der Stein traf den vorderen Teil von Roberts Wagen. Die kleine Thea konnte fast unverletzt vom Rücksitz geborgen werden.

In ihrer riesigen Wohnung, ganz allein, dachte Sara verzweifelt, dass sie es niemals geschafft hatte, zu einer Familie zu gehören. Sie hatte sich ihre eigenen Menschen ausgesucht. Der einzige Verwandte, den sie damals wirklich gern gehabt hatte, hieß Jerry Cohn und war der Sohn von Saras Onkel mütterlicherseits. Jeden Sommer während ihrer Kindheit war er aus New York in den Ferien nach Tromsø gekommen. Er war so alt wie Sara, so erfolgreich wie sie und so amerikanisch, wie sie es dann später auch geworden war.

Wenn Sara ihre Nichte noch nicht persönlich kennengelernt hatte, dann hatte das weniger mit ihrer Beziehung zu ihrem Bruder zu tun als damit, dass sie Norwegen schwer ertragen konnte. Jedenfalls hatte sie sich in Tromsø sehr unglücklich gefühlt. Vielleicht war sie nur unglücklich gewesen, weil sie jung gewesen war, dachte sie jetzt als fast Fünfzigjährige. Mit ihrem Bruder verstand sie sich gut, sie telefonierten und wechselten auch E-Mails, als diese Kommunikationsform sich ausgebreitet hatte. Robert hatte sich um alle praktischen Dinge gekümmert, als ihre Eltern Mitte der Neunzigerjahre in kurzem Abstand voneinander gestorben waren. Stets hatten sie akzeptiert, dass es schwierig für Sara gewesen wäre, nach Hause zu kommen. Roberts Hochzeit hatte sie ebenfalls verpasst, aber nicht aus bösem Willen. Sie musste am selben Tag auf einem kardiologischen Kongress in Barcelona den Hauptvortrag halten. Der Schwägerin war sie nur einmal begegnet, als das junge Ehepaar zwei Monate lang kreuz und quer durch die USA gereist war und für einen Tag bei ihr vorbeigeschaut hatte.

Fast alles war so gelaufen, wie Sara es für ihr Leben geplant hatte.

Nur das mit der Familie nicht.

Ihre Liebhaber waren ausnahmslos um einiges älter als sie und fast ausnahmslos anderweitig besetzt. In der Regel verheiratet. Sara war es mit peinlicher Gewissheit klar, dass ein Psychologe allerlei wahre Worte darüber hätte sagen können, warum sie sich immer das Unmögliche aussuchte, aber sie hatte nie das Bedürfnis verspürt, einen aufzusuchen.

Dieses Leben mit der langen Reihe von mehr oder weniger geheimen Liebhabern, alle von Rang und Stand, hatte sie mit Lüge und Verschweigen vertraut gemacht. Sie entwickelte Geschick darin, sich zu verstecken, und stellte irgendwann fest, dass es angenehm war, ihr wahres Ich für sich zu behalten. Das machte sie weniger verletzlich, wie es ihr schien, und sie lernte es, zwischen den zahlreichen Freunden und Bekannten zu differenzieren.

Sara Zuckerman war mit ihrem Leben zufrieden.

Nur Kinder hatte sie nie geplant.

Und so saß sie in einer Nacht im Oktober 2002 in ihrem Bett, vierzig Jahre alt und ganz allein, und erfuhr, dass auf der anderen Seite des Atlantiks ein elternloses Mädchen mit ihren Genen existierte. Sie versuchte, um ihren kleinen Bruder zu trauern. Aber immer fiel ihr nur ein, wie süß er gewesen war, als die Mutter mit dem kleinen Wicht im hellblauen Strampelanzug aus dem Krankenhaus gekommen war. Er hatte so gut gerochen. Als Sara 1980 ihr Zuhause verlassen hatte, war Robert erst zehn gewesen.

In der Nacht, in der sie von seinem Tod erfuhr, versuchte sie zu weinen.

Das war ihr nicht möglich. Es war der Gedanke an Thea, der sie wach hielt, den Blick in eine leere Dunkelheit gerichtet, aus der nach und nach der neue Tag wurde. Stunden darauf saß sie in einem Flugzeug nach Norwegen.

Sara Zuckerman reiste in ihre Heimat, um den Kampf um das Sorgerecht für ihre sechs Jahre alte Nichte aufzunehmen, in der Gewissheit, dass die Familie ihrer Schwägerin sich wehren würde. Den E-Mails ihres Bruders hatte sie entnommen, dass es eine eng verbundene Familie war, die jeden Sommer mehrere Wochen auf dem Hof von Theas Großeltern bei Notodden verbrachte. Die Kleine hatte drei Tanten und Onkel im passenden Alter. Sie alle kannten Thea. Sie hatten eine gemeinsame Geschichte mit Heiligen Abenden und Geburtstagen, Feiern zum Nationalfeiertag, ausfallenden Milchzähnen und Theas allererster Radtour.

Sara kam zum Kämpfen, aber das war nicht nötig.

Sie wurde am Flughafen von Theas Onkel abgeholt, einem hochgewachsenen ernsten Mann, der so verweint war, dass Sara fürchtete, er würde die sechzig Kilometer nach Bærum nicht schaffen. Sie setzte sich trotzdem ins Auto. Turids Familie hielt es für eine gute Idee, dass sie nach Båtstøjordet ziehen wollte, berichtete der Mann unterwegs mit leiser Stimme. Er dankte für ihre E-Mail und sagte, Turids Geschwister fänden alle, es sei den Versuch wert. Sie hatten selbst Kinder und wollten Thea nur ungern entwurzeln, wenn sich das verhindern ließe. Dass es das Beste für Thea sein würde, in ihrem Elternhaus wohnen zu bleiben, stand zweifelsfrei fest. Seine Schwester Irlin werde die kommende Woche bei Thea und Sara verbringen.

»Als Übergang«, sagte er und wischte sich die Tränen mit dem Handrücken ab. »Bis nach der Beerdigung und dann vielleicht noch einige Tage.«

Thea war wach gewesen, obwohl Saras Flugzeug Verspätung gehabt hatte und sie erst kurz vor Mitternacht in Høvik eintraf. Das Kind saß im Schlafanzug auf dem Sofa, dicht neben einer blonden Frau. Thea schaute die Fremde aus großen blauen Augen an. Sara fühlte sich nackt, als sie dastand, einfach unfähig, eine Sprache zu finden, in der sie der Kleinen erzählen könnte, dass von nun an sie, Sara, sich um sie kümmern würde.

Thea musterte die Tante eine Weile, dann rutschte sie vom Sofa und stapfte auf nackten Füßen zu ihr hin. »Hallo«, sagte sie leise und schaute auf. »Du bist Papas Schwester. Er hat genau solche Haare wie du. Nur kürzer natürlich. Irlin sagt, dass du jetzt bei mir wohnen wirst.«

Sara nickte vorsichtig.

»Du musst mich zur Schule bringen. Ich gehe in die 1b auf der Høvik-Verk-Schule. Du weißt sicher den Weg nicht, aber den kann ich dir zeigen.«

Sara lächelte nur und nickte und nickte.

Die Kleine ähnelte ihrem Vater, nur war sie hellblond. Plötzlich legte sie Sara die Arme um die Taille und drückte so fest zu, dass beide fast das Gleichgewicht verloren hätten. »Du musst auf mich aufpassen«, flüsterte Thea. »Und wir werden nie, nie im Leben Auto fahren.«

Als Thea im Bett lag und Irlin ihr das Wichtigste im Haus gezeigt hatte und sich dann ins Gästezimmer zurückzog, blieb Sara noch lange wach. Erst um drei Uhr schlich sie sich nach oben. Die Tür zu Theas Zimmer stand offen, und Sara trat ganz dicht an das Bett heran. Die Kleine lag auf der Seite, hatte den Daumen locker im Mund und drückte mit dem anderen Arm ein Stoffkaninchen an die Brust. Sara weinte lautlos, während sie das Kind im schwachen Licht einer Nachttischlampe ansah. Sie weinte, weil sie vergessen hatte, wie es ist zu weinen. Sie weinte um ihren Bruder. Sie weinte um eine Sechsjährige, die sich später an ihre Eltern kaum erinnern würde, und über sich selbst, die so wenig an ihre Familie gedacht hatte.

Nun gab es nur noch sie beide, Sara und Thea, und zu Thea sagte Sara meistens die Wahrheit.

Jetzt war Thea vierzehn und viel unterwegs. Samstags aber wollte sie am liebsten mit Sara zusammen sein. Nicht in erster Linie wegen des Sabbat, auch wenn sie immer wissbegieriger wurde, was ihren kulturellen Hintergrund anging, und vor Kurzem ihre Bat-Mizwa gefeiert hatte. Sie spielten samstags zusammen, sagte Thea immer, sie gingen spazieren, ins Museum und ins Kino. Alle zwei Monate besuchten sie zur Mincha, dem Nachmittagsgebet, die Synagoge auf St. Hanshaugen in Oslo.

Inzwischen war es fast halb zwei, und Sara saß in ihrem Büro und schaute auf den riesigen Park hinaus. Sie empfand eine vage Unruhe angesichts dessen, was Ola und sie festgestellt hatten. Wie sie auch argumentierte, immer tauchten neue Fragen auf.

Sie schreckte davor zurück, den Pathologen vom Vortag anzurufen. Nicht nur, weil es unhöflich war, samstags mit Dingen zu stören, die vermutlich keine Eile hatten, sondern auch, weil sie sich davor fürchtete, was er sagen könnte.

Schlimmstenfalls war der ICD, den sie Eriks Leichnam entnommen hatten, schon zerstört worden.

Endlich setzte sie die Brille auf und wählte die Nummer, die sie im Netz gefunden hatte. Es klingelte so lange, dass sie schon aufgeben wollte, als eine Stimme »hallo« kläffte.

»Hier spricht Dr. Zuckerman vom GRUS«, sagte sie. »Es tut mir wirklich leid, samstags privat zu stören.«

»Das macht nichts. Ich bin mit zwei Enkelkindern im Boot unterwegs.«

»Wie gesagt, es tut mir leid, aber ...«

»Worum geht es?«, fiel er ihr ins Wort.

Sara berichtete, und als sie fertig war, hörte sie im Hintergrund ein Kind rufen. Eine Möwe flog offenbar direkt über den Kopf des Pathologen hinweg, denn der Schrei klang so, als befände der Vogel sich im selben Zimmer wie Sara.

»Die Kollegin Henny Kvam Hole hat die Explantation vorgenommen«, sagte er viel zu laut. Sara hielt das Telefon deshalb weiter von ihrem Ohr weg. »Ich gehe davon aus, dass sie auch den ICD ausgelesen hat.«

»Weißt du ... weißt du, wo ICD und Ausdruck sich jetzt befinden?«

»Hast du kein Vertrauen zu uns? Kvam Hole ist eine hervorragende Ärztin.«

»Aber ja«, sie lächelte, in der Hoffnung, dass er diese Freundlichkeit bemerkte. »Es geht um ein Forschungsprojekt, und ich würde gern ...«

»ICDs sind Sondermüll«, sagte der Pathologe am anderen Ende der Leitung sarkastisch. »Sie enthalten Lithium und Schlimmeres, und bestimmt ist dieser schon zur Vernichtung eingesandt worden. Aber du kannst dich bei

Dr. Kvam Hole erkundigen. Ich an deiner Stelle würde bis Montag damit warten.«

»Danke«, sagte Sara. »Dann will ich nicht länger stören.«

Der Mann legte auf, ohne noch mehr zu sagen.

»Arsch«, murmelte Sara und suchte sich im Netz die Gelben Seiten. Nur ein Mensch in der Umgebung von Oslo hieß Henny Kvam Hole. Eine Festnummer war nicht angegeben, nur zwei Mobilnummern. Sara versuchte es bei der ersten.

»Ja?«, fragte eine helle Stimme. »Hier ist Tiril!«

»Hallo«, sagte Sara zögernd. »Ich bin Sara Zuckerman und dachte, das sei die Nummer von Henny Kvam Hole.«

»Das ist Mama. Mein Telefon geht auf ihren Namen. Das ist echt unpraktisch, denn da kommen so viele Anrufe, die eigentlich für sie sind.«

»Sicher. Kann ich deine Mutter über die andere Nummer im Telefonbuch erreichen?«

»Gerade jetzt nicht. Sie ist bei einer Beerdigung in Stokkenes oder so.«

»Stokmarknes«, schlug Sara vor.

»Ja. Glaub schon. Der Mann von Mamas bester Freundin ist am Montag gestorben. Mama kommt erst am Dienstag nach Hause. Ich glaube, am Dienstag. Oder so. Ich bin bei Papa, und da weiß ich das nicht genau.«

»Vielen Dank«, sagte Sara und legte auf.

Bei der anderen Nummer meldete sich wirklich niemand. Sara wartete eine ewig lange Anrufbeantwortermeldung ab, bis endlich der Piepton kam. Als sie eine kurze und unvollständige Nachricht darüber hinterlassen hatte, was los war, zögerte sie einen Moment, ehe sie hinzufügte: »Deine Tochter hat erzählt, dass du bei einer frisch verwitweten Freundin bist. Ich hoffe, du kannst mich trotzdem so schnell wie möglich anrufen. Es ist wichtig. Es ist …«

Sie wusste nicht so recht, was sie sonst noch sagen sollte, und legte auf.

Vermutlich konnte sie an diesem Tag nichts mehr tun. Wenn sie sich beeilte, könnte sie noch mit Thea das Henie-Onstad-Zentrum besuchen, um die John-Cage-Ausstellung zu sehen. Sie würden draußen essen und danach vielleicht einen Spaziergang am Meer machen.

5.15 p.m.
Mercury Medical Zentrale, Manhattan, NYC

Otto Schultz hatte den Samstag mit einem seiner Schwiegersöhne auf dem Golfplatz verbringen wollen, und davor hatte ihm gegraust.

Nachdem die Sache mit Suzanne und ihrem versoffenen Liebhaber ans Licht gekommen war, hatten nicht nur die Kinder angefangen, sich seltsam zu verhalten. Auch die beiden Schwiegersöhne waren reservierter als früher. Der eine, James, hatte bei ihrer letzten Begegnung angedeutet, es sei an der Zeit, die finanziellen Aspekte der Scheidung zu regeln. Als ob das den Knaben irgendetwas anginge. Die Sache war übel genug, und der Schwiegersohn hatte sich anhören müssen, wie Otto Schultz die Angelegenheit sah. Dass Suzanne jetzt mit ihrem Hippie in einem armseligen Bungalow in Kalifornien lebte, hatte sie selbst so gewollt. Auf ihrem Konto lief jede Woche eine nette Summe ein, und sie würde brav bis zum 15. Juni warten müssen, die letzte Frist für den schwindelerregenden und absolut übertriebenen Betrag, den Otto akzeptiert hatte, als sein Anwalt und ältester Freund ihm klargemacht hatte, dass der Spaß noch viel mehr kosten würde, wenn sie die Gerichte einschalteten.

Die Ereignisse der letzten Woche hatten Otto einen

guten Grund geliefert, seine Verabredung mit James abzusagen. Er musste eine Extraschicht im Büro einlegen. Das kam so gut wie nie vor, die Wochenenden waren Otto Schultz heilig; am Freitagabend fuhr er nach Long Island und ließ sich vor acht Uhr am Montagmorgen nicht wieder sehen.

Er versuchte, sich auf die Nachrichten in der wichtigsten Mailbox zu konzentrieren. Die Niederlassung in Frankfurt konnte von großem Interesse des VW-Rentenfonds an einem beachtlichen Ankauf von Mercury-Aktien berichten. Die Niederlassung in Peking meldete, dass Mercury Phobos nunmehr über mehr als zwanzig Prozent des chinesischen Pacemakermarktes verfügte.

Gute Nachrichten, aber Otto Schultz konnte sich nicht freuen. Er klickte sich weiter durch die Nachrichten. Jay Leno wollte ihn zum Essen einladen und ihm seine neueste Anschaffung an der Autofront zeigen, einen Rolls-Royce Phantom Drophead Coupé. Jimmy Carter wollte sich mit ihm treffen, natürlich um über weitere Zuwendungen für das Carter Center zu quengeln.

Dieser Mann war auch nie zufrieden.

Die Tochter mahnte das Geld für die Mutter an.

In plötzlicher Wut löschte er die Mail. Dass seine Tochter ihm überhaupt irgendetwas zu befehlen versuchte, war unerhört. Er hatte seit ihrer Geburt für die Kinder gesorgt, hatte ihnen die besten Schulen und die luxuriösesten Ferien spendiert, hatte sich Stunden für Fußballspiele und Krippenspiele und Gott weiß was freigeschaufelt, und bis die Kinder ins Teenageralter kamen, hatte er dafür gesorgt, zum Gutenachtsagen zu Hause zu sein. Ab und zu jedenfalls. Die Hochzeiten der Töchter hatten außerdem so viel gekostet, dass er die Rechnungen keiner lebenden Seele gezeigt hatte, nicht einmal Suzanne.

Wieder piepte der Rechner.

Erbost las er die neue Mitteilung.

Er las, und dann las er noch einmal. Kratzte sich zerstreut die Wange, seine kurz geschnittenen Nägel schrappten über die Bartstoppeln.

Die Mail kam von der Security. Sie hatten die anonyme E-Mail vom Mittwoch in ein Internetcafé in Stockholm verfolgt. Nun aber auch noch den Absender zu finden hielten sie für aussichtslos. Sie warteten auf weitere Anweisungen.

Stockholm sagte ihm verdammt wenig.

In Stockholm gab es keine Niederlassung von Mercury Medical, ihr Hauptbüro für Nordeuropa lag in Oslo, und die schwedische Abteilung war in Göteborg.

Dort gab es eine große polytechnische Universität, von der viele Angestellte rekrutiert worden waren.

Die E-Mail, die ihn am Mittwoch gestört hatte, handelte von einem gewissen Erik Berntsen. Er sei tot, stand dort, einem schweren Infarkt erlegen. Die Meldung kam von einer Hotmailadresse, die Otto Schultz nichts sagte, und sie war nicht unterschrieben.

Er hatte über den Namen des angeblich Toten gestutzt, bis ihm eingefallen war, dass er zwei Artikel des Mannes gelesen hatte.

Einen in der Lancet, betitelt *Risk stratification for ventricular arrhythmias in ischaemic cardiomyopathy*. Der Artikel war ungewöhnlich präzise gewesen, und Otto Schultz hatte ihn als Sonderdruck unter seinen *senior medical advisors* verteilt.

Otto Schultz war sich ganz sicher, diesem Mann nie begegnet zu sein, und er konnte nicht begreifen, warum irgendwer ihn über dessen Tod unterrichten wollte. Auch über Agnes Klemetsen war nichts herausgekommen.

Aus einem Impuls heraus googelte er Eric Berntsen. Sie schreiben Eric mit k, diese Skandinavier, ging ihm auf, als die erste Suche keine klaren Treffer brachte.

Aber jetzt. 1407 Treffer, viele davon in einer Sprache, die er nicht verstand. Norwegisch, nahm er an. Unten auf Seite 2 tauchte der Artikel über das Risiko gefährlicher Rhythmusstörungen bei Patienten mit Herzversagen auf.

Plötzlich fiel ihm etwas anderes ein. Er ging zu www.theheart.org und loggte sich mit Benutzernamen und Passwort ein, das originellerweise Pluto101 lautete. Danach klickte er sich zu »Rumours« weiter.

Er leerte ein Glas Mineralwasser, ehe er las:

Oslo, Norway (updated May 7, 2010). Retired electrophysiologist Professor emeritus Erik Berntsen (70) at National Hospital in Oslo, Norway, has died due to myocardial infarction. Dr. Berntsen was diagnosed with ventricular arrhythmia a few weeks ago. Due to arrythmical complication, he was accepted for an ICD implantation performed this week. He died Thursday morning local time in his hometown Baerum west of Oslo.

A press release from National Hospital yesterday called Dr. Berntsen »a pioneer in Scandinavian electrophysiology« who »served his field of interest with enormous dedication, distinction and effectiveness.«

In her press release, Head of Cardiological Department at the National Hospital, Professor MD Karin Falhus extended sympathies to Berntsen's family. »We were fortunate to have Dr. Berntsen as a member of the National Hospital Staff, and we are grateful for all he did for us und his many patients. He leaves us far too soon.«

Dem Mann war vor seinem Tod ein Herzstarter eingesetzt worden. Schultz spürte, wie sein Puls sich beschleunigte, und als er sich Wasser ins Glas goss, musste er die Flasche fest umklammern, um nicht zu zittern.

Donnerstagmorgen, dachte er. Erik Berntsen ist am Donnerstagmorgen gestorben.

Das war der Tag, an dem er mit Bill, Melinda und dieser Norwegerin die Pressekonferenz abgehalten hatte. Donnerstagmorgen hatte er eine halbe Stunde damit verbracht, sich über eine am Vortag aufgetauchte E-Mail zu ärgern.

Mittwoch, dachte er, und sein Puls wurde noch etwas schneller.

Die Nachricht über Erik Berntsens Tod war am Mittwoch eingetroffen.

Als Otto Schultz dreimal den Zeitunterschied berechnet und sicherheitshalber noch die Weltzeituhr auf dem Bildschirm überprüft hatte, war sein Puls auf 120 Schläge pro Minute gestiegen.

Die Nachricht, dass Erik Berntsen an einem Herzinfarkt verstorben sei, war mindestens sechzehn Stunden vor dem tatsächlichen Tod des norwegischen Elektrophysiologen in Otto Schultzens streng geheimem Briefkasten gelandet.

21.30 Uhr
Gjettumkollen, Bærum

Ola hatte fast den ganzen Tag geschlafen.

Er war nicht von trotzigen Teenagern, kranken Siebenjährigen und einer mürrischen Guro empfangen worden, sondern war nach seinem Besuch bei Sara in ein leeres Haus gekommen. Auf dem Küchentisch lag ein Zettel. Tarjei war mit Freunden in eine Ferienhütte gefahren. Eine schöne Umschreibung dafür, dass er bei einem Kumpel mit sturmfreier Bude zechte und feierte. Theo war zu einem Handballturnier in Lillestrøm, und

Tuva übernachtete bei einer Freundin. Den Zwillingen war es gegen Abend am Vortag besser gegangen, und Guro hatte morgens ihrem Drängen nachgegeben und war mit ihnen ins Domus Athletica zum Schwimmen gefahren.

Nicht besonders klug nach einer Runde Magengrippe, dachte Ola.

Das Haus hätte eine Aufräumaktion vertragen können, aber er war ins Bett gefallen und erst aufgewacht, als Guro ihn gegen vier Uhr nachmittags geschüttelt hatte.

Der ruhige Abend hatte ihm sein Zuhause fast fremd erscheinen lassen. Tarjei, Tuva und Theo würden erst am nächsten Tag nach Hause kommen, und die Zwillinge waren vor einer halben Stunde in die Betten gefallen. Ola hatte vietnamesische Frühlingsrollen gebacken. Die Kinder aßen sie nicht gern, und Guro aß im Moment nur Knäckebrot mit Hüttenkäse, deshalb saß er jetzt da und stopfte sich mit der fünften Portion voll.

»Du bist heute so seltsam«, sagte Guro. »Stimmt was nicht?«

Ola kaute und schluckte. »Alles in Ordnung.«

»Na, komm schon«, sie lächelte. »Wir waren schon mit siebzehn zusammen, Ola. Irgendwas quält dich. Du hast fast den ganzen Nachmittag kaum ein Wort gesagt. Du hast nicht einmal Tara und Tobias zusammengestaucht. Du hast etwas gekocht, was niemand isst.«

Ola tunkte das durchsichtige Reispapier in die Chilisoße und stopfte sich den Mund voll. »Nichts«, nuschelte er. »Rein gar nichts.«

Er versuchte, ihrem Blick auszuweichen, und dachte nach. Guro würde nicht lockerlassen. Sie würde einfach dasitzen und ihn ansehen, bis er sich geschlagen gäbe.

»Nur etwas bei der Arbeit«, versuchte er mit vollem Mund zu sagen.

»Red keinen Unsinn. Wenn dich bei der Arbeit etwas so

quält, dass du fast sechs Stunden lang die Klappe hältst, dann musst du mindestens gefeuert worden sein.«

»Es ist unnatürlich, so lange verheiratet zu sein«, murmelte er und schob den Teller weg. »Du liest in mir wie in einem offenen Buch.«

»Das ist aber auch keine Kunst«, lachte sie. »Du bist wie eine Zeitung auf einer Bank im Bahnhof!«

Er spülte das Essen mit einem großen Schluck von dem Roséwein hinunter, den sie ihm gereicht hatte.

»Rosé«, sagte er und schnalzte mit der Zunge. »Wie früher.«

»Früher haben wir ekligen Cabernet d'Anjou getrunken. Das hier ist ein Sancerre. Aber versuch jetzt nicht, dich rauszureden.«

»Du bist hoffnungslos«, sagte er und schüttelte den Kopf. »Außerdem unterliege ich der Schweigepflicht.«

Danach erzählte er ihr alles.

Das dauerte fast eine Stunde. Guro hörte zu, ohne ihn auch nur ein einziges Mal zu unterbrechen.

»Will jemand Sara schaden?«, fragte Guro.

»Was? Wieso in aller Welt sollte das ein Versuch sein, Sara zu schaden?«

»Sie hat diesen ICD doch eingesetzt, und nach allem, was du erzählst, kann sie nicht gerade als beliebt bezeichnet werden. Jedenfalls nicht bei allen. Es könnte doch sein...«

»Die Operation war gelungen«, fiel er ihr ins Wort. »Ein kleines Pech mit einer Tamponade, aber das wurde korrigiert. Der Patient hat sich gut erholt. Es ist eher wahrscheinlich, dass jemand es auf Berntsen abgesehen hatte.«

Guro runzelte die Stirn. »Na gut«, sagte sie langsam. »Jemand möchte einen herzkranken alten Mann umbringen. Sie suchen sich eine Methode aus, die so kompliziert ist und so große Kenntnisse voraussetzt, dass du und

Sara nur Bahnhof verstehen. Clever. Wenn man ihn doch viel einfacher hätte loswerden können. Ihn überfahren, zum Beispiel.«

Ola lächelte müde. »Du und ich kommen heute Abend jedenfalls auch nicht weiter.«

»Habt ihr die Polizei verständigt?«

Er machte eine frustrierte Handbewegung. »Die Polizei? Was sollten wir der denn erzählen?«

»Die Krankenhausleitung, ist die informiert? Ihr müsst auf jeden Fall sofort ...«

»Herrgott, Guro! Wir haben das erst vor ein paar Stunden entdeckt. Außer Sara und mir weiß niemand davon. Auch du nicht. Vergiss es. Okay? Jetzt geh ich runter und seh mir *Kissin' Cousins* auf DVD an.«

»So wütend wirst du nur, wenn ich recht habe«, rief sie ihm hinterher. »Und immer fliehst du zu Elvis, wenn du ein schlechtes Gewissen hast. Ihr müsst auf jeden Fall die Krankenhausleitung verständigen. *Hörst du, Ola?*«

Er hörte sie, gab aber keine Antwort.

Freitag, 5. Mai 2006

1.25 a.m.
Mercury Medical Zentrale, Manhattan, NYC

Als Peter Adams vor zwei Stunden eines der vier Labore von R & D Software betreten hatte, waren dort noch viele Kollegen bei der Arbeit gewesen. Sie blickten kaum auf, als er hereinkam. Abendschichten, eigentlich schon Nachtarbeit, waren bei Mercury Medical eher die Regel als die Ausnahme. Einer nach dem anderen packte dann seine Sachen zusammen. Eine halbe Stunde nach Mitternacht blickte die letzte Kollegin, eine Frau von etwa dreißig, ihn fragend an und wollte wissen, was er dort eigentlich mache.

Die Frage war durchaus angebracht, Peter hatte die Geräte noch nicht angerührt. Das Labor war voller Computer, Simulatoren, riesiger Bildschirme und mindestens dreißig Programmiermaschinen, dieser klobigen Geräte, die aussahen wie prähistorische Laptops aus der Zeit, als sie eher transportabel gewesen waren als wirklich tragbar. Außerdem lagen ICDs unterschiedlichster Modelle herum.

»Ich schau eben ab und zu mal rein«, war seine Antwort. »Um die Atmosphäre zu testen.«

»Was liest du da?«

»Versuche, meine Kenntnisse von Assemblersprachen aufzufrischen.«

Die Kollegin wollte jetzt unbedingt gehen. Vermutlich hatte sie Angst, er könne um Hilfe bitten.

Bisher hatte er sich in David Crows Ordner an einem Tisch ganz hinten in dem rechteckigen Raum vertieft. Noch immer waren die Codes schwer zu begreifen. Ihm kam langsam eine Ahnung davon, worum es sich handelte, aber das konnte doch nicht sein.

Es konnte ganz einfach nicht stimmen.

Als er endlich allein war, stellte er seinen eigenen Laptop vor sich auf den Tisch, öffnete ihn und schaltete ihn ein. Vorsichtig löste er das Datenzäpfchen aus Davids Ordner und schob es in das USB-Portal. Auf dem Bildschirm erschien ein Ordner namens HELL.

Peter schluckte und klickte auf *Öffnen*.

Der Ordner enthielt nur eine Datei: ktmfsetup.exe.

Die trockene und extrem saubere Luft im Labor ließ seine Augen brennen. Sein Mund fühlte sich an wie ausgedörrt. Er drehte den Verschluss von einer Mineralwasserflasche und trank, ehe er mithilfe von Mercurys eigenem Assemblerprogramm einen Blick in die Datei warf.

Peter erkannte sie sofort. Er hatte ja vorhin stundenlang über den Ausdrucken gebrütet.

Zögernd richtete er sich auf und schaute sich um. Einige Meter weiter, neben einem riesigen Flachbildschirm und drei zusammengeschalteten Programmiermaschinen, stand ein Simulator AEH-234. Der war mit dem Flachbildschirm verbunden, wie er sah. Mit immer nervöseren Bewegungen griff er zu einem Deimos und schloss ihn an den Simulator an.

Noch wagte er nicht, den Gedanken, der ihm früher am Tag im Büro gekommen war, zu Ende zu denken.

In einem vergeblichen Versuch, sich zu beruhigen, weil alles so war, wie es sein sollte, und weil Mercury Medical den besten ICD der Welt herstellte, spielte er ein wenig mit dem Simulator. Der konnte jeden Herzrhythmus präzise kopieren.

Peter ließ zuerst eine Reihe von Sinusrhythmen in wechselnden Frequenzen ablaufen. Die charakteristischen EKG-Kurven flimmerten über den Bildschirm. Niedriger Puls. Ruhepuls. Hoher Puls. Und danach ein Puls, wie er ihn gegen sein Trommelfell schlagen hörte, wenn er seine Joggingrunde mit einem zehn Minuten langen Intervalltraining beendete.

Der ICD reagierte nicht, genau wie erwartet.

Peter gab einen Befehl ein, der dem Simulator Kammerflimmern verpasste.

Der ICD antwortete sofort mit einem Stoß von 31 Joule. Wäre der Simulator lebendig gewesen, hätte er einen schmerzhaften Stich im Herzen verspürt, aber sein Leben wäre gerettet gewesen.

Abermals programmierte er den Simulator, der jetzt dem ICD mitteilte, es handle sich um ein Herz mit ernsthafter Ventrikeltachykardie. Er beobachtete, dass der kleine Herzstarter brav seine Pflicht tat. In diesem Stadium einen schmerzhaften Stoß zu versetzen war in der Regel unnötig. Stattdessen entschied er sich für winzige elektrische Stimuli, Pacing, in einer etwas höheren Frequenz als der von dem Apparat registrierten. Peter lächelte ein wenig, als er sah, dass der Simulator so reagierte, wie ein Herz eben reagieren sollte: mit dem Umstieg auf normalen Sinusrhythmus.

Mercury Deimos ist durch und durch zuverlässig, dachte er und versuchte, ruhiger zu atmen.

Er drehte sich um und starrte seinen eigenen Rechner an.

Das Datenzäpfchen steckte noch darin.

Es war Nacht, und das Summen der Geräte und der Belüftungsanlage machte ihn unbeschreiblich müde. Er wollte nach Hause. Leise die Tür aufschließen, vor einer

Sitcom auf einem stummen Fernsehschirm ein Bier trinken und sich dann zu der schlafenden Catherine unter die Decke stehlen.

Aber sie war nicht zu Hause, wie ihm jetzt einfiel.

Entschlossen ging er die drei Schritte zu seinem Rechner, schaltete den USB-Stick aus und zog ihn heraus. Er durfte nicht zögern, mahnte er sich, dann ging er zurück zur Bank, öffnete die erste Programmiermaschine, schaltete sie ein und schob den Stick in ein freies USB-Portal.

»Jetzt weigere dich gefälligst«, sagte Peter und starrte die Programmiermaschine an wie ein bockiges Kind. »Weigere dich, zum Teufel. Du willst dieses Programm nicht akzeptieren!«

Der Apparat hörte nicht auf ihn.

Peter biss sich so hart in die Unterlippe, dass er Blut schmeckte.

Das hier brauchte noch gar nichts zu bedeuten.

Dass die verdammte Maschine die Software akzeptiert hatte, brauchte noch kein Problem zu sein. David hatte korrekte Kryptierung und korrekte Codes benutzt. Peter griff zu dem faustgroßen Programmierkopf und legte ihn über den ICD.

So machen wir das, dachte er. Wenn wir eine Verbesserung erfinden, können Patienten in der ganzen Welt die Neuentwicklung in ihre phantastischen implantierten Herzstarter von Mercury Medical herunterladen.

Er ertappte sich dabei, dass er laut redete, als er auf dem Bildschirm auf das Icon für neue Software klickte. »Kein Grund zur Besorgnis.«

Warning: Do you want to transfer this file to ICD?

Die Frage stand in fetter gelber Schrift quer über dem gesamten Schirm.

»Ja«, flüsterte er und drückte auf *Yes*.

Das Summen im Raum wurde lauter.

David Crow hatte also vor vier Jahren ein Programm entwickelt, das sich auf einen Mercury Deimos überführen ließ. Ein Programm, von dem Peter nichts wusste. Ein Programm, das nirgendwo registriert war.

Peter programmierte den Simulator ein weiteres Mal. Der Bildschirm zeigte, worum er gebeten worden war, eine normale Sinuskurve mit normaler Frequenz.

Für genau dreißig Sekunden.

Peter brach der kalte Schweiß aus.

Der ICD fing an, das Herz zu stimulieren. Obwohl der Simulator die Rolle eines gesunden Menschenherzens perfekt spielte, mit normalem Puls und Sinusrhythmus, sandte der kleine Herzstarter elektrische Impulse in einem Rhythmus von 350 pro Sekunde aus.

Kein Herz konnte das ertragen.

Der Simulator auch nicht.

Er fing an zu flimmern.

»Shit«, fauchte Peter Adams. »Fucking shit!«

Er machte einen unsicheren Schritt zurück, hielt seinen Blick aber weiterhin auf den Bildschirm gerichtet. Der ICD fing plötzlich an, seine Pflicht zu tun, als versuchte er schuldbewusst, Ordnung zu schaffen.

Dreimal verpasste er dem Pseudoherzen einen kräftigen Stoß.

Drei kräftige Stöße hintereinander.

Das half nichts. Der Bildschirm zeigte eine horizontale ununterbrochene Linie.

Der imaginäre Patient war tot.

Fünf Stunden später, als sich die Zentrale wieder mit den eifrigsten Frühaufstehern füllte, hatte Peter Adams durchschaut, was David in den langen Nächten allein im Labor produziert hatte. Vermutlich hatte das alles ein Jux sein sollen, dachte er. Ein Spaß. ktmfsetup.exe war nur ein witziges kleines Programm, ein Spiel, um Simulatoren zu killen. Eine absurde Idee, auf die nur David Crow hatte kommen können.

Als Peter endlich das Datenzäpfchen aus seinem eigenen Laptop ziehen und in die Tasche stecken konnte, wurde ihm plötzlich klar, dass der Name des Programms kein Zufall war.

ktmfsetup.exe.

»K-t-m-f«, buchstabierte er, als er im Labor das Licht löschte, die Tür hinter sich zuzog und sie abschloss.

KTMF.

Er erstarrte.

»Kill those motherfuckers.«

Das war der letzte Satz, den Peter Adams von David gehört hatte, als der brillante Knabe gefeuert worden war, den Scheck an sich gerissen und danach die Beine in die Hand genommen hatte.

Sie hätten sich nie auf einen Mann wie David Crow verlassen dürfen. Er, Peter, war verantwortlich dafür, dass sie es getan hatten, trotz allem, was dagegen sprach.

Er war schuld.

5.56 p.m.
Mercury Medical Zentrale, Manhattan, NYC

Otto Schultz war niemals blass. Er war auch nicht vulgär gebräunt, was seiner Ansicht nach ein Hinweis auf zu viel Freizeit und Trägheit und damit ein Stigma gewesen wäre. Sportlich frisch, dachte er zufrieden, wenn er sich morgens rasierte und sein Spiegelbild musterte. Seine Hautfarbe sprach von langen Samstagen auf der Golfbahn und Segeltörns am Sonntag, wenn der Wind es zuließ. Im Winterhalbjahr musste er ab und zu auf das Solarium zurückgreifen, aber das wusste nicht einmal Suzanne.

Sein durchtrainierter kräftiger Körper, die konservative Kleidung und der graue Haarkranz um den glatten Schädel sendeten dasselbe Signal aus wie der gesunde Teint. Otto Schultz war ein Mann mit großer Kraft und absoluter Kontrolle über sich und andere.

Jetzt, nach drei Viertelstunden des Gesprächs, das er Peter Adams endlich bewilligt hatte, war Otto Schultz in sich zusammengesunken. Sein Bauch hing mehr als sonst, und die Falten zwischen Nasenflügeln und Mund waren jetzt so tief, dass sie ihn alt aussehen ließen. Sogar schwach, dachte Peter überrascht und spielte mit dem Gedanken, dem Mann ein Glas Wasser anzubieten.

»So ist es also«, sagte Peter. »Ich habe die ganze Nacht und noch den halben Tag mit diesem Programm verbracht, und es gibt keinen Zweifel.«

Otto Schultz kniff sich in die Nasenwurzel und schloss die Augen, wie um klarzustellen, dass er nachdachte. »Es ist vier Jahre her, dass wir den Idioten gefeuert haben«, sagte er endlich und zog an seinem Schlipsknoten, ehe er aufstand und sein Jackett ablegte. »Und in diesen Jahren ist nichts passiert, was auf dieses ... dieses Programm zurückgeführt werden könnte, rein gar nichts. Nichts!«

Das letzte Wort betonte er durch einen Fausthieb auf den Tisch.

»Wir brauchen nicht weiter dran zu denken!«

»Otto, das verschwindet nicht von selbst.«

Peter Adams leerte das Glas Cola light, das ihm bei seinem Kommen angeboten worden war, erhob sich mit steifen Bewegungen und ging zu Otto Schultzens Schreibtisch. Der Konzernleiter hatte sich von ihm abgewandt und starrte aus dem Fenster. Unter den Armen zeichnete der Schweiß dunkle Ringe in das eisblaue Hemd.

»David Crow hat ein Mordprogramm entwickelt«, sagte Peter leise.

»Sei still!«

»Und in dieses Programm hat er Algorithmen eingearbeitet, die sich zeitlich einstellen lassen«, sagte Peter, als ob er ihn nicht gehört hätte. »Im Stick war die Zeit auf dreißig Sekunden programmiert. Das lässt sich einfach verändern. Ich habe es mit zwei Minuten versucht, mit einer Stunde, mit anderthalb. Ich vermute, man kann das nach Belieben einstellen. Eine Woche zum Beispiel. Man lädt das Programm in einen Mercury Deimos runter. Die Kryptierung und alle anderen Codes stimmen. Deshalb wird es vom ICD akzeptiert. Nach einer Woche bringt es seinen Träger um. Außerdem muss ich hinzufügen, dass dieses Programm noch andere unheimliche Eigenschaften hat«, sagte er und versuchte, seine Tränen wegzublinzeln. »Ich kenne mich nicht mehr gut genug damit aus. Wir müssen unsere allerbesten Leute hinzuziehen.«

»Wie zum Teufel ...«, begann Otto Schultz, dann fuhr er herum und breitete die Arme aus. »Wie zum Henker konnte so ein Kerl als sicher deklariert werden? Was? Ein Kokainwrack! Ein spielsüchtiges Wunderkind, das die Damen so plump angrabscht, dass wir Gott weiß wie viele Millionen hinblättern mussten, um hinter ihm den Dreck wegzuräumen?«

Peter sagte nichts.

Ihm war schwindlig und heiß, und er hätte vor Müdigkeit umfallen können.

»Ist dir überhaupt klar«, rief Otto, »ist dir klar, was so etwas ... was passiert, wenn ...«

»Ja. Der Aktienkurs wird einbrechen. Aber uns bleibt keine Wahl, Otto. Wir müssen jeden einzelnen Patienten warnen und untersuchen, der ...«

»Der Aktienkurs«, brüllte Otto Schultz, packte die Tischkante und beugte sich vor. »Der Aktienkurs ist das eine und schlimm genug. Mehr als schlimm genug. Aber überleg doch, was es kosten wird, jeden einzelnen verdammten Patienten noch einmal zu behandeln. Sie aus aller Welt von Gott weiß woher zu holen, sie in teure Krankenhäuser zu legen und ... Und hast du dir überlegt, was das für den Ruf der Firma bedeutet? Für die Zukunft! Für unsere ganze Existenz! Wir sind ... wir sind ...«

Mercury Medical war so viel, dass er offenbar nicht wusste, wo er anfangen sollte.

»... Wir sind seit der Fusion jeden Tag gewachsen«, fauchte er. »An jedem Scheißtag sind wir stärker, größer und besser geworden und haben mehr Geld verdient. Mercury Medical ist zuverlässig. Schluss, aus! Wir verkaufen Perfektion! Wir sind die Sicherheitsbranche, Peter! Wir verkaufen Sicherheit und Leben und Vertrauen, verdammte Pest!«

Er ließ den Tisch los und verschlang hinter seinem Nacken die Finger ineinander. Die Schweißflecken waren jetzt so groß wie Wassermelonen. Er atmete schnell und angestrengt. »Kannst du mir sagen, wie hundert von den cleversten Gehirnen des Landes einen Herzstarter entwickeln konnten, aus dem ein Kokainwrack danach ganz einfach eine ... eine ...«

»Mordmaschine macht.«

»Shit, Shit, Shit!«

»Wir müssen ein neues Programm entwickeln«, sagte Peter. »Und zwar schnell. Ein Programm, das den Deimos daran hindert, das ktmf-Programm zu akzeptieren. Dann muss jeder Patient auf der Welt mit einem implantierten Deimos zur Nachbesserung geholt werden. Außerdem muss die gesamte Produktion des Deimos angehalten werden, die Kryptierungen müssen verändert werden, und wir müssen alle nichtimplantierten zerstören oder bestenfalls umprogrammieren.«

Otto Schultz stemmte die Ellbogen auf den Tisch und schlug die Hände vors Gesicht.

Peter ging langsam zu seinem Sessel zurück. Er hatte nie begriffen, warum der niedrige Besuchersessel so weit von dem riesigen Schreibtisch entfernt stand. Erst jetzt wurde ihm klar, dass das der Sinn der Sache war. Otto selbst wurde noch größer hinter dem fast drei Meter breiten Tisch, wo er in einem so großen und hohen Sessel saß, dass der an einen Thron erinnerte.

Jetzt dachte der König nach.

Ein schwacher Duft nach Zimt und Zitronen hing im Raum. Rasierwasser, vermutete Peter, Otto war direkt aus dem Fitnessstudio zur Besprechung gekommen. So sah er nicht mehr aus, er schien nicht einmal mehr zu atmen.

Ein eskalierendes Rotorendröhnen verriet, dass ein Hubschrauber sich näherte. Am Ende war es so laut, noch durch die dicken Fensterscheiben, dass der Hubschrauber offenbar auf dem Dach von Mercury Medical landete.

»Wer weiß von diesem Programm?«, fragte Otto schließlich halb erstickt hinter seinen Pranken.

»David Crow jedenfalls nicht. Der ist einige Tage nach seinem Rausschmiss ums Leben gekommen. Das Problem ist natürlich, dass wir keine Ahnung haben, ob er es weitergereicht hat. Wenn wir wüssten, dass es keine Kopien gibt, könnten wir den Dreck einfach löschen, und die Sache wäre erledigt. Aber das wissen wir nun einmal nicht.«

»Vier Jahre«, sagte Otto Schultz und ließ sich im Sessel schwer zurücksinken. »In vier Jahren haben wir keinen einzigen Bericht über Ereignisse erhalten, die auch nur annähernd dieser ... dieser teuflischen Software zugeschrieben werden können.«

»Nein, aber ...«

»Ist es nicht höchst unwahrscheinlich, dass es Kopien gibt? Nach allem, was du erzählt hast, hatte David Crow keine Freunde. Wir sind auch nicht erpresst worden, nichts ist passiert. Und ganze vier Jahre sind vergangen.«

»Trotzdem müssen wir ...«

»Wo ist das Programm jetzt?«

»Da«, sagte Peter und nickte zu dem roten Ordner hinüber, den er auf Ottos Schreibtisch gelegt hatte.

»Der Stick?«

Peter zögerte einen Moment zu lange, ehe er die Hand in die Tasche steckte. Otto hob in einer vage drohenden Geste die Schultern.

»Hier«, sagte Peter rasch und reichte ihm den kleinen Stab.

Otto streckte ihm die Hand mit der Handfläche nach oben entgegen. Das Gefühl, ein Schuljunge zu sein, war direkt quälend, als Peter abermals aufstehen, die drei Schritte machen und das Datenzäpfchen in die viel größere Hand legen musste.

»Der kommt in den Safe«, sagte Otto Schultz. »Es ist Freitag und geht auf den Abend. Ich will zum Wochenendhaus. Morgen erledige ich zwei Anrufe.«

»Zwei Anrufe? Aber wir müssen ...«

»Das hier ist vier Jahre lang sehr gut gelaufen«, wiederholte Otto, als wären diese vier glücklichen Jahre zum Mantra geworden. »Es wird auch noch zwei Tage gut gehen. Du hast ja recht, wir müssen etwas unternehmen. Aber wir dürfen nichts übereilen. Das hier wird uns verdammt viel kosten, und ich will nachdenken. Halt die Klappe, genieß das Wochenende, und wir sehen uns am Montagmorgen wieder.«

Peter starrte zu Boden. Irgendwie hatte Otto recht, etwas musste geschehen, aber nicht in dieser Sekunde. Er war so müde nach sechsunddreißig wachen Stunden, dass er nicht mehr klar denken konnte.

»Montagmorgen«, murmelte er als eine Art Zustimmung.

»Montagmorgen um acht Uhr.«

»Ja.«

»Dann geh nach Hause, und schlaf dich aus.«

»Ja.«

»Geht es Catherine gut?«

»Ja. Die Operation hat ihr zu schaffen gemacht, wie gesagt, aber den Umständen gemäß geht es ihr gut.«

»Und euch beiden?«

»Auch gut. Catherine ist bei ihren Eltern, und ich wollte eigentlich heute hinfahren. Aber jetzt drei Stunden hinter dem Steuer wären wohl kaum zu verantworten. Ich warte lieber bis morgen.«

»Das klingt vernünftig«, sagte Otto Schultz lächelnd und wies gebieterisch mit der Hand auf die solide Tür aus geschnitzter Eiche.

»Pass auf dich auf.«

»Du auch.«

»Und, Peter?«

»Ja?«

Er war halbwegs bis zur Tür gekommen, als er sich umdrehte.

»Danke, dass du sofort zu mir gekommen bist.«

Peter nickte kurz und ging weiter.

Als die Tür hinter ihm zufiel und er versuchte, seine Augen an das gedämpfte Licht zu gewöhnen, wusste er nicht, dass er Otto Schultz zum letzten Mal gesehen hatte.

Als er viele Stunden später durch den Central Park joggte, um sich von der Unruhe zu befreien, die ihn stundenlang im Bett wach gehalten hatte, konnte er seinem Chef doch noch einen letzten Gedanken senden. Der 5. Mai war vor fünfzehn Minuten in den 6. übergegangen. Als der Schlag seinen Hinterkopf traf, vor einer Ulme, an der er normalerweise anhielt, um Dehnübungen einzuschieben, dachte er zum allerletzten Mal an Otto Schultz. Etwas muss geschehen, hatte der Mann gesagt.

Sonntag, 9. Mai 2010

9.10 Uhr
Gjettumkollen, Bærum

Sara verstand nicht, wie man in einem solchen Chaos leben konnte. Sie war schon oft bei Ola und Guro gewesen und hatte darüber gestaunt, dass jemand Gäste in ein Haus einlud, wo man über Spielzeug stolperte und auf der Toilettenschüssel die Abdrücke schmutziger Kinderfüße fand. An diesem Morgen schlug das Chaos jedoch alle Rekorde. Als Sara durch die Tür ging, kamen die Zwillinge mit etwas an den Fingern auf sie zugestürzt, das aussah wie Exkremente, während Sara ein blitzschnelles Stoßgebet losließ, es möge doch Schokolade sein. Tobias blieb stehen und klatschte beide Handflächen gegen die weiße Wand. Auf dem Boden lagen ein Skateboard, ein Haufen Turnschuhe und ein prall gefüllter schwarzer Müllsack, der mit einem doppelten Knoten zugebunden war. Jemand hatte zudem ein knallbuntes Springseil von der Klinke der Küchentür bis zu einem Schubladengriff auf der anderen Seite der Diele gespannt.

»Maut«, verlangte Tara und streckte die klebrige Hand aus.

»Ihr zwei«, sagte Ola streng, ehe Sara fragen konnte, wie viel der Zutritt kosten solle. »Jetzt kommt her und wascht euch. Sofort!«

Er packte mit der einen Hand den Oberarm seiner Tochter, mit der anderen den seines Sohnes und schleppte beide Kinder die Treppe in den ersten Stock hoch.

»Zwei Minuten«, rief er Sara zu. »Gib mir zwei Minuten! Geh schon mal in den Keller.«

Sara schaute das Sperrseil unschlüssig an.

»Hallo«, sagte Guro, die aus dem Wohnzimmer aufgetaucht war. »Entschuldige das Chaos. Du weißt ja, wie das ist.«

Sara nickte zustimmend.

Sie wusste durchaus nicht, wie das war. Sie lebte mit einem Kind zusammen, das noch pingeliger war als sie selbst.

»Kaffee?«, fragte Guro und band das Springseil von der Küchentür.

»Nein danke. Hab eben erst gefrühstückt.«

»Ihr habt wohl ein beachtliches Problem, wenn ich das richtig verstanden habe.«

Sara lächelte und hoffte, damit nichts zu bestätigen oder abzustreiten. Ola konnte Guro unmöglich erzählt haben, was sie festgestellt hatten. Sie hatte ihm streng befohlen, den Mund zu halten.

»Wir haben alle unsere Probleme«, sagte sie leichthin. »Ola meint übrigens, ich solle in den Keller gehen. Er will mir etwas zeigen … etwas Technisches, was ich nicht so ganz verstehe.«

Guro sah sie so an, wie es nur wenige Menschen wagten. Immer war es Sara, die andere die Blicke senken ließ. Guro war Psychiaterin und arbeitete halbtags an der Kinder- und Jugendpsychiatrischen Poliklinik. Damit stand sie tief unten auf Saras Rangleiter. Trotzdem hatte diese kleine, runde Gestalt eine Stärke, die Sara leicht verunsichern konnte.

Wie jetzt.

Guro lehnte sich an den Türrahmen und verschränkte

die Arme über der Brust. »Ich dachte, du bist die Mentorin, und Ola ist dein Protegé«, sagte sie. »Aber so kann man sich irren. Passt nur auf, dass ihr euch die Sache nicht gegenseitig schwer macht.«

»Hallo«, sagte Ola atemlos und brachte die letzten drei Treppenstufen mit einem Sprung hinter sich. »Tut mir leid, dass du warten musstest. Aber die Kinder haben Muffins gebacken. Komm, wir gehen runter.«

Sara folgte ihm eine steile Kellertreppe hinunter. Unten angekommen, machte er sich an einem rostigen Hängeschloss an einer Tür zu schaffen.

»Hier muss man überall abschließen«, sagte er verbissen. »Wenn nicht alles innerhalb von zehn Minuten ruiniert sein soll.«

Endlich klickte das Schloss. Ola zog den Metallbügel heraus und öffnete die Tür. »Nach dir«, sagte er, und Sara betrat den kleinen Kellerraum.

Der konnte kaum mehr als acht Quadratmeter groß sein. Es war schwer abzuschätzen, denn alle Wände waren vom Boden bis zur Decke mit Ikea-Regalen bedeckt. Die wiederum waren dermaßen mit elektronischen Geräten vollgestopft, dass der prägnante Geruch von Metall und verbranntem Staub Sara zum Niesen brachte. In diesem Chaos gab es eine Art Systematik, wie Sara nun bemerkte. In den Regalen neben der Tür standen mindestens zehn Verstärker unterschiedlicher Typen und Jahrgänge. Darunter sah sie drei Oszilloskope neben einer sinnreich konstruierten Box aus durchsichtigem Kunststoff mit so vielen verschiedenen Platinen, dass sie sich fragte, was er mit denen allen vorhatte.

In den untersten Regalfächern, gleich über dem Boden, standen dicht an dicht Rechner. Einige neue, einige, die vom Anbeginn der Zeiten stammen mussten. Also von rund 1980, dachte sie und musste lächeln, als sie einen Commodore 64 in scheinbar perfektem Zustand sah.

Das größte Oszilloskop erkannte sie als das Modell, das auch im Krankenhaus benutzt wurde.

»Ola«, sagte sie leise, als er das Gerät aus dem Regal auf eine kleine Arbeitsfläche zog. »Das muss dich im Laufe der Jahre ganz schön viel gekostet haben.«

Er legte den Zeigefinger an die Lippen und schaute zur Decke. »Ein paar Geheimnisse muss ein Mann doch haben dürfen«, sagte er mit breitem Lächeln. »Vor allem, wenn man sich mit zwanzig das erste Kind zulegt und es alle Jahre bei derselben Frau aushält.«

Sara stimmte ihm eigentlich zu, sagte aber nichts.

Ola zog die Plastiktüte mit dem ICD hinter einem kleinen Lautsprecher hervor. »Ganz ruhig«, sagte er, als er die Tüte öffnete und sah, dass Sara protestieren wollte. »Ich habe für alles gesorgt. Die Blutspuren hier ...« – er hielt den ICD zwischen Daumen und Zeigefinger der rechten Hand – »... habe ich in einem eigenen Remedium gesichert.«

Er zeigte auf zwei kleine Glasgefäße mit Pinseln und zugeschraubten Deckeln.

»Und jetzt musst du ausnahmsweise mal mir zuhören.«

Sara lächelte widerwillig, als sie sein Gesicht sah. Sie hatte ihn noch nie so aufgeregt und eifrig erlebt wie jetzt, als er ein Buch vom Boden aufheben wollte. Es war so eng in der Kammer, dass Sara sich gegen einen Stapel Computerzeitschriften pressen musste, damit Ola sich bücken konnte.

»Du hast doch immer gesagt, ich sollte endlich Ellenbogens Standardwerk über Pacemaker und ICDs von vorn bis hinten lesen«, sagte er und öffnete das bleischwere knallorange eingebundene Buch. »Das werde ich niemals über mich bringen. Das hier ist ein Nachschlagewerk, und was glaubst du, was ich gefunden habe?«

Er blätterte zur richtigen Seite weiter. »Sicher doch,

Frau Professor. Wenn du dir Tabelle 11-1 und die dazugehörigen Daten ansiehst, erkennst du rasch, dass Patienten fast immer nach einem Stoß des ICD von Flimmern auf Sinusrhythmus umschalten.«

Er zeigte ihr die Seiten.

»Ich hatte mir etwas gemerkt, was du über den Ausdruck der Fuck-you-CD gesagt hattest«, sagte er und klappte das Buch mit einem Knall zu. »Heute Nacht, nachdem ich zweimal aufgewacht bin und nicht wieder einschlafen konnte, hat es mich getroffen wie ... wie ein Blitz aus heiterem Himmel.«

Sein Finger machte eine dramatische Zickzackbewegung.

»Berntsen ist zuerst zu Flimmern stimuliert worden, richtig?«

Ihr Blick wirkte dunkel und leer. Für einen Moment war er unsicher, ob sie nachdachte oder nicht so recht verstand, worauf er hinauswollte.

»Er bekam kleine elektrische Impulse vom ICD, obwohl sein Herz sehr gut funktionierte«, sagte er vorsichtig. »Sein Herz reagierte mit gefährlichem Flimmern.«

»Ich weiß, was Pacing bedeutet«, sagte sie. »Ich habe auch eine gewisse Vorstellung davon, wie lebensbedrohlich Flimmern sein kann.«

Ola legte die Hand auf den ICD. »Und dann hat er nicht nur einen, sondern drei elektrische Schockstöße abbekommen.«

Jetzt deutete sie immerhin ein Nicken an.

»Aber er hatte keine Andeutung von einem Umschlag, Sara! Sein Herz ging nicht zum normalen Sinusrhythmus zurück. Wie groß ist die Chance dafür? Wenn fast alle nach einem umschalten? Er hatte drei!«

»Sehr klein«, sagte sie langsam. »Sehr, sehr klein.«

»Aber ich weiß jetzt, warum das passiert ist! Zuerst musst du mir versprechen, nicht böse zu werden«, bat er, wie er das hundertmal am Tag von seinen Kindern hörte.

»Red keinen Unsinn, Ola. Was hast du festgestellt?«

Er lächelte strahlend und zog einen Koffer aus dem untersten Fach.

Sara wusste sofort, was der enthielt, und rief: »Du hast doch wohl keine Programmiermaschine mit nach Hause genommen, Ola? Du hast verdammt noch mal keine ...«

»Nicht schimpfen, hab ich doch gesagt.«

»Die Maschine ist Eigentum des Krankenhauses und ...«

»Ich habe sie heute Nacht geholt«, sagte Ola. »Niemand hat mich gesehen. Ich hatte abends Wein getrunken, also musste ich zu Fuß gehen. Es war weit, ich habe ein Taxi nach Hause genommen.«

»Will ich nicht hören«, sagte Sara und hielt sich die Ohren zu. »Will ich absolut nicht hören.«

»Schau mal«, sagte er. »Sieh mir jetzt zu.«

Mit geübten Bewegungen machte er sich an dem Gerät zu schaffen. Die Programmiermaschine wurde eingeschaltet, und der damit verbundene schwere Kopf wurde auf den ICD gelegt, der seinerseits an eine lange und dünne Elektrode gekoppelt war.

»Jetzt schließe ich den ICD an das Oszilloskop an«, sagte Ola.

Sara schaute schweigend zu.

»Wie vielen Joule hätte Erik Berntsen bei jedem Stoß ausgesetzt gewesen sein müssen, nachdem das Flimmern angefangen hatte?«, fragte Ola, ohne eine Antwort zu erwarten.

»Ein Stoß sollte 31 Joule messen«, sagte sie langsam. Ihr Interesse daran, was er hier machte, wurde sichtlich größer.

»Sieh dir den Ausdruck an«, sagte er und drehte das inzwischen ziemlich verschlissene Papierakkordeon um.

»Der sagt, dass Berntsen genau 31 Joule bekommen hat. Ganz korrekt. Scheinbar.«

»Scheinbar?«

»Mit diesem Oszilloskop«, sagte Ola, »sollten wir feststellen können, ob er das wirklich bekommen hat. Hier habe ich einen kleinen Simulator, den ich selbst gebaut habe.«

Eine schwarze Box von der Größe eines dicken Buches wurde aus einer Schublade unter der Arbeitsfläche gezogen.

»Den hast du selbst gebaut?«

Ola lächelte nur und schloss den Herzsimulator an die Elektrode des ICD an. Er zeigte auf den Bildschirm und erklärte, als stünde Tarjei neben ihm. »Sieh jetzt genau zu. Ich habe den ICD an den Simulator angeschlossen, der also die Rolle des Herzens spielen soll. Der ICD ist außerdem mit dem Oszilloskop verbunden, und deshalb können wir genau überprüfen, welche Stöße er wirklich aussendet, und nicht, welche er auszusenden behauptet.«

Er zögerte ein wenig.

»Hab noch einen Moment Geduld«, sagte er. »Ich muss nur Ordnung in meine Gedanken bringen. So.«

Er zog die eine Leitung vom Simulator zu einem Rechner und begann, Befehle einzugeben. »Jetzt hat das Pseudoherz den Befehl erhalten, in Flimmern umzuschlagen«, sagte er langsam. »Und nun passiert ...«

Der ICD reagierte sofort. Der Bildschirm des Oszilloskops zeigte einen kleinen viereckigen Puls.

»Das sieht doch überzeugend aus«, sagte Sara nachdenklich.

»Sicher«, Ola nickte. »Aber was glaubst du, wie groß der Ausschlag war?«

»31 Joule?«

»Nein, 0,31 Joule.«

Er fuhr mit dem Finger über den Bildschirm des Oszilloskops, wo ein Strich zuerst mit neunzig Grad nach oben knickte, dann abrupt waagerecht wurde, um dann wieder steil nach oben zu zeigen.

»Was?«, rief Sara. »0,31 Joule? Aber der Ausdruck sagt doch, dass ...«

»Genau. Der Ausdruck stimmt nicht, Sara! Der Ausdruck täuscht einen kräftigen Stoß vor, während der ICD in Wirklichkeit nur kurz gepustet hat und längst kein Herz zurück zum Normalzustand bringen kann. Dieser ICD ist darauf programmiert, dem Patienten zuerst Herzflimmern zu machen, um dann glatte Lügen darüber zu erzählen, welche Stöße er ihm verpasst. Verdammt noch mal kein Wunder, dass Berntsen abgekratzt ist.«

Sara hielt den Atem an und strich sich mit beiden Händen die Haare hinter die Ohren. Ola blickte sie fragend an, aber sie konnte den Blick nicht von dem eisgrauen Bildschirm mit der Kurve lösen, die bewies, dass der ICD manipuliert worden war.

»Das versteh ich ganz einfach nicht«, sagte sie nach langem Schweigen. »Ich kapier rein gar nichts mehr. Du vielleicht?«

11.32 Uhr
Kadettangen, Bærum

Obwohl die Lufttemperatur längst wieder einen für die Jahreszeit normalen Wert erreicht hatte und ein frischer Wind wehte, wimmelte es auf der Landzunge vor Sandvika schon von Menschen. Einige versuchten, sich hinter provisorischem Windschutz zu sonnen, andere saßen angezogen in ihren Strandsesseln und tranken Kaffee aus der Thermosflasche. Kleine Kinder spielten mit

Eimern und Schaufeln am Wasser, und zwei halbwüchsige Knaben versuchten, durch ein Bad eine Gruppe von gleichaltrigen Mädchen zu beeindrucken.

Die Wassertemperatur kann doch höchstens zwölf Grad betragen, dachte Göran Holmström und nahm die Hand seiner Frau, als sie über die Fußgängerbrücke nach Kalvøya gingen. Die Sonne stand hoch am Himmel. Göran Holmström war gut angezogen, ein dünner Wollpullover unter einer knallroten Wanderjacke, dazu Jeans und feste Wanderschuhe. Er fühlte sich seltsam leicht. Vielleicht sogar glücklich, dachte er. Die Freude über die Resultate, die die Untersuchung im GRUS erbracht hatte, ehe er das Krankenhaus verlassen durfte, hatte ihm das Gefühl gegeben, das Leben noch einmal zu beginnen.

Vor dreiundzwanzig Tagen war er auf einer von der Marketingabteilung des Telefonanbieters Telenor veranstalteten Bootsfahrt zusammengebrochen. Er erinnerte sich an die Schmerzen in der Brust und an die Todesangst.

Dann hatte seine Erinnerung ausgesetzt.

Später hatte man ihm erzählt, dass eine Kollegin, die als Vertrauensfrau den obligatorischen Erste-Hilfe-Kurs absolviert hatte, ohne zu zögern, mit einer Herzdruckmassage begonnen hatte. So effektiv war die Kollegin gewesen, dass sie Göran Holmström zwei Rippen gebrochen hatte.

Aber er hatte überlebt.

An den folgenden Tagen beeindruckte ihn die Effektivität des neuen Krankenhauses, in das er gebracht worden war. Echokardiografie, Medikation, Blutanalysen, Gespräche und abermals Echokardiografie. Als er eine gewisse Distanz zu dem Horrorerlebnis draußen auf dem Fjord gewonnen hatte, wurde er immer dankbarer.

Am Ende stand die Diagnose fest: primäres Kammerflimmern.

»Du kannst ein normales Leben führen, Göran«, hatte Dr. Zuckerman gesagt und ihm auf die Schulter geklopft, als er erfahren hatte, dass er zu den Glücklichen gehörte, denen ein ICD gewährt wurde. »Jetzt kriegst du immerhin etwas für deine Steuergelder!«

Dr. Zuckerman hatte seine Kollegin so gelobt, dass er beschlossen hatte, ihr und ihrem Mann eine Reise ans Mittelmeer zu spendieren. Als kleinen und belanglosen Dank, wie er es ausdrückte: Dr. Zuckerman behauptete, ohne dieses energische und durch und durch korrekte Eingreifen hätte er nicht überlebt. Seine Retterin hatte gelächelt und dankend abgelehnt, als sie ihn im Krankenhaus besucht und er ihr angeboten hatte, sich ein Reiseziel auszusuchen. Von einer Reise könne keine Rede sein, aber gegen eine gute Flasche Wein werde sie keine Einwände erheben. Sie sei ja fast genauso glücklich wie er, dass alles ein gutes Ende genommen habe.

Drei Tage später wurden ihr fünf Kisten edler Rotwein und zwölf Flaschen Champagner an die Tür gebracht.

»Wie fühlst du dich?«, fragte Ranveig und drückte seine Hand, als sie die Hälfte der Brücke hinter sich gebracht hatten. »Ich mache mir ja doch ein wenig Sorgen, Lieber. Es ist erst zwei Tage her, dass sie dir dieses ... diesen Nupsi eingesetzt haben, und ich stelle mir vor, dass ...«

»ICD«, sagte er und lächelte. »Der heißt ICD. Dr. Bråten hat mir versichert, dass alles in schönster Ordnung ist. Es tut hier noch ein bisschen weh ...«

Er griff sich ans Schlüsselbein. »Und ich soll in den nächsten zwei Wochen meinen linken Arm noch schonen. Aber sonst geht's mir gut. Sehr gut sogar.«

Sie gingen zum Geländer und lehnten sich daran, während sie auf den Fjord hinausblickten. Die Sonne war so grell, dass er eine Sonnenbrille aus der Tasche zog.

»Ich bin 52 Jahre alt«, sagte er leise und küsste sie auf den Kopf. »Das Leben könnte vorüber sein. Stattdessen stehe ich hier mit dir in Sonnenschein und Frühling, und vor mir können noch viele gute Jahre liegen.«

Seine Stimme klang ein wenig verzerrt, und er schluckte. »Ich glaube, ich war seit der Geburt der Kinder nicht mehr so glücklich«, murmelte er und küsste sie noch einmal. »Gleich fang ich an zu heulen.«

Sie umarmte ihn.

Er erstarrte, und sie ließ ihn los.

»Entschuldige, Göran! Hab ich zu fest gedrückt?«

Göran gab keine Antwort. Sein Gesicht war plötzlich aschgrau und feucht. Sein Mund öffnete sich ein wenig, und für zwei Sekunden sah es aus, als versuche er, etwas zu sagen.

Ranveig schrie los. Sie schrie so laut, dass einige Jugendliche, die ihnen von Kalvøya her entgegenkamen, zurückfuhren. Zwei von ihnen prusteten los.

Göran klammerte sich an das Geländer und wartete auf den schmerzhaften Stoß, von dem Dr. Zuckerman ihm erzählt hatte. Als er losließ und fiel, spürte er ein leichtes Prickeln in der Brust, keinen Stoß. Keinen Pferdetritt, wie Dr. Zuckerman es so plastisch ausgedrückt hatte.

Göran begriff, dass Ranveig schrie, als er sie ein letztes Mal ansah, aber er hörte nichts mehr. Als sein Kopf so hart auf den Holzboden der Brücke aufschlug, dass das Hinterhauptbein brach, war er bereits tot.

11.34 Uhr
GRUS, Bærum

Im Schrittmacherraum des Universitätskrankenhauses Grini wurde medizinische Ausrüstung im Wert von mehreren Millionen Kronen gelagert. Der Raum hatte keine Fenster und war an die fünfzehn Quadratmeter groß. Auf drei parallel verlaufenden Tischen lagen benutzte Kartons und Papier. Zwei nicht sterile, aber saubere ICDs und ein Pacemaker lagen am Ende des einen Tisches neben zwei aufgerollten Plakaten, die aufzuhängen sich noch niemand die Mühe gemacht hatte. Vier unterschiedliche Programmiermaschinen standen nebeneinander auf einem anderen Tisch, von Medtronic, Boston Scientific, St. Jude und Mercury Medical. Sogar der Untersuchungstisch war vollgepackt mit Dingen, die eigentlich weggeworfen werden müssten: benutztes Einwickelpapier, zwei lange Elektroden, mit denen vermutlich einem Patienten ein Eingriff demonstriert worden war, einige leere graue Schachteln. Sara zog hinter sich die Tür zu und setzte sich an den Schreibtisch hinten im Raum. Rasch schob sie drei Plastikspritzen ohne Kanülen von der Tastatur.

»Was hab ich über dieses Chaos gesagt?«, fragte sie resigniert.

Ola zuckte mit den Schultern, als könnte er nicht begreifen, was sie meinte.

»Setz dich«, sagte sie und zeigte auf einen Stuhl. »Jetzt müssen wir am Anfang anfangen, ehe wir irgendetwas unternehmen. Ganz am Anfang.«

»Adam und Eva«, murmelte Ola verärgert.

Er hatte sofort zur Krankenhausleitung gehen wollen, als sie mit den Versuchen in seinem kleinen Kellerlabor fertig gewesen waren. Sie hatte sich geweigert und behauptet, sie brauchten noch mehr Belege, ehe eine Meldung angebracht wäre. Sie konnten sich nur einigen, nicht sofort zur Polizei zu gehen. Das hier sei ein Fall für die Krankenhausleitung, wenn sie so weit wären, und es gab sicher eine Menge Formalitäten, die beachtet werden mussten. Wichtig war, dass sie die Sache nicht mehr für sich behielten, meinte Ola, und er hatte das in der vergangenen Stunde so oft wiederholt, dass sie ihm über den Mund gefahren war.

»Red keinen Unsinn, Ola. Wenn wir das hier melden, müssen wir die Problematik ordentlich und strukturiert darstellen können. Und im Moment komme ich mir weder ordentlich noch strukturiert vor.«

Als er keine Antwort gab, fügte sie hinzu: »Du etwa?«

Noch immer saß er da wie ein schmollendes Kind und starrte zu Boden.

»Genau«, sagte sie. »Wenn die Polizei das überhaupt ernst nehmen und mit dem nötigen Nachdruck ermitteln soll, brauchen wir mehr. Sonst stehen wir am Ende wie die Trottel da.«

Sie legte den Kopf schräg und sagte dann: »Also gehen wir alles von Anfang an durch. Die Operation wurde am Dienstagmorgen durchgeführt. Sie war gelungen.«

Jetzt schaute er ganz kurz auf.

»Eine kleine Komplikation zwischendurch«, korrigierte sie sich. »Aber nichts war außer Kontrolle. Der Patient erholte sich rasch, der ICD war mit den korrekten Werten programmiert und …«

»Scheinbar«, fiel Ola ihr ins Wort. »Er war nur scheinbar mit den korrekten Werten programmiert.«

»Das meine ich doch. Ich hatte Sivert Sand von Mercury die nötigen Daten übermittelt, und als ich Erik ein wenig später untersucht habe, konnte ich sehen, dass Sand das so durchgeführt hatte.«

»Scheinbar«, sagte Ola noch einmal.

Sara holte tief Luft. »Wenn und falls die Polizei in

dieser Angelegenheit ermittelt, wird Sivert Sand ewig lange Vernehmungen über sich ergehen lassen müssen«, sagte sie. »Aber du hältst es ja selbst für unvorstellbar, dass ein Programmierer einen ICD auf diese Weise manipulieren kann.«

»Nicht wenn ...«

Sara wartete mit leicht gehobenen Augenbrauen.

»Ich kann mir nur vorstellen«, sagte Ola endlich, »dass es sich hier um irgendein Loch im eigentlichen Maschinencode handeln muss. Oder ... nicht um ein Loch, sondern einen ... einen kleinen Algorithmus, der nicht dorthin gehört.«

»Du kennst dich damit aus«, sagte sie. »Frag mich nicht.«

»Wenn es die Hardware ist«, dachte Ola laut, »und Erik Berntsen kein Einzelstück eingesetzt worden ist, muss es doch bedeuten, dass alle Deimos auf dem Weltmarkt dieses ...«

»Fuck-you-Virus haben«, sagte Sara, als er zögerte.

»Nein ... kann das denn ein Virus sein ... ein Trojaner ...«

Sie hörten hinter der Tür Leute gehen. Die Tür war unverschlossen, und alle Welt hätte jederzeit eintreten können. Zum Glück war diese Gefahr sonntags geringer, denn die nächste Implantation war erst für den Montagmorgen angesetzt.

»Das kann verdammt noch mal ein Programm sein«, sagte er.

»Was bedeutet das also?«

»Man kann sich die Möglichkeit vorstellen, ein Programm zu entwickeln, das einem ICD den Befehl erteilt, sich anders zu verhalten. Mit Algorithmen, die codiert werden können, um zu ...«

Er verstummte.

Saras Funkmelder piepte.

»Wenn es ein Programm ist«, sagte Ola langsam, ohne sich stören zu lassen, »dann muss es von jemandem entwickelt worden sein, der Zugang zu den Codes hat. Jemandem, der eine zentrale Position innehat. Jemandem in den USA, jemandem, der ...«

»Das hat mir gerade noch gefehlt«, sagte Sara und starrte das Display des Funkmelders an. »Es ist Lars Kvamme. Ich hatte ja gehofft, dass niemand uns gesehen hätte. Also los. Komm mit.«

Ola blieb sitzen. »Sara«, sagte er. »Wenn hier wirklich die Rede von einem Programm ist, dann hat Mercury Medical einen Haufen Probleme. Dann kann dieses Programm in jeden verdammten Deimos auf der ganzen Welt runtergeladen werden. Dann steckt Mercury dermaßen in der Scheiße, dass ...«

»Wir reden nachher weiter«, fiel Sara ihm ins Wort. »Das absolut Letzte, was ich jetzt haben muss, ist ein noch schlechter als sonst gelaunter Lars Kvamme. Komm.«

Endlich stand Ola auf. »Ich hoffe für Mercury Medical, dass das hier kein Programm ist«, sagte er. »Und für uns ja auch. Wir haben schließlich fünfhundert Milliarden in die Firma investiert und sind der größte Teilhaber. Du und ich und alle anderen Steuerzahler.«

Sara gab keine Antwort. Sie hatte die Kammer schon verlassen.

5.37 a.m.
East Hampton, Long Island, New York

Das Haus war jetzt zu groß.

Missmutig wanderte Otto Schultz vom Schlafzimmer in die Küche. Die Stille hatte ihn geweckt. Er war an Suzannes Gegenwart gewöhnt, an ihr leises Schnarchen, an das Stapfen der nackten Füße, wenn sie um Punkt eins und um Punkt fünf Uhr nachts das angrenzende Badezimmer aufsuchen musste. Ihre Schlafmuster waren durch ein ganzes Leben im selben Bett ineinander verwoben, und wenn er sich nun jeden Abend auf seine Seite des schwedischen Riesenbettes legte, das sie für Manhattan und für das Haus hier draußen hatten anfertigen lassen, fühlte er sich als halber Mensch.

Er wünschte dem verdammten Hippie biblische Strafen an den Hals.

Als es Otto dämmerte, dass Suzanne ihn wirklich verlassen wollte, hatte er mit dem Gedanken gespielt, etwas zu unternehmen. Er hatte seine Mittel und konnte mit Unvorhergesehenem umgehen. Als er elf Jahre zuvor aufgrund von Fotos von ihm und einer neunzehnjährigen Blondine in einem Bungalow auf den Cayman-Inseln einem Erpressungsversuch ausgesetzt gewesen war, hatte er Kontakt zu einem Mann aufgenommen, der für dieses Problem mehrere Lösungen vorschlagen konnte. Damals hatte er beschlossen, die Sache finanziell zu regeln. Alles hatte einen Preis, und das war Otto Schultz immer schon bekannt gewesen.

Er hatte noch die Kontaktdaten des Mannes in seinem Bürosafe, aber er hatte bald eingesehen, dass das Problem Suzanne sich nicht durch das Verschwinden des Liebhabers lösen lassen würde. Sie wollte Otto nicht mehr. Und dann wollte er Suzanne erst recht nicht.

Er machte Licht, als er die Küche betrat.

Der Raum wirkte fremd. Obwohl Suzanne seit fast zwei Jahren nicht mehr da war, hatte er noch immer nicht begriffen, was sie mit der Küche gemacht hatte. Früher war es dort gemütlich gewesen. Suzanne hatte bei ihrem Auszug einige Kartons mit persönlichen Habseligkeiten mitnehmen dürfen. Auf irgendeine Weise musste sie etliche davon aus der Küche entfernt haben. Nur konnte

Otto Schultz sich nicht erinnern, was früher auf Bänken und Tischen gestanden und diesen Ausstellungsraum zu einem Teil eines echten Zuhauses gemacht hatte.

Er müsste einen Innenarchitekten bitten, etwas dagegen zu unternehmen.

Die Kaffeemaschine war der einzige der zahllosen technischen Apparate, mit denen er umgehen konnte. Ruth, das Faktotum aus der Portierswohnung, sorgte dafür, dass Essen auf dem Tisch stand, wenn Otto Schultz im Haus war. Mit schwerfälligen Handgriffen machte er sich einen Cappuccino, dann setzte er sich an den Tresen, der die Küche in zwei Hälften teilte. Er drückte auf einen Knopf unter der hohen Tischplatte. Ein rechteckiges Holzstück klappte mit leisem Surren vor ihm auf wie eine Kellerluke. Innen war ein Bildschirm angebracht. Als der den richtigen Winkel erreicht hatte, wurde eine Tastatur neben die Platte gehoben.

Eine Viertelstunde lang sah er sich Nachrichten an, dann öffnete er seine Mailboxen. Auch in der exklusivsten waren seit dem Vorabend acht Meldungen eingelaufen. Eine aus Singapur, dann eine lange Auslegung über eine neue pharmazeutische Vorschrift in Australien, die Ottos Mann in Sydney ein wenig Kopfzerbrechen zu bereiten schien. Ein netter Gruß von David Cameron, der sich für den schönen Abend bedankte und hoffte, dass Otto sich bei seinem nächsten Besuch in London melden werde.

Otto Schultz hatte 10, Downing Street noch nie von innen gesehen und prägte sich diese Einladung ein.

Morten Mundal, der Leiter der Nordeuropa-Niederlassung, hatte sich ebenfalls gemeldet.

Dear Otto,
as a reply to your mail of yesterday evening, please note the following: Erik Berntsen was operated Tues-

day May the 4th at Grini University Hospital in Oslo (GRUS). To my knowledge the head of the cardiological department, Dr. Sara Zuckerman, performed an ICD-Implantation (Mercury Deimos). Erik Berntsen had an incidence roughly four weeks ago with a quite serious syncope. Later investigation proved ventricular tachycardia to be a likely cause of this incidence. I don't know much about the follow-up, but he was found dead two days later in a recreation area near the hospital. He had left the hospital quite early the same morning, as far as I know without the doctor's permission. As you probably are aware, the rules of doctor-patient confidentiality are quite strict in Norway, and I couldn't get any more out of the hospital or my sources here. Not even as the manufacturer of the device in question. If you need me to investigate the matter further, please let me know.
Best regards,
Morten

Otto Schultz erwog eine Ausnahme von der Regel, jeden Morgen nur eine Tasse Kaffee zu trinken. Die Summe der Laster ist konstant, dachte er, und da er keinen Zucker genommen hatte, könnte er sich doch einen kleinen Espresso erlauben.

Als der fertig war, setzte Otto Schultz sich abermals vor den Rechner und las die Mail dreimal, ehe er sie löschte. Der Kaffee brannte bitter auf seiner Zunge.

Sara Zuckerman, dachte er und schaltete den Computer aus.

Die Stille im Haus war so aufdringlich, dass er zur Fernbedienung auf der Anrichte griff und klassische Musik aus den vielen versteckten Lautsprechern strömen ließ.

Über eine Viertelstunde saß er so da und versuchte, alle Gedanken zu sammeln, die durch seinen Kopf wirbelten, ohne sich zu einer vernünftigen Reihenfolge aufzustellen.

Erst als die alte Ruth in der Tür stand, erhob er sich und versuchte zu lächeln.

Er wollte eine Morgenschicht im Fitnessstudio einlegen. Eine Runde Joggen, barfuß am Strand, der nur vierzig Meter unterhalb der riesigen Villa lag.

Sara Zuckerman, dachte er wieder und ging los, um seinen Trainingsanzug zu suchen. Wenn jemand die Sache in Ordnung bringen könnte, dann sie.

12.45 Uhr
Notaufnahme GRUS, Bærum

»Deine Meritenliste beim Deimos kriegt ja langsam schwarze Flecken, Sara!«

Ola und Sara hatten kaum das Haus betreten, als Lars Kvamme sie rief.

Sara fuhr zurück.

Zwei Krankenträger in gelb-roter Kleidung standen hilflos bei der Tür und schienen nicht so recht zu wissen, ob sie gehen könnten. Für den Patienten, den sie gebracht hatten, gab es jedenfalls keine Rettung mehr, wie Sara sah. Der EKG-Apparat lief noch, und der Bildschirm zeigte durch einen platten Strich, dass das Herz seinen Abschied genommen hatte. Ein Assistenzarzt hielt die Beatmungsausrüstung in der Hand und schien mit den Tränen zu kämpfen. Die Anästhesieschwester hatte schon mit Aufräumen begonnen, Lars Kvamme aber stand neben dem toten Patienten, hatte die Hände in die Hüften gestemmt und sah aus, als wollte er Sara zum Tode verurteilen.

»Wer ist das?«, fragte Sara kurz.

»Göran Holmström. Erinnerst du dich an ihn?«

Natürlich erinnerte sie sich an den Mann. Sie hatte ihm am Freitagvormittag einen ICD eingesetzt, gleich nach ihrem Gespräch mit dem vergrätzten Pathologen im Rikshospital.

»Was ist passiert?« Sara ging ruhig auf den verstorbenen Patienten zu.

»Wir haben eine Dreiviertelstunde lang versucht, den Mann ins Leben zurückzuholen«, sagte Lars Kvamme, noch immer viel zu laut. »Aber vergeblich. Oder was sagst du, Sissel?«

»Tod beim Eintreffen«, sagte die Narkoseärztin. »Absolut keine Hoffnung mehr. Aber wir haben es versucht.«

Sara Zuckerman bemerkte erleichtert, dass auf die Brustpartie des Toten ein Magnet gelegt war. Der ICD war vorübergehend außer Funktion gesetzt, aber alle Registrierungen waren vermutlich intakt.

Göran Holmström war jetzt Lars Kvammes Patient. Er musste den Totenschein ausstellen, die Angehörigen benachrichtigen, den ICD explantieren.

Einen Mercury Deimos, vor zwei Tagen von ihr eingesetzt.

Sie schüttelte mitfühlend den Kopf. »Du siehst müde aus, Lars. Du hattest am Wochenende Bereitschaftsdienst und hast sicher eine Menge zu erledigen. Ich kann das übernehmen.«

»Du übernimmst meinen Dienst? Einfach so?«

»Ja. Ich habe einiges im Büro zu erledigen, also bin ich sowieso hier. Total unnötig, dass wir beide einen schönen Sonntag vergeuden.«

Lars Kvamme zögerte einen Moment, dann zuckte er mit den Schultern und ging auf die Tür zu, während er sich den Kittel aufknöpfte. Als er bei Ola an der Tür angekommen war, grinste er und drehte sich zu Sara um. »Richtig dicke Freunde, ihr zwei? Zusammen bei der Arbeit, wenn ihr beide frei habt?«

Er streifte den Kittel ab und warf Sara den Funkmelder so plötzlich zu, dass sie Mühe hatte, ihn aufzufangen.

»Kümmere du dich um deine eigenen krepierten Patienten«, sagte er dann. »Ich fahre aufs Meer.«

Die beiden Krankenträger trotteten hinter ihm durch die Tür, offenbar erleichtert, hier wegzukönnen.

»Sind Angehörige im Haus?«, fragte Sara und sah die Narkoseärztin an.

»Soviel ich weiß, sitzt seine Frau bei einer Krankenschwester. Können wir jetzt gehen?«

Sara nickte. »Ola, du bleibst bitte. Ihr anderen könnt gehen. Ich werde gleich mit der Frau reden. Von jetzt an kümmere ich mich um das Praktische. Und habt alle vielen Dank.«

Sara schloss nachdrücklich hinter ihnen die Tür und wandte sich Ola zu: »Hol sofort eine Programmiermaschine«, sagte sie leise. »Wir müssen den ICD herausnehmen und ihn uns genauer ansehen. Ich werde mit der armen Witwe reden, aber ich will das Teil hier keine Sekunde allein lassen. Diesmal wird es jedenfalls kein Austauschspiel geben. Beeil dich.«

Ola nickte, öffnete die Tür und lief los.

14.00 Uhr
Solemskogen. Lillomarka, Oslo

Seit Tagen versuchte Sverre Bakken, Oberingenieur bei Mercury Medical Norway, sich einzureden, er habe nichts falsch gemacht. Anfangs war es einfach gewesen. Er hatte nur getan, worum er gebeten worden war, und dabei war alles mit rechten Dingen zugegangen. Ganz unkompliziert. Nichts, was nicht alle Kollegen auch hätten tun können.

Er entwickelte schon lange keine persönliche Beziehung mehr zu den Patienten, mit denen er zu tun hatte. Dafür war der Prozess der Implantation zu beängstigend. Er saß einfach da, schaute die Programmiermaschine an und war mit den Gedanken weit weg, bis er gebeten wurde, die Spannung im Herzen zu messen. Zweimal hatte er es gewagt, den Blick zum Röntgenbild zu heben, aber ihm war so schlecht geworden, als er gesehen hatte, wie die Elektrode sich langsam ins Herz des Patienten stahl, dass er überhaupt nicht mehr aufpasste. Die dünne Leitung sah aus wie ein Wurm. Ein Herzenswurm. Es war widerlich, und in den vergangenen Jahren hatte er sich immer häufiger dabei ertappt, wie er auf sein eigenes Herz lauschte. Er konnte mitten in der Nacht aus dem Schlaf auffahren, schweißnass und verwirrt und so dicht in Dunkelheit gehüllt, dass er glaubte, bereits tot zu sein.

Da Sverre Bakken die Patienten immer verdrängte, hatte sein kleiner Handgriff einfach und unproblematisch gewirkt.

Harmlos, gewissermaßen.

Er lief so schnell, dass er seinen eigenen Puls spürte.

Am Ende der offenen Fläche bei der Bushaltestelle bog er nach Norden ab, um nicht so vielen Menschen zu begegnen. Es war besser, den unwegsamen Pfad zu gehen, als über den Waldweg zu wandern und sich über rücksichtslose Radfahrer und kreischende Kinder zu ärgern.

Das schöne Wetter hatte den Waldboden noch nicht getrocknet. Schon waren seine Turnschuhe durchnässt. Die Moore waren frühlingsweich, und an mehreren Stellen hatte der Winter den vielen kleinen Bohlen, die der Touristenverband ausgelegt hatte, übel mitgespielt.

Das Ganze hatte so technisch gewirkt. Er war einfach nur Ingenieur. Das versprochene Geld hatte ihn geblendet, ihm befohlen, nicht zu sehen, was er nicht sehen wollte.

Er erreichte einen Bach, über den er sonst einfach hinwegsteigen konnte. Jetzt war er weit über seine Ufer getreten, ein kleiner Fluss. Sverre Bakken verstand es nicht. Die Schneeschmelze war doch lange vorbei.

Wenn er schlafen könnte, wäre das Leben einfacher.

Er war inzwischen von diesen Touren abhängig, denn wenn er ging und ging, bis er sich erschöpft fühlte, kam der Schlaf doch.

Er kam, verließ ihn aber jeden Morgen gegen vier.

Wenn ich nur nicht darauf eingegangen wäre, dachte er und stieg entschlossen in den schneidend kalten Bach. Der Schmerz an den Knöcheln ließ ihn keuchen, und als er das andere Ufer erreicht hatte, lief er los.

Das Schlimmste war, dass er nicht so recht wusste, wozu er Ja gesagt hatte.

Er hatte es nicht wissen wollen. Aber er hatte doch nicht geahnt, dass jemand sterben würde.

Jetzt wusste er es, aber jetzt war es zu spät.

18.00 Uhr
GRUS, Bærum

»Genau dasselbe. Hier ist verdammt noch mal genau dasselbe passiert!«

Ola Farmen hatte den Besucherstuhl neben Saras Sessel gezogen. Auf dem Schreibtisch vor ihnen waren die Instrumente wie in der Kellerwerkstatt miteinander verbunden, nur wurde jetzt Göran Holmströms explantierter ICD untersucht. Vor ihnen lag ein Ausdruck von zwölf kleinen zusammenhängenden Bögen.

»Zuerst Pacing von 350 Schlägen pro Minute für zwanzig Sekunden«, sagte Ola und zeigte auf das Diagramm. »Danach drei Stöße zu 31 Joule.«

»Die aber nur ein Hundertstel so stark sind«, sagte Sara und zeigte auf das Oszilloskop. »0,31 Joule. Genau wie bei Erik. Derselbe Text, Fuck you.«

Beide starrten die unzweideutige Botschaft in der Rubrik an, in der Göran Holmströms Name und Personenkennnummer hätten stehen müssen.

»Wer hat das denn bloß getan?«, stöhnte Ola.

»Und warum? Und wie?«

»Und warum hier bei uns? Warum in aller Welt sollte jemand ein Interesse daran haben …«

»Jetzt können wir immerhin ausschließen, dass sie es auf Erik abgesehen hatten«, fiel Sara ihm ins Wort. »Holmström ist auf dieselbe Weise ermordet worden.«

Aber auf wen um alles in der Welt haben sie es dann abgesehen?«

Sara gab keine Antwort.

»Warum sagst du nichts?«, fragte Ola laut. »Du wolltest doch nicht zur Polizei! Hätten wir sofort Alarm geschlagen, wäre jedenfalls Holmströms Leben zu retten gewesen.«

»Wäre es nicht«, sagte Sara gelassen. »Das erste Mal Grund zu wirklicher Unruhe hatten wir in der Nacht auf Samstag, als du zu mir nach Hause gekommen bist. Die Polizei hätte noch nicht einmal die Ermittlung eingeleitet, wenn wir sie gestern verständigt hätten. Und was die Krankenhausleitung und die Gesundheitsbehörden angeht, hätten die vielleicht ein Implantationsverbot verhängt. Aber Holmström hätte seinen ICD schon gehabt. Wie ungefähr ein Dutzend anderer Norweger, seit ich Berntsen operiert habe.«

Ola schob seinen Stuhl plötzlich an Saras Rechner.

»Was hast du vor?«, fragte sie.

»Ich will sehen, ob es weitere Todesfälle gibt«, sagte er.

»Ich rufe Haukeland, Ullevål, das Rikshospital, Tromsø, St. Olav, Stavanger, Kristiansand an. Alle Krankenhäuser, in denen Implantationen vorgenommen werden.«

»Jetzt? Am Sonntagabend?«

»In diesen Krankenhäusern muss doch verdammt noch mal irgendwer anwesend sein, der mir erzählen kann, ob sie Todesfälle hatten, gleich nachdem ...«

Er verstummte so abrupt, dass Sara glaubte, ihm sei etwas passiert.

»Ola?«, fragte sie und berührte mit der Hand ganz leicht seinen Rücken.

»Wann hast du Berntsen den ICD eingesetzt?«

»Am Dienstag, das weißt du doch, ich ...«

»Wann? Wann genau?«

»Gegen neun«, sagte sie. »Kurz nach neun.«

»Und Holmström hat seinen bekommen ...«

»So gegen halb zwölf muss das gewesen sein. Ich kann in der Operationsliste nachsehen, aber es war ...«

»Zwei Tage«, rief Ola. »Dieses verdammte Mordprogramm ist auf genau zwei Tage eingestellt.«

»Ich versteh nicht ganz, was du ...«

Dann verstand sie.

»Verdammt«, flüsterte sie. »Zwischen dem Einsetzen des ICD und ihrem Tod sind fast genau achtundvierzig Stunden vergangen.«

Olas Finger hämmerten so wütend auf die Tastatur, dass Sara schon fürchtete, die könnte zerbrechen. Als er alle benötigten Telefonnummern herausgesucht hatte, kopierte er sie auf eine Seite und druckte sie aus.

»Jetzt hilf mir schon«, sagte er und warf den Zettel auf den Tisch. »Du rufst Haukeland an, ich nehme St. Olav in Trondheim. Dann machen wir die ganze Liste durch.«

Vierunddreißig Minuten später wussten sie, dass in dieser Woche im Zusammenhang mit frischen Implantationen keine Todesfälle aufgetreten waren. Nirgendwo im Land und übrigens auch nicht in der vergangenen Woche. Der diensthabende Arzt der Herzmedizinischen Abteilung des Universitätskrankenhauses in Tromsø hatte mürrisch mitgeteilt, er finde die Anfrage befremdlich. Erst als Sara den Hörer übernommen hatte, war er gesprächiger geworden. Niemals, kein einziges Mal habe er im Zusammenhang mit einer Implantation einen Patienten verloren.

»Ich weiß nicht, ob ich erleichtert oder besorgt bin«, sagte Sara, als beide die Hörer auflegten und sich zurücksinken ließen.

»Es ist immer gut, dass Patienten überleben.«

»Natürlich«, sagte Sara gereizt. »Aber es bedeutet doch, dass nur uns dieses Absurde passiert, dieses ...«

»Nur dir«, korrigierte Ola. »Zwei Todesfälle. Zwei Deimos. Eine Ärztin. Du.«

»Willst du damit andeuten, dass *ich* ...«

»Ich deute gar nichts an. Sara. Ich zähle nur die wenigen Tatsachen auf, die wir bisher haben. Und ich glaube natürlich keine Sekunde, dass du etwas getan hast, was ...«

»Das möchte ich ja wohl meinen«, unterbrach sie ihn wütend.

»Ist dir noch nicht der Verdacht gekommen ...«, sagte Ola, dem plötzlich Guros erster Gedanke einfiel, als er ihr am Vorabend alles erzählt hatte, »... dass das hier vielleicht inszeniert worden ist, um ... um dir zu schaden?«

Ohne ihn anzusehen, ging sie zu den Regalen an der gegenüberliegenden Wand, legte den Kopf schräg und ließ die Finger die Ordner streifen, als suchte sie nach etwas Bestimmtem. »Und wer in aller Welt könnte mir auf so dramatische Weise schaden wollen, dass er zwei meiner Patienten umbringt?«, fragte sie, ohne sich umzusehen.

»Das kann ich ja wohl nicht wissen.«

»Ich auch nicht.«

»Aber kann es denn ein Zufall sein? Dass es in ganz Norwegen zweimal passiert ist und dass beide Male du den Eingriff vorgenommen hast?«

»Das besagt nur, dass wir dieses … Problem hier im GRUS haben. Du müsstest doch genug über Statistik wissen, um zu begreifen, dass du nicht aufgrund von zwei Zufällen Schlüsse ziehen kannst, wo wir hier ohnehin nur zu viert ICDs einsetzen.«

»Aber Sara«, fing Ola an und drehte seinen Stuhl vom Schreibtisch weg. Noch immer kehrte sie ihm den Rücken zu. »Wir müssen ernsthaft darüber sprechen, Alarm zu schlagen. Wir können eine solche Verantwortung nicht allein tragen. Wir brauchen Hilfe, wir brauchen…«

»Nein, Ola.«

Langsam drehte sie sich zu ihm um. »Wo liegt deine absolute Loyalität als Arzt?«, fragte sie gelassen.

»Bei den Patienten«, sagte er und zuckte mit den Schultern. »Und außerdem soll ich mich loyal verhalten zu den Gesetzen, zum Krankenhaus, zur Leitung, ich soll die ärztliche Ethik einhalten, ich soll …«

»Die Patienten«, unterbrach ihn Sara. »Auf alles andere kannst du scheißen. Abgesehen von der Ethik, meine ich. Der ethische Imperativ des Arztes ist nämlich das Beste des Patienten. Immer. Egal, wie. Wenn ein illegaler Zuwanderer in mein Büro stolpert und sagt, er braucht eine Behandlung, die den norwegischen Steuerzahler zweihunderttausend Kronen kostet, dann bekommt er von mir diese Behandlung. Ganz unabhängig von all den absurden Regeln, die meiner medizinischen Aufmerksamkeit nicht wert sind.«

Ola versuchte ein Lächeln zu verbergen: Im vergangenen Oktober war der Krankenhausdirektor fast Amok gelaufen, nachdem Sara einem staatenlosen Palästinenser einen ICD eingesetzt hatte. Die Behörden hatten den Mann dreimal nach Deutschland ausgewiesen, wo er Asyl beantragt hatte und wo er sich folglich aufhalten müsste, bis die Deutschen sich seiner entledigen könnten. Jedes Mal war er zurück nach Norwegen zu seiner Freundin gekommen. Der Mann hatte wegen eines verletzten Fingers die Notaufnahme aufgesucht und war gerade von einer pflichteifrigen Krankenschwester abgewiesen worden, als er umgefallen war. Sara war zufällig in der Nähe gewesen, hatte sich sofort um ihn gekümmert und ihn für acht Tage zur Beobachtung dabehalten, um ihn dann mit einem ICD und mit genug Medikamenten für mindestens ein Jahr zu versorgen.

»Ich bin Ärztin, Ola, du bist Arzt.«

»Das schon«, sagte er unbeholfen, »da kann ich dir zustimmen.«

»Rede keinen Unfug. Was glaubst du, was passiert, wenn wir Alarm schlagen?«

Wieder zuckte er mit den Schultern.

»Die Krankenhausleitung wird sofort alle Implantationen absagen. Jedenfalls wird die nächsthöhere Behörde das tun. Nicht nur hier, sondern vermutlich in ganz Norwegen. Alle Patienten, die in letzter Zeit, vielleicht im letzten Halbjahr, einen ICD oder einen Pacemaker eingesetzt bekommen haben, werden zur sofortigen Untersuchung einbestellt werden. Das wird sie natürlich sehr beunruhigen, was gar nicht gut für sie wäre. Die Polizei wird uns alle Elektronik wegnehmen, Geräte, von denen sie nicht die geringste Ahnung haben. Es werden Menschen sterben, Ola.«

»Was hast du eigentlich gegen die Polizei?«, fragte er gereizt. »Haben die dir was getan?«

»Nein. Ich mache mir nur keine Illusionen über ihre Kenntnisse von Kardiologie und avancierter Elektronik.«

»Die Polizei verfügt heute über weitreichende Mittel.

Wir reden hier doch über keine Bongo-Bongo-Organisation, die nicht ...«

»Ola! *Ola!!*«

Ihre scharfe Stimme ließ ihn zusammenfahren. So hatte er sie noch nie erlebt. Wenn sie wütend wurde, senkte sie die Stimme. Wenn sie Verachtung zeigen wollte, wurde sie eiskalt. Jetzt sprühte ihre ganze Gestalt Funken, und sie kam mit zwei raschen Schritten auf ihn zu und beugte sich in einer fast bedrohlichen Geste vor.

»Es gibt nur eine einzige Frage, die du dir stellen musst«, fauchte sie. »Und zwar, ob es gut für die Patienten ist, wenn wir andere in diese Sache hineinziehen. Und ist es gut?«

»Es ist gut für sie, wenn das hier aufhört. Jetzt ist alles unsere Verantwortung, Sara. Und wir allein tragen die Schuld, wenn es so weitergeht, und ich weiß verdammt noch mal nicht, ob ...«

Er brach ab. Eine verräterische Röte zeichnete sich unter seinen Bartstoppeln ab.

»Aha«, sagte Sara. »Da haben wir's. Du hast Angst vor Schwierigkeiten. Na gut. Alles klar.«

Sie richtete sich auf, zuckte mit den Schultern und ging auf die Tür zu. »Dann schlage ich vor, dass du dich sofort an Dr. Benjaminsen wendest. Vollen Alarm schlägst, Ola. Wenn du nicht mit den Konsequenzen leben kannst, musst du das tun. Viel Glück.«

»Warte!«

Sie blieb mit der Hand auf der Klinke stehen.

»Schon gut«, murmelte er, »ich stimme dir zu.«

»Worin?«

»Darin, dass wir bessere Möglichkeiten als alle anderen haben, um diese Sache zu klären«, sagte er resigniert.

»Schön«, sagte sie kurz. »Dann ist das Thema erledigt. Okay?«

»Vorläufig.«

»Wo waren wir?«

Als wäre nichts geschehen, setzte sie sich auf ihren Platz und nahm ihre Brille. Sie sieht sofort zehn Jahre älter aus, wenn sie die aufsetzt, dachte Ola.

»Zwei Todesfälle«, fasste er zusammen. »Zwei Deimos. Zweimal genau derselbe ... Modus. Sollen wir das so nennen?«

»Ich kann die Verwendung von Deimos anhalten«, sagte Sara. »Als erste Maßnahme.«

»Wie denn?«

»Indem ich auf diese Regeln verweise, die wir hierzulande alle so lieben. Die Einkaufsregel besagt, dass wir 25 Prozent von jeweils Mercury Medical, St. Jude, Boston Scientific und Medtronic kaufen sollen. In diesem Jahr waren aber schon über 35 Prozent der ICDs von Deimos.«

»Weil es die besten sind«, sagte Ola.

»Weil sie für einige Patientengruppen die besten sind«, korrigierte Sara.

»Ich meine, du müsstest alle Implantationen stoppen. Jedenfalls für die nächsten Tage.«

»Das ist unmöglich. Nicht einmal ich kann einen so guten Grund zusammenlügen.«

Jetzt deutete sie ein Lächeln an. »Geh nach Hause, Ola. Räum hier alles zusammen, und geh nach Hause. Schlaf eine Runde. Wir machen morgen weiter.«

Ola gähnte und hob die Hände über den Kopf. »Ich werde jedenfalls dafür sorgen, dass dieser ICD nicht auf Abwege gerät«, sagte er. »Hast du hier einen Safe?«

»Natürlich. Irgendwo muss ich doch meine Diamanten aufbewahren.«

»Soll ich ihn mit nach Hause nehmen?«, fragte Ola und löste den kleinen Herzstarter von den Leitungen, mit denen er verbunden war.

»Du hast aus diesem Krankenhaus schon mehr als genug mit nach Hause genommen«, erwiderte sie. »Fass ihn mit einem Latexhandschuh an. Sonst kannst du einen Schlag abkriegen.«

»Ist ja gut, ist ja gut. Wohin soll ich ihn legen?«

»Hierhin«, sagte sie und öffnete die einzige Schreibtischschublade, die ein Schloss hatte.

Er legte den Herzstarter zwischen ein Notizbuch und eine kleine Silberdose mit ziseliertem Deckel. Sara knallte die Schublade zu und schloss ab.

»Schlaf«, befahl sie noch einmal, während sie zur Tür ging. »Das habe ich jedenfalls vor.«

Wenn es mir gelingt, dachte sie und vergewisserte sich dreimal, dass die Tür wirklich abgeschlossen war.

23.10 Uhr
Båtstøjordet, Høvik, Bærum

Als das Telefon klingelte, hatte Sara sich gerade zum Aufstehen entschlossen. Sie fand einfach keinen Schlaf. Wenn sie dabei war, die Wirklichkeit abzuschütteln, ließ der Gedanke an tote Menschen, Computerviren und fatale Implantationen sie wieder hochschrecken.

Sie starrte müde das Telefon auf dem Nachttisch an, ehe sie zum Hörer griff. »Sara Zuckerman«, sagte sie leise.

»Hallo«, sagte eine Frauenstimme. »Hier spricht Henny Kvam Hole. Tut mir leid, dass ich dich so spät störe. Aber du hast gesagt, dass es eilt.«

Henny Kvam Hole?

Sara rieb sich die Augen. »Ach ja«, sagte sie nach einer kurzen Pause. »Du warst es, die ...«

Sie fuhr im Bett hoch.

»Ich habe hier kürzlich einen deiner Patienten explantiert und seinen ICD ausgelesen. Du hast mich gestern angerufen und gesagt ...«

»Schön, dass du anrufst«, sagte Sara und war jetzt hellwach. »Du weißt nicht zufällig, wo der ICD sich jetzt befindet?«

»Ich habe ihn zur Entsorgung geschickt. Das steht so in den Vorschriften, und ich ...«

»Was ist mit dem Ausdruck?«

»Der liegt vorläufig in einer Schublade in meinem Büro.«

»Schön. Sehr gut. Danke.«

Sara verzog das Gesicht bei der Vorstellung, dass der ICD, den jemand nach Entfernung des ursprünglichen Erik Berntsen eingesetzt hatte, nicht mehr vorhanden war. Aber der Ausdruck war besser als nichts. »Könnte ich den so schnell wie möglich haben?«

Henny Kvam Hole zögerte einen Moment. »Worum geht es eigentlich? Ich habe mir den Ausdruck genau angesehen, und er stimmte absolut mit dem pathologischen Befund überein. Ich bin zwar keine Kardiologin, aber es ist ganz sicher, dass ...«

»Ich glaube wirklich nicht, dass du irgendeinen Fehler begangen hast«, sagte Sara so freundlich wie möglich. »Es ist nur eine kleine ... persönliche Angelegenheit. Erik Berntsens Frau hat im Laufe der Jahre sehr viel über diese Dinge gelernt. Du weißt, ein langes Leben mit Erik Berntsen ...«

Sara konnte die Kollegin fast lächeln hören.

»Da hat es beim Essen sicher jede Menge Vorlesungen gegeben«, sagte Henny Kvam Hole. »Das glaube ich gern.«

»Eben. Sie ist natürlich am Boden zerstört nach allem, was passiert ist. Irgendein Dussel, ein Psychologe vielleicht, hat ihr eingeredet, sie könnte leichter mit allem weiterleben, wenn ich ihr genau zeige, was passiert ist. Dass es schnell ging und wirklich ein Infarkt war. Verstehst du?«

»Ja«, sagte Dr. Kvam Hole, wirkte aber nicht überzeugt. »Ein bisschen seltsam, aber ...«

»Dass Angehörige sich seltsam verhalten, daran sind wir beide doch wohl gewöhnt«, sagte Sara leichthin.

Lachen am anderen Ende der Leitung. »Ich bin am Dienstag wieder in Oslo«, sagte Kvam Hole. »Dann kann ich ihn bringen lassen.«

»Dienstag«, sagte Sara, »gut. Und tausend Dank für deinen Anruf.«

Sara fiel das Telefon aus der Hand, als sie auflegen wollte.

»Sara?«

Thea stand in ihrer weiten Schlafanzughose und einem hautengen T-Shirt in der Tür. »Ich kann nicht schlafen.«

Sara zog die Decke gerade, legte neben sich ein Kissen zurecht und klopfte darauf. Ihre Nichte stieg ins Bett und schmiegte sich an Sara.

»Ich hab solche Angst vor der Matheklausur morgen.«

»Warum denn? Du bist doch so gut in Mathe, Thea. Und du brauchst nicht immer die Beste zu sein«, flüsterte Sara. »Du brauchst überhaupt nie die Beste zu sein.«

»Du bist die Beste in allem«, sagte Thea.

Sara lachte leise. »Wirklich nicht in allem. Und im Leben kommt es nicht auf die Tüchtigkeit an.«

Thea setzte sich plötzlich auf und drehte sich zu ihrer Tante um. »Und das sagst du. Aber was findest du denn wichtig?«

»Zu wissen, was man tun darf und was nicht. Zu wissen, was richtig ist und was falsch.«

Thea lächelte. »Du lügst doch ganz schön oft! Und das ist nicht so wahnsinnig richtig.«

»Ich lüge dich fast nie an«, sagte Sara und zog Thea an sich. »Aber Lüge und Verschweigen sind wichtige Werkzeuge im Leben. Aber jetzt musst du schlafen. Das ist jedenfalls ganz, ganz richtig.«

»Kann ich hierbleiben?«

»Natürlich«, sagte Sara und küsste ihre Nichte auf die Wange.

Nach weniger als drei Minuten schliefen sie beide tief.

Montag, 10. Mai 2010

8.50 Uhr
GRUS, Bærum

Ola Farmen hätte sich am liebsten bei Karita Solheim bedankt.

Die PJlerin hatte siebzehn Minuten der Morgenbesprechung mit ihrem derart langweiligen Vortrag vergeudet, dass Ola eingeschlafen war. Als er hochfuhr, weil jemand die Neuaufnahmen der Nacht zur Sprache brachte, fühlte er sich frisch. Er blinzelte ein wenig und schaute zu Sara hinüber.

»Wenn ich kurz unterbrechen dürfte?«, bat sie und sah Dr. Benjaminsen an.

Der Assistenzarzt, der soeben einen Rechner eingeschaltet hatte, um die Krankenberichte durchzugehen, schien sich über diese Störung zu ärgern, sagte aber nichts.

Dr. Benjaminsen zuckte mit den Schultern. »Ich nehme an, dass es wichtig ist«, sagte er. »Also bitte sehr.«

»Es geht um den Mercury Deimos«, sagte Sara leichthin. »Ich muss einen vorübergehenden Stopp für die Verwendung dieses Apparates ansetzen. Den Einkaufsrichtlinien zufolge ...«

»Deimos«, fiel Lars Kvamme ihr ins Wort. »Warum zum Teufel sollen wir keinen Deimos benutzen?«

»Wie ich gerade sagen wollte«, antwortete Sara ruhig, »schreiben die Einkaufsregeln vor, dass unser gesamter Ankauf von ICDs mit jeweils 25 Prozent auf Medtronic, Boston Scientific, St. Jude und Mercury Medical verteilt wird. Bisher haben wir viel mehr Deimos benutzt, als wir dürfen. Bis ich euch also neue Instruktionen erteile, werden keine Deimos mehr verwendet. Okay?«

»Wir haben Mai, Sara«, rief Lars Kvamme. »Diese Korrekturen nehmen wir doch sonst erst im Spätherbst vor! Willst du mir verbieten, den besten ICD zu verwenden? Hä?«

Er starrte Dr. Benjaminsen empört an, und der zuckte abermals gleichgültig mit den Schultern. »Wenn Sara sagt, dass wir das machen«, sagte er, »dann machen wir das so.«

»Verdammt«, rief Lars Kvamme, »soll ich also ein schlechtes Gerät einsetzen, nur weil Sara Zuckerman plötzlich einen bisher unbekannten Drang verspürt, die Regeln einzuhalten? Für manche Patienten ist der Deimos einwandfrei besser als alle Konkurrenzgeräte und ...«

Sein Gesicht verdunkelte sich vor Erregung.

Ola verstand seinen Zorn, auch wenn er Lars Kvamme nicht ausstehen konnte. Aber der Mann war ein tüchtiger Arzt.

»Jetzt wollen wir uns doch beruhigen«, sagte Dr. Benjaminsen gutmütig und legte Lars die Hand auf den Unterarm. »Kein Grund zur ...«

»Kein Grund?«, fauchte Lars Kvamme. »Kein Grund? Ich habe am Samstag einen Deimos eingesetzt. Einem Patienten mit sowohl ...«

»Samstag?«, fiel Sara ihm mit scharfer Stimme ins Wort. »Du hast am Samstag einen Deimos eingesetzt?«

Ola senkte den Kopf, damit niemand die Röte sah, die sich fleckig über seinen Hals hocharbeitete.

Jetzt, da Sara und er sicher gewesen waren, die Lage unter einer Art Kontrolle zu haben, zeigte es sich, dass ein weiterer Patient einen infizierten ICD in sich tragen könnte.

In seinen Ohren rauschte es.

Er hätte sich niemals auf Saras Versuch einlassen dürfen, die Sache auf eigene Faust zu klären. Genau davor hatte er sich gefürchtet. Da sie nicht wussten, womit sie es zu tun hatten, und schon gar nicht, mit wem, hatten sie auch keine Kontrolle. Über rein gar nichts.

»Warum habe ich nichts von dieser Implantation gehört?«, fragte Sara. Ola hoffte, dass nur er das angespannte Zittern in ihrer Stimme bemerkte.

»Soll ich dir jetzt auch noch jeden Furz melden? Ich hatte das mit Dr. Thomas Tebbe von der kardiologischen Abteilung des Deutschen Herzzentrums in München verabredet. Der Patient ist Norweger und wollte zu Hause operiert werden. Er hatte alle Papiere von Dr. Tebbe fix und fertig, als er am Freitagnachmittag kam, und ich ...«

»Wann am Samstag ist er operiert worden?«, fragte Sara leise.

»Wann? Jetzt weich hier nicht aus, Sara. Es geht um das idiotische Verbot gegen den Deimos, nicht um die Frage, zu welcher Tageszeit ich meine Operationen auszuführen beliebe. Ich hatte am Wochenende Bereitschaftsdienst, und ich habe eine Stunde im OP genutzt, um ...«

»Wann?«, fragte Sara noch einmal, jetzt viel lauter. »Wann hast du den Mann operiert?«

Lars sah zuerst Sara und dann Dr. Benjaminsen verärgert an. »Mitten am Tag«, sagte er endlich. »So gegen zwölf. Wenn die Frau Professor den genauen Zeitpunkt so dringend wissen möchte, kann sie im Operationsplan nachsehen.«

Er redete jetzt mit Dr. Benjaminsen, der sich zu amüsieren schien.

Ola wusste nie so recht, was er vom Klinikchef halten sollte.

Kaare Benjaminsen war einer der wenigen Norweger, die um 1970 in Ostberlin studiert hatten. Sein Vater war im Krieg im Widerstand gewesen und hatte sich der Roten Armee angeschlossen, als Finnmark 1944 von den Russen befreit worden war. Er war für den Rest seines Lebens ein treuer Moskaukommunist geblieben und hatte seinen Sohn zum Medizinstudium in die DDR geschickt. Kaare Benjaminsen hatte nie irgendeine politische Überzeugung vertreten, hatte sich aber seit seiner Studienzeit energisch für die palästinensische Sache engagiert. Mehrmals hatte er als Arzt in Flüchtlingslagern im Mittleren Osten gearbeitet. Ola hatte sich ab und zu gefragt, ob er wegen ihres jüdischen Hintergrundes etwas gegen Sara hatte: Der 65 Jahre alte Klinikchef, der sonst jeden Streit schlichtete, lehnte sich immer zurück, damit Sara und Lars Kvamme nach Herzenslust aufeinander losgehen konnten.

Kaare Benjaminsen war mit gutem Grund ein hoch angesehener Arzt. Er war ein tüchtiger Administrator, er verließ sich auf seine Ärzte und hielt ausnahmslos zu ihnen.

Ola verstand nicht, warum er jetzt nicht eingriff.

Lars stand wie ein Kampfhund an straffer Leine auf der einen Seite des Tisches, Sara weigerte sich auf der anderen, sich zu setzen.

»Ich lasse mir das nicht gefallen«, sagte Lars, noch immer an Benjaminsen gewandt.

»Das musst du aber«, sagte Sara. »Ola, komm bitte mit mir.«

»Die Besprechung ist noch nicht zu Ende«, sagte Benjaminsen.

»Für mich wohl.«

Ola machte sich so klein wie möglich, als er hinter Sara

aus der Tür schlich. Im Raum herrschte Totenstille, nicht einmal Lars Kvamme fiel eine treffende Schlussbemerkung ein.

»Stell fest, wo der Patient liegt«, sagte Sara, als die Tür hinter ihnen zufiel. »Schau im Operationsplan den genauen Zeitpunkt für das Einsetzen des ICD nach. Ich hole die Programmiermaschine, dann treffen wir uns bei mir. Wir haben jedenfalls noch Zeit, um diesen Deimos auszuschalten.«

Beide sahen auf ihre Armbanduhren.

Fünf nach neun.

»Wir haben fast drei Stunden«, sagte Ola erleichtert. »Das geht gut.«

»Das will ich doch hoffen«, sagte Sara, »das will ich doch wirklich hoffen.«

9.45 Uhr
GRUS, Bærum

Zur Morgenvisite hatte Lars Kvamme vier Assistenzärzte geschickt. Benjaminsen hätte normalerweise protestiert, aber Lars glaubte, einen gewissen Freiraum zu haben, nachdem Sara so einfach aus der Morgenbesprechung hatte hinausmarschieren dürfen.

Jetzt saß er vor dem vierten Kaffee dieses Tages und starrte aus dem Fenster.

Erst vor wenigen Monaten war sein Gesuch auf eine Professorenstelle am GRUS abgelehnt worden. Mit denselben alten Sprüchen wie immer: Seine Veröffentlichungsliste sei nicht lang genug. Und auch nicht gut genug, glaubte er zwischen den Zeilen in der Begründung der Berufungskommission zu lesen. Da die Mitglieder der Kommission nicht am GRUS arbeiteten, ahnte er, dass Sara ihre Finger im Spiel hatte. Auf die Professur zu verzichten, weil es bessere Bewerber gab, damit hätte er leben können. Aber dass es noch immer eine freie Professur in der Kardiologie gab und dass die Kommission ihn einfach nicht für kompetent genug hielt, das war unerträglich.

Niemand konnte abstreiten, dass er ein tüchtiger Arzt war.

Nicht einmal Sara.

Das versuchte sie allerdings auch nie. Selbst darin lag eine Demütigung: Sie schien ihn dauernd daran erinnern zu wollen, dass er in der praktischen Arbeit mit den Patienten gut genug sei, dass ihm aber die wissenschaftliche Befähigung fehle.

Er konnte immerhin beurteilen, dass Deimos unübertroffen war für Patienten mit Vorkammerflimmern und Kammerflimmern, dachte er und schluckte den letzten bitteren Rest Kaffee hinunter.

Viele ICDs konnten nur schwer zwischen beiden Störungen unterscheiden und sandten bei einem einfachen Anfall von Vorkammerflimmern bereits Stöße aus. Schmerzhaft für den Patienten natürlich, und es war auch nicht gerade gut für ein Herz.

Der Mercury Deimos kannte den Unterschied zwischen beiden Zuständen besser als alle anderen Modelle auf dem Markt. Und jetzt wollte Sara Zuckerman entscheiden, welchen ICD er für *seine* Patienten nahm, aufgrund einer blödsinnigen Entscheidung irgendeines Gesundheitsbürokraten, der noch nie einen Fuß in einen Operationssaal gesetzt hatte.

Dann kam ihm so plötzlich ein Gedanke, dass es ihm fast den Atem verschlagen hätte: Eigentlich war Sara Zuckerman seiner Ansicht!

Sara hielt die Einkaufsregeln für verdammten Unfug. Noch im November hatte sie allen Geboten und Verboten getrotzt und weiterhin Mercury Phobos benutzt, den Schrittmacher, den sie für den besten hielt.

Dass sie jetzt, schon im Mai, die Partei der Bürokraten ergriff, war ganz einfach unglaublich.

Es musste etwas anderes dahinterstecken. Erregt lief er in seinem Büro auf und ab.

In der vergangenen Woche waren zwei Patienten kurze Zeit nach Einsetzen eines ICD zusammengebrochen. Statistisch gesehen war das seltsam. Natürlich konnte es vorkommen, aber als er nun an Saras seltsames Verhalten dachte, ließ die Erinnerung an die beiden Patienten ihn mitten im Raum stehen bleiben.

Beide ICDs waren von Sara implantiert worden.

Hatte sie einen fatalen Fehler begangen?

Hatte Sara Zuckerman, die arrogante und besserwisserische Professorin Zuckerman mit all ihren schicken Titeln auf der Visitenkarte, durch Schlamperei oder Inkompetenz zwei Patienten das Leben genommen?

Lars Kvamme ging langsam zurück zu seinem Sessel und setzte sich.

Sara war der Inbegriff all dessen, was Lars Kvamme nicht vertragen konnte, als Frau, als Ärztin, als Vorgesetzte. Aber die Patienten waren ihr ebenso wichtig wie ihm. Sie mochte versuchen, ihre Fehler zu vertuschen, aber nicht, indem sie die vernünftige Behandlung kranker Menschen sabotierte. »Deimos«, sagte er laut.

Konnte der Fehler dort liegen? Hatten Sara und dieser ungepflegte Großkotz, den sie immer mit sich herumschleppte, bei Mercury Deimos einen Defekt entdeckt? Ohne Bescheid zu sagen oder Alarm zu schlagen?

Diese Vorstellung war beängstigend und erregend zugleich.

Er griff zum Telefon.

Wenn Sara Zuckerman Informationen oder Mängel oder Defekte an Geräten zurückhielt, war sie erledigt.

Als er Dr. Benjaminsens Telefonnummer zur Hälfte eingegeben hatte, brach er plötzlich ab. Nein. Er wollte nicht zu Benjaminsen gehen. Es gab etwas sehr viel Besseres.

10.55 Uhr
Romeriksåsen, Akershus

»Ich bin nicht einmal auf die Idee gekommen, dass man den Mann schon entlassen haben könnte«, sagte Sara und legte die Hände auf das Armaturenbrett. »Könntest du vielleicht etwas vorsichtiger fahren?«

»Wir haben noch eine Stunde und fünf Minuten«, sagte Ola verbissen, während er versuchte, einem Schlammsee auf der linken Seite des Waldwegs auszuweichen.

Als Ola durch das Krankenhaus gelaufen war, um den Patienten zu finden, dem Lars Kramme knapp zwei Tage zuvor einen ICD eingesetzt hatte, war er fast mit der Stationsschwester zusammengestoßen. Er erfuhr, dass der 53 Jahre alte Klaus Aamodt am Morgen entlassen worden war. Der Patient war in gutem Zustand gewesen. Alle Testergebnisse überzeugten, und sein Sohn hatte ihn gegen halb acht abgeholt. Sie wollten auf die Hütte, hatte er erzählt, und eine ruhige und friedliche Woche verleben.

»Gott sei Dank kennst du dich hier oben aus«, sagte Sara.

»In den Wäldern hier bei Oslo gilt nur eine Regel«, sagte Ola. »Nach rechts halten! Nach Osten, Sara. Hier ist es mindestens so schön wie in Bærumsmarka und Nordmarka, aber es sind viel weniger Leute unterwegs. Die Zwillinge sind sogar hier entstanden. An einem Waldsee. Im Freien.«

Er grinste.

»Thank you for sharing«, murmelte Sara und schaute aus dem Seitenfenster.

»Ich bin ja verdammt froh, dass die Schranke bei Gut Aas oben war«, sagte Ola. »Scheiße.«

Olas acht Jahre alter Toyota Avensis Verso schlug mit der Rückachse gegen einen Felsbrocken. Es gab einen solchen Knall, dass Sara aufschrie und die Fahrt für beendet hielt. Aber Ola bretterte schon den nächsten Hang hoch und ging so schnell in die Kurve, dass der Wagen schlingerte.

»Es war mein Ernst«, sagte sie mit blassem Gesicht. »Das hier geht zu schnell.«

»Wir sind bald in Hakkim«, antwortete er, ohne das Tempo zu drosseln. »Wenn der Sommerweg zum Raasjø offen ist, sparen wir mindestens fünf Kilometer.«

Der Weg öffnete sich zu einem großen Parkplatz, der auf beiden Seiten von Wald umgeben war.

»Verdammt«, sagte Ola und hielt. »Früher war hier keine Schranke.«

Der Weg gabelte sich. Oben am Hang auf der Ostseite des Wegweisers sah Sara eine große Holzhütte, auf der Westseite, unterhalb ihres Standplatzes, ahnte sie zwei flache rote Gebäude. An einem Baum zwischen den beiden Waldwegen teilten handbemalte Schilder mit, dass beide Wege zum Raasjø führten.

»Fahren wir nach links«, schlug Sara vor.

»Das ist der Winterweg«, sagte Ola. »Der ist länger. Außerdem ist da hinten auch eine Schranke. Die hier dagegen ist neu.«

»Wie weit ist es bis …«

»Zum alten Haupthaus. Fünf, sechs Kilometer geradeaus. Auf dem ersten Kilometer geht es aufwärts, danach ist es ziemlich flach. Wir müssen zwei Gattertore öffnen und schließen, aber auf diesem Weg geht es schneller.«

»Was machen wir?«, fragte sie, und wieder hörte Ola den angespannten Beiklang von der Morgenbesprechung.

»Fernsehkrimi spielen«, sagte Ola und riss den Wagen in den Rückwärtsgang.

Sara wurde gegen den Sitz gepresst, als Ola ebenso plötzlich in den ersten Gang schaltete, Gas gab und in vollem Tempo auf die Schranke zuhielt. Das Fundament auf der einen Seite gab nach. Der Pfosten neigte sich zur Seite, und Sara schloss die Augen, als das Auto wieder Tempo aufnahm.

Der Seitenpfosten war gebrochen, und die Schranke wurde vom Auto langsam zurückgedrängt.

»Na also«, sagte Ola verbissen. »Wie spät ist es?«

»Fünf nach elf«, sagte Sara atemlos. »Noch fünfundfünfzig Minuten.«

11.13 Uhr
Raasjø, Romeriksåsen, Akershus

Klaus Aamodt fühlte sich gut in Form, als er aus alter Gewohnheit auf die Veranda vor dem Holzhaus trat, um sich eine Zigarette anzuzünden. Dann fiel ihm das absolute Verbot ein, das der deutsche Arzt ausgesprochen hatte. Die beiden Wochen der Beobachtung im Deutschen Herzzentrum waren so anstrengend gewesen, dass er nur schwach genickt hatte, als die Krankenschwester die Zigarettenpackung von seinem Nachttisch entfernte. Während der knapp drei Tage im GRUS hatte er kein einziges Mal ans Rauchen gedacht.

Hier draußen war es anders. Es gehörte zur Einstimmung, wenn er den Ausblick auf Raasjøfløyta und die alte Brücke genoss, die die Landzunge von dem zwei Kilometer langen See trennte. Das Einzige, was ihn an den kürzlich eingesetzten Herzstarter erinnerte, waren ein schwacher Schmerz in der Operationswunde und die Empfindlichkeit des linken Arms.

Er seufzte und fischte eine Pastillenschachtel aus seiner Tasche. Als er eine in den Mund stecken wollte, fiel ihm die Schachtel aus der Hand, weil er ein gewaltiges Motorendröhnen hörte. Ein weißer Kastenwagen fuhr zweihundert Meter weiter westlich über die Steinbrücke. Mit einem so hohen Tempo, dass Klaus Aamodt fürchtete, das Auto werde die Kurve auf dem anderen Ufer nicht schaffen und in den Wald hinaufjagen. Der Wagen bretterte durch das alte Holztor, das die Schafe daran hinderte, die Brücke zu überqueren, und Klaus Aamodt hätte schwören können, dass das Auto die Kurve auf zwei Rädern nahm.

»Bjørg!«, rief er. »Tommy! Seht euch das mal an! Ein Verrückter!«

Der Wagen hatte den Parkplatz an der kleinen Holzbrücke erreicht, die das alte Gutshaus von den kleineren Gebäuden auf dem anderen Flussufer trennte. Der Fahrer schien einen Moment lang zu zögern, dann wagte er die Überquerung.

»Was will der hier?«, rief Klaus Aamodt. »Tommy, sind das Freunde von dir?«

Der weiße Kastenwagen blieb hinter Klaus Aamondts Wagen auf dem Hang unterhalb des Hauses stehen. Ein Mann und eine Frau stiegen aus.

»Ärzte?«, fragte Tommy, der aus der Tür trat, als die Weißkittel auf sie zukamen.

»Sara Zuckerman«, sagte die Frau und streckte Klaus Aamodt die Hand entgegen. »Dr. Sara Zuckerman. Ich komme aus dem Universitätskrankenhaus Grini und muss Sie leider stören. Wir haben wenig Zeit.«

Klaus Aamodt hatte die Frau noch nie gesehen. Der

Mann hinter ihr sah nicht gerade aus wie ein Arzt, er war unrasiert, und unter dem weißen Kittel trug er verschlissene Jeans. Er schleppte einen Plastikkoffer und eine offenbar schwere Tasche.

»Habe ich einen Grund zur Besorgnis?«, fragte Klaus Aamondt verwirrt.

Die beiden antworteten nicht.

5.17 a.m.
East Hampton, Long Island, New York

Die nächtliche Kälte hielt noch an.

Otto Schultz blieb für einen Moment auf der Treppe stehen und musterte den Morgennebel, der grau und abweisend über den gepflegten Rasenflächen, Sträuchern und Blumenbeeten auf der anderen Seite des Hofplatzes lag. Er schüttelte sich und ging zum Auto. Der Kies knirschte unter seinen Schuhen, und er bereute, am Vortag nicht den Lexus aus der Garage geholt zu haben. Die ganze Welt kam ihm grau und nass vor, und er hatte überhaupt keine Lust, sich auf die schwarzen Ledersitze zu setzen.

Zwei Minuten später war der Wagen warm, und Otto Schultz war endlich unterwegs.

Ihn quälte eine Unruhe, die er nicht kannte. Am Vorabend hatte er zu viel getrunken, obwohl er nur selten Alkohol anrührte, wenn er allein war. Aus einem Impuls heraus hatte er das verabredete Essen mit Kindern und Schwiegersöhnen abgesagt. Statt wütend zu werden, waren sie erleichtert gewesen, und das hatte ihn fast traurig gemacht. Es war Viertel vor zehn, als er zu Bett ging. Aber erst gegen zwei war er in einen Dämmerschlaf gesunken, aus dem er sich nur mit Mühe hatte lösen können, als der Wecker klingelte.

Es war beruhigend, jetzt unterwegs zu sein. Im Wagen war er immerhin in Bewegung.

Ein Reh sprang über die Straße. Er sah es erst, als es drei oder vier Meter vor der Motorhaube war, konnte aber noch bremsen. Für einen Moment wurden die Scheinwerfer in den aufgerissenen Augen gespiegelt, dann jagte das Tier weiter und verschwand im Wald auf der anderen Straßenseite.

Otto Schultz rang um Atem und umklammerte das Lenkrad.

Musik, dachte er und schaltete das Radio ein. Das half. Sein Puls wurde langsamer, und er ließ den Fuß vom Bremspedal zum Gas wandern.

Er hatte nichts aus Durban gehört. Und nichts aus Hongkong. Nichts aus Norwegen nach Morten Mundals Mitteilung über Erik Berntsens Tod.

Aus Schweden jedoch, wohin Otto Schultz niemals eine E-Mail geschickt hatte, war eine absurde Nachricht aus einem Internetcafé über einen Todesfall eingetroffen, den es noch gar nicht gab.

Nur wenig lief wie geplant.

Es eilt jetzt, dachte Otto Schultz und trat aufs Gaspedal.

Es eilte jetzt wirklich.

11.23 Uhr
Raasjø, Romeriksåsen, Akershus

»Sie wollen also einfach nur den ICD abschalten?

Tommy Aamodt ließ den Blick zweifelnd von Sara Zuckerman zu seinem Vater wandern, der auf einem riesigen Chesterfieldsofa lag. Der ältere Mann fing an, sein Hemd aufzuknöpfen, aber Sara unterbrach ihn dabei. Sie legte ihm vorsichtig den Programmierkopf auf die

Brusttasche, wo nach der samstäglichen Operation die Bandage wie ein weiches Kissen befestigt war.

»Wie gesagt, es wurde ein kleiner Programmfehler entdeckt, der möglicherweise das Verhalten des ICD bei einem Kammerflimmern beeinflusst«, sagte Sara und lächelte. »Um ganz sicher zu sein, suchen wir jetzt die drei Patienten auf, die am Freitag und am Samstag operiert worden sind. Ola und ich haben das Siegerlos gezogen und durften diesen schönen Ort aufsuchen. Es dauert nur zwei Minuten.«

Klaus Aamodts Frau schien jeden Moment in Ohnmacht zu fallen. Sohn Tommy hatte die Arme über der Brust verschränkt und machte ein skeptisches Gesicht. »Warum um alles in der Welt sind Sie hergekommen?«, fragte er. »Hätten Sie nicht einfach anrufen und meinen Vater wieder ins Krankenhaus holen können?«

»Das haben wir versucht«, sagte Sara. »Aber hier draußen scheint es kein Netz zu geben.«

Klaus lächelte und schielte zu dem Programmierkopf auf seiner Brust hinunter. Ein dickes Kabel führte zu der Programmiermaschine auf dem Couchtisch. Vier Dioden leuchteten jetzt auf, die Maschine hatte Kontakt zu seinem Herzen aufgenommen.

»Wir müssen über die Brücke gehen, um telefonieren zu können«, sagte Klaus. »Da ist eine kleine Stelle, wo man für das Handy ein Netz findet.«

Ola hatte Sara ab und zu im Verdacht gehabt zu lügen. Aber zum ersten Mal wusste er mit Sicherheit, dass Sara eine glatte Lüge servierte. Widerwillig ließ er sich davon beeindrucken, wie leicht es ihr offenbar fiel und wie kühn sie war. Die meisten Hütten in Norwegen waren für Mobiltelefone erreichbar. Sie hatte unmöglich wissen können, dass dieser Teil von Romeriksåsen eine Ausnahme bildete.

»Bist du bereit, Ola?«

Sara hatte die Hand auf Klaus Aamodts Arm gelegt.

»Gleich, sofort«, sagte Ola.

Der Bildschirm der Programmiermaschine flimmerte einige Sekunden, ehe das Bild zur Ruhe kam und deutlich wurde. Dann hatte der Apparat den ICD als Mercury Deimos identifiziert. Oben in der rechten Ecke konnte Ola eine kleine Kurve sehen, die die Aktivität im Herzen des Patienten maß. Normaler Sinusrhythmus, aber schneller Puls. Klaus Aamodt hatte sichtlich Angst.

»Detektion oder Therapie«, fragte Ola.

»Therapie«, antworte Sara, ohne zu zögern.

»Worüber reden Sie da?«, fragte Tommy aggressiv.

»Ein ICD hat grundsätzlich zwei Funktionen«, erklärte Ola. »Er soll detektieren, also Fehler am Herzen entdecken. Danach soll er Therapie liefern, also behandeln. Zuerst Detektion, dann Therapie. Wenn wir einen ICD abschalten, schalten wir eine oder beide Funktionen ab. In diesem Fall ist es die eigentliche Behandlung, die wir ...«

»Wir sind uns nicht hundertprozentig sicher«, fiel Sara ihm ins Wort. »Also schalten wir ihn ganz einfach aus. Mach das jetzt, Ola.«

Ola drückte auf »Therapy off«.

Wieder flimmerte das Bild. Zu lange, dachte Ola. Plötzlich wurde der Bildschirm knallgelb. Ein schwarzer Text leuchtete ihnen entgegen. »Too late.«

»Wir haben ... wir haben hier ein kleines Problem«, sagte er leise.

»Too late.«

00.16.42

00.16.41

00.16.40

»Was denn für ein Problem?«

Gereizt wollte Sara den Bildschirm zu sich umdrehen. So würden Klaus und Tommy Aamodt das Bild ebenfalls sehen können. Auch wenn sie nicht sehr viel verstehen würden, lag es doch nahe, dass der knallgelbe Schirm mit dem bedrohlichen Text nicht gerade ermutigend wirken würde.

Blitzschnell legte Ola die Hand auf Saras und drückte so fest zu, dass sie die Stirn runzelte und die Hand zurückzog. »Die Maschine ist ein wenig empfindlich«, sagte Ola, »mag Bewegung nicht.« Er konnte es als Lügner nicht mit Sara aufnehmen, aber sie hatte verstanden und hockte sich neben Ola.

»Too late.«

00.16.31

»Aha«, sagte Sara. »Ein Problem. Da hast du recht.«

»Problem?«, fragte Bjørg Aamodt. »Was für ein Problem?«

Sara schalte die Maschine aus und klappte sie zusammen. Die Dioden auf dem Programmierkopf erloschen. Sie koppelte ihn vorsichtig ab und legte ihn wieder in die Tasche. »Wenn wir Zeit hätten«, sagte sie dann, »würden mein Kollege und ich einen Spaziergang machen und unser Vorgehen diskutieren. Aber leider haben wir es ziemlich eilig.«

»Was ist hier eigentlich los?«, rief Tommy und breitete die Arme aus. »Was zum Teufel soll das? Zuerst kommen Sie in einem verdammten Autowrack angejagt, mit einer Menge Scheiß im Schlepp, und dann behaupten Sie ...«

»Bitte, ganz ruhig«, sagte Klaus und hob den rechten Arm. »Hören wir uns doch erst an, was Dr. Zuckerman zu sagen hat.«

Es wurde still. Ola erhob sich. Er sah Sara an, dann schaute er auf seine Armbanduhr.

»Der ICD, der Ihnen eingesetzt worden ist, hat einen Fehler«, sagte Sara endlich und sah alle der Reihe nach an. »Wie wir gesagt haben, als wir gekommen sind. Das Problem ist, dass dieser Fehler wohl ein wenig schwerwiegender ist, als wir geglaubt hatten. Die Programmiermaschine dort drüben, die Dr. Farmen benutzen wollte, um die Therapiefunktion Ihres ICDs auszustellen, konnte nicht richtig mit dem ICD kommunizieren, und da er in relativ kurzer Zeit ...«

Sie räusperte sich, um Zeit zu gewinnen. »Kann mir jemand ein Glas Wasser bringen?«, fragte sie.

Niemand reagierte.

»Hören Sie«, sagte Ola, setzte sich auf die Sofakante und beugte sich über Klaus Aamodt. »Ich glaube, wir sollten ganz offen sein. Ihr Herzstarter ist defekt. Ich kann das so schnell nicht näher erklären, aber er muss aus Ihrem Körper entfernt werden.«

»Aus dem Körper? Aus dem Körper???«

Tommys schrille Stimme hallte von den Holzwänden wider. »Sie wollen meinen Vater ins Krankenhaus bringen und das verdammte Teil wieder rausnehmen?« Da Ola ihm den Rücken zukehrte, starrte Tommy Sara an.

»Haben Sie denn total den ... Ja, Scheiße, wir werden Sie von hier bis zum Mond verklagen!«

»Das ist Ihr gutes Recht«, sagte Ola ruhig, ohne sich umzudrehen. »Aber leider ist die Sache noch schlimmer. Wir müssen den ICD hier und jetzt entfernen. Wir haben genau ... vierzehn Minuten. Haben Sie Alkohol im Haus?«

»Alkohol? Vierzehn Minuten? Haben Sie denn vollständig ...«

»Jetzt hör aber auf.« Bjørg Aamodt trat einen Schritt vor. »Was also soll passieren?«, fragte sie und hob die Hand, als ihr Sohn noch einmal protestieren wollte.

»Wir brauchen Alkohol«, sagte Sara. »So rein wie möglich.«

»Ich mache im Herbst Likör«, sagte Bjørg Aamodt, nur ein winziges Zittern in ihrer Stimme verriet ihre Angst. »Ich habe zwei Flaschen mit 60 Prozent.«

»Gut. Und ein Messer, klein und scharf. Eine Schere,

Verbandszeug, Pflaster. Wenn Sie sterile Kompressen haben, wäre ich froh. Eine Pinzette. Außerdem brauche ich eine große Schüssel. Eine Teigschüssel, eine Salatschüssel, zur Not einen Eimer.«

»Soll ich Schere und Messer abkochen?« Ola sah Frau Aamodt überrascht an. Noch vor wenigen Minuten hatte sie ausgesehen wie kurz vor einer Ohnmacht.

»Dazu reicht die Zeit nicht«, sagte er.

»Du hast gehört, was sie brauchen«, sagte Bjørg zu ihrem Sohn. »Beeil dich.«

Der junge Mann schien etwas sagen zu wollen, gehorchte dann aber.

»Was passiert, wenn Sie den ICD nicht herausnehmen?«, fragte Bjørg Sara leise.

»Das wissen wir nicht«, sagte Ola, um Saras Lügen zuvorzukommen. »Aber wir haben Grund zu der Annahme, dass er Probleme machen kann. Schwerwiegende Probleme, um ehrlich zu sein. Wir würden das nicht vorschlagen, wenn wir es nicht für unumgänglich hielten.«

»Ich verstehe«, sagte Bjørg Aamodt und nickte.

Ola wandte sich an Klaus Aamodt. »Verstehen Sie auch, was wir tun müssen?«

Der Mann nickte ganz schwach.

»Sie haben eine nur zwei Tage alte Operationswunde«, sagte Ola leise. »Es wird längst nicht so wehtun wie bei einem neuen Schnitt. Wenn die Fäden gezogen sind, öffnet die Wunde sich von selbst, und wir holen den kleinen ICD heraus und befreien ihn von der Elektrode. Dann schließen wir die Wunde und bringen Sie zurück ins GRUS.«

Wieder nickte Klaus Aamodt. »Werden Sie … werden Sie das machen?«

»Nein. Dr. Zuckerman wird den ICD herausnehmen.«

»Ich will, dass Sie das machen. Ich verlasse mich auf Sie«, flüsterte Klaus Aamodt.

»Dann glauben Sie mir, dass Sara Zuckerman das machen muss«, antwortete Ola leise. »Sie ist die Beste.«

»Hier haben Sie das Gewünschte«, sagte Tommy wütend und leerte über dem Tisch eine Plastiktüte aus, ehe er aus jeder Hosentasche eine kleine Flasche klaren Alkohol zog.

Sara nahm die eine, drehte den Verschluss herunter und goss den Inhalt in eine rote Plastikschüssel. Sie suchte sich ein Pilzmesser, eine Nagelschere und eine Pinzette aus und ließ sie ebenfalls in die Schüssel fallen. Ein scharfer Alkoholgeruch verbreitete sich im Zimmer. Danach öffnete sie die zweite Flasche und reichte sie Tommy. »Gießen Sie etwas davon über meine Hände«, sagte sie. »Langsam.«

Tommy rümpfte die Nase und trat einen Schritt zurück.

»Ich mache das«, sagte Bjørg und riss die Flasche an sich.

Sara zog ihre vielen Ringe ab und legte sie auf den Tisch, zusammen mit ihrer Armbanduhr und dem schweren Goldarmband. Danach rieb sie sich gründlich die Hände mit Alkohol ein und streckte die Arme aus. Ohne Aufforderung nahm Bjørg Aamodt vorsichtig die Schüssel mit den Instrumenten und stellte sie neben den Kopf ihres Mannes auf den Couchtisch.

»Können Sie ihm den Ärmel hochkrempeln und den Verband abnehmen, ehe Sie Alkohol über die Wunde gießen?«

»Ich habe hier sterile Kompressen«, sagte Bjørg und öffnete ein rotes Erste-Hilfe-Kissen. »Einen Moment, dann mache ich ihn bereit.«

»Meine Güte«, sagte Ola. »Sind Sie Krankenschwester?«

»Hebamme«, sagte sie kurz. »Wenig Erfahrung mit solchen Geräten, große Erfahrung mit Leben und Tod.«

Klaus Aamodt hatte mit der rechten Hand den Sofarücken gepackt. Er wand sich schon bei der Säuberung der Wunde.

»Es wird ein wenig ziepen«, sagte Sara und schnitt einen Faden nach dem anderen durch.

Mit der Pinzette zog sie die Fäden heraus. Die Wunde weitete sich mit jedem Faden, der gezogen wurde. Als alle verschwunden waren, legte sie zwei Finger auf jede Seite und zog die fünf Zentimeter lange Öffnung weit auseinander.

Klaus Aamodt stöhnte. Er drehte den Kopf nach rechts und atmete in kurzen Stößen durch zusammengebissene Zähne.

»Bald fertig«, sagte Sara und schob den Finger resolut unter Haut und Fett.

Der Herzstarter glitt heraus, als wäre er mit Öl eingeschmiert gewesen. »Jetzt muss ich nur noch zwei Schrauben lockern, um ihn von der Leitung zu Ihrem Herzen zu entfernen«, sagte Sara und suchte in der Alkoholschüssel nach dem Schraubenzieher aus Olas Tasche. »Sie müssen atmen, Klaus. Versuchen Sie zu atmen, auch wenn es wehtut. Da ...«

Die eine Schraube war herausgedreht.

»Und da«, sagte Sara und zog den ICD aus dem Brustkasten, dann drückte sie mit zwei sterilen Kompressen die Wundflächen aneinander. »Ich nehme Pflaster zum Haften. Noch zwei Minuten, dann ist alles vorbei.«

»Das will ich verdammt noch mal auch hoffen«, sagte Tommy atemlos und gönnte sich einen guten Schluck aus einer der Flaschen.

Wenn es nur so wäre, dachte Ola.

Wenn nur wirklich alles vorbei wäre.

13.15 Uhr
Wells Hotel, Vincent Square, London

Es war ein wahnsinniger Tag an der Börse.

Audun Berntsen saß an seinem Stammplatz im Wells Hotel. Er hatte sich am Vorabend am Riemen reißen können und war ziemlich nüchtern ins Bett gegangen. Schon um sechs Uhr war er aufgestanden, um sich bereitzumachen. Die EU und der Internationale Währungsfonds hatten beschlossen, dem Wrack in der Ägäis sechstausend Milliarden Kronen als Krisendarlehen zuzuschustern. Seit Wochen hatten die Börsen aufgrund von Griechenlands wirtschaftlichem Ruin große Nervosität gezeigt. Jetzt sprudelten sie wie frisch geöffneter Champagner, und Audun hatte eine Flasche selbigen Getränks vor sich stehen.

Bei Öffnung der Osloer Börse hatte er für eine Million Kronen Aktien der Hurtigrute gekauft. Nachdem der Börsenlöwe Trygve Hegnar in den ewig vom Konkurs bedrohten Laden eingestiegen war, hatte sich alles gebessert. Der gewaltige Optimismus, der sich nach der Darlehensgewährung verbreitet hatte, würde für die Tourismusbranche von großer Bedeutung sein.

Er glaubte an diese Aktien und setzte alles darauf.

Und jetzt sah es so aus, als würde er einen Tagesgewinn von 250 000 einfahren können. Das war natürlich noch längst nicht genug, aber er würde endlich wieder flüssig sein. Glücklich schenkte er sein hohes Glas wieder voll. Die Frau hinter dem Tresen hatte ihm unaufgefordert einen Champagnerkelch gebracht, als sie gesehen hatte, wie er Cristal in einen Pappbecher goss.

»Möchtest du?«, rief er plötzlich und hob sein Glas.

Vivian sah ihn überrascht an.

»Ich arbeite«, kicherte sie und faltete ihre Klatschzeitung zusammen.

»Ich auch. Ich arbeite wie verrückt!«
»Vielleicht einen kleinen Schluck«, sagte sie und erhob sich. »Was feierst du denn eigentlich?«
»Das Leben«, sagte Audun Berntsen und leerte sein Glas.

17.53 Uhr
Odins gate 3, Oslo

»Lars?«, fragte Agnes Klemetsen und blieb überrascht stehen, als sie sich ihrer Haustür näherte. »Bist du's?«
Lars Kvamme lächelte und beugte sich vor, um sie zu umarmen. Da sie in einer Hand eine Aktentasche und in der anderen eine Einkaufstüte hielt, wurde es eine ziemlich einseitige Umarmung.
»Warum stehst du hier?«, fragte sie, um ihn zum Loslassen zu bringen.
»Ich muss mit dir reden, Agnes.«
»Warum hast du nicht angerufen? Ich habe es ziemlich eilig, ich muss zu …«
»… einem Essen im Restaurant Ekeberg«, vollendete er den Satz. »Das weiß ich. Ich habe versucht, dich zu erreichen, und deine Sekretärin hat von dieser Verabredung mit den alten Kumpels von Aker erzählt. Røkke und so … du hast das fein hingekriegt, Agnes!«
»Unni hat sicher nicht Kumpels gesagt«, murmelte sie und suchte in der Tasche nach ihren Schlüsseln. »Und Kjell-Inge wird überhaupt nicht dabei sein. Aber warum …«
»Ich muss mit dir reden«, sagte Lars noch einmal. »Über etwas sehr Wichtiges.«
Agnes Klemetsen seufzte, als sie den Schlüssel umdrehte.

Das Beste, was sie über Lars Kvamme sagen konnte, war, dass er eine sympathische vierzehn Jahre jüngere Frau hatte. Da die beiden Frauen Jugendfreundinnen waren, hatten sie noch immer Kontakt, und deshalb hatte Agnes in all den Jahren versucht, Lars zu ertragen. In jüngeren Jahren war er charmant gewesen. Offen und selbstsicher, und das mit gutem Grund. Er war groß und durchtrainiert, und als sie ihn kennengelernt hatte, war er mit nur zweiunddreißig Jahren bereits Internist gewesen. Inzwischen war aber etwas geschehen, was zumindest Agnes nicht verstehen konnte. Ein bitterer Unterton lag in allem, was er sagte, und sie konnte nur dann etwas von dem Lars von früher erkennen, wenn er mit seinem vierzehn Jahre alten Sohn zusammen war. Der Junge war ein Einzelkind, stark belastet von Cerebralparese und der Einzige, der Lars Kvamme dazu bringen konnte, ohne Ironie zu lachen.

»Ich habe wirklich schrecklich wenig Zeit«, sagte sie und öffnete die Tür.

»Es geht um Mercury Medical«, sagte er.

Sie starrte ihn an. »Na gut«, sagte sie langsam.

Ohne ihr beim Tragen zu helfen, ging er hinter ihr durch die riesige Eingangstür und dann die breite Steintreppe in den ersten Stock hinauf.

Erst als sie bei ihrer Wohnung angekommen waren, bot er an, ihre Einkaufstüte zu halten, während sie aufschloss.

»Was hast du mit Mercury Medical zu tun?«, fragte sie, als sie die Wohnung betraten.

»Ich habe jeden Tag mit Mercury zu tun.«

»Schon. Das ja, ich meine ...«

Sie zeigte auf einen kleinen Tisch unter einem Spiegel. Lars stellte die Tüte ab und zog seinen Wintermantel aus.

»Ich brauche eine Viertelstunde, Agnes. Fünfzehn

Minuten kann doch sogar eine schwer beschäftigte Frau wie du entbehren.«

Sie nahm ihre Einkaufstüte, ohne zu antworten. Lars Kvamme folgte ihr in eine große neue Küche, in der es noch nach Leim und Holzspänen roch. In der Ecke stand ein Stapel zusammengefalteter Pappkartons.

»Schöne Küche«, sagte er. »Du hast Geld, sehe ich.«

»Ich kann dir nichts anbieten«, sagte Agnes. »Außer Wasser.«

»Vielleicht stimmt beim Deimos etwas nicht«, sagte er und setzte sich auf den einzigen Stuhl, ohne auf ihr Angebot einzugehen.

»Deimos? Mercury Deimos?«

»Ja.«

Sie schüttelte kurz den Kopf, während sie ihre Einkäufe in den leeren Kühlschrank stellte. »Ist dir klar, welche Erfolge dieses Gerät schon hatte?«

»Ja«, antwortete Lars. »Ich würde kein anderes Fabrikat nehmen, wenn ich die Wahl hätte. Aber jetzt ist die Verwendung des Deimos mit einem Totalverbot belegt worden. Bis auf Weiteres, heißt es, und das liegt an ...«

»Moment mal«, fiel sie ihm ins Wort. »Was verstehst du unter Totalverbot?«

»Hör mir doch zu«, sagte er gereizt. »Sara Zuckerman, die Abteilungsoberärztin, hat uns verboten, ab sofort und bis auf Weiteres den Deimos zu verwenden. Sie schiebt die Einkaufsregeln vor.«

»Das ist doch eine absolut legitime Erklärung. Wieso platzt du dann hier herein und behauptest, dass ...«

»Zwei Patienten sind gestorben«, unterbrach er sie. »Beide hatten zwei Tage vor ihrem Tod einen Deimos eingesetzt bekommen.«

»Erik Berntsen«, sagte sie langsam.

»Ja. Er und noch einer. Sara Zuckerman ist plötzlich wie ausgewechselt. Sie hat einfach so meinen Sonntagsdienst übernommen. Sie und einer ihrer gehorsamen Laufburschen lungern rund um die Uhr im Krankenhaus herum. Und jetzt pocht die Dame auf Regeln, für die sie bisher nur Verachtung übrighatte.«

»Warum bist du gekommen?«, fragte sie abrupt. »Wenn du dir Sorgen wegen der Zustände im GRUS machst, warum gehst du nicht den Dienstweg? Was habe ich damit zu tun?«

»Weil Sara Zuckerman die eigentliche Chefin im GRUS ist«, sagte er gleichgültig und warf einen Blick auf die Uhr. »Klinikchef Benjaminsen lässt ihr freie Hand, und der Krankenhausdirektor wird sich nur glücklich preisen, weil Sara sich endlich an die Vorschriften hält. Aber wenn du nichts hören willst, was vielleicht deine Firma berührt …«

»Unsere«, korrigierte sie. »Wenn du die Teilhabe an Mercury Medical meinst, dann ist das unsere. Norwegens.«

»Auch egal. Wenn du nichts hören willst, dann …«

Er erhob sich und ging auf die Tür zu.

»Warte«, sagte sie. »Komm ins Wohnzimmer. Ich habe eine Viertelstunde. Okay?«

»Eine Viertelstunde reicht«, sagte Lars Kvamme.

19.23 Uhr
GRUS, Bærum

Sara Zuckerman fühlte sich restlos erschöpft. Als sie die Handschuhe abstreifte und den bleischweren Röntgenkittel zu Boden fallen ließ, rechnete sie für einen Moment mit einer Ohnmacht. Sie blieb vor dem OP stehen, lehnte sich an die Wand und schloss die Augen.

Klaus Aamodt war der neue ICD eingesetzt worden.

Diesmal ein Medtronic Marquis, der sein Herz viele gute Jahre hüten würde, ehe die versiegelte Batterie ersetzt werden müsste. Im Laufe dieses Tages hatte Sara große Achtung vor diesem Mann und nicht zuletzt vor seiner Frau entwickelt. Klaus und Bjørg hatten alles mit Fassung getragen. Als Sara ihnen von der norwegischen Gesetzgebung zu Schadensersatz und der Möglichkeit berichtet hatte, sie und das Krankenhaus zu verklagen, hatten beide abgewehrt. Das Wichtigste sei doch, dass alles gut werden würde, meinten sie und dankten Sara für ihr entschiedenes Eingreifen. Sie machte sie nachdrücklich darauf aufmerksam, dass nach der Operation in der Hütte die Gefahr einer Infektion bestand. Der Mann bekam jetzt hohe Dosen Antibiotika, und Sara hatte sich schon an einen Oberarzt von der Infektionsabteilung gewandt, um die Lage unter eine gewisse Kontrolle zu bringen.

Der übellaunige Sohn war glücklicherweise am Raasjø geblieben.

»Geht es dir nicht gut?«, hörte sie Ola fragen.

Sara brachte es nicht einmal fertig, die Augen zu öffnen. »Ich will nach Hause«, stöhnte sie.

»Wie hast du nur alles an Land holen können?«, flüsterte er.

Sie öffnete die Augen. »Ich habe die Wahrheit gesagt«, antwortete sie leise. »Ich habe Herrn und Frau Aamodt und dem gesamten Operationsteam erklärt, dass sich bei der Verbindung von Elektrode und ICD ein Problem ergeben und ich Angst vor einem Überschlag hatte.«

»Überschlag?«, fragte Ola. »Hast du Überschlag gesagt?«

Sie zuckte gleichgültig mit den Schultern.

»Überschlag«, sagte Ola zum dritten Mal. »Du bist doch einfach verrückt.«

Ein Krankenpfleger kam auf sie zu. Er pfiff munter vor sich hin und hob die Hand zum Gruß, als er an ihnen vorbeikam. Sara und Ola erwiderten den Gruß.

»Komm her«, sagte Ola leise und nahm ihren Arm, als der junge Pfleger verschwunden war. »Ich habe nachgedacht.«

»Ach, wirklich?«, fragte sie resigniert und ließ sich durch den Gang führen.

»Wir haben die anderen Programmiermaschinen vergessen, Sara!«

»Die anderen? Was meinst du?«

»Wir haben das Offensichtlichste übersehen«, flüsterte er. »Die ICDs von Berntsen, Holmström und Aamodt wurden von ein und derselben Maschine programmiert. Aber wir haben ja drei.«

»Drei Maschinen«, wiederholte sie. »Wir haben doch noch viel mehr.«

»Drei Mercury-Maschinen, zum Teufel. Bei der Operation und bei unseren kleinen ... Forschungsversuchen haben wir immer die eine benutzt. Es bestand ja auch kein Grund zu etwas anderem, ich habe die ganze Zeit geglaubt, die ICDs seien das Problem.«

»Willst du behaupten, dass mit den ICDs alles stimmt?«

Sie schlug sich die Hand vor die Stirn und seufzte laut. »Ich bin zu müde, Ola. Meine letzte Energie hab ich da drinnen verbraucht.«

»Natürlich stimmt mit den ICDs nicht alles«, sagte er. »Die Frage ist, warum mit ihnen etwas nicht stimmt. Und wie dieser Fehler in die kleinen Teufel geraten ist.«

»Und das hast du herausgefunden?«

»Nein, wir nähern uns jetzt eindeutig den Grenzen meiner Kompetenz«, sagte er eifrig. »Aber ich habe mit einem guten Freund von der Uni gesprochen, Skule Holst. Das ist der mit Orphan-Software.«

Saras Gesicht war ganz und gar ausdruckslos.

»Orphan«, wiederholte Ola vorsichtig. »Kennst du die nicht?«

»Hast du mit anderen darüber gesprochen? Hast du ...« Jetzt sprach sie so laut, dass er beide Hände hob und sie zur Stille mahnte.

»Nur ganz allgemein«, versuchte er, sie zu beruhigen. »Ich habe gesagt, wir hätten ein Problem mit gesperrter Software. Skule ist saugut, Sara. Was dieser Mann über Programmieren nicht weiß, braucht man einfach nicht zu wissen. Ich dachte, ich könnte mit den drei Programmiermaschinen zu ihm gehen, und er würde dann ...«

»Verdammt, du entfernst gar nichts mehr aus diesem Krankenhaus!«

Jetzt war sie es, die die Hände hob. »Du hast ein, gelinde gesagt, vages Verhältnis zum Eigentumsrecht, Ola! Dass du plötzlich da oben im Wald einen ICD-Schraubenzieher aus dem Ärmel schütteln konntest, das war ...«

»Tobias findet die so niedlich«, sagte er und grinste.

»Und das sind sie ja auch. Was hättest du gemacht, wenn ich nicht ...«

»Es kommt nicht infrage, Ola.«

»Aber ...«

»Wenn nur dieser Skule das Problem lösen kann, dann muss er zu uns kommen.«

Ola strahlte. »Er könnte uns morgen um ein Uhr einschieben, hat er gesagt. Er muss nur sein Werkzeug mitbringen. Ich rufe ihn sofort an.«

»Tu das«, sagte sie und rieb sich die Augen. »Und danke dafür, dass du immer weitermachst. Ich bin einfach so müde, dass ich ...«

»Ich kann dir ein paar Schlaftricks beibringen.«

»Nein danke. Man könnte glauben, du littest an Narkolepsie.«

»Dann schlaf gut«, sagte er und legte ihr sanft die Hand auf die Schulter.

Sie war viel kleiner als er und schaute müde zu ihm hoch.

»Es ist eine große Freude, mit dir zusammenarbeiten zu dürfen«, sagte er verlegen. »Ich lerne in einer Woche mehr von dir als früher in einem ganzen Jahr.«

»Ich kann nicht behaupten, dass dieser Nutzen gegenseitig wäre«, sagte sie und schob seine Hand weg.

»Like you, too, kid«, fügte sie dann mit fast unmerklichem Lächeln hinzu und streichelte seine Wange.

Freitag, 4. August 2006

9.10 p.m.
East Hampton, Long Island, New York

»CDO«, sagte Joe Jackson und hob sein Weinglas ans Licht. »Collateralized debt obligation. Darauf solltest du setzen, Otto. Da liegt das echte Geld.«

Otto Schultz legte Messer und Gabel zur Seite. »Ich hoffe, dir ist klar, wovon ich hier rede«, sagte er. »Ich will geringes Risiko und hohen Ertrag.«

»Wollen wir das nicht alle?«, lachte Joe Jackson. »Null Risiko, gewaltigen Ertrag. Wenn ich das verkaufen könnte, wäre ich heute steinreich.«

»Das bist du ja auch«, sagte Otto kurz. »Wie jeder einzelne Arsch auf deinem Niveau bei Goldman Sachs. Suzanne? Noch eine Flasche bitte.«

Er hob nur ganz leicht die Stimme, obwohl die Tür zwischen dem Esszimmer und dem Nachbarraum geschlossen war. Der war offenbar als eine Art Anrichte gedacht und nur knapp fünfzehn Quadratmeter groß. Suzanne hatte, zwei Jahre nachdem sie dieses riesige Ufergrundstück gekauft hatten, eine kleine Wohnstube daraus gemacht. Otto verstand nicht, warum sie darauf bestand, in einer winzigen Kammer zu sitzen, deren Fenster auf den Kräutergarten der alten Ruth schauten, wo das größte Wohnzimmer doch Panoramablick aufs Meer hatte. Aber so war Suzanne. Zuerst hatte sie wegen eines Hauses in Villefranche-sur-Mer gequengelt. Als Otto endlich sieben Millionen Euro für eine Villa oben am Hügel versenkt hatte, kaufte Suzanne eine heruntergekommene dunkle Vierzimmerwohnung in der Altstadt und behauptete, dort besser schlafen zu können. In der Wohnung in Manhattan hielt sie sich nur in Schlafzimmer, Bad oder Küche auf. Sie behauptete, die Wohnung *spreche* nicht mit ihr.

Sie kam mit einer Weinflasche in der rechten Hand zu den beiden Männern herein.

»Der muss noch lüften«, sagte sie und deutete ein Lächeln an, als sie die Flasche neben den Korkenzieher auf ein Büfett gestellt hatte. »Tut mir leid, dass ich eben beim Essen weggegangen bin. Ich fühle mich einfach nicht wohl. Ich lege mich hin.«

»Jetzt?« Otto Schultz runzelte die Stirn und schaute auf die Uhr.

»Ruth ist in der Küche«, sagte Suzanne kurz. »Wenn etwas ist, dann frag sie. Gute Nacht, Joe. Wir sehen uns zum Frühstück. Nett, dass du kommen konntest.«

Sie schien das ehrlich zu meinen. Sie umarmte den Gast, ehe sie zur Tür ging.

»Frauen«, flüsterte Otto, als die Tür sich hinter ihr schloss. »Man kommt nicht ohne sie zurecht, man kann sie nicht verstehen. Aber jetzt will ich mehr über diese CDO hören.«

»Wie viel hast du?«, fragte Joe.

»Hundert Millionen Dollar«, sagte Otto. »Siebzig in der Hand und dreißig geliehen.«

Joe lächelte, ohne seinen alten Schulkameraden anzusehen. Er hatte gewusst, dass Otto nicht gerade arm war, nachdem er zuerst Apollo Med-Elec gegründet hatte, um dann die fusionierte Mercury Medical gen Himmel zu führen. Dass aber von solchem Reichtum die Rede sein könnte, hätte er sich nicht vorgestellt.

»Dann kannst du jedes Jahr um die zwanzig Millionen verdienen. Das ist eines Finanzmannes würdig, möchte ich sagen.«

»Ich bin kein Finanzmann«, korrigierte Otto. »Einmal war ich Gründer. Jetzt bin ich Industrieller.«

Joe nickte und musterte den neuen Wein, den Otto eingeschenkt hatte.

»Erklär«, befahl Otto.

»Ein auf Subprime-Krediten basierender CDO gehört zu den sichersten Produkten, die wir haben«, sagte er. »Ein Superprodukt. Wie du weißt, sind die Wohnungspreise in diesem Land seit dem Zweiten Weltkrieg fast ohne Ausnahme Jahr für Jahr gestiegen. Bei unserem rekordniedrigen Zinssatz können sich selbst hoffnungslose Darlehenskunden ihren Traum vom eigenen Heim erfüllen.«

Er hob die Augenbrauen und ließ seinen Blick durch den Raum schweifen, als handelte es sich bei diesem Prachtbau um ein typisches US-Heim. »Die Sicherheit für die Banken liegt in der ›Walk-out‹-Regel«, sagte er dann. »Kann der Darlehensnehmer nicht bezahlen, nimmt die Bank ganz einfach das Haus und verkauft es weiter. Viel sicherer natürlich, als Jagd auf einen zahlungsunfähigen Schuldner zu machen. Da die Wohnungspreise nur nach oben gehen, gibt es dabei fast kein Risiko.«

»Man sollte eigentlich das Gegenteil annehmen«, sagte Otto langsam. »So, wie du das erklärst, muss es doch für die Banken direkt lohnend sein, wenn die Leute nicht bezahlen können. Zuerst bekommen sie die Raten, danach holen sie sich das Haus und den gesamten Gewinn aus dem Weiterverkauf, richtig?«

»Ja«, sagte Joe Jackson. »Was glaubst du denn, warum überhaupt jemand solche Darlehen vergibt? Aus purer Güte?«

»Aber wenn die Immobilienpreise irgendwann sinken, muss dann nicht die ganze Kiste ...«

»Die Immobilienpreise sinken nicht«, fiel Joe ihm eifrig ins Wort. »Sie sind seit sechzig, siebzig Jahren nicht gesunken, warum sollten sie jetzt plötzlich damit anfangen?«

Er starrte Otto an, als wartete er auf Antwort, dann sagte er: »Denk an alles, was seit den Vierzigerjahren mit diesem Land passiert ist. Wir hatten jede Menge Hoch- und Niedrigkonjunkturen. Wir waren in vielen Ländern in Kriege verwickelt, und nicht zuletzt haben wir eine technologische Revolution hinter uns gebracht. Das vergangene halbe Jahrhundert war für dieses Land eine größere Herausforderung als die zehntausend Jahre davor.«

»Die USA sind 230 Jahre alt«, sagte Otto.

»Ist doch egal! Es geht darum, dass die ökonomischen Variablen sich immer wieder geändert haben, die Immobilienpreise haben sich davon aber kaum je beeinflussen lassen. Und um ganz sicher zu sein, bündeln wir die Kredite. Gesetzt den Fall, man hat tausend solcher Subprime-Kredite, dann gleichen neunhundertfünfzig gelungene Investitionen den Verlust von fünfzig mehr als nur aus. Je mehr Kredite dieser Art man bündelt, desto geringer ist das Risiko.«

Otto Schultz hob die Hand. »Es sind also diese Bündel aus Subprime-Krediten, die du CDO nennst.«

»Einfach ausgedrückt, ja. Unser sicherstes Produkt. Im vergangenen Jahr lag der Durchschnittsprofit bei neunzehn Prozent.«

Es wurde so still im Raum, dass Joe das Zischen der gerade ausbrennenden Kerze hören konnte. »Achtzehn bis zwanzig Prozent Profit sind viel auf dem heutigen Markt«, sagte er leise.

»Das stimmt«, Otto nickte. »Aber ich steige ja auch mit allem ein, was ich habe. Lass mir ein paar Tage. Ich werde es mir überlegen.«

»Nimm diese hier«, sagte Joe und schob Otto eine Hochglanzbroschüre über den Tisch. »Vor allem Galaxy CDO ist eine Investition, an die ich wirklich glaube.«

Otto deutete ein Lächeln an. »Der Name gefällt mir jedenfalls«, sagte er. »Galaxy. Mercury. Apollo.«

»Wir sind beide Söhne des Raumfahrtzeitalters«, sagte Joe erleichtert. »Und wenn es dir recht ist, bringe ich einen meiner tüchtigsten Jungs mit, wenn ich dich nächste Woche besuche. Im Büro, meine ich.«

»Tu das«, sagte Otto und nickte. »Ich will alle Zahlen. Alle Analysen. Ich will die Einschätzung einer Ratingfirma. Ich will alle Informationen, die es überhaupt gibt. In der gesamten Galaxis.«

Jetzt lachte Joe Jackson laut.

»Ich freue mich darauf, dich mit an Bord zu haben, Otto.«

»Ich habe mich noch nicht entschieden«, sagte Otto schroff.

Aber sein Entschluss stand bereits fest.

Dienstag, 11. Mai 2010

17.10 Uhr
GRUS, Bærum

»Ich hab's«, sagte der Mann am Rechner, ohne aufzublicken.

Sara Zuckerman hatte selten jemanden erlebt, der gängigen Vorurteilen so wenig entsprach wie Skule Holst. Er war über eins neunzig, hatte breite Schultern und einen dichten blonden Schopf, der wie zu einer Modevorführung frisiert war. Sie war sich nicht ganz sicher, was sie erwartet hatte, als Ola am Vormittag seinen computerkundigen Kommilitonen vorgestellt hatte. Diesen Mann jedenfalls nicht. Irritierend war nur, dass er Blickkontakt vermied. Sein Blick richtete sich immer nur auf die Ausrüstungsgegenstände, die er auf dem mittleren Tisch des Schrittmacherraums aufgebaut hatte. »Darin steckt alles«, sagte er und zeigte auf die Programmiermaschine, die jetzt mit einem Kreuz aus silberfarbenem Isolierband gekennzeichnet war.

»Die wurde bei allen drei Operationen benutzt«, sagte Ola fast begeistert.

»Die enthält eine zusätzliche Datei«, sagte Skule Holst, ohne auf Olas Bemerkung einzugehen. »Die Datei heißt Kateämmäffssättappdottexe.«

»Wie, was?«, fragte Ola.

»K-T-M-F-setup.exe«, buchstabierte Skule. »Eine Datei, die sich nur auf dieser Maschine befindet.«

»Eine zusätzliche Datei«, wiederholte Sara. »Wie viele Dateien hat so eine Maschine eigentlich?«

»Mehrere Millionen«, sagte Skule, ohne eine Miene zu verziehen. »Deshalb hat es einen Moment gedauert, bis ich diese gefunden hatte. Da ich Kryptierungen und Codes nicht habe, kann ich nicht genau sagen, was sie macht.«

»Und du bist dir sicher, dass diese Datei auf den anderen Maschinen nicht existiert?«

»Ja. Wenn ich sage, dass ich mir sicher bin, dann bin ich mir sicher.«

Jetzt starrte er die Tastatur seines Laptops an.

»Aber was macht sie? Was macht diese Datei mit den ICDs?« Sara trat einen Schritt näher an den Tisch heran, um den Mann zum Aufschauen zu bringen.

»Wie gesagt, ich weiß es nicht. Aber nach allem, was Ola mir erzählt hat, ist es ein kleines Virus, das den ICD dazu bringt, sich anders zu verhalten als gewünscht. Nachdem er bei allen Tests absolut zuverlässig gewirkt hat.«

Sara schluckte und holte Luft, so tief sie konnte. »Wir hatten abgemacht, niemandem zu sagen, was passiert ist«, sagte sie zu Ola. »Ich habe dir das hier unter der Bedingung erlaubt, dass du nicht ...«

»Er musste doch wissen, wonach er suchen sollte, verdammt! Nicht wahr, Skule, du musstest ...«

»Eines steht jedenfalls fest«, unterbrach ihn der Mann, »diese Datei ist in der Fabrik angelegt worden. Es ist eine Software, die Mercury Medical selbst entwickelt haben muss.«

»Unmöglich«, sagte Sara mit scharfer Stimme. »Mercury Medical hat wie alle Hersteller solcher Geräte eine extrem hohe Qualitätskontrolle.«

Skule zuckte mit den Schultern und schaute endlich auf. »Diese Kryptierungen sind supergeheim. Ola hat so etwas angenommen, ehe ich losgelegt habe. Ich tippe auf einen Angestellten, der es mit der Loyalität nicht so genau nimmt. Vermutlich ist das Virus im Nachhinein in diesen Apparat eingesetzt worden.«

»Im Nachhinein?«, fragte Sara. »Was meinst du mit ›im Nachhinein‹?«

»Ich gehe davon aus, dass ihr den schon eine Weile habt. Ein Virus wie das hier lässt sich jederzeit auf so einen Apparat übertragen«, sagte er und zeigte auf ein USB-Portal. »Ola hat erzählt, dass sie immer wieder aktualisiert werden. Ich tippe erst mal, dass dieses Gerät hier absolut okay war, bis irgendwer es infiziert hat. Das kann zum Beispiel in der vergangenen Woche passiert sein. Hat da nicht hier bei euch das große Sterben eingesetzt?«

»Aber ...«

»Hör mal«, sagte Skule Holst und schob seinen Stuhl vom Tisch weg. »Ich habe einen halben Tag gebraucht, um eine Scheißdatei unter Millionen zu suchen. Ola sagt, es wird schwer werden, irgendwen zu finden, der mich dafür bezahlt. Mit anderen Worten ist das hier ein Freundschaftsdienst. Wenn du wüsstest, was ich wert bin, würdest du kapieren, was für ein gewaltiger Freundschaftsdienst das ist. Aber ich hab keinen Bock, meine Zeit mit Überzeugungsversuchen zu verschwenden.«

»Das ist auch nicht nötig«, sagte Ola rasch. »Ich will nur sichergehen, dass ich dich richtig verstanden habe.«

Skule Holst zuckte wieder mit den Schultern, blieb aber immerhin sitzen.

»Eine Datei«, sagte Ola und berührte seinen linken Zeigefinger mit dem rechten. »Eine Maschine. Die Datei enthält ein Virus, das in die Programmierungseinheit runtergeladen worden ist, vermutlich vor ziemlich kurzer Zeit. Das Virus programmiert den ICD falsch, an den die Maschine angeschlossen wird.«

»Letzteres ist nur eine Vermutung«, sagte Skule. »Du hast also die Datei mit dem Virus auf so einem Dings«, sagte er und schwenkte ein silberfarbenes Datenzäpfchen, »das du danach in das USB-Portal einer Programmiermaschine steckst, dann drückst du auf zwei Knöpfe – und wupps!«

Jetzt lächelte er strahlend. Seine Zähne waren so perfekt wie das sonstige Äußere des Mannes. »Du hast eine Mordmaschine. Das ist doch eigentlich ganz schön geil. Hier diskutieren wir seit Jahren, ob es möglich ist, sich bei anderen in den Pacemaker einzuhacken, und dann ist es eine viel bessere Idee, einfach so ein kleines Virus zu schicken.«

»Geil ist vielleicht nicht das passende Wort«, sagte Sara kühl. »Und die Vorgehensweise, die du andeutest, setzt doch voraus, dass jemand Zugang zu den Programmiermaschinen hast. Das haben nur wenige.«

»Top Security, ich muss schon sagen. Ich sitze hier erst seit ein paar Stunden, und vier Personen haben hereingeschaut. Nur zwei haben gefragt, was ich hier mache. Und die haben sich dann damit zufriedengegeben, dass ich deinen Namen genannt habe.«

Skule schaute Sara für einen Moment spöttisch an.

»Wir haben dich hereingelassen«, sagte sie. »Drei verschlossene Türen trennen diesen Raum von dem öffentlich zugänglichen Bereich.«

Skule wirkte noch immer nicht überzeugt. »Wer hat denn Zugangscode und Karte für diese Türen?«

»Viele«, sagte Ola, ehe Sara antworten konnte. »Ärzte und Krankenschwestern. Reinigungspersonal. Ich habe keine Ahnung, ob Träger und Büroangestellte auch den letzten Code für die Tür hier haben, aber ich habe sie ein wenig zu oft offen vorgefunden.«

»O verdammt«, sagte Skule beeindruckt und zeigte auf den offenen Schrank in der Ecke. »Wie viele ICDs liegen da? Fünfundzwanzig? Mehr? Zu einem Stückpreis von hunderttausend? Ihr geht ganz schön fahrlässig mit meinen Steuergeldern um, ich muss schon sagen.«

»Nun ist ein ICD ziemlich wertlos für andere als uns, die wissen, wie man ihn benutzt«, sagte Sara, und noch immer hörte Ola den aggressiven Unterton in ihrer Stimme. »Und es ist ganz einfach nicht richtig, dass die Sicherheit so nachlässig behandelt wird, wie ihr behauptet. Jedenfalls ...«

Sie fuhr sich mit den Händen durch die Haare. Die Finger verschwanden in den Locken, und für einen Moment riss sie die Augen auf, dann ließ sie die Hände sinken. »Jedenfalls sind wir am Ende des Weges angelangt«, sagte sie.

»Wie meinst du das?«, fragte Ola.

»Jetzt haben wir genug.«

»Genug wofür?«

»Um das zu tun, wonach du seit mehreren Tagen quengelst. Ich setze mich jetzt hin und schreibe einen ausführlichen Bericht darüber, was geschehen ist. Du tust das auch, konzentrierst dich aber auf die rein technischen Aspekte. Morgen früh schlagen wir Alarm. Und händigen die Berichte, diesen Apparat und die drei ICDs Kaare und der Krankenhausleitung aus.«

»Gott sei Dank«, sagte Ola und schlug Skule Holst auf den Rücken. »Ich hab ja gewusst, dass ich mich auf dich verlassen kann. Hilfst du mir bei dem Bericht?«

»Nein«, sagte Skule Holst und fing an, seine Siebensachen in einen großen, festen Koffer zu packen. »Deine Drecksarbeit kannst du selbst erledigen. Aber ehe ich gehe, möchte ich noch sagen ...«

Er hielt mitten in einer Bewegung inne, mit einer Festplatte in der einen und einem Bündel Kabel in der anderen Hand.»... habt ihr euch schon überlegt, ob ihr überhaupt wissen wollt, was dahintersteckt?«

»Ob wir das wollen?«, fragte Ola verdutzt. »Wie meinst du das?«

»Die Summe von allem, was ihr mir erzählt habt, lässt mich annehmen, dass dieses Virus nicht zufällig hier im GRUS losgelassen worden ist. Es hat mit euch beiden zu tun«, sagte Skule. »Vor allem mit dir.«

Er nickte zu Sara hinüber, ohne sie anzusehen. »Nach dem, was Ola sagt, bist du weltberühmt. Verdammt tüchtig. Und dann steckst du mit meinem Kumpel hier zusammen. In diesem Land gibt es nicht so viele Ärzte, die zugleich Ingenieure sind.«

»Doch, das ist nicht so ganz ...«

Ola wurde von einer ungeduldigen Geste Skules zum Schweigen gebracht. »Die Kombination von euch beiden und eurer Kompetenz ist selten, Ola. Und deshalb glaube ich, dass ihr ... ausgesucht worden seid.«

»Aber wer um alles in der Welt ...«, begann Ola. »Warum sollte irgendwer Leute umbringen wollen, um ...«

»Um Mercury Medical zu schaden«, fiel Sara ihm ins Wort. »Glaubst du, dass irgendwer es auf Mercury Medical abgesehen hat?«

»Wir sind uns doch einig, dass dieses Virus von Medical hergestellt worden ist«, sagte Ola verzweifelt, ohne auf Antwort zu warten. »Wer würde denn ... sich selbst schaden wollen?«

»Keine Ahnung«, sagte Skule Holst. »Aber es erscheint wenig wahrscheinlich, dass dieses ... Teil ...«

Er legte die Hand auf die Programmiermaschine mit dem aufgeklebten Silberkreuz.

»... zufällig bei euch gelandet ist. Irgendwer wollte, dass das Virus so schnell wie möglich entdeckt wird.«

Er griff nach seinem Koffer und ging auf die Tür zu. Sara und Ola blieben unschlüssig stehen. Ehe Skule Holst die Tür erreicht hatte, drehte er sich noch einmal kurz zu ihnen um: »Wenn ihr nicht spätestens morgen früh die Behörden verständigt, dann tue ich das. Hier ist ja immerhin die Rede von vorsätzlichem Mord.«

21.10 Uhr
Odins gate, Oslo

Agnes Klemetsen konnte sich schon gar nicht mehr erinnern, wann sie zuletzt einen Abend zu Hause verbracht hatte. Es musste viele Wochen her sein. Es war zwar schon nach neun, aber zwei Stunden lang würde sie doch tun können, was sie wollte.

Was nicht viel war.

Sie hatte bei allen Fernsehserien den Anschluss verloren. Ihr DVD-Gerät war defekt. John Irvings letzter Roman lag auf ihrem Nachttisch, aber jeden Abend schlief sie schon vor Seite 10 ein und konnte sich am nächsten Tag kaum an etwas erinnern. Das Buch blieb einfach dort liegen, auf einem Stapel literarischer Perlen, die sie sorgfältig ausgesucht hatte, falls die Zeitung Dagens Næringsliv anrief.

Die Freude über den freien Abend verflog bereits, als sie die Schlüssel auf den Tisch in der Diele warf und ihren Mantel an die bunte Hakenreihe aus dem Andenkenladen des MoMa hängte.

Sie streifte die Schuhe ab und ging mit der Post ins Wohnzimmer.

Alles roch sauber.

Unbewohnt, dachte sie. Ein schwacher Geruch nach synthetischen Reinigungsmitteln war von der Putzfrau hinterlassen worden, die unnötigerweise jeden Mittwoch kam.

Im Sommer, dachte Agnes und ließ sich aufs Sofa sinken. Im Sommer wird alles besser.

Sie hatte drei Briefe erhalten. Einen Bittbrief von Ärzte ohne Grenzen, die Ankündigung einer Nachbarschaftsaktion am nächsten Samstag und die Stromrechnung, die schon durch Einzugsermächtigung erledigt war.

Agnes legte die Papiere auf einen gläsernen Couchtisch. Ihre Füße schmerzten, nachdem sie den ganzen Tag in ein Paar neue Schuhe eingeklemmt gewesen waren. Ein Ziehen im Kreuz wurde immer schlimmer, und die üblichen Kopfschmerzen waren im Anzug. Sie schloss die Augen und fühlte sich plötzlich vollkommen entkräftet.

Die Wohnung war so still, dass es in ihren Ohren sauste.

Sie könnte eine Freundin anrufen. Jemanden einladen. Ein Glas Wein trinken, plaudern.

Es war Mittwochabend, dachte sie dann. Die Freundinnen, die sie vielleicht noch hatte, brachten jetzt ihre Kinder zu Bett, schmierten Brote, machten mit widerwilligen Teenagern Hausaufgaben.

Bei der bloßen Vorstellung besserte sich ihre Laune.

Die Stille veränderte sich. Sie legte sich um sie wie eine Geborgenheit schenkende Decke. Sie hatte sich für dieses Leben entschieden. Sie war ein Einzelkind mit alten Eltern gewesen, die nun beide tot waren, und ab und zu verspürte sie einen Hauch von Glück darüber, dass sie allein war. Einfach frei.

Der Gedanke an Lars Kvamme tauchte so rasch und unfreiwillig auf, dass sie zusammenzuckte.

Lars war für die ihm zugewiesene Viertelstunde geblieben und hatte sich nur mit großer Mühe zum Gehen überreden lassen. Die Enttäuschung war ihm anzusehen gewesen, als er zur Tür geschlurft war, ohne dass sie ihm irgendetwas versprochen hätte.

Agnes Klemetsen hatte das Ganze bagatellisiert, und

das nicht nur, um sich von dem ungebetenen Gast zu befreien. Sie glaubte wirklich, dass er sich irrte.

Erstens war es unvorstellbar, dass bei Mercury Deimos etwas schiefgehen könnte. Die Entwicklungskosten waren astronomisch gewesen, die Sicherheitskontrollen extrem. Sollte aber doch Mercurys Herzstarter einen Mangel aufweisen, dann war es erst recht unwahrscheinlich, dass der zuerst in einem kleinen Krankenhaus in Norwegen entdeckt würde.

So hatte Agnes Klemetsen gedacht, und so hatte sie Lars Kvamme aus der Wohnung geschafft. Als er gegangen war, hatte sie sich die Sache aber doch noch einmal überlegt und war zum Essen im Ekeberg-Restaurant zehn Minuten zu spät gekommen. Peinlich natürlich, aber das Essen hatte sie jedenfalls auf andere Gedanken gebracht.

Bis jetzt.

Diese Sara Zuckerman sollte wohl eine Koryphäe sein. Obwohl Lars die Frau offenbar verabscheute, war auch deutlich, dass er sie unfreiwillig bewunderte. Er hatte betont, dass sie sich niemals so aufführen würde, wenn sie etwas zu verbergen hätte. Ebenso starrköpfig war er gewesen, als Agnes der Professorin egoistische Motive unterstellt hatte. Dr. Zuckerman könnte sich einer fatalen Falschbehandlung schuldig gemacht haben, hatte sie vorgeschlagen, und deshalb die Verwendung des Deimos infrage stellen wollen. Aber diese Theorie hatte Lars nur ein verächtliches Schnauben entlockt.

Vermutlich handelte es sich um eine Bagatelle. Um Einkaufsregeln, um Zufälle oder ganz einfach um Rivalität zwischen zwei Fachkräften an einem Krankenhaus, das nicht groß genug für beide war. Die Götter mochten wissen, dass Agnes Klemetsen in ihrer Zeit als Aufsichtsratsvorsitzende des Osloer Universitätskrankenhauses genug Fälle dieser Art gesehen hatte.

Aber wenn mit Deimos doch etwas nicht stimmte, wenn wirklich ein Zusammenhang zwischen der Implantation des Deimos und den beiden Todesfällen bestand ...

Dieser Gedanke ließ sich nicht zu Ende denken.

Es wäre eine Katastrophe.

Der staatliche Pensionsfonds hatte über ein Sechstel des gesamten Vermögens in eine Gesellschaft investiert, die niemals Geld verlor.

Agnes schüttelte rasch den Kopf.

Ich bin übermüdet, dachte sie und ging in die große, leere Küche. Ihr Kreuz schmerzte noch immer, und ihr Gürtel spannte mehr als sonst. Es war eine Woche zu früh, und ihr fiel ein, dass sie schon lange nicht mehr bei einer Gynäkologin gewesen war.

Ein kaltes Bier würde jetzt guttun. Ein Glas Wein vielleicht. Sie zögerte einen Moment, dann goss sie Wasser in den Kocher und schaltete ihn ein.

»Aber wenn«, flüsterte sie und öffnete den Schrank, in dem sie Tee vermutete, »aber falls ...«

Falls etwas nicht stimmte, würde diese Sara Zuckerman natürlich Alarm schlagen. Agnes hatte Lars zweimal diese Schwäche in seiner Theorie vorgehalten, und beide Male hatte er mit einem unverständlichen Murmeln geantwortet.

Das Wasser kochte schon. Im Schrank gab es keinen Teebeutel, und sie konnte das Teesieb nicht finden. Entschlossen gab sie einen guten Teelöffel Kusmi-Tee in einen Becher und ließ die schwarzen Fasern in dem dampfenden Wasser ertrinken. Aus dem Schrank daneben nahm sie zwei Schokokekse, dann ging sie langsam ins Wohnzimmer zurück.

Es war schon halb zehn.

Minus sechs Stunden an der Ostküste der USA.

In New York war noch Nachmittag.

Sie stellte den Becher auf den Tisch und nahm das Telefon aus dem Ladegerät auf dem kleinen Beistelltisch neben dem Sofa.

Otto Schultz hatte ihr die geheimste seiner drei Telefonnummern gegeben, ebenso die exklusivste Mailadresse. Dabei hatte er ihr zugeflüstert, die seien schwieriger zu besorgen als Barack Obamas.

Zu Agnes Klemetsens vielen Eigenschaften gehörte auch eine seltene Begabung für Small Talk. Schon auf der Handelshochschule hatte sie dieses Talent entdeckt, und seither hatte sie es veredelt und weiterentwickelt. Viele ihrer Kommilitoninnen waren hübscher gewesen als sie, einige tüchtiger, aber keine hatte über ihre Fähigkeit verfügt, durch Charme und gespieltes Interesse am Gegenüber die Aufmerksamkeit ihrer Umgebung zu erregen. Jetzt brauchte sie weniger als eine Minute, um Otto Schultz von Mercury Medical laut auflachen zu lassen, weil ihr Gepäck bei ihrer Rückkehr aus den USA vertauscht worden war. Er lachte nicht nur, es wirkte auch wie eine Selbstverständlichkeit, dass sie ihn auf der anderen Seite des Atlantiks anrief, um ihm zu erzählen, wie sie reagiert hatte, als sie den Koffer eines achtunddreißig Jahre alten Mannes öffnete.

»By the way«, sagte sie einige Minuten später. »Ich hätte da eine kleine Frage zum Mercury Deimos.«

Am anderen Ende der Leitung wurde es still. »Hallo?«, fragte sie.

»I'm here. Was ist mit Deimos?«

»Habt ihr ...«

Agnes bereute, sich nicht besser auf dieses Gespräch vorbereitet zu haben. Andererseits, bei genauerer Überlegung hätte sie ihn wohl kaum angerufen.

»Habt ihr irgendwas darüber gehört, dass mit diesem Gerät etwas nicht stimmt?«

Jetzt lachte er wieder. »Ob mit dem Deimos etwas nicht

stimmt? Ich kann dir garantieren, dass das nicht der Fall ist. Warum um alles in der Welt fragst du?«

»Ach, ich dachte nur ... Ihr habt also keine Meldungen über Probleme erhalten oder ...«

»Wovon ist hier eigentlich die Rede«, fiel er ihr ins Wort.

Seine Stimme hatte einen kalten Unterton, bei dem sie seine beeindruckende Gestalt vor sich sah.

»Vermutlich ist es nur ... nein, tut mir leid, dass ich dich überhaupt mit solchen Bagatellen behellige. Typischer Anfängerpatzer, Otto. Ich freue mich so über unsere Zusammenarbeit und habe solche Angst, gut genug zu sein, dass ich einfach anrufe, um diese ...«

»Hör doch auf«, fiel er ihr abermals ins Wort. »Wenn du Anfängerin bist, dann bist du die beste *Rookie* seit meiner ersten Spielzeit für die Huskies.«

Seine Stimme war plötzlich so freundlich wie vorher.

Für einen Moment zögerte sie, dann entschloss sie sich, das Richtige zu tun. Das, was ihr Rückendeckung geben würde.

Sie sagte, warum sie anrief.

Als das Gespräch beendet war, stellte sie das Telefon langsam wieder auf den Tisch. Sie hatte den Tee kaum angerührt, und er war kalt. Sie ging in die Küche, öffnete eine Flasche Rotwein aus einer Flughafentüte, die noch auf der Bank stand, und schenkte sich ein großes Glas ein.

Ob sie Grund zur Besorgnis hatte, ahnte sie nicht. Aber was sie jetzt tun musste, wusste sie ganz genau.

21.30 Uhr
GRUS, Bærum

»Du musst dir das ansehen«, sagte Sara Zuckerman, als sie, ohne anzuklopfen, Ola Farmens Büro betrat.

»Ich bin fertig«, sagte er und hob die Hände triumphierend von der Tastatur. »Sechs Seiten Bericht über unser kleines Virus. Wie sieht es bei dir aus?«

»Schau dir das an«, verlangte sie noch einmal und breitete einen ICD-Ausdruck auf seinem Schreibtisch aus.

»Diese Ärztin vom Rikshospital ist endlich wieder im Süden. Die, die Erik Berntsens ICD explantiert hat. Das hier hat vor einer halben Stunde ein Bote gebracht.«

»Na und?«, fragte er. »Sagt dir das etwas?«

»Schau selbst.«

Sara lehnte sich an den Schreibtisch und schlug die Arme übereinander, als Ola sich über den Ausdruck beugte.

»Hier ist eine Episode mit Kammerflimmern«, murmelte er und tippte das Papier mit dem Zeigefinger an. »Der ICD reagiert mit Stößen, wie es sich gehört. Dann ...«

Er beugte sich tiefer über das Papier und ließ den Finger nach rechts wandern.

»Umschlag«, er nickte. »Das Herz reagiert positiv und kehrt zum normalen Rhythmus zurück.«

Er schaute zu Sara auf. Ihr Gesicht war ausdruckslos, als sie kurz zu dem Papierstreifen hinübernickte. »Und dann?«, fragte sie, als ob er im Examen vor ihr stände.

»Dann kriegen wir ... huch. Nach ... vierzehn Sekunden kommt eine neue Runde Kammerflimmern. Der ICD reagiert mit zwei ... mit vier Stößen zu 31 Joule.«

Er hob den Papierstreifen vorsichtig ins Licht.

»Aber nichts passiert«, sagte er endlich. »Der Patient stirbt.«

»Und wer ist der Patient?«

Ola starrte die kleine Rubrik für persönliche Angaben an. Die war leer.

»Hier steht nichts«, sagte er und überlegte einen Moment. »Aber es passiert doch häufiger, dass Name und Personenkennnummer erst bei der ersten Kontrolle eingegeben werden.«

»Was findest du sonst noch?«

»Es ist jedenfalls kein Wunder, dass die Ärztin meinte, das hier stimme mit den Befunden der Pathologie überein«, sagte er dann. »Ich finde ja auch nur ...«

»Nicht anderes?«

Die ganze Szene erinnerte immer mehr an eine mündliche Prüfung, und Ola machte eine genervte Handbewegung. »Kannst du es denn nicht einfach sagen?«

»Sieh mal nach, wann das alles passiert ist!«

»05.05.08«, sagte Ola.

»So ungefähr vor zwei Jahren«, sagte Sara und nickte. »Wie wir wissen, wurde Erik vor einer Woche operiert. Er ist am Donnerstag gestorben. Und dann muss das hier ...«

»Von einem Demonstrationsmodell stammen«, sagte Ola und stöhnte. »Verdammt, das ist ein Ausdruck von einem Dummy.«

»Genau. Jemand hat ein Demomodell in Erik Berntsens Leichnam eingesetzt, nachdem das Originalteil entfernt worden war!«

»Wer hat Zugang zu so was?«, fragte er verwirrt.

»Wir hier im Krankenhaus. Und in allen anderen Krankenhäusern, die Deimos verwenden. Das sind ganz schön viele.«

Er holte Luft und überlegte.

»Du hättest zuerst an den Produzenten denken müssen«, sagte Sara.

»Mercury Medical«, sagte er leise. »Natürlich.«

»Hör jetzt zu, Ola.«

Sara faltete den Ausdruck zusammen und legte ihn zur Seite, dann setzte sie sich auf seinen Schreibtisch. »Das hier sagt uns etwas darüber, wie unsere Erwartungen unsere Beobachtungsfähigkeit beeinflussen«, sagte sie. »Ein erfahrener Kardiologe hätte diesen kleinen Fehler beim Datum vielleicht entdeckt. Henny Kvam Hole ist keine fertig ausgebildete Kardiologin und hat gewusst, dass der Patient siebzig Jahre alt und herzkrank war. Sie wusste auch, dass der Pathologe einen Infarkt vermutet hatte. Mit anderen Worten, sie ist mit lauter Vorausinformation ans Werk gegangen, und das macht ihre Arbeit ... schlampig. Die Kurve stimmt damit überein, was sie glaubt. Alle Informationen stimmen damit überein, was sie vorher schon gewusst hat.«

Ola biss sich in den Daumennagel.

»Wenn du Hunger hast, dann nimm den hier.«

Sie reichte ihm einen angebissenen Apfel, der neben einer leeren Butterbrotdose und einer Colaflasche an der Schreibtischkante gelegen hatte.

»Entschuldige«, sagte er mechanisch und setzte sich auf seine rechte Hand.

Sara ließ den Apfel in den Mülleimer fallen.

»Wir wissen, dass Erik Berntsen außerhalb des Krankenhauses gestorben ist«, sagte sie dann. »Der vorläufige Obduktionsbericht gibt einen ziemlich genauen Todeszeitpunkt an. Dass er so schnell gefunden wurde, deutet an, dass er wohl kaum gestorben sein kann, ehe er das Dæhlivann erreicht hatte. Also muss der ICD im Wald ausgetauscht worden sein, von jemandem, über den wir nichts wissen, vom Kindergartenpersonal, von der Polizei, vom Krankenwagenpersonal, das den Toten ins Riks gebracht hat, oder dort von noch jemand anderem.«

»Ein Fremder im Wald oder jemand im Riks«, sagte Ola.

Sara nickte. »Was hältst du für das Wahrscheinlichere?«

»Einer im Wald«, flüsterte Ola. »Aber das klingt doch total schwachsinnig.«

»Schwachsinniger, als dass irgendwer im Rikshospital sich den Spaß macht, es zu tun, um sich dann herzuschleichen und den ursprünglichen ICD in meine Tasche zu stecken?«

»Beides ist doch einfach Wahnsinn! Ich kann mir nicht vorstellen, dass ...«

»Tatsache ist, dass es passiert ist«, sagte Sara. »Da die ICDs vertauscht worden sind, muss irgendwer es getan haben. So weit bist du meiner Meinung, ja?«

Ola sprang so plötzlich auf, dass der Stuhl zwei Meter vom Schreibtisch wegrollte. »Kannst du nicht aufhören, hier rumzustehen wie ein zweiter ... ein zweiter Sokrates, von mir aus! Ich kann diesen Professorinnenton nicht vertragen! Sag mir verdammt noch mal, was du denkst, statt die Zeit mit Ratespielen zu vergeuden. Ich bin schließlich kein Scheißstudi!«

Sara starrte ihn verdutzt an. Ihre Schmuckstücke klirrten, als sie sich vorbeugte und die schmale Hand auf seine Schulter legte. »Es tut mir leid«, sagte sie freundlich. »Alte Gewohnheit, werde ich nicht los. Setz dich.«

Mürrisch setzte er sich auf den Stuhl, der jetzt mitten im Raum stand.

»Dein Freund hat da etwas Wichtiges gesagt«, sagte Sara, scheinbar unberührt von der ganzen Szene. »Er hat etwas gesagt, worüber ich weiter nachgedacht habe.«

Ola saß mit fest auf den Boden gerichtetem Blick da.

»Er hatte eine Theorie, dass das hier auf mich zielt«, sagte Sara.

Ein rasches Lächeln huschte über ihr Gesicht. »Dass das aus irgendeinem Grund auf dich und mich zielt«, korrigierte sie sich.

Ola reagierte noch immer nicht.

»Er meinte, irgendwer hätte uns im Visier, weil wir die Voraussetzungen haben, die Sache zu durchschauen. Im ersten Moment fand ich diese Theorie absurd, aber als ich mich dann an meinen Bericht gesetzt habe, kamen mir Zweifel. Denn was machen wir mit einer Theorie, Ola?«

Ehe er sie wieder ankläffen konnte, riss sie sich zusammen. »Verzeihung«, sie lächelte. »Wir stellen sie auf die Probe. Wir sehen nach, wie sie sich dazu verhält, was wir schon wissen.«

Ohne auf Olas demonstrative Verstimmung zu achten, ging sie zu einer Tafel neben der Tür. Die war übersät mit Notizen und mit gekritzelten Bemerkungen. Zeitungsausschnitte, kurze Artikel und alte Bahnfahrscheine waren wild verstreut mit Magneten befestigt. Sara machte mitten auf der Tafel ein kleines Viereck, ohne zu fragen, ob das in Ordnung sei.

»Der Fehler, den wir gefunden haben, wird Mercury Medical auf brutale Weise schaden«, sagte sie und zeichnete mitten in das freie Feld ein kleines Merkurzeichen. »Das steht fest. Zwei Menschen haben ihr Leben verloren, ein Dritter konnte gerade noch gerettet werden, alles wegen eines Fehlers im Deimos. Aber das ist nicht einmal das Schlimmste für Mercury Medical.«

Sie tippte mit dem Filzstift auf das rote Symbol.

»Das sieht aus wie ein Frauenzeichen mit Teufelshörnern«, sagte Ola. »So ein Schmuckstück solltest du dir machen lassen. Es würde dir stehen.«

»Das Schlimmste für Mercury«, sagte Sara unangefochten, »ist, dass das Virus überhaupt entstanden ist. Dass es hergestellt worden ist, dass es benutzt werden kann, dass die Qualitätskontrollen so schlecht sind, dass es passieren konnte.«

»Du irrst dich«, sagte Ola gereizt.

»Worin denn?«, fragte sie und lächelte.
»Du und Skule, ihr nehmt an, dass das hier etwas mit uns zu tun hat. Oder eigentlich mit dir. Aber wenn in jeder einzelnen Personenrubrik FUCK YOU steht, würde doch jeder Medizinstudent im ersten Semester Alarm schlagen. Oder auch ein einigermaßen intelligenter Realschüler. Man braucht nicht gerade Professorin der Kardiologie zu sein, um zu kapieren, dass etwas hier nicht stimmt.«

»Alarm schlagen«, Sara nickte. »Ja. Das hätten alle gemacht. Und dann hätte es ewig gedauert, bis etwas passiert wäre. Ist dir eigentlich klar, wie viel wir innerhalb von drei Tagen herausgefunden haben? Nicht nur haben wir sofort entdeckt, dass die ICDs bei den Patienten Flimmern auslösen. Den beeindruckendsten Fund hast du gemacht, nämlich den, dass der ICD gelogen hat, wenn es um die Stöße ging. Dann haben wir herausgefunden, dass von einem Virus die Rede ist, dass dieses Virus auf einfache Weise auf die Programmiermaschinen übertragen werden kann und dass nur eine von unseren eigenen Maschinen infiziert ist. Kein anderes norwegisches Krankenhaus hat etwas Vergleichbares gemeldet. Glaubst du wirklich, dass irgendwer auf der Welt es geschafft hätte, das innerhalb von nur drei Tagen herauszufinden?«

Ola prustete los. »Das kann einfach nicht gesund sein«, sagte er und schüttelte den Kopf. »So ein Selbstbild kann einfach nicht gesund sein.«

»Erstens meine ich das nicht wortwörtlich«, sagte sie gelassen. »Zweitens ist es ganz schön frech von dir, mir ein übertriebenes Selbstbild zuzuschreiben. Ich weiß sehr gut, was ich nicht kann. Und das ist ziemlich viel.«

»Aber worauf willst du eigentlich hinaus?«

»Hör mir doch zu! Spielen wir für einen Moment mit dem Gedanken, dass Skule recht hat.«

Sie drehte sich zur Tafel um und zeichnete einen Kreis um das Merkursymbol.

»Darin, dass das Virus auf irgendeine Weise von jemandem in der Firma entwickelt worden ist und dass jemand will, dass es entdeckt wird. Wir waren beide der Meinung, dass jeder Idiot Alarm schlagen würde, wenn der ICD ausgelesen würde und ihm vom Ausdruck FUCK YOU entgegenleuchtete. Aber warum hätten sie das Virus dann ausgerechnet bei uns aussetzen sollen?«

»Jetzt hast du es wieder gemacht.«

»Was denn?«

»Rhetorische Fragen gestellt. Antworte selbst, verdammt noch mal.«

»Irgendwer hat es eilig. Wer immer möchte, dass dieses Virus entdeckt wird, will, dass es rasch geschieht.«

»Und warum in aller Welt sollte ...«

»Wenn ich recht habe, erklärt das, warum der ICD in meiner Tasche gesteckt hat.«

»Hä?«

»Überleg doch mal. Diese ganze Vertauschungskiste war bisher total unbegreiflich. Aber wenn wir einen Moment lang zu Skules Theorie greifen, ergibt alles einen Sinn.«

Ola verzog keine Miene.

»Erik Berntsen hätte gar nicht im Wald sterben sollen«, sagte Sara jetzt und ging zurück zur Tafel. »Sondern hier im Krankenhaus. Dann hätte ich seinen ICD ausgelesen. Aber aus irgendeinem Grund ist Erik weggegangen. Entweder mit denen, die den Austausch vorgenommen haben, oder mit anderen. Und da ein Leichenfund auf einem Waldweg in der Regel zu einer Untersuchung im Rechtsmedizinischen Institut führt, war die Gefahr groß, dass ich den Original-ICD nie zu Gesicht bekommen würde.«

»Jetzt sind die da ja auch keine Idioten, und sicher hätten sie untersucht, was ...«

»Unterbrich mich nicht. Ich sage nicht, dass Skule recht hat. Ich sage nur, falls er recht hat, dann gibt uns das eine Erklärung für das ansonsten Unerklärliche. Dass Erik einen Spaziergang in der Morgensonne machen wollte, muss außerhalb von allem liegen, womit unser ... Mr. X gerechnet hat.«

»Aber wenn unser Mann oder unsere Frau oder welches Wesen auch immer hinter diesem Tausch steht, nicht mit Erik Berntsen zusammen war, als der am frühen Donnerstagmorgen das Krankenhaus verlassen hat, muss dieses Wesen doch ...«

Ola erhob sich und ging zur Tafel hinüber.

Sara sagte nichts, während er die Zeitungsausschnitte wegnahm und mit dem Lappen die gesamte Fläche säuberte.

Ganz oben zeichnete er ein rotes X.

»Er muss hier im Krankenhaus gewesen sein«, sagte er und kritzelte in Großbuchstaben unter das X IM KRANKENHAUS. »Wenn Berntsens Spaziergang für ihn ebenso überraschend kam wie für uns, muss er ihn doch gesehen haben und ihm gefolgt sein ...«

Er erstarrte für einen Moment, ehe er den Filzstift wieder bewegte.

KENNT PREIS F IMPL.

»Er muss wissen, wie ein ICD eingesetzt und herausgenommen wird«, sagte er rasch.

»Und er muss die Geräte dafür gehabt haben«, sagte Sara eifrig und griff zu einem grünen Filzstift.

HAT AUSRÜSTUNG

»Und er muss noch dazu ...«

»ZUGANG ZU ICD-DEMO«, schrieb Ola als nächsten Punkt auf die Liste.

»Verflixt«, sagte Sara leise, trat einen Schritt zurück

und sah sich an, was sie geschrieben hatten. »Das hat immer mehr Ähnlichkeit mit einem Krankenhausangestellten.«

Auch Ola trat zurück. Jetzt standen sie Schulter an Schulter, und Ola verspürte das vertraute kleine Unbehagen, wie immer, wenn er ihr zu nahe kam. »Lars Kvamme«, sagte er und trat noch einen Schritt zurück.

Sara fing an zu lachen. Sie legte den Kopf in den Nacken und lachte schallend. Ola sah sie aus großen Augen an, nie hatte er sie so herzlich und lange lachen sehen.

»Du bist übermüdet«, sagte er beleidigt. »Hör auf.«

»Wenn es nur so einfach wäre«, sagte sie endlich und berührte ihren Augenwinkel mit einem blank lackierten Zeigefinger. »Lars Kvamme ist alles Mögliche, aber ein kaltblütiger Mörder wohl kaum. Außerdem saß er mit dir und mir bei der Morgenbesprechung, als Erik gestorben ist.«

Sie kicherte noch immer, als Ola wieder aufsprang und zur Tafel lief. Er blieb mehrere Sekunden lang mit erhobenem Filzstift stehen, dann schrieb er plötzlich:

ZUGANG ZU PROGR DEMO-ICD!!!

Danach unterstrich er das PROGR dick und deutlich.

»Wie meinst du das?«, fragte Sara.

»Mr. X wusste nicht nur, wie man einen ICD austauscht«, sagte Ola eifrig. »Er hat gewusst, woran Berntsen sterben würde, und dann hat er sich einen Demo-ICD ausgesucht, der bereits mit den richtigen Ereignissen und Diagrammen programmiert war! Es gibt so viele unterschiedliche Demos, Sara! Hast du dir je merken können, was von denen, die wir von Mercury Medical bekommen haben, was ist?«

Sie schüttelte den Kopf.

»Ich auch nicht«, sagte er triumphierend. »Ich zeige damit einfach nur den Patienten, wie so ein ICD aussieht. Der Inhalt ist eigentlich das, was die verdammten

Vertreter uns unbedingt vorführen wollen. Die müssen wissen, was ein ICD enthält, nicht wir!«

Sara ging langsam rückwärts. Sie legte die Hand vor den Mund und blieb in dieser Haltung stehen, während sie sich in die vier Punkte an der Tafel vertiefte. Ola starrte sie an, als rechne er damit, dass sie das sagen würde, was er selbst nicht über die Lippen brachte.

»Jemand von Mercury Medical«, sagte sie leise.

»Und davon gibt es streng genommen nur zwei.«

Endlich riss sie den Blick von der Tafel und sah Ola skeptisch an. »Das ist ein Riesenladen«, wandte sie ein. »Allein hier in Norwegen haben die doch mindestens vierzig, fünfzig Angestellte.«

»Aber nur zwei besuchen uns regelmäßig«, sagte Ola. »Sivert Sand und Sverre Bakken.«

»So einfach kann das nicht sein.«

»Wie meinst du das?«

»Es kann einfach nicht so einfach sein«, wiederholte Sara. »Kein vernünftiger Mensch hätte das gemacht, wo wir so kurze Zeit brauchen, um zwei Verdächtige zu finden. Kommt nicht infrage.«

»Aber ...«

Sie drehte sich zu ihm um und hob die rechte Handfläche wie zu einem Eid. Sie kam ihm kleiner vor, älter und ein wenig zusammengesunken. Die Lachfältchen um ihre Augen waren tiefer, und sogar ihre Haare wirkten resigniert. Meistens lockten sie sich üppig und wild und zogen viele Jahre von Saras Alter ab. Jetzt hingen sie trocken und schwer über ihren Schultern, und Ola sah zum ersten Mal grau melierte Stellen an den Schläfen, als sie die Haare langsam hinter die Ohren schob.

»Wir können nicht bis morgen früh warten«, sagte sie.

»Womit denn?«

Plötzlich richtete sie sich auf. »Wo ist die infizierte Programmiermaschine?«, fragte sie.

»Im Schrittmacherraum.«

»Hol sie her. Bring sie mit in mein Büro. Mein Bericht kann in einer Viertelstunde fertig sein. Danach müssen wir die gesamte Krankenhausleitung verständigen.«

»Jetzt?«

Ola schaute auf die Uhr. »Um Viertel nach zehn?«

»Ja. Du wolltest das doch die ganze Zeit.«

Sie nahm den ICD-Ausdruck und steckte ihn in die Kitteltasche.

Ola ging zum Drucker und holte den kleinen Papierstapel. Er schob ihn in eine Plastikmappe und drehte sich zu Sara um, die schon zur Tür lief. »Das wird einen Knall geben«, sagte er.

»Ja. Einen verdammt lauten.«

Und mitten in dieser Explosion wird Otto Schultz stehen, dachte sie, als sie Ola verließ und zu ihrem eigenen Büro lief.

Sie wusste nicht, ob sie sich freute oder Mitleid mit dem alternden Stier hatte. Vermutlich eher Ersteres, aber das hätte sie niemals zugegeben.

Nicht einmal sich selbst gegenüber.

4.17 p.m.
Upper East Side, Manhattan, NYC

Rebecca wusste nicht, was sie geweckt hatte, und starrte verwirrt vor sich hin. Wie immer griff sie nach dem Glas. Das war nicht da. Sie musste es umgestoßen haben, als sie aufgewacht war, denn es lag in einem dunklen Fleck auf dem Teppich.

Die Türklingel ertönte. Zweimal.

Und die hatte sie geweckt.

Sie hatte keine Ahnung, wer es sein konnte. Sie erwartete keinen Boten mit Speis und Trank von Samson's, sie hatte keine Kleider in der Reinigung, und Orty kam nie unangemeldet. Die Nachbarn hatten sie schon seit Jahren aufgegeben.

Noch einmal der Klingelton.

Dass jemand klingelte, war so überraschend, dass sie gar nicht wusste, was sie jetzt tun sollte. Sie konnte eigentlich nur aufstehen. Sie schleppte sich zur Diele und zog ihre Kleider irgendwie gerade.

Der Spiegel dort draußen, der riesige goldgerahmte Spiegel, lag zum Glück im Halbdunkel. Sie wandte ihr Gesicht ab, als sie daran vorüberschlurfte. Bei der schweren Wohnungstür blieb sie für einen Moment stehen.

Vermutlich roch sie schlecht. Nach Schlaf und Schnaps.

Vorsichtig schob sie den kleinen Metalldeckel vom Guckloch. Das saß so weit oben in der Tür, dass sie sich auf die Zehenspitzen stellen musste. Sie trotzte dem Schmerz, als sie sich reckte, und hielt das Auge vor das Loch.

Niemand zu sehen.

Das Guckloch war extrem weitwinklig, und sie konnte fast das gesamte Treppenhaus überblicken. Der Fahrstuhlschacht befand sich gegenüber von ihrer Wohnungstür, und dem leuchtenden Display konnte sie ansehen, dass gerade jemand nach unten fuhr. Das Bild des Treppenhauses war rund wie ein Tunnel. Ganz unten an der Wand stand ein Päckchen.

Rebecca öffnete die beiden Sicherheitsketten, schob den klobigen Riegel zurück und öffnete die Tür. Das Päckchen war an die Tür gelehnt worden und fiel ihr entgegen.

Blumen, dachte sie überrascht.

Jemand hatte ihr Blumen geschickt.

Steif und langsam bückte sie sich und hob das Päckchen auf. Es war überraschend schwer, und sie konnte es mit ihren schmerzenden Fingern nicht halten. Deshalb schob sie es sich unter den Arm, ehe sie die Wohnungstür wieder schloss und die Wohnung gegen die Umwelt versiegelte.

Als sie zur Küche stapfte, verspürte sie etwas wie Freude. Sie hatte seit vielen Jahren keine Blumen mehr bekommen, Orty brachte immer teurere Dinge mit. Dieser Strauß konnte allerdings auch nicht billig gewesen sein, sie kannte den Blumenladen noch aus der Zeit, als sie häufig Sendungen von dankbaren Patienten, von John oder nach ihren großartigen Essenseinladungen von Freunden erhalten hatte.

In der Küche roch es nach verdorbenen Lebensmitteln.

Rebecca rümpfte die Nase und öffnete den unteren Schrankteil, wo der Mülleimer stand. Der Gestank quoll aus dem Müllsack, und sie wich zurück. Statt den Müll vor die Tür zu setzen und den Hausmeister anzurufen, damit er ihn holte, wie Orty das so schön für sie arrangiert hatte, knotete sie den Sack fest zusammen und steckte alles in einen noch größeren Sack, den sie dann in die Anrichtekammer stellte.

Die Blumen waren prachtvoll.

Schwertlilien, kreideweiß und kräftig, zusammen mit champagnerfarbenen Rosen. Ein wenig Grün dazu und ein hauchdünner Golddraht, der den Strauß wie eine Skulptur aussehen ließ.

Rebecca lächelte, als sie zwischen zwei Rosen eine Karte entdeckte. Sie legte sie beiseite, nahm aus einer Vitrine eine Vase und stellte die Blumen mit mühevollen Handbewegungen ins Wasser.

Die müssen ja doch von Orty sein, dachte sie und beschloss, eine Weinflasche zu öffnen, ehe sie den Umschlag aufschlitzte. Sie gönnte sich nur selten Wein. Das wurde zu teuer, aber im Schrank standen immer zwei oder drei Flaschen für den Fall, dass Orty sich nicht früh genug meldete, um noch bei Samson's zu bestellen. Wein brauchte sie, um Ortys Blumen zu feiern.

Erst als sie den Schrank öffnete, fiel ihr ein, warum sie niemals allein Wein trank. Es war nicht nur der Preis, mit ihren zerstörten Händen konnte sie den Korken nicht mehr herausziehen.

Gereizt knallte sie die Tür zu und goss sich aus einer Flasche auf dem Küchentisch ein Milchglas mehr als halb voll mit Gin. Sie hatte kein Tonic mehr und gab deshalb Limonade aus dem Kühlschrank dazu.

Nach einem soliden Schluck öffnete sie den Briefumschlag.

Ein Hauch von Enttäuschung streifte sie, als sie sah, dass die Karte nicht mit der Hand beschrieben war.

Aber das war ja nur dumm von ihr, natürlich hatte er den Blumenladen angerufen und seine Mitteilung diktiert:

Liebe Mama, mach den Fernseher an. Sieh es dir an, Mama, auf CNN oder einem anderen Nachrichtensender. Bald haben wir ihn. Sei umarmt von deinem Orty.

Der Hauch von Freude, den der Blumenstrauß gebracht hatte, war verschwunden. Der Alkohol brannte in ihrer Speiseröhre, als sie zu schnell trank und sich verschluckte.

Orty hatte nicht auf sie gehört.

Das hier würde nie im Leben gut gehen.

Sie hustete so heftig, dass sie sich erbrechen musste. Eine bittere, dickflüssige Masse zwang sich aus ihrem Magen nach oben, und sie schaffte es nicht mehr bis zum Spülbecken.

An den Marmortisch gelehnt, rang sie nach Atem.

Niemand würde Otto Schultz zu Fall bringen.

Niemand und Orty schon gar nicht.

22.20 Uhr
GRUS, Bærum

Es war nicht zu fassen.

Ola Farmen hatte überall gesucht. Unter den Tischen, hinter der Tür und in den Schränken, deren Fächer so dicht gefüllt waren, dass wohl kaum Platz für eine Programmiermaschine gewesen wäre. Die beiden gesund gemeldeten Maschinen von Mercury Medical standen dort, wo er sie am Nachmittag verlassen hatte, auf dem hintersten Tisch, zusammen mit drei von St. Jude und einer von Boston Scientific. Er konnte auch keine Anzeichen dafür sehen, dass jemand im Raum gewesen war, seit er in sein Büro gegangen war, um den Bericht über ihre Entdeckungen zu schreiben.

»Verdammt«, sagte er laut und versetzte einem Tischbein einen Tritt.

Er hätte die Maschine natürlich mitnehmen müssen.

Das fauchte er wütend, ehe er zum fünften Mal die Schranktüren öffnete und den Blick über alle Regale schweifen ließ, die mit versiegelten ICD-Packungen gefüllt waren. Der verdammte Koffer war auch jetzt nicht zu sehen.

»*Warum zum Teufel hab ich sie nicht mitgenommen?*«

Er schlug sich so wütend an die Stirn, dass ihm die Tränen kamen.

Er hatte die Maschine unter den Tisch gestellt. Der Raum war abgeschlossen. Während des Nachmittags waren keine Operationen angesetzt gewesen, und niemand hatte hier etwas zu suchen. Normalerweise. Aber nichts war noch normal, und Ola durchsuchte den Raum ein weiteres Mal, ehe er endlich das einsehen musste, was er bereits beim Betreten des Raumes gefürchtet hatte.

Irgendwer hatte die infizierte Programmiermaschine entfernt.

Voller Wut schlug er mit der Faust an die Wand. Die Gipsplatte gab nach, neben dem ICD-Schrank zeichnete sich ein Loch ab, während Ola vor Schmerz aufschrie.

»Scheiß Mercury-Arsch«, heulte er. »Verdammter Sivert Sand! Oder Sverre Bakken. Oder ...«

Die Wut wollte sich nicht legen. Im Gegenteil. Ihm war abwechselnd heiß und kalt, und er machte sich bittere Vorwürfe. Er war auch wütend auf Sara, die ihn nicht daran erinnert hatte, die Programmiermaschine zu sichern.

Vor allem aber war er stocksauer auf zwei Männer, von denen er keineswegs wusste, ob sie schuldig waren.

»Jetzt seid ihr dran«, sagte Ola Farmen und stürzte aus dem Raum.

22.30 Uhr
Markveien, Grünerløkka, Oslo

Das Beunruhigende war eigentlich nicht, dass Agnes Klemetsen angerufen hatte, dachte Morten Mundal, als er den Rechner ausschaltete und beschloss, vor dem Schlafengehen noch ein Glas zu trinken. Als Leiter von Mercury Medicals Nordeuropa-Abteilung war er ihr schon zweimal begegnet, und beide Male hatte er betont, sie könne ihn jederzeit anrufen. Sie war ihm sofort sympathisch gewesen, sie wirkte klug, war freundlich, witzig und sah außerdem ziemlich gut aus. Die Sympathie schien zudem auf Gegenseitigkeit zu beruhen. In ihrem Beruf hatte sie es vermutlich vor allem mit alten Säcken zu tun, dachte er. Jedenfalls hatte sie angenehm überrascht darüber gewirkt, wie jung er war, und als er ihr erzählt hatte, dass er seinen Posten schon mit neunundzwanzig Jahren angetreten hatte, war sie beeindruckt.

Dass sie angerufen hatte, war in Ordnung.

Dass sie sich so früh wie möglich am folgenden Tag mit ihm treffen und erst dann sagen wollte, worum es ging, beunruhigte Morten Mundal schon eher.

Die Eiswürfel klirrten im Glas, als er seinen starken Drink mit auf die Terrasse nahm. Es war ein kühler Abend, aber die Infrarotstrahler an der Wand sorgten für Wärme, die noch behaglicher wurde, als er sich eine Decke um die Schultern legte und sich in den tiefen Gartensessel warf.

Ihre Stimme hatte jedenfalls freundlich geklungen.

Es wäre aber doch besser gewesen, wenn sie gesagt hätte, worum es ging. So würde er unvorbereitet sein.

Er lächelte müde und trank einen kleinen Schluck Whisky. Der schmeckte nach Teer, dachte er, schwerem Teer, der am Gaumen klebte und in der Nase brannte.

Er schluckte das Glas entschieden weg. Er musste schlafen. Denn wenn er sich schon nicht vorbereiten konnte, wollte er wenigstens ausgeschlafen sein. Er ging zurück ins Wohnzimmer und schloss für diesen Abend die Terrassentür.

22.45 Uhr
Grefsenveien, Grefsen, Oslo

»Ihr seid beide Ärzte«, sagte Sara und versuchte, zwischen den vielen leeren Flaschen auf dem Boden vor dem Beifahrersitz Platz für ihre Beine zu finden. »Da müsst ihr euch doch anständige Autos anschaffen können! Wie heißt diese Sardinendose?«

»Bei fünf Kindern können wir froh sein, dass wir uns überhaupt ein Auto leisten können«, fauchte Ola. »Das hier ist ein Fiat Punto, und er ist erst sechs Jahre alt. Die

Werkstattrechnung für den Toyota wird uns einen Monat lang zwingen, trocken Brot zu essen.«

»Was hast du Guro erzählt?«, fragte sie.

Die Antwort ertrank in einem Gemurmel.

Die Wahrheit war, dass er sich eine Geschichte aus den Fingern gesogen hatte, darüber, dass er nach Feierabend auf den Parkplatz gekommen sei und den Wagen mit eingebeulter Motorhaube vorgefunden habe. Er sah, dass sie ihm nicht eine Sekunde lang glaubte. Er hatte sich elend gefühlt, als er schlafen gegangen war, und es wurde nicht besser davon, dass sie mit dem Rücken zu ihm wach dalag, ohne ein Wort zu sagen.

»Ich brauche bald ein bisschen Zeit für meine Familie«, sagte er wütend und schlug auf das Lenkrad. »Du schuldest mir schon so viele Gefallen, dass du gern die Dienstpläne ein bisschen frisieren kannst, wenn das hier vorbei ist.«

»Das ist Wahnsinn«, sagte Sara, als ob sie ihn nicht gehört hätte. »Wir können doch nicht am späten Abend wildfremde Menschen aufsuchen und fragen, ob sie versehentlich aus einem verschlossenen Raum im GRUS eine Programmiermaschine geklaut haben.«

»Du wolltest doch unbedingt mitkommen! Bei dieser ganzen Geschichte geht es doch nur um dich, verdammt noch mal. Du bist so schlampig mit den Zugangscodes zum GRUS, dass ...«

»Was soll das denn heißen, dass ich ...«

»Wir sollen die Codes einmal pro Woche ändern, Sara! Du hast deinen seit mindestens sechs Monaten nicht ausgewechselt. Du versuchst nie, die Ziffern beim Eingeben zu verbergen, und wenn ich böse Absichten hätte, wärst du die Erste, der ich folgen würde. Verdammt, du bist so nachlässig, Sara! Kannst du zum Beispiel schwören, dass du den Code zu deiner Bürotür nicht irgendeinem Programmierer von Mercury verraten hast?

Haben die nie neben dir gestanden, wenn du die Tür geöffnet hast? Da hast du auch gleich die Erklärung, wie der ICD in deiner Tasche gelandet ist.«

Sie gab keine Antwort.

Ola sagte nichts mehr.

Am Armaturenbrett klebte ein Zettel mit zwei Adressen.

Ola sah sich die obere noch einmal an. »Da«, sagte er und zeigte aus dem Fenster. »Das gelbe Haus. Kommst du mit?«

»Nein«, sagte sie und versuchte, ihn festzuhalten. »Das ist der pure Wahnsinn.«

»Lass mich los«, sagte er und befreite sich von ihrem Griff. »Ich will diese verdammte Kiste zurückhaben!«

Er zwängte sich aus dem engen Auto. »Deine Schuld«, fauchte er und knallte die Tür zu.

22.50 Uhr
Brannvaktveien, Grefsen, Oslo

Oberingenieur Sivert Sand von Mercury Medical Norway hatte seit zwei Tagen kaum geschlafen. Seine Frau hatte eine fiebrige Angina, das dreijährige Kind Durchfall, und der fast vier Monate alte Säugling litt vermutlich unter Koliken. Jedenfalls schrie die Kleine seit Sonntagabend fast ununterbrochen.

»Aber, aber, psst!«

Sivert Sand lief im kleinen Wohnzimmer hin und her und wiegte das Kind an seinem nackten Brustkasten. Der Korb für schmutzige Wäsche lief über, obwohl die Waschmaschine seit Stunden lief. Sechs Garnituren von bekackter Kinderbettwäsche hatten ihn dazu gebracht, dem Dreijährigen Windeln aufzuzwingen, aber der Junge riss sie herunter, sowie der Vater auch nur eine Sekunde wegschaute. Er müsste mit dem Kleinen zum Arzt, aber die Götter allein mochten wissen, wie er das machen sollte. Wenn es dem Kleinen am nächsten Morgen nicht besser ging, würde er seine Mutter anrufen müssen. Wie so oft.

»Aber, aber, meine Kleine«, flüsterte er und merkte, dass er jeden Moment zusammenbrechen könnte. »Papa passt auf, weißt du.«

Die Türklingel ertönte.

Sivert Sand fluchte in Gedanken.

Die Kleine war fast eingeschlafen.

So schnell er konnte, lief er zur Tür. Er schob das wieder schreiende Kind auf seinen linken Arm und machte sich mit der rechten Hand am Schloss zu schaffen. Endlich sprang die Tür auf.

»Hallo«, sagte der Mann da draußen und trat auf der Treppe einen Schritt zurück.

»Was willst du?«

»Ich ...«

Dr. Farmen kam nicht weiter. Er sah aus wie ein Idiot, wie er dort stand und sich am Nacken kratzte, weil ihm nichts einfiel. Ungepflegt wie immer, dachte Sivert Sand irritiert, bis ihm einfiel, dass er auch nicht gerade präsentabel wirkte. Er hatte Dr. Farmen noch nie leiden können, und was der Kerl hier mitten in der Nacht an seiner Tür zu suchen hatte, war unbegreiflich.

»Was willst du?«, fragte er gereizt. »Ich muss mich um zwei kranke Kinder kümmern.«

»Ach«, sagte Dr. Farmen. »Was fehlt ihnen denn?«

»Das geht dich ja wohl nichts an!«

Sivert Sand versuchte, leise zu sprechen.

»Ich hab einen Dreijährigen mit Durchfall«, fauchte er wütend. »Und die Kleine hier hat Koliken oder irgendwas anderes, was mich jetzt seit zwei Tagen wach hält.«

»Zuckerwasser«, schlug Ola Farmen vor und trat noch weiter zurück. »Versuch es mit zwei Esslöffeln Zuckerwasser. Viel Glück und entschuldige die Störung.«

21.55 Uhr
Wells Hotel, Vincent Square, London

»Bist du einfach gegangen?«, fragte Vivian und stützte sich erschrocken auf ihren linken Ellbogen. »Bist du einfach gegangen, als dein Vater gestorben ist?«

»Was hätte ich denn sonst tun sollen?«

Audun Berntsen zog die Decke um sich zusammen. »Ich habe Wiederbelebungsversuche und alles probiert. Das Ganze war total grotesk, eben hatte er noch mit mir geredet, dann brach er plötzlich zusammen. Er wurde ganz grau im Gesicht, und ich ...«

»Also entschuldige«, sagte Vivian und setzte sich auf.

Das gedämpfte Licht der Lampe auf dem Schreibtisch ließ ihre Haut fast durchsichtig wirken. Sie schlang die Arme um die Beine und legte das Kinn auf die Knie. Ihre langen Haare streichelten seinen Oberkörper.

»Was in aller Welt wolltet ihr denn da im Wald? Wenn er eben erst operiert worden war und Herzprobleme hatte, dann ...«

»Typisch mein Vater«, fiel Audun ihr ins Wort und spielte mit ihren rotblonden Haaren. »Wir waren für Viertel vor sieben auf dem Parkplatz vor dem Krankenhaus verabredet. Ich musste doch um halb zehn das Flugzeug erwischen, deshalb hatte ich nicht endlos viel Zeit. Aber er wollte nicht, dass ich ins Krankenhaus käme. Typisch!«

Er atmete schwer und schaute zum Fenster hinüber. Der Lärm der Großstadt draußen war so deutlich, dass man glauben könnte, das Fenster wäre geöffnet.

»Er hat sich meiner immer geschämt. Jedenfalls seit ich so um die zehn war und nicht mehr nach seiner Pfeife tanzte. Du hättest mal sein Büro sehen sollen. Nachdem sie in Norwegen ein neues Zentralkrankenhaus gebaut hatten, und das ist verdammt noch mal viele Jahre her, war ich nur einmal in seinem Büro. Da standen schöne Bilder von meinen Schwestern. Von den Kindern der älteren. Von meiner Mutter. Aber von mir? Ha!«

Die Faust knallte auf die Bettdecke.

»Kein verdammtes Bild. Als ich ihn am vorigen Mittwoch angerufen und gesagt habe, ich müsste über etwas Wichtiges mit ihm sprechen, entweder noch abends oder am nächsten Morgen, sagte er, wir könnten uns draußen treffen. Vor dem Krankenhaus! Ich war verdammt noch mal nicht mal gut genug, um am Krankenbett seinen Scheißkollegen gezeigt zu werden.«

»Du Armer«, sagte Vivian mit großen Augen. »Aber wie seid ihr dann im Wald gelandet?«

»Der Wald ist nicht weit weg. Nicht so wie hier. Bærum ist klein. Ich habe nur zehn Minuten gebraucht, um zum Parkplatz zu fahren. Auch das war typisch für meinen Vater. Er wusste, dass ich es eilig hatte, und wollte mich quälen. Außerdem wollte er prahlen, dass er schon wieder der Alte war, zwei Tage nachdem ihm dieses Herzdings eingesetzt worden ist. Er, der harte Brocken! Der Löwe! Er hat mich immer für einen Schwächling gehalten. Hat darüber gefaselt, es sei ein zu schöner Tag, um zwischen den Autos auf dem Parkplatz zu stehen, und deshalb ...«

Er verstummte. Vivian schmiegte sich an ihn und legte den linken Arm über seine Brust. Sie roch noch immer viel zu sehr nach Flieder, aber sie hatte eine so weiche Haut. Einen frischen Mund hatte Vivian, und unter der dicken Schminke waren die Augen schön und tiefblau.

»Ich muss los«, flüsterte sie. »Susie konnte nur eine

Stunde an der Rezeption sitzen. Wenn ich nicht rechtzeitig wieder unten bin, geht sie trotzdem. Und wenn der Chef auftaucht und die Rezeption ist leer, ist mein Job weg. Okay?«

Er antwortete, indem er sie fester umarmte.

»Ich habe nur um zwei Millionen gebeten«, sagte er leise. »Meine Eltern schwimmen im Geld, und mit zwei Millionen Kronen hätten sie mich aus der Klemme geholt. Aber nein...«

Der Rest ertrank in Gemurmel.

»Weinst du?«, fragte sie erschrocken.

»Nein«, sagte er und wischte sich mit dem Handrücken die Augen. »Ich bin nur sauer. Und ein wenig...«

Sie löste sich vorsichtig aus seiner Umarmung und fing an, sich anzuziehen.

»Ich muss auch an meine Mutter denken«, murmelte er. »Sie macht sich sicher Sorgen um mich. Und dann ist die Beerdigung und alles, und ich weiß nicht...«

»Kannst du nicht einfach nach Hause fahren?«, fragte sie, während sie ihre Bluse zuknöpfte. »An den letzten Tagen ist es doch gut gegangen. Wie viel hast du verdient?«

»Viel«, sagte er. »Aber nicht genug. Gestern war ein Märchen, aber die Börsen sind noch immer ungeheuer nervös. Ich brauche ein verdammtes Glück, wenn ich...«

»Davon habe ich keine Ahnung«, fiel Vivian ihm ins Wort und beugte sich zum Spiegel über dem Schreibtisch vor. »Aber jetzt muss ich los. Willst du schlafen, oder sehen wir uns nachher unten?«

Er sagte etwas, was sie nicht verstand.

»Bis dann«, sagte sie kurz und öffnete die Tür. »Wenn nicht vorher, dann jedenfalls zum Frühstück.«

Als die Tür hinter ihr ins Schloss fiel, drehte er sich auf die Seite. »Verdammter Scheiß Dreckspapa«, flüsterte er und fing wieder an zu weinen.

22.10 Uhr
Ymers vei, Lofthus, Oslo

»Peinlich«, sagte Ola und packte das Lenkrad fester, obwohl das Auto stand.

»Stimmt«, sagte Sara. »Unendlich peinlich. Sivert Sand läuft seit zwei Tagen im Schlafanzug und mit kranken Kleinkindern herum, und dann kommst du und beschuldigst ihn ...«

»Hör auf. Mach es nicht noch schlimmer. Du musst mir helfen, irgendeine Ausrede zu finden. Er muss mich doch für komplett ...«

»Mach deine eigenen Lügen«, sagte sie schroff.

Aber sie lächelte ein wenig. Und im Moment lag darin eine Art Trost.

»Blamier dich kein zweites Mal«, sagte sie und schaute zu dem dunklen Gebäude hinüber, in dem angeblich Sverre Bakken wohnte. »Den Diebstahl aus dem Schrittmacherraum kann die Polizei besser klären als wir. Man braucht ja wohl kaum ein Einstein zu sein, um einen Diebstahl aufzuklären.«

»Was hat die Polizei dir eigentlich getan? Warum musst du die immer runtermachen?«

»Ich mache niemanden runter. Ich stelle nur das Offensichtliche fest: Ein Virus in einer Progammiermaschine finden und feststellen, wie dieses Virus implantierbare Herzstarter manipuliert, können wir besser als die Polizei. Bei einem Einbruch dagegen ist die Polizei die richtige Instanz. Stimmst du mir da nicht zu?«

Ola legte die Stirn auf das Lenkrad. »Ich habe alles so satt«, stöhnte er.

»Fahren wir zurück«, sagte sie freundlich und legte ihm die Hand auf den Oberschenkel.

»Nein!«

Mit einem Ruck setzte er sich auf. »Ich werde mir die

verdammte Maschine holen, und wenn es das Letzte ist, was ich jemals tue«, sagte er und öffnete die Tür. »Wenn du mitkommen willst, dann von mir aus. Wenn nicht, dann bleib eben hier sitzen.«

Er schaltete in den ersten Gang und drehte den Motor aus. Zog hart an der Bremse, zwängte sich aus dem Auto und beugte sich dann wieder hinein. »Kommst du mit?«, fragte er wütend, ehe er sich abermals aufrichtete, mit der Tür knallte und über die Straße lief.

22.11 Uhr
Ymers vei, Lofthus, Oslo

Als Sverre Bakken nach Hause gekommen war, hatte er es nicht einmal über sich gebracht, Licht zu machen. Drei Stunden lang hatte er getrunken, während der Abend draußen dunkler wurde und das Zimmer in der tristen Kellerwohnung immer kleiner wirkte.

Nur um aus diesem Drecksloch herauszukommen, hatte er zugestimmt.

Die Kinder wollten ja nicht herkommen.

Er sah sie, sooft er konnte, aber es machte ihn fertig, sich immer etwas ausdenken zu müssen. Kino jeden Freitag und Vergnügungspark drei Samstage hintereinander, mit Holen und Bringen morgens und abends, weil sie bei ihm nicht schlafen wollten, war etwas, worauf er sich nicht mehr freute. Er wohnte auch nur hier und nicht in Asker oder in Bærum, weil das Haus der Mutter eines Kollegen gehörte. Sie ließ ihn fast umsonst wohnen, wenn er den Rasen mähte und die Katze fütterte, wenn sie nach Spanien reiste.

Das tat sie sehr oft, und das machte das Haus auch nicht gemütlicher.

Er hasste seine ganze Situation und war wütend auf Ingunn, die ihn mithilfe ihrer Eltern aus ihrem mit Darlehen belasteten Haus ausbezahlt hatte. Widerwillig hatte Sverre Bakken zugeben müssen, dass sie sich in finanzieller Hinsicht fair benahm. Drei unabhängige Experten hatten den Wert des Hauses in Asker im Durchschnitt auf 6,9 Millionen Kronen taxiert. Da die Schulden sich auf fast vier beliefen, wurde er mit anderthalb Millionen abgespeist, als er endlich einsehen musste, dass er nie im Leben das Darlehen abtragen und zugleich das Haus behalten könnte. Ingunn war Anwältin, verdiente dreimal so viel wie er und hatte außerdem wohlhabende Eltern, die ihren Exschwiegersohn verabscheuten.

Die Kinder waren zwölf und vierzehn Jahre alt und wollten bei der Mutter bleiben.

Sverres Geld war fast aufgebraucht, als er einige unangenehme Schulden bezahlt hatte, von denen Ingunn nichts wusste, und als die letzten Raten für das Auto erledigt waren. Er hätte es natürlich verkaufen müssen, ein Audi TT passte nicht zu seiner Finanzlage, aber so viel hätte er auch nicht dafür bekommen, der Wagen war schon fünf Jahre alt.

Sverre Bakken brauchte so verzweifelt Geld, dass er sich auf fast alles eingelassen hätte. Aber nicht auf den Tod eines Patienten.

Er hätte fragen müssen. Er hatte ja gefragt, hatte sich aber idiotischerweise mit unvollständigen Antworten zufriedengegeben.

Trotzdem hatte er nicht geglaubt, dass jemand sterben würde.

In aller Frühe am Donnerstagmorgen hatte er vor dem GRUS gehalten. Er sollte drei neue ICDs abliefern und zugleich Petter Bråten einige Geräte leihen, denn der würde auf Rechnung von Mercury Medical in Kopenhagen einen Workshop abhalten. Es würde nicht lange dauern, aber als er aus dem Auto stieg, sah er Erik Berntsen.

Erik Berntsen müsste es doch zu schlecht gehen, um draußen herumzulaufen.

Es sollte ihm doch schlecht gehen, dachte Sverre Bakken verwundert. So schlecht, dass ihm ein anderer ICD eingesetzt werden müsste.

Von einem anderen Fabrikat.

St. Jude vielleicht. Oder Boston Scientific. Erik Berntsen sollte noch bettlägerig und fast bereit für eine Reimplantation sein.

Aber jetzt stand der Mann hier, zusammen mit einem viel jüngeren Kerl, der etwas schwenkte, das aussah wie ein Flugticket, und der frisch operierte Patient sah unverschämt gesund aus.

So sollte es nicht sein.

Nichts war so, wie es sein sollte, und ein entsetzliches Telefongespräch später wusste Sverre Bakken, woran er da mitgewirkt hatte, als er drei Tage zuvor ein kleines Programm in eine der drei Programmiermaschinen herunterlud, die das GRUS von Mercury Medical bekommen hatte.

Er hatte in dem strahlenden Sonnenlicht gefroren. Hatte mit den Zähnen geklappert, und ihm waren die Autoschlüssel aus der Hand gefallen, als er versucht hatte zu tun, was ihm befohlen worden war.

Nach Erik Berntsens Tod musste der ICD Sara Zuckerman in die Hände gespielt werden, so hatte der Befehl gelautet. Der Patient sollte in weniger als einer Dreiviertelstunde einem Infarkt erliegen, aber jetzt fuhr er in einem klapprigen roten Kia weg, zusammen mit einem Mann, der ein Flugticket geschwenkt hatte.

Sverre Bakken tat, wie ihm geheißen.

Die Stimme am Telefon hatte damit gedroht, was auf

der Hand lag: Er, Sverre Bakken, hatte den ICD eines Mannes manipuliert, der nicht ahnte, dass ihm weniger als eine Stunde zu leben blieb. Die Sache würde an ihm hängen bleiben.

Er hatte sich wie ein Roboter gefühlt. Wie ein ferngesteuerter Mechanismus, eine künstliche Intelligenz, die genau das tat, wozu sie programmiert war. Die Angst davor, was er getan hatte, die Wut, weil er betrogen worden war, die Angst, das Geld könne ihm entgehen, die Panik bei der Vorstellung, erwischt zu werden, alles nebelte ihn ein und machte ihn unfähig, an etwas anderes zu denken als an das überaus Wichtige: Sara Zuckerman musste den ICD finden.

Er hätte niemals, niemals tun dürfen, wie ihm geheißen worden war.

An den folgenden Tagen wurde alles immer schlimmer. Er spielte mit dem Gedanken, sich zu stellen, aber das ging natürlich nicht. Jedenfalls konnte er einfach nicht mehr schlafen.

Am Nachmittag hatte er sich in den Kopf gesetzt, die Maschine neu zu programmieren. Das würde ihn immerhin beschäftigen. Und er hatte das Virus eingespeist. Auf irgendeine Weise musste es sich doch entfernen lassen.

Das Virus aus seinem Leben tilgen.

Jetzt saß er allein in der Dunkelheit und trank Jack Daniels, um umzukippen.

Es war einfach gewesen, ins GRUS zu gelangen. Er hatte eine Zugangskarte und kannte die richtigen Codes. Das Problem war nicht gewesen, hineinzukommen und die tödliche Maschine zu entfernen, das Problem war, dass er gefasst werden würde.

Er hatte keine Ahnung, ob es im Krankenhaus Überwachungskameras gab, die ihn entlarven würden. Das spielte keine Rolle. Die modernen Codeschlösser an den Türen waren mit einem Benutzerregister ausgerüstet, und es würde leicht festzustellen sein, dass er zu einem Zeitpunkt dort gewesen war, zu dem er im Krankenhaus nichts zu suchen gehabt hatte. Als er das kleine Programm am späten Montagnachmittag der vergangenen Woche heruntergeladen hatte, war er dort gewesen, um bei einer Implantation mitzuwirken. Niemand hätte ihm etwas nachweisen können, alles war geplant gewesen, niemand hatte etwas gemerkt, und er hatte genügend Folgen von CSI gesehen, um keine Fehler zu machen.

Jetzt war alles zu Ende.

Als er dreieinhalb Stunden zuvor das Licht im Schrittmacherraum des GRUS eingeschaltet hatte und unter dem Tisch die infizierte Maschine gefunden hatte, war sein eigenes Herz stehen geblieben, das hätte er beschwören können, jedenfalls setzte es einen Schlag aus, als er ein großes silberfarbenes Kreuz auf dem Deckel sah.

Während sein Puls sich gefährlich beschleunigte, überprüfte er die Seriennummer.

Es war die infizierte Maschine.

Jemand hatte sie gekennzeichnet. Jemand hatte ein silberfarbenes Kreuz auf die Mordwaffe geklebt.

Es war nur eine Frage der Zeit, bis sie ihn holen würden. Er hatte den Koffer an sich gerissen, ohne an etwas anderes denken zu können, als dass er nach Hause wollte. In diese düstere Karikatur eines Zuhauses, wo kein Kind es aushalten konnte.

Sie würden ihn holen.

Er hatte doch nur alles für die Kinder richtig machen, ein echter Papa mit einem wirklichen Zuhause werden wollen. Jetzt hatten sie einen Mörder zum Vater.

Wenn er nur gefragt hätte. Wenn er sich nicht einfach zufriedengegeben hätte.

Es war alles so einfach gewesen.

»So scheißeinfach!«, schrie Sverre Bakken plötzlich,

sprang vom Sofa auf und feuerte mit aller Kraft die leere Flasche an die Wand.

Es klingelt, dachte er benebelt.

Langsam torkelte er zur Tür.

»Dr. Farmen«, nuschelte er, als er endlich aufmachen konnte. »Und Dr. Zuckerman, wie ich sehe.«

Sie stand am Ende des Plattenwegs, halb von ihm weggedreht, als spiele sie mit dem Gedanken, wieder zu gehen. Irgendwie sah sie verlegen aus, trug nicht diese Miene zur Schau, mit der sie sonst ihrer Umgebung auf die Nerven ging.

»Dr. Zuckerman«, wiederholte Sverre Bakken, jetzt viel lauter. »Nicht so schüchtern. Holen Sie sich doch Ihre Maschine!«

Er versuchte, die Hand zu einem Gruß zu heben.

Dann wurde alles schwarz.

Freitag, 5. September 2008

9.30 p.m.
Rosa Mexicano, 61 Columbus Avenue at 62nd Street, Manhattan, NYC

»Indisponiert? Du willst behaupten, Joe Jackson sei *indisponiert?*«

Otto Schultz war so wütend, dass der Mann auf der anderen Seite des Tisches *pst* sagte und den Finger an die Lippen legte.

»Komm mir hier verdammt noch mal nicht mit pst«, fauchte Otto, jetzt aber etwas leiser. »Joe hat mich in diesen Sumpf geführt. Und jetzt soll er mich auch wieder rausholen. Hörst du, Alex? Hörst du, was ich sage?«

Alexander Grouss, leitender Berater beim Bank- und Finanzriesen Goldman Sachs, versuchte erneut, Otto Schultz zu besänftigen, diesmal, indem er ganz leicht die Handflächen hob und einen vielsagenden Blick zu den Gästen am Nachbartisch hinüberwarf.

»Du bist nicht der Einzige, der Probleme hat«, sagte er leise. »Du hast doch sicher mitbekommen, dass ein Sturm aufzieht. Ein Orkan. Gerüchten zufolge werden Lehman Brothers bereits morgen ...«

»Ich scheiße auf Lehman Brothers«, flüsterte Otto Schultz. »Mich interessiert im Moment nur Galaxy COB. Und wo zum Teufel steckt Joe Jackson?«

Alex Grouss legte die Speisekarte hin und lächelte verkniffen die plötzlich aufgetauchte Kellnerin an. »Ich nehme zuerst eine Guacamole en Molcajete«, sagte er freundlich in perfekter spanischer Aussprache. »Danach die Flautas de Pollo und zum Schluss Tacos Sudados de Chicharrón. Nur Wasser dazu, bitte. Ohne Kohlensäure, mit Eiswürfeln.«

Die Kellnerin nickte und sah Otto Schultz an.

»Das Gleiche«, sagte der. »Aber mit einem Bier. Das größte, das Sie haben.«

Die große magere Frau nahm beide Speisekarten und verließ den Tisch.

»Wie gesagt«, flüsterte Alexander Grouss so leise, dass Otto ihn kaum verstehen konnte. »Wie gesagt, ist Joe nicht ... durchaus nicht in Form. Sei froh, dass ich an seiner Stelle kommen konnte.«

»Froh? *Froh???*«

Ottos Gesicht wurde immer dunkler, als er hinzufügte: »Soll ich froh darüber sein, dass meine hundert Millionen Dollar verschwunden sind? Im Sand verlaufen?«

»Hör mal zu«, sagte Alex und rückte seinen tadellosen Schlipsknoten noch einmal zurecht. »Das hier ist nicht der richtige Ort für solche Gespräche. Lass uns diese Mahlzeit genießen, dann sprechen wir in meinem Büro über Galaxy. In Ordnung?«

»Durchaus nicht in Ordnung«, sagte Otto schroff. »Wir können reden, aber dann in meinem Büro.«

»Von mir aus gern«, sagte Alexander lächelnd. »Dann ist das abgemacht. Wie geht es eigentlich bei allem mit Mercury Medical?«

»Gut. Wir haben kein Rekordjahr, aber im Gegensatz zu all diesen Idioten in der Finanzbranche leben wir vom Produzieren. Davon, dass wir etwas herstellen. Und zwar Produkte, mit denen jemand etwas anfangen kann. Hast du in deinem Leben jemals etwas hergestellt?«

Alexander gab keine Antwort. Er ließ sich zurücksinken und versuchte, das wachsende Interesse des Paares am Nachbartisch durch ein Lächeln zu vertreiben.

»Und die Familie?«, fragte er. »Alles in Ordnung mit Suzanne? Den Kindern? Enkel unterwegs?«

Otto Schultz hatte keiner Menschenseele von Suzannes Auszug erzählt. Als sie sich über die Scheidung geeinigt hatten, wobei die endgültige Auszahlung aufgeschoben werden sollte, bis er die festgelegten Aktiva realisieren könnte, ohne zu viel zu verlieren, hatte er eine ganz schwache Ahnung davon bekommen, dass der Subprime-Markt möglicherweise doch nicht die Goldgrube war, als die er dargestellt wurde.

Dass alles verloren sein sollte, war nicht zu glauben.

»Keine Enkel in Sicht«, murmelte er.

Die Kellnerin kehrte zurück und stellte elegante Schüsseln mit Tortillachips, Guacamole und zwei Sorten Salsa auf den Tisch. Otto bekam ein großes Bier, ehe sie Alexanders Glas mit Wasser füllte.

»Du hast doch schon viele Stürme erlebt«, sagte Alexander leise. »Es war ja auch nicht nur Friede, Freude, Eierkuchen, als du Apollo und Gemini zusammengebracht hast. Da haben auch einige Leichen am Straßenrand gelegen, das musst du zugeben.«

»Was hat das damit zu tun?«, fragte Otto erbost. »Eine Fusion von zwei Gesellschaften ist immer brutal. Einige werden überflüssig in einem Prozess, bei dem es plötzlich die doppelte Menge von Angestellten gibt. Investoren in die Irre zu führen ist etwas ganz anderes.«

»Wir haben niemanden in die Irre geführt, Otto. Der Finanzmarkt ist unsicher. Deshalb lässt sich dort großes Geld verdienen. Und verlieren. Das weiß ein Mann von deinem Format. Du weißt das, Otto, und ein Mann wie du dürfte nicht hier herumjammern.«

»Ich jammere nicht!«

Otto fühlte sich unwohl. Sie hätten dieses idiotische Essen überspringen müssen, wo er doch nur über hundert Millionen Dollar sprechen wollte. Seine hundert Millionen Dollar, die inzwischen hundertvierzig Millionen Dollar hätten ausbrüten müssen, die aber verschwunden waren. Joe hatte auf dieses Essen bestanden, vermutlich wagte er nicht, Otto unter vier Augen entgegenzutreten.

Und dann war er nicht einmal aufgetaucht.

»Ich jammere nicht«, wiederholte Otto, »ich klage an. Ich klage deine Firma an, weil ihr Schwindel treibt. Betrug, Alex, das betreibt ihr!«

»Finanzpolitik ist brutal«, sagte der. »Genau wie Industrieentwicklung. Was ist zum Beispiel mit John? Er hat sich vor drei Jahren das Leben genommen, hast du das gewusst?«

Otto Schultz erstarrte, mit dem Mund voller Essen.

»Der Selbstmord muss wohl als Formalität betrachtet werden«, sagte Alexander kalt. »Er ist an dem Tag gestorben, an dem du ihn vor die Tür gesetzt hast. Die Jahre danach waren eine lange schmerzhafte Wanderung auf den Untergang zu.«

»Bullshit«, sagte Otto, ehe er sein Glas leerte und versuchte, die Aufmerksamkeit der Kellnerin zu erregen, um sich noch eines zu bestellen. »John hat eine nette Summe bekommen, eine verdammt nette Summe, als er Apollo verlassen hat. Bei Mercury war nicht genug Platz für uns beide, das musste er doch einsehen. Er hat jede Menge Geld bekommen, und ich habe mich sehr gut um seinen Sohn gekümmert.«

»Genau das wundert mich«, sagte Alex.

»Was denn?«

»Dass du dich so rührend um seinen Sohn gekümmert hast«, sagte Alex.

»Part of the deal«, sagte Otto. »Ich bin ein Mann, der

Wort hält. Und dich geht das Ganze übrigens gar nichts an.«

»Ich hätte mich nie auf ihn verlassen.«

Zum ersten Mal, seit sie gekommen waren, grinste Otto. »Willst du mir jetzt auch noch beibringen, wie ich mich zu verhalten habe? Zuerst zaubert ihr mein Geld weg, und dann erlaubst du dir herzukommen und ...«

»Noch zu trinken?«

Die magere Kellnerin war wieder da und nahm die Bestellung entgegen.

»Ich versuche keineswegs, dir irgendetwas beizubringen«, sagte Alexander, als sie gegangen war. »Ich gebe dir einfach einen Rat. Du darfst ihm nicht vertrauen. Jedenfalls nicht jetzt, wo John nicht mehr lebt.«

Otto seufzte und ließ sich im Sessel zurücksinken. Er hatte keinen Hunger mehr. Nur eine Schüssel Chips, und schon fühlte er sich aufgedunsen und schwer. Durstig. Unwohl. Überdrüssig.

Und verängstigt, das musste er zugeben.

Er hatte nie Angst. Jetzt war er außer sich vor Furcht.

»Ist alles verloren?«, fragte er plötzlich und schaute Alexander Grouss in die Augen. »Ist wirklich alles verloren? Die ganze Summe?«

Alexander wich nicht aus. Er kniff die Lider zusammen und schob das Kinn ein wenig vor, als er endlich antwortete. »Ich fürchte, ja, Otto. Es tut mir unendlich leid, aber deine Investition ist verloren. Unwiderruflich.«

Mittwoch, 12. Mai 2010

7.15 Uhr
GRUS, Bærum

»Und das wisst ihr schon seit ... Samstag?«

Krankenhausdirektor Svein-Arne Gran knallte beide Handflächen auf den Tisch.

»Nein«, sagte Sara Zuckerman ruhig.

»Doch«, sagte Ola gleichzeitig.

»Nein«, sagte Sara und legte die Hand auf Olas Oberschenkel. Sie saßen nebeneinander an der Längsseite des Tisches, während Gran und Benjaminsen die Querseiten einnahmen, als ob Sara und Ola zu einem Verhör einbestellt worden wären. »Wir wissen das seit gestern. Relativ spät gestern Nachmittag ist uns die volle Bedeutung dessen aufgegangen, was geschehen ist. Wir haben dann beschlossen ...«

»Aber schon seit Samstag wisst ihr, dass mit diesem Mercurydings etwas nicht stimmt?«

»Ja«, murmelte Ola und knabberte an seinem Daumennagel.

»Nein«, sagte Sara laut. »Uns kam in der Nacht auf den Samstag zwar ein Verdacht, aber wirklich sicher haben wir erst gestern Abend etwas gewusst. Und von einem ›Dings‹ ist hier auch nicht die Rede.«

Ihre schmalen Finger zeichneten Anführungszeichen

in die Luft, ehe sie weitersprach: »Auch wenn dein medizinischer Hintergrund sich auf eine kurze Krankenpflegerausbildung begrenzt, müsstest du ...«

»Ich weiß immerhin genug, um zu wissen, dass man Herzstarter nicht in Holzhütten explantiert«, gab Gran eiskalt zurück. »Ist dir klar, was diese Nummer uns kosten kann? Ist dir klar, was das für unser ansonsten ziemlich einzigartiges Renommee bedeutet?«

»Renommee«, wiederholte Sara mit einer Grimasse. »Das ist also das Erste, woran du denkst.«

»Nicht das Erste. Aber es muss doch erlaubt sein ...«

»Jetzt bleiben wir mal ganz ruhig«, schaltete Klinikchef Benjaminsen sich ein und hob abwehrend beide Hände. »Das Wichtigste ist nicht, was passiert ist, sondern was wir jetzt machen sollen. Es hat zwei ... Morde gegeben ...«

Es wurde still im Zimmer. Zwei Stunden zuvor hatte heftiger Regen eingesetzt, und die Windstöße ließen die Büsche draußen immer wieder über die Fensterscheiben kratzen. Der Frühling hatte eine unschöne Wendung genommen, und Sara fror.

»... zwei vorsätzliche Morde und ein Mordversuch in unserem Krankenhaus«, sagte Kaare Benjaminsen schließlich.

Er schüttelte den Kopf, als könnte er den Bericht, für den Sara Zuckerman zwanzig Minuten gebraucht hatte, noch immer nicht ganz glauben. »Wir haben doch sicher irgendwelche Richtlinien?«

Er sah den Krankenhausdirektor an.

»Ich verständige unverzüglich den Aufsichtsratsvorsitzenden«, sagte Gran. »Ich gehe davon aus, dass er den Aufsichtsrat sehr rasch informieren wird. Bei einem Rundruf, wenn nicht alle heute noch zusammenkommen können. Außerdem muss ich die geschäftsführende Direktorin des Gesundheitsbezirks Südost verständigen.

Ich war ohnehin heute um zehn Uhr mit ihr verabredet, ich weiß also, dass ich sie erreichen werde. Auch die Gesundheitsbehörden müssen informiert werden. Und die Polizei. Ich rufe den Polizeidirektor für Asker und Bærum an, sowie ich den Aufsichtsratsvorsitzenden informiert habe, damit wir uns über das praktische Vorgehen einigen.«

»Was machen wir mit Mercury Medical?«, fragte Ola. »Für die wird das doch die Hölle, und wir reden hier von börsensensiblen ...«

»Mercury Medical geht mir sonst wo vorbei!«

Svein-Arne Gran beugte sich vor und packte den Ordner mit den Berichten, die Ola und Sara geschrieben hatten.

»Um Mercury Medical kann die Polizei sich kümmern. Ihr habt denen ja fast die Arbeit abgenommen, indem ihr euch diesen ...«

Er suchte in seiner Erinnerung.

»Sverre Bakken«, half Ola nach. »Aber von dem hat im Moment niemand sehr viel. Er hat einen totalen Zusammenbruch erlitten. Ich habe ihn in Ullevål einweisen lassen. Akute Psychose.«

»In Ullevål?«

Gran ließ seinen Blick von Ola zu Sara und zurück wandern. »Ihr habt Ullevål einen Mörder überlassen, ohne dass die das wissen? Habt ihr denn restlos den Verstand ...«

»Er ist psychotisch«, fiel Sara ihm ins Wort. »Weder Dr. Farmen noch ich sind Psychiater, aber wir können beide bestätigen, dass Sverre Bakken im Moment sehr, sehr krank ist. Was übrigens auch die wachhabende Kollegin in Ullevål bestätigt. Und sie ist Psychiaterin.«

»Aber ...«

Gran fuhr sich mit der Hand über die kurz geschnittenen und noch immer fast schwarzen Haare.

»Was hätten wir denn mit ihm machen sollen?«, fragte Sara leicht herablassend. »Ihn mit zu dir bringen? Bei der Polizei einen lallenden, babbelnden, weinenden und sehr kranken Mann abliefern? Außerdem ...«

Sie warf die Haare in den Nacken. »Außerdem ist Sverre Bakken in vieler Hinsicht selbst ein Opfer«, sagte Sara. »Das Einzige, was er von sich gegeben hat, ehe er sich total verschlossen hat, war, dass er nicht gewusst hat, dass jemand sterben würde.«

»Und das glaubst du«, sagte Gran ironisch. »Einfach so.«

»Ja«, sagte Sara, »das glaube ich. Es stecken ganz offenbar andere dahinter. Wenn ihr meinem Bericht zugehört habt, dann wisst ihr, dass ein Mann wie Sverre Bakken nie im Leben dieses Virus entwickelt haben kann. Jemand hat es hergestellt, und jemand, vielleicht nicht einmal derselbe, hat ein Interesse daran, dass dieses Virus ... ausgebrochen ist, sozusagen. Sverre Bakken ist nur eine Figur in ihrem Spiel.«

Gran sah Sara noch immer angriffslustig an, aber der Klinikchef kam ihm zuvor. »Dann sagen wir so«, sagte er und schlug mit einer klobigen Faust kurz auf den Tisch. »Ihr beide müsst heute für Gran und mich erreichbar sein. Es kann ein langer Tag werden.«

Der Krankenhausdirektor nickte kurz und erhob sich, während er den roten Ordner mit den Berichten in seine Aktentasche schob. »Dann sollten wir dafür sorgen, dass die da nicht wieder auf Abwege gerät«, sagte er und zeigte auf die Programmiermaschine. »Ich nehme sie mit in mein Büro und lasse sie nicht aus den Augen, bis die Polizei hier ist.«

Sara machte eine gebieterische Handbewegung, ehe auch sie aufstand und zur Tür ging.

»Ich werde dieses Geschehnis oben in Romeriksåsen verfolgen müssen«, sagte der Direktor laut.

»Tu, was du nicht lassen kannst«, sagte Sara, ohne sich umzudrehen. »Ich hätte ja gedacht, du hättest im Moment andere Sorgen.«

»Deine Reise nach Amerika ist auch nicht mehr gesichert«, hörte sie Benjaminsen sagen.

»Doch. Ich fliege morgen Nachmittag. Es ist ein wichtiger Kongress, und ich halte zwei Vorträge. Niemand kann behaupten, ich hätte in dieser Angelegenheit nicht genug getan.«

Vor der Tür drehte sie sich noch einmal zu ihnen um. »Ein Dank wäre übrigens nicht unangebracht«, sagte sie laut. »Für mich, aber vor allem für Dr. Farmen. Er war unvergleichlich.«

7.30 Uhr
Mercury Medical Zentrale für Nordeuropa und Norwegen, Sandakerveien, Oslo

»Das kann nicht stimmen«, sagte Morten Mundal mit müdem Lächeln. »Das kann einfach nicht stimmen. Möchtest du noch Kaffee?«

Agnes Klemetsen schüttelte den Kopf. Seit dem Aufstehen hatte sie schon drei große Becher geleert. Trotzdem war ihr Kopf schwer. Sie hatte unruhig geschlafen und spürte ein Kratzen im Hals, als ob sie etwas ausbrütete.

»Jemand vom GRUS hätte sich bei uns gemeldet, wenn sie auch nur den kleinsten Verdacht hätten, dass mit dem Deimos etwas nicht stimmt«, sagte Morten Mundal. »Und das ist nicht passiert.«

»Da bist du dir ganz sicher?«

»Natürlich bin ich mir sicher«, sagte er. Zum ersten Mal in diesem Gespräch hörte sie in seiner Stimme einen gereizten Unterton. »Ich kenne Sara Zuckerman außerdem gut, und wenn sie auch noch so selbstherrlich ist, ist ihr doch die Verantwortung bewusst, die daraus folgt, einen ... einen Mangel beim Deimos zu entdecken.«

Er schüttelte bei der bloßen Vorstellung den Kopf. »Aber sicherheitshalber kann ich ja unsere beiden Programmierer fragen, die im GRUS eingesetzt werden. Sivert Sand und Sverre Bakken heißen sie. Das dauert nur einen Moment.«

Er griff zu seinem Mobiltelefon. »Blackberry«, sagte er und lächelte. »Total veraltet. Du hast bestimmt ein iPhone.«

Agnes gab keine Antwort.

Während er telefonierte, sah sie sich um, ohne es zu auffällig wirken zu lassen. Das Büro war nüchtern, fast spartanisch eingerichtet. Ein Bücherregal an der einen Wand, halb voll mit Nachschlagewerken, Werbematerial und Ordnern in verschiedenen Farben. An einer anderen Wand hing ein gerahmtes Plakat von einer Chagall-Ausstellung in Brüssel. Bei der Tür stand ein weißer stilisierter Baum, der als Garderobenständer diente. Morten Mundals Schreibtisch war aufgeräumt, ohne einen einzigen Gegenstand, der verraten könnte, wer Mundal eigentlich war.

Niemand meldete sich am Telefon, wie es schien.

Jedenfalls sagte Morten Mundal nichts, und seine Miene wechselte von Gereiztheit zu leichter Besorgnis.

»Krieg keine Antwort«, sagte er und starrte einen Moment lang wütend sein Telefon an, als wäre das an allem schuld.

»Du hast keine Nachricht hinterlassen«, sagte Agnes Klemetsen.

»Sie sehen, dass ich angerufen habe. Das ist Nachricht genug.«

Plötzlich lächelte er wieder und ließ sich in seinem

Schreibtischsessel zurücksinken. »Aber noch einmal: Mit dem Deimos ist alles in Ordnung.«

»Könntest du trotzdem beim GRUS nachfragen?«

»Natürlich. Ich warte eine halbe Stunde, ob die Jungs sich melden. Und wenn ich dann nichts gehört habe, rufe ich Dr. Benjaminsen an.«

Er setzte sich gerade und blickte sie mit einem fragenden Lächeln an. »Kann ich sonst noch etwas für dich tun?«

Agnes musterte den jungen Mann. Er war noch keine vierzig, das wusste sie, und er sah noch jünger aus. Gepflegt, mit vollem Haar, die Kleidung weder förmlich noch zu salopp. Trotz seines selbstsicheren Wesens und seiner unbestreitbaren Kompetenz war es doch überaus beeindruckend, dass er schon mit neunundzwanzig diese leitende Stellung erhalten hatte.

»Kennst du Otto Schultz?«, fragte sie plötzlich.

»Nein. Ich bin ihm natürlich einige Male begegnet und habe regelmäßig Kontakt mit ihm per Telefon und E-Mail. Aber kennen? Nein.«

Sein Mund verzog sich zu einem kleinen Lächeln, dann beugte er sich vor und fügte hinzu: »Kaum jemand kennt Otto Schultz. Du vielleicht?«

»Nach deiner Definition nicht. Ich sitze eben im Aufsichtsrat und bin ihm in diesem Zusammenhang begegnet. Ich habe übrigens gestern Abend mit ihm gesprochen.«

»Ach?«

Agnes glaubte, in seinem Blick etwas Hellwaches zu sehen. Sie versuchte, das festzuhalten, als sie hinzufügte: »Er hatte ein seltsames Erlebnis.«

Morten Mundal runzelte ganz leicht die Stirn.

»Er hat eine E-Mail bekommen«, sagte sie. »Eine E-Mail über einen Todesfall.«

Jetzt waren seine Gedanken ihm unmöglich anzusehen.

»Es ging um Erik Berntsen«, sagte sie.

Er zuckte kurz mit den Schultern, sagte aber nichts.

»Kennst du diesen Mann?«, fragte sie. »Professor der Elektrophysiologie Erik Berntsen?«

»Hab von ihm gehört. Otto Schultz hat mich übrigens auch nach ihm gefragt. Ich glaube, das war am Samstag.«

»Er ist am Donnerstag gestorben.«

Sie hatte sich diese Technik schon vor langer Zeit angewöhnt. Wenn sie sich nicht sicher war, was ein Gesprächspartner dachte und fühlte, sagte sie kurze Sätze und gab nur nach und nach Informationen preis. Das Gegenüber wurde dann meistens unsicher und neigte dazu, sich zu versprechen.

Bei Morten Mundal war das anders. »Das weiß ich«, sagte er. »Wie schon gesagt, Otto hat mich wegen dieses Todesfalls angerufen.«

»Was Otto zu schaffen macht«, sagte sie langsam, »ist, dass er am vergangenen Mittwoch eine anonyme E-Mail bekommen hat.«

Wieder versuchte sie es mit einer Pause. Sie empfand plötzlich so etwas wie Misstrauen gegenüber dem Mann, der entspannt auf der anderen Seite des Schreibtisches saß. Sie hatte ihn bei ihrer ersten Begegnung sofort gemocht. Morten Mundal war sympathisch, offenbar tüchtig, und sein Aussehen hätte sie eher auf die Modelbranche tippen lassen. Heute aber war er anders. »Slick« wurde das in den USA genannt, Morten Mundal hatte etwas Aalglattes. Was ihr plötzliches Gefühl mit ihrer Sorge wegen des Deimos zu tun haben sollte, konnte sie trotzdem nicht begreifen.

Weibliche Intuition, dachte sie und ließ die Pause andauern.

»Eine anonyme E-Mail?«, fragte Morten Mundal endlich. »Worüber denn?«

»Darüber, dass Berntsen tot ist.«

»Am Mittwoch? Aber Berntsen ist doch erst am Donnerstag gestorben. Selbst beim Zeitunterschied ...«

Sie sah, dass er in Gedanken rechnete.

»Berntsen ist gegen halb zehn gestorben«, sagte er verwirrt. »Ich habe mich auf Ottos Wunsch darüber informiert. Er kann unmöglich am Mittwoch von dem Todesfall erfahren haben.«

Jetzt wirkte er immerhin ein wenig unsicher.

»Aber so war das eben«, sagte sie.

»Das muss doch bedeuten ... Jemand hat also gewusst, dass Berntsen sterben würde?«

Er machte diese Behauptung zur Frage, indem er Agnes skeptisch ansah. Sie nickte nur zur Antwort.

»Und ihm war erst zwei Tage zuvor ein Deimos eingesetzt worden«, sagte er langsam. »Wenn jemand gewusst hat, was passieren würde, ehe es passiert ist, kann das doch bedeuten, dass ... Jetzt begreife ich.«

Agnes Klemetsen begriff nicht, was er begriffen hatte. Er nahm den Blackberry und gab eine abgekürzte Nummer ein.

»Hilde? Morten hier. Tut mir leid, dich so früh zu stören, aber ...«

Er wurde offenbar von der Versicherung unterbrochen, dass es nicht schlimm sei.

»Ich habe versucht, Sivert und Sverre zu erreichen«, sagte er nach einigen Sekunden. »Keiner von beiden hat zurückgerufen. Kannst du versuchen, sie für mich ausfindig zu machen?«

Neue kurze Pause.

»Danke. Sag ihnen, dass es wichtig ist.«

Als er das klobige Telefon weggelegt hatte, griff er sich mit beiden Händen an die Schläfen. »Verdammt«, sagte er so leise, dass sie nicht ganz sicher war, ob er wirklich geflucht hatte. »Wenn jemand am Deimos herumgepfuscht hat, sind wir übel dran.«

Als er die Hände sinken ließ, sah sie eine kräftige Röte, die an seinem Hals aufstieg. Seine Oberlippe war schweißnass.

»Verdammt«, wiederholte er, diesmal laut und deutlich.

8.45 Uhr
Wells Hotel, Vincent Square, London

Audun Berntsen saß bereits auf seinem Stammplatz in der Ecke der heruntergekommenen Rezeption des Wells Hotels. Der Korbsessel ächzte, aber inzwischen fand er dieses Geräusch recht gemütlich. Vivian war eben gegangen. Sie hatten kurz knutschen können, dann war ihre endlose Schicht beendet gewesen, und sie war abgelöst worden. Audun konnte nicht begreifen, wann diese Frau schlief. Sicher arbeitete sie sechzehn Stunden am Tag, und als er sie nach ihrem Stundenlohn gefragt hatte, war er sprachlos.

Man hätte meinen können, das Hotel gehöre ihr, so, wie sie sich für den Hungerlohn abmühte.

Er mochte Vivian. Er mochte sie wirklich. Sie hatte mit sechzehn die Schule abgebrochen, und ihren Wissensstand hätte er für eine Zehnjährige ausreichend gefunden. Aber sie hatte etwas. Etwas Offenes und Zugängliches und Warmes. Etwas Fürsorgliches, dachte er immer häufiger. Ohne die viele Schminke wäre sie noch dazu sehr hübsch.

Vielleicht könnte Vivian mit nach Norwegen kommen.

Audun hatte keine Ahnung, wann er nach Norwegen zurückkehren würde.

Der Vortag war an den Börsen von London und New York wieder unruhig gewesen, aber er hatte kein Geld verloren. Er hatte auch nicht viel gewonnen, aber ein paar Tausender eben doch. Es geht zu langsam, dachte er und loggte sich im Laptop ein, während er Kaffee aus einem Becher schlürfte, den Vivian ihm gegeben hatte.

»My guy« stand in Goldbuchstaben in einem blutroten Herzen. Der Henkel war geformt wie ein kleiner Amor.

Jetzt war es an der Zeit, wieder groß zu verdienen. Der Montag war das reine Halleluja gewesen, der Dienstag viel schlechter. Er hatte nichts verloren, aber ein Gewinn von knapp zweitausend Kronen war auch kein Grund, nach Hause zu schreiben.

Vielleicht könnte er dennoch nach Hause schreiben.

Einen Brief, einen altmodischen Brief mit der Schneckenpost, wie seine Mutter das immer nannte.

Vorher musste er genug verdienen, deshalb schlug er sich den Gedanken an den Brief aus dem Kopf und klickte sich in die Londoner Börse ein. Surfte rasch bei *Risers*, Aktien mit steigendem Kurs, sie waren nicht zahlreich und auch nicht gerade beeindruckend. Die Liste der *Fallers* war schon heftiger. Aus Jux sah er sich die BP-Aktien an, die seit der Katastrophe im Golf von Mexiko am 26. April wie ein Stein gefallen waren. Sie waren auf dem Weg ins große Nichts, wie er dem Diagramm ansah. Rasch wechselte er zurück zur Startseite der LSE und wollte schon weitergehen, um sich Asia anzusehen, als sein Blick abermals auf Firmen fiel, deren Wert gesunken war.

Mercury Medical, sah er.

2,1 Prozent gesunken.

Gesunken? Mercury Medical?

Audun öffnete die Market News und gab den Namen der Gesellschaft ein.

»No news available.«

Seltsam. Mercury Medical war die langweiligste Aktie der Welt. Sie kroch in gleichmäßigem Tempo aufwärts, und das schon seit Gründung der Firma vor zehn Jahren. Er hatte sich nie für diese Art Papiere interessiert. Sein Vater dagegen hatte für eine halbe Million Mercury-Aktien gekauft, seit sie auf den Markt gekommen waren, und sie zwischen den Töchtern aufgeteilt. Auf den Jungen sei ja doch kein Verlass, hatte er gesagt, als die Mutter der Kinder angedeutet hatte, das sei möglicherweise nicht ganz gerecht.

Die müssen heute ganz schön viel wert sein, dachte Audun und freute sich über den Absturz. Rasch klickte er sich weiter zur Gerüchtebörse seines Vertrauens.

Nichts.

Und nirgendwo.

Er trank noch einen Schluck von dem bitteren Kaffee. Als er den kitschigen Becher wegstellte, klickte er sich aus alter Gewohnheit bei HegnarOnline ein. Im Diskussionsforum ging es wie immer hoch her, mit Informationen, Behauptungen, Gerüchten, Tatsachen, purer Schikane und wilder Mischung. Audun öffnete die Rubrik »Ausländische Aktien« und scrollte sich die Seite hinunter, ohne etwas zu finden, was mit Mercury Medical zu tun hatte. Als er gerade weitersurfen wollte, tauchte ein neuer Beitrag auf.

Der Autor nannte sich Jaffaboy, und die Überschrift war aufregend genug.

Probleme bei Mercury Medical?

Die Polizei wurde eingeschaltet, nachdem in der letzten Woche im GRUS mehrere Patienten den Löffel abgegeben haben. (Ja, ist klar, im Krankenhaus wird gestorben, aber das hier scheint etwas anderes zu sein, zum Teufel!) Offenbar geht es um hochtechnologischen Kram von MM. Steht Tante Sicherheit persönlich vor dem Sturz? Wenn man gestern da nur geshortet hätte!

Ansonsten bin ich der Meinung, dass PCIB totaaaaal überschätzt wird.

Schon fünf Leser, sah Audun. Sieben, als er aktualisierte. Elf beim nächsten Mal. Als er ein weiteres Mal auf »refresh« drückte, war die Mitteilung verschwunden.
Audun fühlte sich hellwach und so klar im Kopf, dass er sich bei einem Lächeln ertappte.

10.15 Uhr
Nedre Slottsgate 14, Oslo

Irgendetwas zog herauf, und das Gefühl, keine Kontrolle zu haben, wurde immer bedrückender. Agnes Klemetsen war nach ihrem Besuch bei Morten Mundal zu Kaffepikene in Nydalen gegangen. Einen Cappuccino mit besonders viel Milch und drei Morgenzeitungen später war sie noch immer so nervös wie nach ihrem Gespräch mit Otto Schultz am Vorabend. Im Büro hatte sie kaum die Tür hinter sich geschlossen, als ihre Sekretärin ihr mitteilte, Morten Mundal habe viermal angerufen. Er hatte auch versucht, sie per Handy zu erreichen, aber da hatte er nur den Anrufbeantworter erwischt.
Die Akkus waren leer, wie Agnes sah, als sie das iPhone aus der Tasche zog.
Sie hatte Morten sofort vom Festanschluss aus angerufen und ihn auf dem Weg zum GRUS im Auto erreicht. Reichlich erregt konnte er mitteilen, dass der eine Programmierer ins Krankenhaus Ullevål gebracht worden sei, ohne dass irgendwer Morten Mundal über die Ursache informieren wollte. Endlich hatte er den anderen Ingenieur erreicht, Sivert Sand, der seit Sonntag mit kranken Kindern zu Hause gewesen war und rein gar nichts wusste.

Danach hatte er es bei Kaare Benjaminsen versucht.

Während Morten ihr von seinem Gespräch mit dem Klinikchef des GRUS erzählte, fiel ihm zweimal das Telefon auf den Boden.

Der Arzt hatte nicht mit ihm reden wollen. Provozierend ruhig hatte er erklärt, aufgrund der obwaltenden Umstände nicht mit ihm sprechen zu können.

Jetzt war Morten auf dem Weg, um Ordnung zu schaffen, wie er sagte. Er wollte es sich doch verbeten haben, abgewiesen zu werden, wenn er, als oberster Vertreter von Mercury Medical in Nordeuropa, dringende Fragen zu den eigenen Produkten hatte.

Agnes hatte vergeblich versucht, ihn zurückzuhalten. Wenn mit dem Deimos wirklich etwas nicht stimmte, wie es ja auf der Hand lag, sollte man sich so ruhig verhalten wie möglich.

Sie hatte das Gespräch mit Morten Mundal vor zehn Minuten beendet, und noch immer saß sie hilflos da und starrte vor sich hin.

Wie um ihre Handlungsunfähigkeit abzuschütteln, klickte sie sich bei der London Stock Exchange ein.

Mercury Medical stand zu Beginn der *Fallers*, übertroffen nur noch von BP.

Gefallen um 3,9 Prozent.

Nur aufgrund von Gerüchten.

Ohne eine einzige bestätigte Information am Markt waren die Aktien innerhalb einer Viertelstunde um fast vier Prozent gesunken.

Sie surfte zu einigen Gerüchtebörsen und wurde immer bedrückter. Die Spekulationen darüber, was passiert sein mochte, waren wild und unterschieden sich von Forum zu Forum, aber die Hauptbotschaft war überall: Mercury Medical wird sinken, sehr stark sinken. Niemand weiß, wie tief. Verkaufen!

Sie loggte sich aus.

Die Stille im Zimmer kam ihr bedrückend vor, und als sie das bis zum Rand mit Eiswürfeln gefüllte Wasserglas hob, schien das spröde Klirren von Eis an Glas von weit, weit her zu kommen.

Das hier war das pure Fegefeuer. Nichts zu wissen und doch Otto Schultz anrufen zu müssen.

10.20 Uhr
Parkplatz vor dem GRUS, Bærum

Sara Zuckerman konnte sich nicht erinnern, je so außer sich gewesen zu sein. Ihr war glühend heiß, trotz des wütenden Windes, der den Regen seitwärtstrieb und sie unter ihrem Regenschirm durchnässte.

Zum ersten Mal seit einer Ewigkeit hatte es ihr die Sprache verschlagen. Sie hatte einfach dort gesessen, in einem Besuchersessel im Büro des Krankenhausdirektors, ohne auch nur ein einziges Wort sagen zu können.

Sie war beurlaubt worden.

Bis auf Weiteres beurlaubt von ihrer Stellung als Professorin und Abteilungsleiterin am GRUS.

Eine Ganzheitsbewertung, hatte der Mann auf der anderen Seite des Schreibtisches gesagt.

Da sie die Krankenhausleitung nicht über ein folgenreiches Versagen der Instrumente informiert hatte.

Unzulässiges Verhalten in Verbindung mit der Explantation eines ICD bei dem Patienten Klaus Aamodt, hatte Svein-Arne Gran von einem Papier abgelesen, das er dann auf seinen Tisch legte und von ihr unterschreiben lassen wollte. Natürlich hatte sie ihren Namen unter keinerlei Schriftstück gesetzt.

Ohne ein Wort hatte sie sich erhoben und das Zimmer verlassen.

Beurlaubt.

Sara Zuckerman, Trägerin des Mirowski-Preises, die beste Kardiologin, von der dieses verdammte Krankenhaus auch nur träumen konnte, ein Weltstar, der sich mit Hugh Calkins und Kenneth Ellenbogen mit Vornamen anredete, war von einem Krankenhausdirektor beurlaubt worden, der ein Krankenpflegerexamen und zwei Kurse in Betriebswirtschaft vorweisen konnte.

Sie war an diesem Morgen in aller Frühe mit einem Taxi zu der Besprechung mit Gran und Benjaminsen gefahren. Thea hatte sie vor vielen Jahren, als das traumatisierte Kind endlich akzeptiert hatte, dass man sich ab und zu eben doch per Auto bewegen musste, schwören lassen, niemals zu fahren, wenn sie müde wäre. Was sie jetzt einwandfrei war. Der Wagen stand zu Hause.

»Sara Zuckerman«, hörte sie jemanden rufen.

Nicht auf Norwegisch, mit langem a in Sara und weichem s.

Jemand rief ihren Namen so, wie er in den USA ausgesprochen wurde.

Die Beifahrertür eines roten Toyota Prius zwanzig Meter weiter öffnete sich.

»Sara!«, rief der Fahrer noch einmal. »Seeeera!«

Sie ging zum Auto und beugte sich ein wenig vor, um zu sehen, wer im Wagen saß.

»What the hell is going on here?«, fragte Morten Mundal und klopfte auf den Beifahrersitz. »Can we talk, Sara?«

Ohne weiter nachzudenken, noch immer erfüllt von einer Wut, mit der sie einfach nicht umgehen konnte, stieg sie ein.

10.22 Uhr
Nedre Slottsgate 14, Oslo

Agnes Klemetsen hielt den Hörer mehrere Zentimeter vom Ohr ab. Otto Schultz war so laut, dass er auch aus seinem Fenster in Manhattan hätte rufen können, um sich auf der anderen Seite des Atlantiks verständlich zu machen.

Es war dort drüben noch nicht einmal halb fünf Uhr morgens, aber dennoch hatte er sie angerufen. Als sie sich endlich zu dem Versuch aufgerafft hatte, ihn zu erreichen, kam ihre Sekretärin bestürzt herein und teilte mit, Otto Schultzens Sekretärin sei an der Strippe. Er wolle *immediately* mit Agnes reden, wie sie aufgeregt zitierte. *Immediately!*

»What the hell is going on«, brüllte er am anderen Ende der Leitung. »Wir sind an der LSE schon um über vier Prozent gefallen! Ohne den Grund zu wissen. In deinem Land passiert irgendwas, *goddammit!* Stell gefälligst fest, was das ist!«

»Ich habe es versucht. Ich habe schon mit Morten Mundal gesprochen, und er ist jetzt im GRUS, dem Krankenhaus, wo diese ... Gerüchte entstanden sind.«

»Sogar die Anteilseigner stoßen ab! Norwegen stößt ab! Du musst dich sofort an SP-SP wenden und rauskriegen, was die ...«

»Das kann ich nicht«, fiel sie ihm ins Wort. »Meine Rolle als Aufsichtsratsmitglied bei Mercury gibt mir keinerlei Einspruchs- oder gar Verfügungsrecht über den Umgang der SP-SP mit ihren Aktien.«

»Wie viele Norweger gibt es? Du musst doch in diesem Liliputland jemanden kennen, der uns verraten kann, was ...«

»Es gibt politische Rahmen, in denen SP-SP auftritt«, sagte sie energisch. »Und in diesen Rahmen entscheidet

SP-SP selbst. Auch wenn wir als langfristige Eigner eingestiegen sind, gibt es einen gewissen Handlungsspielraum. Ich vermute, der wird bis an seine äußersten Grenzen gedehnt werden, wenn dieser Sinkflug so weitergeht.«

Es wurde still am anderen Ende der Leitung.

»Ich kann dir versprechen, dass ich alles tun werde, um herauszufinden, was los ist«, sagte sie. »Ich arbeite eng mit Morten zusammen, und er hat ganz Mercury Medical Norway aufgescheucht, um die Sache zu klären. Das GRUS weigert sich, mit uns zu sprechen, was ja bedeuten kann, dass die Polizei eingeschaltet worden ist.«

»Die Polizei? Was in aller Welt soll die Polizei bei …«

»Das weiß ich nicht! Die Gerüchte im Netz reden von unerklärlichen Todesfällen, die mit dem Deimos zu tun haben, und …«

»Mit dem Deimos ist verdammt noch mal alles in Ordnung! Soll ich etwa unsere eigenen Leute rüberschicken, um herauszufinden, was da …«

»Es ist nur eine Frage der Zeit, Otto!«

»Ja«, sagte Otto Schultz, »it's a matter of time, all right!«

»Zeit, die wir nicht haben«, murmelte sie, aber auf Norwegisch, weil er es nicht verstehen sollte.

10.23 Uhr
Parkplatz vor dem GRUS, Bærum

Sowie Sara Zuckerman sich in Morten Mundals Auto gesetzt hatte, bereute sie es. Wut, Verzweiflung, Regen, ihr eigener Wagen, der nicht da war, das alles hatte den trockenen, warmen Prius als willkommenen Zufluchtsort erscheinen lassen. Dass er mit ihr Amerikanisch sprach, hatte sie auch verlockt. Seit ihrer Rückkehr nach Norwegen vor acht Jahren hatte Sara kein schlimmeres Heimweh nach Cleveland gehabt als gerade jetzt, nach ihrer schönen Wohnung mitten in der Stadt, nach dem Krankenhaus und den dortigen Kollegen.

Gerade in diesem Moment wünschte sie sich möglichst weit weg von dieser sozialdemokratischen Parodie auf ein Krankenhaus, wo Patienten starben, weil niemand als besser und wertvoller für das Krankenhaus anerkannt werden sollte als andere.

»I hate this place«, sagte sie und starrte die Windschutzscheibe an, wo die Scheibenwischer den Regen zur Seite schleuderten. »But I really can't talk to you.«

»Kannst du wenigstens sagen, warum nicht?«, fragte er leise.

Sie drehte sich zu ihm und schaute ihm in die Augen. Er sah jünger aus, als er war, was vielleicht der Grund war, warum sie ihn sich noch nie genauer angesehen hatte. Sie waren einander mehrmals bei internationalen Kongressen begegnet, zweimal hatte Mercury Medical für Sara Reise und Aufenthalt übernommen. Das bedeutete in der Regel ein pflichtschuldiges Essen und einen Drink anschließend, aber sie hatte ihn nicht interessant gefunden. Er kam ihr ganz einfach zu jung vor mit seinen dichten blonden Haaren über einem hübschen, fast schönen Gesicht. Die Augen waren groß und blau und lagen unter kräftigen, dunklen Brauen.

Morten Mundal sah einfach norwegisch aus, so norwegisch wie sein Name. Er sprach fließend Norwegisch. Sara glaubte sich zu erinnern, dass sein Vater in Norwegen geboren war. Dennoch stieg er auf seine Muttersprache um, wenn er mit Sara zusammen war. Sie hatte noch nie weiter darüber nachgedacht,

Jetzt wirkte der Sprachwechsel wie eine Einladung zu einer Art Vertraulichkeit, auf die sie nicht eingehen konnte.

Morten war gekleidet wie ein erfolgreicher junger Investor. Am linken Handgelenk hing eine teure Tag Heuer Monaco mit Krokodillederarmband.

Der einzige Fehler an diesem Bild eines perfekten Fast-Vierzigers war eine dicke Goldkette am rechten Handgelenk. Sie kannte diese Mode noch aus ihrer Jugend. Sie hatten sie damals Namensarmband genannt, glaubte sie sich zu erinnern. Eine Platte mit eingraviertem Namen hing an einer dicken Kette.

»Ich kann nur eines sagen, Morten. *Seriously.*«

»Ein Stichwort«, bat er. »Ich bin in einer verdammt üblen Lage. Im Netz schwirren die Gerüchte, die GRUS-Leitung will nicht mit mir sprechen, die Aktien befinden sich im Sturzflug, und alle scheinen zu wissen, dass mit dem Deimos irgendetwas nicht stimmt, ohne dass ich diese Behauptungen korrigieren oder genauer untersuchen könnte. Ein Stichwort, Sara. Bitte.«

»Woher kommst du eigentlich?«, fragte sie, denn sie konnte seinen Akzent nicht unterbringen. »New York City«, sagte er mit schwachem Lächeln. »Aber wenn du meine Aussprache meinst, die ist eher geprägt von teuren Internaten und Sommerlagern. Ich war nie viel zu Hause.«

Die Heizung summte leise, und eine angenehme Wärme verbreitete sich vom Sitz her über ihren Rücken.

»Ich kann dir nur sagen, dass Mercury Medical in deep shit steckt«, sagte sie leise. »And the shit will hit the fan very, very soon, I'm afraid.«

Sie öffnete die Tür. »Ich verstehe ja, dass das für dich eine wahnsinnig schwere Situation ist, nur kann ich einfach nichts tun. Vor einigen Minuten bin ich noch dazu beurlaubt worden. Ich bin ... arbeitslos, könnte man sagen.«

»Beurlaubt? Jetzt mach doch die Tür zu.«

Er legte den Arm mit der Namensplakette auf das Armaturenbrett.

»Orty«, las sie. »Wer ist Orty?«

Morten lächelte. »Meine Eltern hatten sich einen norwegischen Namen ausgesucht. Ich heiße nach meinem Großvater, aber sie haben mich von Anfang an Morty genannt. Als ich sprechen lernte, habe ich daraus Orty gemacht. Und das ist hängen geblieben. Dieses Armband hat meinem Vater gehört, ich war sein einziger Sohn, und er hat es immer getragen. Wie Fußballspieler heutzutage, die sich die Namen ihrer Kinder auf den Arm tätowieren lassen.«

Mit ernster Miene fügte er hinzu: »Er ist tot. Jetzt bleib bitte sitzen.«

13.00 Uhr
Polizeibezirk Asker und Bærum, Sandvika, Bærum

Polizeidirektor Kjell Vatten setzte sich hinter den länglichen Tisch an der Rückwand des Raums. Gleich hinter ihm erschien Krankenhausdirektor Svein-Arne Gran, gefolgt von einem übergewichtigen kahlköpfigen Mann mit einer so dicken Brille, dass das Glas fast die kräftige Fassung sprengte. Er fingerte an einem Mikrofon herum, mit dem er nicht umgehen konnte.

»Hallo?«, fragte er. »Eins zwei. Eins zwei.«

»Sie müssen es einschalten«, rief eine Stimme auf der anderen Seite des Raums.

Eine junge Frau von VG-TV erhob sich, um ihm zu helfen. »So«, sagte sie und zog das Mikrofon weiter weg von seinem Mund. »Jetzt müsste alles in Ordnung sein.«

»Willkommen«, sagte der rundliche Mann vorsichtig. »Willkommen zu dieser Pressekonferenz unter der Leitung des Polizeibezirks Asker und Bærum. Ich heiße Ove Karlsen und bin der Pressesprecher. Anwesend sind Polizeidirektor Kjell Vatten und Direktor Svein-Arne Gran vom Universitätskrankenhaus Grini. Zunächst wird der Polizeidirektor den Fall kurz umreißen ...«

»Wovon ist hier eigentlich die Rede?«, rief ein Zuhörer. »Die Einladung war ja, gelinde gesagt, vage formuliert!«

Viele grinsten. Die Pressemeldung, die erst eine Dreiviertelstunde zuvor an alle Redaktionen in Oslo geschickt worden war, hatte nur mitgeteilt, wer wann und wo anwesend sein würde. Der Zuhörermenge konnte man entnehmen, dass das genug gewesen war. Dass das GRUS sich nach mehreren unerklärlichen Todesfällen an die Polizei gewandt hatte, bestimmte bereits die Schlagzeilen der Onlinezeitungen.

»Jetzt immer schön der Reihe nach«, sagte Ove Karlsen. »Nach einer kurzen Einführung der beiden Herren sind Fragen gestattet. Bitte sehr, Herr Polizeidirektor.«

Kjell Vatten griff zum Mikrofon, dann wandte er sich ab und räusperte sich. »Die Polizei ist heute gebeten worden, im GRUS zu ermitteln. Es geht um Herzpatienten, die verstorben sind, nachdem ihnen etwas namens ...« Er nahm einen Zettel vom Tisch vor sich. »... implantable cardioverter-defibrillator«, las er in stockendem Englisch, »eingesetzt worden ist. Ein Herzstarter, der einem Patienten nach einer ... genaueren Diagnose eingesetzt wird. Wir haben wichtige Unterlagen, Ausrüstungsgegenstände und andere Informationen vom Krankenhaus erhalten und haben die Ermittlungen aufgenommen. Dazu sind Spezialkenntnisse im Bereich von Medizin und Technologie vonnöten, und wir sind soeben dabei, uns selbige in Zusammenarbeit mit der Kripo zu sichern. Ich bitte um Verständnis dafür, dass wir vorläufig nur wenig über diese Fälle sagen können, aus Rücksicht auf die laufenden Ermittlungen und nicht zuletzt auf die Angehörigen der Verstorbenen.«

Er nickte dem Krankenhausdirektor kurz zu, und der

griff zum Mikrofon und setzte sich gerade. »Es ist korrekt, dass ich als Krankenhausdirektor heute früh Polizeidirektor Vatten in Verbindung mit Todesfällen im GRUS um Hilfe gebeten habe. Innerhalb kurzer Zeit haben zwei Patienten aus unerklärlichen Ursachen ihr Leben verloren, nachdem ihnen ein ICD eingesetzt worden ist. Die Umstände waren dergestalt, dass die Krankenhausleitung es für korrekt hielt, die Polizei zu informieren. Alle betroffenen Instanzen des Gesundheitswesens sind selbstverständlich ebenfalls informiert worden und werden den Fall gemäß den vorliegenden Richtlinien behandeln. Wir möchten dazu betonen, dass niemand, der in unserem oder in anderen Krankenhäusern einen ICD implantiert bekommen hat, weder in letzter Zeit noch früher, sich Sorgen zu machen braucht. Es gibt keinen Grund zu der Annahme, dass ... dass das Problem, das hier untersucht wird, noch andere betrifft.«

Er zögerte und schaute einen Augenblick das Mikrofon an, dann fügte er hinzu: »Das Krankenhaus wird alles tun, um die Polizei zu unterstützen. Wir haben zudem ein Hilfsteam aus Ärzten und Psychologen für die Angehörigen eingerichtet. Ich danke für Ihre Aufmerksamkeit.«

Ove Karlsen hatte zwar angekündigt, dass die Mitteilungen kurz sein würden, aber das hier grenzte an eine Parodie. Die erfahrenen Journalisten wechselten mit gehobenen Augenbrauen Blicke: Die Sprengkraft einer Neuigkeit stand oft im umgekehrten Verhältnis zu dem, was die Betroffenen freiwillig erzählten.

»Fragen?« Ole Karlsen verzog seine roten Lippen zu etwas, was einem Lächeln ähnelte. An die fünfzig Hände schossen in die Luft. Was an sich schon aufsehenerregend war, denn die meisten Journalisten wollten sich nicht in die Karten schauen lassen und stellten in öffentlichen Foren schon längst keine Fragen mehr.

Ove Karlsen zeigte auf einen Mann mit Vollbart und Schmerbauch.

»Dass die Polizei eingeschaltet worden ist, bedeutet doch, dass das Krankenhaus mit kriminellen Vorfällen rechnet«, sagte der Mann, ohne sich vorzustellen. »Aber welche Art von Kriminalität vermuten Sie denn?«

Aller Augen ruhten auf Krankenhausdirektor Gran, der wieder zum Mikrofon griff und angespannt lächelte. »Wir wollen den Ermittlungen nun wirklich nicht vorgreifen«, sagte er. »Ich möchte auch keine Spekulationen anstellen. Die Polizei wird jetzt ihre Arbeit tun, und dann werden wir ...«

»Ist ja gut«, fiel der Journalist ihm ins Wort. »Aber Sie müssen meine Frage beantworten. Warum haben Sie die Polizei eingeschaltet?«

Gran schaute kurz zum Polizeidirektor hinüber. »Ich kann darauf hier nicht näher eingehen, weil ...«

»Es muss doch möglich sein, uns zu sagen, warum die Polizei eingeschaltet worden ist!«

Jetzt war es eine Frau von Mitte vierzig, die sich nicht abspeisen lassen wollte. Sie hob ein digitales Aufnahmegerät hoch und wollte schon weiterreden, als Svein-Arne Gran sich ein wenig weiter vorbeugte und sagte: »Die Todesfälle haben scheinbar keine erklärliche Ursache. Solche Todesfälle werden immer genau untersucht. Mehr kann ich jetzt nicht sagen. Nächste Frage.«

Ove Karlsen zeigte auf die Vertreterin von Dagens Næringsliv.

»Gerüchte wollen von einem Fehler am ICD wissen«, sagte die Journalistin ruhig. »Und dass es um einen Herzstarter von Mercury Medical geht. Deimos heißt er.«

Sie ließ Svein-Arne Gran nicht aus den Augen.

Der saß bewegungslos da. Zuckte nicht mit der Wimper.

»Die Gerüchte sind so hartnäckig, dass die Aktien einen

unerwarteten Absturz hingelegt haben«, sagte die Frau jetzt. »Anonyme Quellen im Netz behaupten zudem, dass es hier um Mord mithilfe von manipulierten Herzstartern geht. Ist daran etwas Wahres?«

»Ich kann nicht kommentieren, um welche Hilfsmittel es hier geht«, sagte Gran kurz. »Und das Wort Mord finde ich absolut unpassend.«

»Aber der Verdacht bewegt sich schon in diese Richtung?«, beharrte die Journalistin.

»In welche Richtung?«

»In die Richtung, dass der ICD das Problem ist«, wiederholte sie geduldig. »Und dass er ganz bewusst manipuliert worden sein kann.«

Ove Karlsen sah Svein-Arne Gran fragend an. Der Polizeidirektor spielte an einem Kugelschreiber herum, ohne aufzublicken.

»Zum derzeitigen Zeitpunkt lässt sich überhaupt nichts ausschließen«, sagte der Krankenhausdirektor endlich. »Unter anderem deshalb ist die Polizei eingeschaltet worden.«

»Haben Sie überlegt, die Implantationen des Deimos und eventuell auch anderer ICDs auszusetzen, bis der Fall geklärt ist?«, fragte die Vertreterin von Dagens Næringsliv.

»Eine solche Entscheidung wird, wenn überhaupt, nicht von uns getroffen«, sagte Gran. »Ich kann nur auf die Auskünfte verweisen, die möglicherweise später von Gesundheitsaufsicht und Ministerium gegeben werden. Der Minister und alle betroffenen Institutionen werden fortwährend und ausführlich informiert.«

»Das ist mehr, als wir von uns behaupten können«, sagte eine Frau in der ersten Reihe.

»Haben Sie denn jemanden im Verdacht?«, fragte ein schlaksiger Mann mit rasiertem Schädel. Er stand ganz hinten im Raum und musste laut rufen.

»Verdacht?«

»Ja«, rief der Mann zurück. »Eine Anzeige bei der Polizei muss doch bedeuten, dass Sie eine strafbare Handlung vermuten, egal, wie wenig Sie uns erzählen wollen. Und dann hat man doch oft einen oder mehrere Verdächtige. Haben Sie welche?«

»Jetzt glaube ich, wir setzen für diese Runde den Schlusspunkt«, schaltete der Polizeidirektor sich ein und erhob sich mit einem an Ove Karlsen gerichteten Nicken. »Natürlich werden wir die Öffentlichkeit mit weiteren Informationen versorgen, sowie wir das verantworten können.«

»Ist in Verbindung mit dieser Angelegenheit im GRUS jemand beurlaubt worden?«, fragte die Frau von Dagens Næringsliv, als der Krankenhausdirektor sich ebenfalls erhob.

Er sah sie nicht einmal an. Packte seine Aktentasche, lief hinter dem Polizeidirektor her und zog die Tür hinter sich zu, während der Lärmpegel in dem überfüllten Besprechungsraum anstieg.

»Wir danken für Ihr Kommen«, rief Ove Karlsen kleinlaut in die Menge.

Leider konnte ihn jetzt niemand mehr hören.

13.10 Uhr
Båtstøjordet, Høvik, Bærum

Sara fror noch immer, obwohl sie ein heißes Bad genommen hatte.

Sie war den ganzen Weg vom GRUS zu Fuß gegangen. Morten Mundal hatte sie bringen wollen, aber die Vorstellung, die lange Strecke bis Høvik über Wind und Wetter oder gar nichts sprechen zu müssen, hatte nicht gerade verlockend gewirkt. Da sie ohnehin triefnass war, mochte sie auch kein Taxi holen. Ins Büro zu gehen und sich trockene Kleider anzuziehen – sie hatte immer welche dort hängen, für den Fall einer verdoppelten Schicht –, das kam nun wirklich nicht infrage. Sie wollte keinen Fuß mehr ins GRUS setzen, ehe ihre Beurlaubung zurückgenommen wäre und sie eine bedingungslose Entschuldigung akzeptiert hätte.

Sie brauchte eine gute Stunde für den Weg, und es wäre ein Wunder, wenn sie jetzt nicht krank würde.

Jetzt saß sie in Theas rosa One-Piece-Overall da und sah sich die Pressekonferenz auf Aftenposten.no an. In dem Kleidungsstück kam sie sich vor wie ein überdimensionales Kaninchen, musste gegenüber der Vierzehnjährigen aber zugeben, dass es wirklich behaglich war.

»Idiot«, fauchte sie, sowie Svein-Arne Grans Gesicht auf dem Bildschirm auftauchte.

Nach dieser Parodie einer Pressekonferenz war Sara womöglich noch wütender als einige Stunden zuvor, als sie zornglühend sein Büro verlassen hatte.

»Idiot«, stöhnte sie. »Was zum Teufel machst du da eigentlich?«

Eine tüchtige Journalistin würde nur zwei Stunden brauchen, um sie ausfindig zu machen. Nicht als die Heldin, die den Fall geklärt hatte, sondern als Verdächtige. Der törichte Krankenhausdirektor hatte eine Gleichung aufgestellt, die die Frau von Dagens Næringsliv schon auf dem Weg in ihre Redaktion gelöst hätte.

Vermutlich schwirrten die Gerüchte über Saras Abgang jetzt schon munter durch die Gänge des GRUS, Sara hatte das Haus ja nicht auf Zehenspitzen verlassen.

Länger als zwei Stunden werden sie nicht brauchen.

Sie sprang auf und holte ihre durchnässte Handtasche aus dem Badezimmer, wo sie sie zum Trocknen aufgehängt hatte, ohne sie vorher auszuräumen. Alles war nass, Brieftasche, die Taschenbuchausgabe »The Human Stain« von Philip Roth, die kleine Packung Kleenex, das Mobiltelefon.

Ola hatte versucht, sie zu erreichen.

Sechsmal.

Sara hatte ihn total vergessen.

Er sei ebenfalls beurlaubt, hatte der Krankenhausdirektor ihr nachgerufen, als sie aus seinem Büro gestürzt war.

Sie setzte sich wieder an den Rechner und schob das Datenzäpfchen in ein USB-Portal. Wenn alle guten Mächte ihr beistünden, würde es im Innenfach der Handtasche überlebt haben. Der Rechner reagierte sofort und zeigte oben in der rechten Ecke das Icon ATTACH PRO.

Sie klickte es an.

»Thank God«, murmelte sie, als ihre und Olas Darstellungen als intakte Dateien auftauchten.

Sie druckte jeden Bericht zweimal aus und ging weiter zur Website des Senders NRK. Sie hatte das Gesuchte rasch gefunden und gab eine Nummer ein, ehe sie das Telefon ans Ohr hielt.

Ein schlechterer Umgang mit den Medien, als sie soeben erlebt hatte, war kaum vorstellbar. Und das würde sie sich nicht gefallen lassen.

»Hier spricht Sara Zuckerman«, sagte sie, als sie endlich die gesuchte Person am Apparat hatte. »Dr. Sara Zuckerman vom Universitätskrankenhaus Grini. Ich verfüge über ziemlich umfassende Unterlagen über die Ermittlungen, die im Krankenhaus derzeit angestellt werden. Können wir uns treffen und darüber reden?«

15.58 Uhr
Gjettumkollen, Bærum

Das Haus war quälend still.
 Die Kinder waren in der Schule, Guro war bei der Arbeit. Ola Farmen saß mit einer Tasse Tee mit Honig am Küchentisch und tat sich selber leid. Auf dem Vogelbrett vor dem Fenster kämpften zwei Kohlmeisen um die letzten Sonnenblumenkerne, die Tara jeden Morgen ausstreute: Sie wollte nicht nur »Karrilogin« werden, sondern auch Tierärztin. Außerdem Friseuse, Clown und Vogeldame, was immer das nun wieder sein mochte. Ola war kurz vor elf ins Büro des Krankenhausdirektors gerufen worden, vollständig unvorbereitet auf das, was dann kam. Er hatte sich alle Mühe gegeben, sich so einfach wie möglich auszudrücken, hatte aber natürlich Begriffe verwenden müssen, die möglicherweise auf Unverständnis stoßen würden.
 Er war beurlaubt worden.
 »Bis auf Weiteres«, sagte Svein-Arne Gran und lächelte, als läge darin eine Aufmunterung.
 Ola hatte den Rest des Monologs fast nicht gehört.
 Beurlaubt.
 Verbrecher wurden beurlaubt. Ärzte, die ihre Arbeit vernachlässigten, die Medikamente stahlen, die betrunken zur Arbeit erschienen oder Patientinnen dort berührten, wo Patientinnen nicht berührt werden durften. Solche Leute wurden beurlaubt.
 Und nun er.
 Gran hatte ein Blatt Papier auf den Tisch gelegt und ihm einen Kugelschreiber gereicht, und Ola hatte unterschrieben. Er hatte nicht anders gekonnt, er hatte sich so darauf konzentriert, zu sehr musste er sich konzentrieren, um nicht in Tränen auszubrechen. Er übersah Grans ausgestreckte Hand und verließ das Büro, ging durch die

Gänge, eine Treppe hinunter, durch die Schwingtüren zu seiner eigenen Abteilung und in sein Büro.

Von dort aus versuchte er, Sara anzurufen.

Sie meldete sich nicht.

Er konnte sich nicht erinnern, sein Haus jemals so still erlebt zu haben. Für einen Moment spielte er mit dem Gedanken, die Zwillinge vorzeitig aus dem Hort zu holen, um ein wenig Krach um sich zu haben, gab diese Idee aber wieder auf.

Ihm fehlte einfach die Kraft.

Stattdessen richtete er die Fernbedienung auf den kleinen Bildschirm, der beim Kühlschrank unter der Decke hing. Es ging auf vier Uhr zu, und der NRK brachte jede volle Stunde Nachrichten. Vielleicht war die Sache jetzt hochgegangen.

Jemand hatte den Fernseher auf volle Lautstärke gedreht.

Die Erkennungsmelodie brüllte ihm entgegen, während er verzweifelt versuchte, den richtigen Knopf zu treffen.

»Todesvirus im Herzstarter kann zwei Menschenleben gekostet haben«, schallte es durch die Küche, ehe Ola die Lautstärke endlich drosseln konnte. »GRUS unter polizeilicher Ermittlung.«

Zu Bildern des großartigen neuen Krankenhauses kam ein Strom von Informationen, und er konnte nicht begreifen, woher sie die hatten. Der Reporter wusste, dass es sich um den Deimos handelte, dass die aktuellen ICDs mit einem Virus behaftet waren, dass vermutlich ein Programm mit Zeitschaltung vorlag, das die Opfer genau achtundvierzig Stunden nach der Operation sterben ließ. Die Opfer wurden nicht namentlich genannt, sondern als international bekannter und vielfach ausgezeichneter Elektrophysiologe und erfolgreicher Werbefachmann mit großen Aufträgen aus der Wirtschaft umschrieben.

Unter anderem von Telenor.

»Woher zum ...«

Langsam erhob er sich und trat dichter vor den Bildschirm.

»Sara«, flüsterte er.

Professor Dr. med. Sara Zuckerman stand unter einer redenden Frau mit wilden Locken und blauen Augen. Unter dem NRK-Logo oben in der rechten Ecke stand das Wort »live«. Sara stand im Freien, aber im Schutz vor dem Regen. Plötzlich erkannte er ihre Garage, wo sie unter einem Dach aus gewelltem Kunststoff mit Efeugewucher als Hintergrund stand. Ein Plastikaffe starrte ihn über Saras linke Schulter hinweg aus großen Augen an.

»Ich kann bestätigen, dass ein Kollege und ich während der vergangenen Tage ein Virus identifizieren konnten, das aller Wahrscheinlichkeit nach durch eine reguläre Programmiermaschine in die implantierten Herzstarter der Patienten überführt worden ist. Da es meine Patienten waren, fühlte ich mich besonders verpflichtet, diesen Fall zu klären. Erst gestern Abend haben wir die volle Reichweite unserer Recherchen erfasst. Wir haben heute Morgen in aller Frühe die Krankenhausleitung informiert.«

»Wie viele ... Fälle von Ansteckung vermuten Sie?«, fragte der Reporter, während das Bild Saras Gesicht zeigte.

»Zwei«, antwortete sie, ohne mit der Wimper zu zucken. »Zwei Todesfälle.«

Durch diese Hinzufügung hatte sie eine Lüge gerade noch verhindert. Bisher war kein Wort über Klaus Aamodt und die wahnwitzige Expedition nach Romeriksåsen gefallen.

»Ist dieses Virus durch einen Unfall entstanden, oder ist hier die Rede von einem böswilligen Angriff?«

»Das lässt sich noch nicht sagen.«

Noch immer hielt sie dem Blick des Reporters stand, ohne mit der Wimper zu zucken.

»Wow«, flüsterte Ola.

»Ich habe vollstes Vertrauen, dass die Polizei diese Frage und alle anderen Unklarheiten klären wird«, sagte Sara jetzt. »Für meinen Kollegen und mich war es vor allem wichtig festzustellen, was passiert ist, wem es passiert ist und ob die Gefahr einer weiteren Verbreitung des Virus besteht. Die Polizei und die Gesundheitsbehörden müssen sich um alles Weitere kümmern.«

»Eine weitere Verbreitung des Virus«, wiederholte der Reporter und zögerte, ehe er Sara das Mikrofon vor das Gesicht hielt. »Können Sie also garantieren, dass es keinem weiterem Patienten passieren wird, denen ein solcher Herzstarter implantiert worden ist?«

»Ich kann gar nichts garantieren«, sagte Sara gelassen. »Das Einzige, was ich im Moment sicher sagen kann, ist, dass wir die Quelle des Virus, das zwei von unseren Patienten getötet hat, jetzt unter Kontrolle haben. Bekanntlich ist es sehr leicht, Computerviren zu lagern und zu verbreiten, und ob es anderswo Kopien gibt, kann ich natürlich nicht wissen.«

»Haben Patienten, die einen solchen Herzstarter haben, hierzulande Grund zur Besorgnis?«

»Nein. So ungefähr das Erste, was mein Kollege und ich unternommen haben, als uns klar wurde, womit wir es hier zu tun hatten, war, uns bei allen anderen Krankenhäusern in Norwegen zu erkundigen, die Implantationen vornehmen. Keines konnte ähnliche Todesfälle oder Zwischenfälle melden, die sich auf irgendeine Weise mit dem Virus in Verbindung bringen lassen. Wer sich aber dennoch Sorgen macht, sollte sich sofort an einen Arzt wenden.«

Der Reporter zog das Mikrofon zu sich heran und wollte offenbar eine weitere Frage stellen, als Sara fortfuhr. Der erste Halbsatz war fast nicht zu verstehen, dann zeigte das Mikrofon wieder auf sie.

»... hinzufügen, dass die Behörden natürlich ihre Maßnahmen ergreifen sollten. Dass die, denen bereits ein ICD eingesetzt worden ist, sich keine Sorgen zu machen brauchen, ist das eine. Meiner Ansicht nach muss aber dennoch sofort die Implantation dieses Herzstarters unterbunden werden, bis der Hersteller ihn gegen das Virus gesichert hat. Wir haben zum Glück viele gute Alternativen zum Mercury Deimos, und deshalb sollte das allein kein Problem für die vielen sein, denen durch diese Technologie ein längeres und besseres Leben ermöglicht wird. Aber ... das liegt weit außerhalb meiner Entscheidungsbefugnisse.«

»Welche Rolle werden Sie ... und Ihr Kollege ... bei den weiteren Ermittlungen spielen?«

»Wir sind beide beurlaubt worden«, antwortete sie kurz. »Aber wenn die Polizei mit mir sprechen möchte, bin ich bereit.«

»Beurlaubt?«

Der Reporter wirkte überrascht, obwohl das Interview genau geplant zu sein schien.

»Ja. In aller Bescheidenheit hatte mein Kollege, Assistenzarzt Ola Farmen, der übrigens auch Ingenieur der Elektronik ist, was für unsere Arbeit entscheidend war ... Er und ich hatten mit einer anderen Behandlung gerechnet.«

Jetzt war ihr Lächeln breit. Die Zähne waren zu sehen, große, gepflegte Zähne.

Amerikanische Zähne, hatte Ola immer gedacht.

»Aber vor allem geht es doch darum, dass der Fall an sich ernst genommen wird«, sagte Sara. »Dass die richtigen Instanzen eingeschaltet und Maßnahmen ergriffen werden, um weitere Fälle zu verhindern.«

Schwenk zurück ins Studio.

Ola sah sich die Bilder von Mercury Medicals Osloer Niederlassung an, ohne zu hören, was gesagt wurde. Planlos lief er in der großen Küche hin und her. Nahm Gläser aus der Spülmaschine und stellte sie zurück, als er sah, dass sie schmutzig waren. Griff nach einem Lappen, um ihn auszuwringen, roch dann aber saure Milch und ließ ihn in den Mülleimer fallen. Wischte Krümel vom Tisch, ohne darauf zu achten, dass sie auf dem Boden landeten.

Auf gewisse Weise fühlte er sich erleichtert.

Nicht mehr ganz so verstimmt. Sara hatte über ihn gesprochen, hatte seinen Namen genannt, hatte die Beurlaubung lächerlich und ungerecht wirken lassen. Sara hatte die vier Tage, an denen sie die Sache mit dem ICD-Virus für sich behalten hatten, großartig dargestellt, als Notwendigkeit. Fast als Heldentat, noch dazu, ohne allzu arrogant zu wirken. Eher im Gegenteil, dachte er, sie hatte ihr übliches selbstsicheres Ich gezeigt, aber ohne die Arroganz, die so viele gegen sie einnahm.

Das Telefon klingelte.

Er zuckte zusammen und verschüttete Tee. Ein gelbbrauner Fleck breitete sich auf seinem Hemd aus, als er den Hörer abnahm.

»Sara«, rief er erleichtert. »Sara. Endlich.«

11.45 a.m.
Upper West Side, Manhattan, NYC

Catherine Adams hatte sich beim Aufstehen so elend gefühlt, dass sie lieber zu Hause geblieben war. Alle Glieder schmerzten, und ihr Kopf war schwer wie nach einem langen und allzu feuchten Abend. Obwohl sie schon vor zehn Uhr ins Bett gegangen war, hatte sie das Gefühl, kaum geschlafen zu haben.

Sie konnte viel von zu Hause aus erledigen, und obwohl sie sich nach einer Dusche und in sauberer Kleidung etwas besser fühlte, warf sie ihren Entschluss nicht um. Im Verlag türmten sich die ungelesenen Manuskripte wirklich meterhoch. Sogar hier zu Hause lagen sie überall herum, auch wenn sie sich an den Abenden redlich bemühte, sich durch die vielen hilflosen Versuche, Schriftsteller zu werden, hindurchzukämpfen. Sie brauchte selten mehr als zwanzig Seiten, um ein Manuskript auf den Stapel für freundlich vorformulierte Absagen legen zu können. Ab und zu reichten zehn. Manchmal gab sie schon nach einer knappen Seite auf.

Gleich nach Peters Tod hatte sie ihren Schreibtisch ins Wohnzimmer gestellt. Jetzt wohnte sie allein hier, und es kam ihr weniger einsam vor, dort zu arbeiten, wo sie Musik hören oder im Hintergrund den Fernseher laufen lassen konnte. Beim Lesen auf dem Sofa zu sitzen kam nicht infrage. Es sei denn, sie wollte schlafen.

»Krimi«, stöhnte sie resigniert, als sie zum obersten Manuskript griff, das von einem drei Seiten langen Brief begleitet wurde.

Sie schob das Manuskript ganz unten in den Stapel und nahm das nächste. Eine Gedichtsammlung.

Der Begleitbrief war immerhin so kurz wie die Gedichte, und sie gab zweien eine Chance, ehe sie stöhnte und den dünnen Stapel so weit an den Rand des Schreibtischs schob, dass er ganz von selbst in den großen Papierkorb daneben fallen würde.

Früher, als die schweren Zeiten noch nicht angebrochen waren und der angesehene kleine Verlag die Mitarbeiter noch nicht bis aufs Minimum reduziert hatte, konnte sie sich auf das konzentrieren, was ihr lag. Der amerikanische Gegenwartsroman.

Sie mochte nicht mehr.

In regelmäßigen Abständen verspürte sie einen Stich

gleich hinter der linken Schläfe, einen eiskalten Schmerz, der verschwunden war, ehe sie dagegen ankämpfen konnte. Langsam und steif erhob sie sich und ging in die Küche.

Cola, dachte sie durstig und öffnete den Kühlschrank.

Aber sie hatte wieder keine Cola im Haus, deshalb nahm sie eine Flasche Wasser und ging zurück ins Wohnzimmer. Ließ sich aufs Sofa fallen, legte die Beine auf den Tisch und griff nach der Fernbedienung, um sich durch die Sender zu zappen.

Nachrichten, dachte sie träge, als auf dem Bildschirm Mercury Medicals leicht erkennbares Logo auftauchte. Sie drehte den Ton lauter und setzte sich auf dem Sofa gerade.

Als die Reportage zu Ende war, hob Catherine Adams die Fernbedienung und schaltete aus. Ihre Hand zitterte ein wenig, und sie fühlte sich seltsam wach. Ängstlich irgendwie, ein klares Gefühl von etwas Drohendem und Unübersichtlichem. Zugleich fühlte sie sich entschlossener als seit langer Zeit. Ihre Kopfschmerzen waren verschwunden.

Es war an der Zeit, Peters Arbeitszimmer zu betreten.

18.00 Uhr
Markveien, Grünerløkka, Oslo

»Mama«, bettelte Morten Mundal, »bitte, bleib ganz ruhig!«

Rebecca Mundal hatte offenbar in den vergangenen Stunden mehrmals versucht, ihren Sohn zu erreichen, aber erst jetzt hatte er nach Hause gehen können, um sich zu erkundigen, ob sie sich wirklich die Nachrichten angesehen hatte.

Das hatte sie offenbar.

Sie weinte.

Er konnte die Tränen nicht sehen, dazu war das Bild zu dunkel. Wenn er sie besuchte, zog er immer die schweren Portieren zur Seite, um die Wohnung heller zu machen, aber wenn sie dann wieder skypeten, war das Bild schattig und unklar.

Ihre Schultern bebten, und ihre Hände zitterten schlimmer denn je.

»Jetzt haben wir ihn, Mama«, versuchte er zu trösten.

Er beugte sich weiter zur Kameralinse vor und versuchte, echte Freude in sein Lächeln zu bringen. Er musste jedes Wort auf die Goldwaage legen, schärfte er sich noch einmal ein. Jegliche elektronische Kommunikation wurde schließlich überwacht. Aber mit seiner alten Mutter zu reden war schließlich ganz normal.

»Otto überlebt das nicht«, erklärte er voller Überzeugung. »Dass die Aktien sinken wie Bleigewichte in stillem Wasser, das ist das eine. Aktien fallen und steigen eben. Aber siehst du nicht, Mama, nach dieser Sache wird Mercury Medicals Ruf für lange, lange Zeit geschwächt sein. Siehst du nicht, dass der Mann fertig ist, Mama?«

»Was hast du getan«, jammerte sie und griff sich in die dünnen Haarsträhnen, ehe sie ein Glas packte und leerte.

Wasser, hoffte er, wusste es aber leider besser.

»ICH?«, fragte er und lächelte in die Kamera. »Ich habe gar nichts getan.«

So würde es nämlich aussehen.

So musste es aber auch aussehen.

Als Agnes Klemetsen ihn am Morgen im Büro besucht hatte, hatte er die Rolle des Unwissenden in äußerster Perfektion spielen können. Er hatte bemerkt, dass sie ihn aushorchen und verunsichern wollte. Aber das war ihr nicht gelungen.

Als Morten Mundal dann in Erfahrung gebracht hatte, dass Sverre Bakken im Krankenhaus lag und wegen einer akuten Psychose behandelt wurde, hatte er trotzdem für einen Moment geglaubt, sein ganzer Plan könnte zusammenbrechen.

Dann aber war ihm klar geworden, dass diese Psychose ein Geschenk des Himmels war.

Sverre Bakken war nachweislich verrückt.

Und ehe er verrückt geworden war, hatte der verbitterte, frisch geschiedene Mann mit Geldnot und dehnbarer Moral zu kämpfen. Ein Jahr zuvor hatte die Gehaltsabteilung dem Mann irrtümlicherweise drei Monate lang das doppelte Gehalt überwiesen. Als der Fehler entdeckt wurde und sie das Geld zurückverlangten, behauptete Sverre, diese Zuwendungen gar nicht bemerkt zu haben. Da das Geld verbraucht und seine Behauptung nur schwer zu glauben war, hatten Entlassung und Anzeige gedroht. Aber Morten hatte Gnade vor Recht ergehen lassen. Der Mann war tüchtig, reuig und befand sich in einer schwierigen privaten Situation.

»Otto wird dich zerstören«, flüsterte seine Mutter. »Du wirst deine Arbeit verlieren, du wirst ...«

»Ich verliere meine Arbeit nicht. In ein oder zwei Wochen, wenn der Druck groß genug geworden ist, werde ich die Konsequenzen aus den schwerwiegenden Sicherheitsmängeln ziehen, die zwar nicht meine Schuld sind, aber natürlich meine Verantwortung. Dann kündige ich, Mama.«

Zu behaupten, Morten Mundal habe einen Grund dafür geliefert, dass er einen solchen phantastischen Posten aufgeben und auf alle Abfindungen verzichten wollte, wäre purer Blödsinn gewesen.

Außerdem war Morten ungeheuer vorsichtig gewesen. Das Telefon, mit dem er am vergangenen Donnerstag mit Sverre kommuniziert hatte, war eines seiner alten Nokias gewesen. Er hatte eine Prepaidkarte eingelegt, die auf Sjur Fredriksen, Kløfta, registriert war, dessen vierzigster Geburtstag in Aftenposten erwähnt worden war. Die Karte war als Einstiegspaket bei Rema 1000 gekauft worden, und als Morten beim ersten Gespräch zu einem Kundenzentrum durchgeschaltet wurde, um sich registrieren zu lassen, hatte er die Personalien des Geburtstagskindes angegeben. Niemand hatte nach seiner Personenkennnummer gefragt. Jetzt war die Karte verbrannt, und das Telefon lag in viele Stücke zerbrochen auf dem Boden des Wasserfalls bei Hundremannsbrua.

Was das Essen anging, zu dem Morten Sverre am vergangenen Mittwoch eingeladen hatte, so hatte er auch dabei seine Sicherheitsvorkehrungen getroffen. So ein Peptalk war notwendig gewesen, denn der Mann schien zu bereuen. Zu zweifeln. Er musste beruhigt und auf andere Gedanken gebracht werden. Es mochte seltsam aussehen, dass Morten einen Ingenieur zum Essen einlud, vor allem weil er sich sonst nur selten mit seinen Kollegen traf. Aber Sverre war Single, und sie hatten durch einen genau geplanten Zufall wenige Wochen zuvor ein Freitagsbier zusammen getrunken. Was sie einige Male wiederholt hatten.

Was Sverre vor seinem Kommen nicht gewusst hatte, war, dass noch eine Freundin von Morten eingeladen war, wenn auch eine Stunde später. Das Essen war ein Versuch gewesen, die beiden Bekanntschaften zusammenzubringen. Eine Frühlingsromanze, aus der leider nichts geworden war.

Absolut nicht verdächtig.

Falls jemand fragte.

Falls der verrückte Sverre Bakken eine irrwitzige Geschichte über Manipulation und Morde erzählte, die er, was er nicht wusste – begangen hatte.

Denn natürlich hatte er nichts gewusst. Nicht, ehe es zu spät und er von seinen Taten gefangen gewesen war.

Wenn Sverre Bakken auch noch so verbittert, pleite und wankelmütig war, so war er doch ganz bestimmt kein Mörder. Morten hatte ihm deshalb erzählt, das Virus werde den Patienten ein unangenehmes Pacing verpassen, und deshalb müsse der ICD ausgewechselt werden. Durch ein anderes Fabrikat. Sverre hatte mehrmals gefragt, warum Morten seiner eigenen Firma schaden wolle, aber er hatte nie eine Antwort erhalten.

Sverre müsse einfach den Mund halten, hatte Morten befohlen. Erstens werde die Polizei nicht eingeschaltet werden, das sei doch klar. Das Krankenhaus werde nur registrieren, dass mit dem Deimos derzeit nicht alles zu stimmen schien. Krankenhaus und Ärzte besaßen eine lange Erfahrung im Vertuschen von Fehlern und Mängeln. Sie würden sich nur in aller Heimlichkeit an Mercury Medical wenden, und das könne Sverre getrost Morten überlassen. Falls der Fall aller Wahrscheinlichkeit zum Trotz doch zur Ermittlung käme, wäre Sverre gesichert. Die Programmierer von Mercury Medical würden natürlich in einem engeren Kreis als Verdächtige dastehen, das musste Morten zugeben. Aber da das Virus mithilfe von Codes und Kryptierungen erzeugt worden war, zu denen Sverre Bakken nachweislich niemals Zugang gehabt hatte, würde er ungeschoren davonkommen. Wenn er nur alles abstritt, wie Morten ihm immer wieder einschärfte. Es würde keinen Hauch von einem Beweis gegen ihn geben, wenn er nur die Klappe hielte.

Zwei Millionen sollte Sverre für den Job bekommen, und das waren zwei Millionen, die er verzweifelt brauchte.

Als Sverre am Donnerstagmorgen vom Parkplatz vor dem GRUS aus anrief, entsetzt, weil der Patient, der krank im Bett liegen sollte, jetzt in eine laute Diskussion mit einem jungen Mann vertieft war und frisch und gesund aussah, hatte Morten ihm kurz und brutal gesagt, woran er mitgewirkt hatte. Was passieren würde. Was passieren musste, wenn Sverre das Geld haben wollte.

Das Geld, daran hatte Morten ihn mehrere Male erinnert.

Sverre hatte gehorcht.

»Damit kommst du nie im Leben durch«, weinte seine Mutter und legte beide Hände auf den Bildschirm. »Orty! Orty! Was hast du getan?«

»Was ich getan habe? Denk daran, was Otto getan hat! Er hat Papa bestohlen, hat dein Leben ruiniert, er hat dich und ...«

»Das ist meine Verantwortung«, schrie Rebecca. »Ich bin halb bewusstlos von Pillen im Presbyterian erschienen und habe Patienten behandelt, die sich auf mich verlassen hatten. Ich habe am Ende klare Symptome übersehen, weil ich mehr als genug damit zu tun hatte, dass ich ...«

Sie hob das Gesicht zur Decke und schnappte keuchend nach Luft, ehe sie einen Schrei ausstieß, der vom Mikrofon verzerrt wurde und Morten dazu brachte, beide Hände auf den Bildschirm zu legen und langsam das Glas zu streicheln.

»Mama«, sagte er verzweifelt. »Mama! Bald komme ich nach Hause. Ich ziehe um, Mama, nach Hause, nach New York. Und dann wird alles viel besser.«

Sie war so mager, das sah er jetzt. Schlimmer als bei ihrer letzten Begegnung. Der Hals war klapperdürr und konnte den Kopf fast nicht tragen. Ihre Haut spannte sich so straff über den Schädel, dass sie aussah wie eine Kriegsgefangene.

Was sie ja irgendwie auch war.

Rebecca war lebenslänglich gefangen im Krieg zwischen Otto Schultz und John Mundal, die zusammen Apollo Med-Elec aufgebaut hatten. Als die neuen Stellen bei der fusionierten Mercury Medical besetzt wurden, gerieten die beiden Alphamännchen aneinander. Ihr Kampf war absolut ebenbürtig, bis Otto Schultz das Ass aus dem Ärmel zog, von dessen Existenz John bisher nicht einmal etwas geahnt hatte.

Otto wusste von Rebeccas Sucht.

Die Belege waren umfassend und überzeugend und würden dem Presbyterian Hospital New York ausgehändigt werden, wenn John sich nicht geschlagen gäbe.

»Stand down«, hatte Otto befohlen. »Stand down, John.«

John hatte gehorcht. Er hatte von Rebeccas Problem nichts gewusst und konnte diesen Schock nie überwinden. Weil er betrogen worden war, weil er verloren hatte.

Weil er von den beiden betrogen worden war, die ihm am nächsten gestanden hatten, seit er mit fünfundzwanzig Jahren aus Vietnam zurückgekehrt war. Dort hatte er Otto zweimal das Leben gerettet.

Auf seine Reise in den Untergang wurden ihm die ausgelösten Aktien mitgegeben, ein ansehnliches Vermögen. Sowie eine Garantie einer Stelle für den Kleinen, wie Otto es ausdrückte. »The Kid« sollte weiter dabei sein, so versüßte er die bittere Pille: Morten war jung und tüchtig, und sie würden sich gut um ihn kümmern, wenn John nur die Vereinbarung unterschrieb.

Damit würde er sein eigenes Todesurteil unterzeichnen, aber er unterschrieb trotzdem.

Drei Tage darauf erhielt die Leitung des Presbyterian mit der Post einen dicken Briefumschlag. Der Absender war anonym. Rebeccas Schicksal war besiegelt.

»Alles ist meine Schuld«, schrie sie und schob den Bildschirm zurück.

Morten konnte sie nicht mehr sehen. Das Bild zeigte den obersten Teil der Wand und die Decke mit den prachtvollen Stuckornamenten.

»Mama«, weinte er. »Mama, ich kann dich nicht mehr sehen.«

Er war sich so sicher gewesen, dass sie zufrieden sein würde, weil Otto Schultz endlich die verdiente Strafe erhielte.

Als Kind war Orty zur Wohnungstür gestürzt, auch nachts, wenn er schon geschlafen hatte, weil Rebecca endlich nach Hause kam. Er hörte sie kommen und lief barfuß durch die riesige Wohnung, um ihr sein Zeugnis zu zeigen, *straight A's,* er wollte sehen, wie Mama sich über ihren tüchtigen Sohn freute. Als Kind war Orty viel gerannt, er rannte, wenn er sie sah, er rannte zu Mama, um ihr von seinem Schulrekord über 800 Meter zu erzählen, um ihr ein schönes Kästchen zu geben, das er im Sommerlager geschnitzt hatte, um nach langen Arbeitstagen ihre wehen Füße zu massieren.

Wenn Rebecca nicht zu müde war. Mama war oft zu müde. Morten Mundals Kindheit war ein Wettlauf mit der Stimmung der Mutter gewesen. Er liebte es, sie lächeln zu sehen.

»Mama«, weinte er laut. »Stell den Bildschirm gerade. Ich kann dich nicht sehen!«

Sie gab keine Antwort. Als ihre Verzweiflung verzerrt aus den Lautsprechern hallte, hielt er sich die Ohren zu.

Es half nichts. Es hatte nie geholfen.

20.53 Uhr
Båtstøjordet, Høvik, Bærum

»Du musst das Gute darin sehen, Ola!«

Sara lächelte strahlend und legte den Arm um Thea. Sie saßen Ola gegenüber auf dem Sofa, er hatte sich, sowie er gekommen war, in einen Sessel fallen lassen.

»Jetzt hast du alle Zeit für deine Familie, die du dir nur wünschen kannst. Dein Gehalt wird weiter gezahlt, also betrachte dieses kleine Intermezzo als wohlverdienten Urlaub.«

»Aber wenn es nun nicht nur ein Intermezzo ist«, jammerte er. »Wenn ich nun meinen Job verliere. Unsere Familienfinanzen können nicht einen Tag ohne Gehalt überstehen, und ich brauche außerdem alle Überstunden, die ich überhaupt kriegen kann.«

Sara stand auf, um frischen Tee zu holen. Sie blieb vor Ola stehen und stemmte die Hände in die Hüften. »Jetzt bleib doch mal ganz ruhig, Ola. Die haben es schließlich auf mich abgesehen. Mich kriegen sie aber auch nicht, da bin ich mir ziemlich sicher, aber jedenfalls werde ich dich nicht mit in den Abgrund ziehen. Ich bin deine Vorgesetzte, du bist jünger als ich, du bist ...«

»... nicht so fähig wie du«, ergänzte er mit einem traurigen Lächeln.

»Das wollte ich nicht sagen. Ich wollte sagen, dass du meine Anweisungen befolgt hast. Dir wird nichts passieren. Darauf hast du mein Wort.«

»Und was machst du, wenn du den Job verlierst?« Theas Stimme war hell und sorglos bei dieser Frage.

»Dann werden wir uns amüsieren«, erwiderte Sara lachend. »Ich werde dem Jugendamt ein paar Anwälte auf den Hals hetzen, und dann gehen wir auf Weltreise, du und ich.«

Die Vierzehnjährige kicherte und zog die Beine aufs Sofa. Sie hatte von ihren Eltern vierzehn Millionen und das Haus geerbt, der erfolgreiche Betrieb des Vaters hatte eine nette Summe eingebracht, als der Kompagnon einen Käufer für Robert Zuckermans 75 Prozent der Aktien gefunden hatte. Sie wohnten noch immer in dem Haus, Sara und Thea, und das Geld würde bis zu Theas achtzehntem Geburtstag vom Jugendamt überwacht werden.

»Möchte sonst noch jemand Tee?«, rief Sara aus der Küche. »Oder was anderes?«

»Nein danke«, sagte Thea.

Ola gab keine Antwort. Er nahm die Fernbedienung vom Tisch und schaltete den Fernseher ein. »Wie oft bist du heute eigentlich schon interviewt worden?«, fragte er.

»Ich hab den Überblick verloren«, sagte Sara und setzte sich wieder. »Aber jedenfalls hatten wir sechs Sender hier.«

»CNN und überhaupt«, sagte Thea begeistert. »Du kommst auf der ganzen Welt ins Fernsehen, Sara. Ist doch cool, oder?«

»Die Leitung des GRUS sieht das anders«, sagte Sara zufrieden. »Ich habe eine wütende E-Mail vom Direktor bekommen, und sogar der alte Benjaminsen war reichlich erbost, als er mich gegen sechs Uhr angerufen hat. ›Solche Solonummern können‹«, sie ahmte seine abgehackte Aussprache nach, »›deine Sache nicht gerade stärken. Dein Verhalten in den Medien ist äkkklatannntttt...‹«

Thea versetzte ihr mit einem Kissen einen Schlag. »Nachäffen ist gemein!«

»Stimmt. Entschuldige.«

»Warum hast du das alles eigentlich an die Öffentlichkeit gebracht?«, fragte Ola und drehte den Fernseher leiser. »Du nervst doch immer wegen Rücksicht auf Patienten und Angehörige«, sagte er vorwurfsvoll. »Dass du diesen Fall in der Öffentlichkeit breittrittst, kann doch nicht sonderlich angenehm sein für die Familien von Berntsen und Holmström oder für alle anderen, die jetzt eine Sterbensangst davor haben, dass der ICD in ihrem Leib ihnen plötzlich das Leben nimmt.«

»Das ist richtig«, sagte Sara, »aber wenn man mir dermaßen in den Rücken fällt, muss ich zurückschlagen. Weder die Patienten noch ich haben etwas davon, dass ein Haufen Journalisten einen Verdacht gegen dich oder mich entwickelt. Gran hat eine Blutspur ausgelegt, die zu uns führte, und ich musste die Meute wieder in die richtige Richtung lenken. Merk dir, Thea ...«

Sara stellte die Tasse hin und wandte sich mit erhobenem Zeigefinger ihrer Nichte zu. »Lass andere Leute in Ruhe. Erweise allen Respekt und Fürsorge. Schlage nie als Erste zu. Aber ...«

Sie ließ den Finger sinken und ballte die Faust.

»... wenn dich jemand angreift, dann schlag sofort zurück. Hart und erbarmungslos.«

»Sara«, stöhnte Thea und drückte sich das Kissen vor das Gesicht, sodass der nächste Satz halb erstickt wurde. »Das macht sie immer so. Stellt blöde Lebensregeln auf.«

Sara lächelte und fuhr ihr hinter dem knallroten Kissen durch den Schopf. »Das liegt daran, dass ich dich so lieb habe, Herzchen. Außerdem ...«

Sie sah Ola über ihre Brillengläser hinweg an.

»... ich habe ihnen längst nicht die ganze Geschichte erzählt. Kein Wort über FUCK YOU ...«

»Sara!«

Thea versetzte ihr einen wütenden Stoß. »Solche Wörter sind hier im Haus verboten!«

Sara schlug sich dramatisch die Hand vor den Mund, dann ließ sie ihren Blick einige Sekunden an Ola hängen, ohne etwas zu sagen. Er nickte.

»Offenbar ist ein Deckel über die Spekulationen gestülpt worden, dass es sich um ...«

»Pure Sabotage handelt«, vollendete er in Gedanken den Satz, als Saras Augen ihn warnten. »Um eine absolut vorsätzliche Tat.«

»Jetzt gibt es Nachrichten«, sagte Sara.

Ola drehte die Lautstärke hoch, und die Erkennungsmelodie der NRK-Nachrichten füllte das Wohnzimmer.

Der erste Beitrag wurde durch Bilder vom GRUS und eine Großaufnahme von Sara angekündigt.

Thea zeigt eifrig darauf. »Da bist du! Du bist von Anfang an dabei und ...«

»Pst«, sagte Ola mit einer ungeduldigen Handbewegung.

Die Sendung begann mit einer ziemlich präzisen Zusammenfassung der Informationen, die während des Nachmittags immer wiederholt worden waren. In zwei kurzen Schnitten brachte Krankenhausdirektor Svein-Arne Gran einige nichtssagende Kommentare, die auf die Polizei verwiesen. Die Reportage wurde unterlegt mit weiteren Bildern des Krankenhauses und eines Operationssaals, der weder Sara noch Ola bekannt war.

»Archivaufnahmen«, murmelte Ola. »Bestimmt hat Gran sie nicht gerade willkommen geheißen.«

Nun kam das Interview mit Sara, das bereits um vier Uhr ausgestrahlt worden war, nur in gekürzter Version. Thea versetzte Sara einen Rippenstoß und hob den Daumen.

Nach kurzem Schwenk ins Studio wurde ein Interview mit Morten Mundal gezeigt. Es fand anscheinend in seinem Büro statt, er saß hinter einem großen, fast leeren Schreibtisch, an der Wand war ein Chagall-Plakat zu erkennen.

Das Interview wurde live gesendet, und nach nur zwei, drei Sekunden ging die Kamera dicht an Morten Mundals Gesicht heran.

»Meine Güte«, rief Sara. »Der Mann sieht ja total verweint aus!«

»Wäre ich auch an seiner Stelle«, sagte Ola leise.

»... diese Situation sehr ernst nehmen«, sagte Morten Mundal. »Wir stehen in ständigem Kontakt mit unserer Muttergesellschaft in den USA. Sie und wir möchten der Polizei natürlich nach besten Kräften behilflich sein. Als

Erstes müssen wir die infizierte Programmiermaschine untersuchen lassen. Unsere Anwälte stehen deshalb bereits in einem Dialog mit der Polizei.«

»Ich sehe schon vor mir, dass die Polizei bereit ist, die Maschine in die USA zu schicken«, sagte Ola.

»Das werden sie auch müssen«, sagte Sara. »Du hast doch von so geheimen Kryptierungen gesprochen, dass man das mit Jagdflugzeugen vergleichen kann.«

»Pst«, machte Thea.

»... bereits um den vollständigen Stopp geplanter Deimos-Implantationen auf der ganzen Welt gebeten, und wir werden fortlaufend ...«

»Meine Fresse, ist der Mann traurig!«, flüsterte Thea.

»Ja«, sagte Sara und rückte ihre Brille gerade. »Der scheint das persönlich zu nehmen. Wenn nicht, hat er einen Oscar verdient.«

»... möchte ich noch einmal betonen, dass unser ganzes Mitgefühl den Angehörigen gilt und dass Mercury Medical alles tun wird, um ihnen jegliche gewünschte Hilfe zu gewähren.«

»Der arme Mann«, sagte Ola, als ins Studio zurückgeschaltet wurde. »Dem geht es ja noch schlechter als uns.«

»Uns geht es doch gar nicht schlecht«, sagte Sara, ohne den Blick vom Bildschirm zu nehmen.

Zum Nachrichtensprecher hatte sich jetzt ein Analytiker gestellt. Der kleine dicke Mann hatte kurz geschorenes Haar und trug eine dicke Brille. Er lächelte glücklich, als er gefragt wurde, was jetzt mit den Aktien von Mercury Medical geschehen werde.

»Sie werden weiter fallen. Jedenfalls bis die Lage klarer ist als jetzt. Wir müssen einkalkulieren, dass die NYSE und die LSE die Aktien suspendieren, bis die Ursachen für den Fall geklärt sind. Das wird vermutlich von Minute zu Minute erwogen. Was die Amerikaner jetzt am wenigsten brauchen, ist noch mehr Unruhe um ihre großen Unternehmen, und ich schließe deshalb Stützkäufe vonseiten der Behörden nicht aus.«

»Der scheint das witzig zu finden«, sagte Thea und rümpfte die Nase.

»Das ist es ja eigentlich auch«, sagte Sara. »Ein riskantes Monopolyspiel mit Geld, das in echtes eingetauscht werden kann, wenn du Glück hast.«

»Aber bisher weist nichts darauf hin, dass die heutigen Ereignisse zu dem Fall geführt haben«, sagte jetzt der enthusiastische Analytiker. »Sehen wir uns doch nur die BP-Aktie an. Die fällt seit dem 26. April, aber da alle wissen, warum, greift niemand ein.«

»Apropos BP«, sagte die Interviewerin. »Da können wir den Kurseinbruch ja alle verstehen. Es wird diesen Konzern natürlich astronomische Summen kosten, die Ölpest zu beseitigen. Verluste, die direkte Folgen auf den Wert des Unternehmens haben werden. Aber Mercury Medical, ein Konzern mit dem Wert von fünfzehnhundert ... eintausendfünfhundert Millionen, nein ...«

»Fünfzehnhundert Milliarden Kronen«, half der Analytiker aus.

»Danke.«

Sie lächelte kurz und fragte dann: »Wie können zwei Todesfälle eine dermaßen extreme Wirkung auf eine Riesenfirma wie Mercury Medical haben?«

»Vertrauen! Guter Ruf! Vergessen Sie nicht ...«

Jetzt gestikulierte er eifrig. »Mercury Medical stellt Medikamente her! Und Elektronik, die Menschen im Körper tragen sollen. Sie sind abhängig davon, dass Ärzte in aller Welt ihnen vertrauen. Auf einem freien Markt mit Konkurrenten ohne vergleichbare Zwischenfälle werden Ärzte und Patienten Sicherheit wählen.«

Seine Hand beschrieb einen weiten Bogen zur Decke hoch. »Besonders wenn es bei dem Produkt um Leben und Tod geht. In der Flugzeugindustrie. Der Autoindustrie. Und nicht zuletzt der Arzneimittelindustrie. Selbst ein Sportler von dreißig, der nie auch nur entfernt mit Herzproblemen zu tun hatte, kann sich das Entsetzen vorstellen, wenn der Herzstarter, den jemand im Körper trägt, plötzlich zum Mörder wird. Wir können auch registrieren, dass Mercury Medicals Konkurrenten heute einen schwachen Kursverfall verzeichnen mussten. Der ist sicher nur vorübergehend, zeigt aber, dass diese Industrie ungeheuer verletzlich ist.«

Die Interviewerin wirkte so fasziniert, dass sie fast ihre Aufgabe vergaß. Sie starrte ihn wortlos an, machte sich an ihren Papieren zu schaffen und begriff erst zwei Sekunden später, dass er zu Ende war.

»Äh ... na ja ... Wie groß ist also heute der Verlust für jeden und jede von uns?«

Der Mann lächelte strahlend. »Das habe ich noch nicht ausgerechnet. Es handelt sich jedenfalls um bedeutende Summen.«

Plötzlich wurde er wieder ernst, als ob ihm plötzlich eingefallen wäre, dass es hier immerhin um zwei tragische Todesfälle ging. »Jetzt hängt alles davon ab, was in den kommenden Tagen geschieht«, sagte er und räusperte sich vorsichtig. »Wenn jetzt alles auf dem Tisch liegt und die Konzernleitung ihre Sache gut macht, kann die Firma in einem Jahr wieder so viel wert sein wie gestern. Viel hängt zum Beispiel davon ab, ob die Sache mit dem Virus geklärt wird. Wer dahintersteckt, wie es sich verbreitet hat – hier liegt natürlich das größte Spannungsmoment.«

Die Interviewerin dankte ihm höflich für seine Darlegungen und gab an den Sprecher zurück. Als das Bild die rechtsliberale Parteichefin Siv Jensen und den sozialdemokratischen Finanzminister Sigbjørn Johnson zeigte, griff Sara zur Fernbedienung und schaltete den Fernseher aus.

»Ich will das sehen«, protestierte Ola.

»Ich aber nicht«, sagte Sara entschieden. »Wenn ich jetzt etwas nicht ertragen kann, dann Politiker, die sich um Spielgeld streiten.«

»Dann gehe ich«, sagte Ola.

»Schon?«

»Ich bin doch joggen. Wenn ich noch länger bleibe, muss ich mir eine so lange Strecke aus den Fingern saugen, dass Guro mir nicht glaubt. Sie ist ohnehin schon sauer genug.«

Er machte eine hilflose Handbewegung, dann packte er die Armlehnen und erhob sich. »Jetzt regnet es zu allem Überfluss auch schon wieder.«

»Dann lauf vorsichtig.«

Er nickte kurz und ging auf die Tür zu. »Ich finde selbst raus«, rief er aus dem Gang und war verschwunden.

»Worauf hast du jetzt Lust?«, fragte Sara.

»Einen Film«, sagte Thea. »Können wir noch einmal 2012 sehen? Bitte!«

Sara schaute rasch auf die Uhr. »Es ist zu spät. Und der ist zu lang. Außerdem kann ich wirklich nicht begreifen, was so faszinierend daran sein soll, dass die Erde aufplatzt und fast alle sterben. Was ist mit Avatar?«

»Der ist viiiiiiel länger«, rief Thea lachend. »Und du hast gesagt, die Geschichte sei übel und banal!«

»Ja«, Sara nickte. »Aber die Bilder sind schön. Genau das Richtige für uns am letzten Abend, ehe ich verreise.«

Thea riss die Augen auf. »Das hatte ich vergessen«, sagte sie schmollend. »Musst du wirklich weg? Bist du am 17. Mai auch noch verreist? Muss das sein?«

»Das muss sein, und ich will es«, sagte Sara und machte sich am DVD-Gerät zu schaffen, um den Film einzulegen. »Du wirst es gut haben bei Tante Irlin. Und wenn ich zurückkomme und noch beurlaubt bin, nimmst du dir zwei Tage schulfrei, und dann machen wir es uns wirklich gemütlich, du und ich.«

Sie fand es fast richtig nett, ihren Posten verloren zu haben. Und sei es auch nur vorübergehend.

»Vielleicht sollte ich ganz einfach kündigen«, sagte sie zerstreut und drückte auf Play.

Nach fünf Minuten, ehe sie auch nur den Schatten eines Na'vi gesehen hatte, schlief sie tief, und ihr Kopf lag an Theas Schulter.

22.00 Uhr
Double Turtle Pub, Vincent Square, London

Audun Berntsen trank Vivian zu und lachte laut. Sie stieß mit seinem Bierglas an und trank einen kleinen Schluck von dem soeben gezapften Bier. Audun kippte das halbe Glas.

»Am Ziel«, rief er und wischte sich mit dem Hemdsärmel den Mund. »Ich bin am Ziel!«

Er hob abermals das Glas, trank den Rest und winkte dem Barmann hinter dem hohen Tresen, um das nächste zu bestellen.

»Aber hast du nicht noch mehr Geld gebraucht?«, fragte Vivian vorsichtig. »Jetzt hast du zwar an die 200000 Pfund, aber du hast gesagt, du brauchst ...«

»Für den Moment hab ich genug«, sagte er grinsend. »Meine kurzfristigen Darlehen sind die schwierigsten, verstehst du. Die Gläubiger sind von der ... aktiveren Sorte, wenn du verstehst. Der ein wenig ... groben Sorte. Kapiert?«

Vivian kapierte rein gar nichts. »Aber wie hast du dieses ganze Geld verdienen können, wenn du sagst, dass fast alles fällt und ...«

»Hör mal«, sagte er, zog eine Serviette vom Tresen und einen Kugelschreiber aus der Jackentasche. »Ich habe geshortet. Und jetzt werde ich dir erklären, wie das geht. Komm ein bisschen näher.«

Der Lärmpegel in der überfüllten Kneipe war so hoch, dass er ihr bei seinen Erklärungen ab und zu den Mund ans Ohr halten musste. »Ich mache das schon seit vielen Jahren«, sagte er. »Und auch wenn ich mich einige Male blamiert habe, so habe ich doch noch ein paar Kontakte. Und die werden nur zu gern für mich tätig.«

Er zeichnete eine Zeitlinie auf die Serviette. »Das ist heute Morgen um neun«, sagte er und setzte ein kleines Kreuz an das linke Ende des Strichs. »So ungefähr. Zu diesem Zeitpunkt habe ich den Tipp bekommen, dass Mercury Medical, eine Gigafirma, die Medizin und so was herstellt, in Schwierigkeiten steckt. Ein Gerücht, nichts weiter. Ich habe mich aufs Telefon gestürzt ...«

Er packte sein Mobiltelefon und tat mit gewaltigen Gesten, als gäbe er eine Nummer ein.

Dann hielt er es sich ans Ohr. »Hallo, Gary!«, sagte er in das tote Telefon. »Alter Kumpel. Ich möchte Mercury-Medical-Aktien shorten. Das arrangierst du für mich, ja? In zehn Minuten? Tausend Dank. Und jetzt hör zu ...«

Eifrig steckte er das Telefon wieder in seine Brusttasche und griff zum Kugelschreiber. »Bei Shorting beleihe ich die Aktien von anderen. Als Dank für die Leihgabe bezahle ich ihnen zum Beispiel 2,5 Prozent des Aktienwertes. Das bedeutet, dass ich 12 500 Pfund blechen muss, um Aktien im Wert von 500 000 Pfund zu leihen. Verstehst du?«

Vivians Augen waren blank und groß. »Du hast Aktien von anderen geliehen«, sagte sie langsam. »Aber warum verleihen die ihre Aktien?«

»Ich habe doch gesagt, dass ich sie dafür bezahle. Und sie bekommen sie garantiert zum abgemachten Zeitpunkt zurück. Deshalb konnte ich nicht alles Geld einsetzen, was ich hatte, fast 150 000 Pfund. Ich muss doch eine

Garantie dafür liefern, dass ich die entsprechende Menge Aktien zurückkaufen könnte, wenn sie bis zum Ende der Leihfrist gestiegen wären.«

»Kaufen?«

Vivians Augen wurden immer größer. »Du hast sie doch nur geliehen. Warum musst du sie denn dann kaufen?«

Audun seufzte und tippte mit der Spitze des Kugelschreibers auf das Kreuz auf der Zeitlinie. »Hier leihe ich die Aktien«, sagte er. »Und dann verkaufe ich sie sofort. Ich habe 500 000 Pfund dafür bekommen. Hast du das so weit verstanden?«

»Wie kannst du etwas verkaufen, was dir gar nicht gehört?«

»Weil ich morgen vor elf Uhr genau dieselbe Anzahl Aktien zurückkaufe, damit ich sie zurückgeben kann«, rief er begeistert und zeichnete ein riesiges Kreuz an das rechte Ende der Zeitlinie. »Dann kosten sie viel weniger! Wenn der Kursverfall so verläuft, wie alle Analytiker vorhersagen, wird der Preis der Aktie zu diesem Zeitpunkt um 20 Prozent gefallen sein. Mindestens! Vielleicht mehr. 20 Prozent von 500 000 Pfund – das sind 100 000 Pfund. Wenn ich davon abziehe, was ich für die geliehenen Aktien bezahlt habe, bleiben 87 500 Pfund. Die habe ich an einem Tag verdient. Wenn ich das Geld dazuzähle, das ich in der vergangenen Woche verdient habe, dann bin ich am Ziel, Vivian! Ich habe einiges über zwei Millionen norwegische Kronen und kann nach Hause fahren!«

Ihre Augen liefen über, und sie fuhr sich rasch mit dem Handrücken über die Wange.

Er griff nach ihrer Hand: »Kommst du mit, Vivian?«

»Kann ich denn einfach mitfahren? Braucht man da nicht ... einen Job und so was? Eine Aufenthaltsgenehmigung?«

»Hast du vom Abkommen über den Europäischen Wirtschaftsraum gehört?«

Er hielt ihr Gesicht jetzt in den Händen und küsste sie auf die Nase.

»Nein«, sagte sie zögernd.

»Das macht nichts«, sagte er lächelnd. »Das macht rein gar nichts. Komm, ich will gehen.«

Sie nahm seine Hand und hielt sie fest, während sie sich einen Weg aus der überfüllten Kneipe bahnten. Schweigend gingen sie zurück zum Hotel. Er legte den Arm fest um ihre Schultern, sie konzentrierte sich darauf, auf ihren neuen hochhackigen Sandalen zu gehen, die sie sich lange gewünscht und die Audun an diesem Nachmittag gekauft hatte.

»Vielleicht kommen wir rechtzeitig zur Beerdigung deines Vaters«, sagte sie.

»Scheiß drauf«, sagte er kurz.

Audun Berntsen hatte beschlossen, seinen Vater zu vergessen. Er war so fest entschlossen, dass er gar nicht daran dachte, dass ja gerade der Tod seines Vaters die Grundlage für sein kleines Shortingabenteuer gelegt hatte. Auf diese Idee würde er auch niemals kommen. Es gab immer neue Deals in der Zukunft, neue Aktien, mehr Geld, fettere Gewinne, schnelleres Cash.

Wenn die gefährlichste Schuld bezahlt wäre, hätte er noch immer fast 300 000 Kronen. Kleingeld, aber genug für einen neuen Anfang.

Er war wieder da und würde es diesmal schaffen.

Zwei gute Shortings dazu, dachte er, als er sein stickiges Zimmer im Wells Hotel für Vivian aufschloss, zwei, drei geschickte Schachzüge in nächster Zeit, und wieder wäre er der König auf dem Hügel.

Ohne Papas Hilfe.

**22.30 Uhr
Båtstøjordet, Høvik, Bærum**

Als Sara aufwachte, lag sie angezogen auf dem Sofa, ein Kissen unter dem Kopf und die graue Decke bis an den Hals gezogen.

Der Fernseher war ausgeschaltet, alle Lampen waren gelöscht. Es regnete nicht mehr, und das Wohnzimmer lag halbdunkel und abendblau durch das schwache Licht von außen da.

Das Telefon klingelte.

Ohne auf das Display zu blicken, meldete sie sich.

»Hallo?«

»Sara«, sagte eine begeisterte Stimme. »Congratulations. It's Jerry!«

»Jerry«, murmelte sie und gähnte. »Wie nett.«

»So hört sich das aber gar nicht an«, lachte er am anderen Ende der Leitung.

»Hab ich mich beim Zeitunterschied geirrt? Ich dachte, bei dir wäre es etwa halb elf.«

»Das stimmt. Wirklich nett, von dir zu hören, Jerry. Wirklich. Es war nur ein langer Tag.«

Jerry Cohn war gewissermaßen der Bruder, der Robert nie geworden war, weil er zu jung und zu anders gewesen war. Jerry und Sara waren gleich alt, sahen einander ähnlich und waren mit genau der gleichen Selbstsicherheit geboren. Ihr Vetter hatte die Sommerferien in Tromsø geliebt, die beiden Kinder fuhren mit dem Rad nach Håkøybotten und angelten von der Brücke über der kleinen Insel im Kvaløysund Seelachs. Sie stiegen bei Mitternachtssonne auf den Tromsdalstind, kauften im Hafen Krabben und aßen sie gleich aus der Tüte, und dabei sprachen sie darüber, wie alles werden würde, wenn Sara erst alt genug wäre, um in die USA auszuwandern. Als sie achtzehneinhalb Jahre später endlich mit ihrem orangefarbenen Rucksack im JFK Flughafen stand und dachte, Norwegen für immer hinter sich gelassen zu haben, hatte Jerry sie dort abgeholt. Mit einem Kuscheleisbären unter dem Arm hatte er dort gestanden, breitschultrig, klein und fröhlich, mit wilden Locken auf dem Kopf und dem gleichen blauen Blick wie Sara. Der Eisbär war schmutzig grau und hatte schon längst ein Auge verloren, sie hatte ihn Jerry zu seinem fünften Geburtstag geschenkt.

»Du hast ja ein Chaos angerichtet«, sagte er, und sie konnte sein breites Lächeln hören. »Ich bin stolz auf dich!«

»Ja, danke.«

Ihre Schulter tat weh. Sicher hatte sie falsch gelegen. »Nicht alle teilen deine Begeisterung«, sagte sie. »Ich bin beurlaubt worden.«

»Beurlaubt? Du?«

Sein Lachen ließ das Telefon rauschen. »Bald wirst du wieder da sein, Sara. Es gibt auf der ganzen Welt kein Krankenhaus, das für eine Kapazität wie dich nicht sonst was geben würde.«

»Du kennst dieses Land nicht, fürchte ich.«

»Ich? Ich war doch in Norwegen, solange ich mich überhaupt zurück...«

»Du kennst Norwegen nicht«, fiel sie ihm ins Wort. »Nicht die Systeme hier. Nicht, wie ... alles funktioniert.«

Am anderen Ende der Leitung wurde es still.

»Hast du Probleme, Sara?«, fragte er endlich.

»Weiß nicht«, antwortete sie resigniert. »Hab den ganzen Tag meine Maske aufbehalten. Zuerst, damit ich all diese Interviews geben konnte, dann, um Thea keine Angst einzujagen. Aber ich weiß nicht. Ich weiß wirklich nicht. Es ist spät, und ich ...«

»Das hier ist größer, als du ahnst, Sara.«

»Größer als ... was meinst du?«

»Die SEC hat die Mercury-Medical-Aktie schon seit Monaten im Auge.«

»Die SEC?«

»U.S. Securities and Exchange Commission.«

»Ich verstehe nicht ganz ...«

Sie reckte sich, um die Stehlampe neben dem Sofa einzuschalten.

»Im Dezember sind einige kollossale *Puts* auf die Aktie gesetzt worden.«

»Puts«, sagte sie verständnislos. »Wovon redest du?«

»Ein Put ist eine Verkaufsoption«, sagte Jerry eifrig. »Das Gegenteil von einer Kaufoption, ganz einfach.«

»Klingt logisch«, murmelte Sara sarkastisch. »Aber ich glaube, ich bin nicht so ganz in Stimmung für einen Anfängerkurs im Aktiengeschäft.«

»Das wird dich aber interessieren«, beharrte er. »Ein Put ist eigentlich eine Wette. Irgendwer hat geglaubt, dass die Mercury-Medical-Aktie um diese Zeit jetzt stark fallen wird. Er ist zum Markt gegangen und hat gefragt, ob jemand dagegensetzt, wenn er behauptet, dass der Kurs zu einem bestimmten Datum mindestens zehn Prozent niedriger liegen wird als an dem Tag, an dem die Wette eingegangen worden ist.«

»Das würden doch alle«, sagte Sara, jetzt ein wenig wacher.

»Genau! Bei einer so soliden Gesellschaft gehen doch jede Menge Leute darauf ein. Ihnen wird eine gewisse Summe dafür bezahlt, dass sie die Gegenwette übernehmen ...«

»Aber wie konnte irgendwer wissen, dass Mercury Medical gerade jetzt Probleme kriegen würde? Ein Hellseher?«

»Hallooo? Bist du wach? Denk doch mal nach, Sara!«

Sie gab sich wirklich Mühe, versuchte mit aller Kraft, sich zu konzentrieren. »Meinst du«, fragte sie endlich,

»meinst du, das Virus ist losgelassen worden, damit ... damit die Aktien fallen?«

Jetzt war sie hellwach. Die Gedanken wirbelten so rasch durch ihren Kopf, dass sie kaum hörte, was ihr Vetter am anderen Ende der Leitung sagte.

Skule Holst von Orphan Software hatte gesagt, sie sei ausgesucht worden.

Ausgesucht.

Er hatte die Theorie aufgestellt, dass es kein Zufall sein könne, dass das Virus im GRUS gelandet war. Jemand wollte, dass es entdeckt würde. Sara und Ola waren ein perfektes Gespann, die Kardiologin und der Arzt und Elektroingenieur.

Wärme breitete sich in ihrem Körper aus, ehe sie plötzlich fror.

»Sara?«

»Ja«, sagte sie leise. »Ich bin hier.«

»Die ganze Zeit werden Puts gesetzt«, sagte Jerry. »Sicher auch auf Mercury Medical. An sich würden Puts auf Mercury kein Aufsehen erregen. Was die Kontrollbehörde aufmerksam gemacht hat, war ihre Höhe.«

»Von wie viel reden wir hier?«, fragte Sara zerstreut, ihre Gedanken waren weit weg.

Sie war ausgesucht worden.

Sie war ausgenutzt worden.

»Das weiß ich nicht«, sagte Jerry weit, weit weg. »Es gibt Grenzen dafür, was ich aus meinem alten Kommilitonen herausholen kann, der jetzt bei der SEC arbeitet, auch wenn wir jeden Mittwochmorgen Tennis spielen. Heute hat er sich nicht blicken lassen und hat auch nicht abgesagt. Das ist noch nie passiert. Ich stelle mir vor, die Jungs hatten ganz schön was zu tun, als diese Nummer herausgekommen ist.«

»Das war keine Nummer.«

»Na gut, aber überleg doch mal, Sara! Überleg mal, was

du ausgelöst hast. Hier schnüffeln die SEC-Leute bei Mercury Medical herum und haben keine Ahnung, wieso irgendwer Riesensummen darauf setzt, dass eine Aktie, die seit vielen Jahren stetig steigt, plötzlich abstürzen soll. Und dann taucht diese Sache genau dann auf, wenn der Put fällig wird. Wenn man zum Beispiel Verkaufsoptionen gekauft hat, sagen wir, für ...«

»Ich kann das nicht«, fiel sie ihm ins Wort. »Ich kann mir das jetzt einfach nicht anhören, Jerry. Wie gesagt, es war ein schrecklicher Tag.«

»Okay«, sagte er verdutzt. »Ich wollte nur ...«

»Tausend Dank für deinen Anruf, Jerry.«

Sie versuchte, so viel Wärme wie möglich in ihre Stimme zu legen. »Es war wirklich schön, von dir zu hören. Aber ...«

»Dauert es noch lange, bis wir dich hier sehen werden?«

»Ich fliege morgen nach Denver. Drei Stunden Zwischenlandung in Newark auf beiden Strecken, aber leider kann ich diesmal keinen Besuch in New York einlegen.«

»Du bist doch beurlaubt! Du hast alle Zeit, die du willst.«

»Ich habe die Verantwortung für eine Vierzehnjährige, Jerry.«

»Wie geht es Thea?«

Auch sein Lachen war ihrem eigenen ähnlich.

»Gut, sehr gut. Aber jetzt muss ich schlafen, okay?«

»Love you.«

»Love you, too. Take care.«

Jerry legte auf.

Sara war hellwach und hatte das Gefühl, sich noch nie so allein gefühlt zu haben. Sie spielte einen Moment mit dem Gedanken, Ola anzurufen. Ihn herkommen zu lassen. Zu reden. Egal, worüber, wenn sie nur nicht allein sein müsste.

Aber es war zu spät, um anzurufen.

Rasch ließ sie ihre Augen durch das Zimmer wandern. Das Fenster neben der Tür zum Gang stand offen, und sie ging hin, um es zu schließen. Überprüfte die Fenstergriffe zweimal und überzeugte sich davon, dass die Haustür abgeschlossen war. Legte die Sicherheitskette vor. Die hatten sie nicht mehr benutzt, seit Thea klein gewesen war.

Sara blieb im Gang stehen, ganz still.

Sie hatte Angst.

23.30 Uhr
Finanzministerium Akersgata 40, Oslo

»Wir warten natürlich noch ein paar Wochen«, sagte Staatssekretär Finn Schei und lächelte kurz. »Bis sich alles wieder beruhigt hat. Dein und unser Pech, wenn es einen zu engen Zusammenhang zwischen den ...«

Wieder lächelte er kurz und verkniffen. »... Turbulenzen der letzten Zeit und deinem Rücktritt gibt«, endete er. »Also warten wir. Ein wenig.«

»Von ›Turbulenzen der letzten Zeit‹ kann keine Rede sein«, sagte Agnes Klemetsen und zeichnete mit zwei Fingern Anführungszeichen in die Luft. »Hier ist die Rede von weniger als vierundzwanzig Stunden. Ich weiß nicht, welches von den Ereignissen dieses Tages ich auf irgendeine Weise hätte verhindern oder beeinflussen können. Außerdem finde ich es, gelinde gesagt, ein starkes Stück, mitten in der Nacht herbeizitiert zu werden, ohne auch nur ...«

»Wir hielten es für die sauberste Lösung, dich zu informieren, sowie wir unseren Beschluss gefasst hatten, und es ist in aller Interesse, dass wir es so reibungslos wie nur möglich über die Bühne bringen.«

»Reibungslos?« Agnes Klemetsen machte eine wütende Handbewegung.

»Glaubst du, es wird reibungslos ablaufen, wenn bekannt wird, dass ich nur wenige Monate nach meiner Ernennung zur Vertreterin des SP-SP bei Mercury Medical zurücktreten muss? Und glaubst du ...«

Sie beugte sich vor und hob einen zornbebenden Zeigefinger. »Glaubst du auch nur eine Sekunde, dass mein Rücktritt nicht mit dieser Affäre in Verbindung gebracht wird, auch wenn wir eine oder zwei Wochen warten? Ist dir klar, was das für meine Karriere bedeutet?«

»Deine Karriere ist leider nicht die oberste Priorität des Ministers«, sagte Finn Schei kalt, noch immer ohne ihr in die Augen zu blicken. »Unsere Aufgabe ist es, das Vermögen der Gesellschaft auf die bestmögliche Weise zu verwalten. Mercury Medical wird im kommenden Jahr vor viel größeren Herausforderungen stehen, als irgendjemand bei deiner Ernennung vermuten konnte.«

»Na und?«, fragte sie so laut und schrill, dass Finn Schei das Gesicht verzog. »Man wird doch nicht nur für die guten Zeiten in einen Aufsichtsrat geholt. Was glaubst du wohl, wie es war, den Aufsichtsrat von Oslos Universitätskrankenhaus zu leiten? Oder bei der Fusion mit Hydro im Aufsichtsrat von Statoil zu sitzen? Meinst du, das war alles nur Friede, Freude, Eierkuchen?«

»Der Finanzminister wünschte sich einen Mann mit ...«

Er brach ab, hob sein Wasserglas, ohne etwas zu trinken, stellte es wieder hin und fing noch einmal von vorn an.

»Der Finanzminister wünscht sich eine Person mit größerem Gewicht, als eine Vierzigjährige hat erwerben können. Wir haben fünfhundert Milliarden in diese Gesellschaft investiert, Agnes, und wir müssen dafür sorgen ...«

»Das nenne ich einen SOLIDEN Versprecher«, sagte sie verächtlich. »Du willst ganz einfach einen Mann. Außerdem bin ich einundvierzig.«

»Du irrst dich«, sagte er tonlos. »Wir wollen Erfahrung. Gewicht.«

»Per Lund«, sagte sie schnaubend. »Warum sagst du das nicht offen? Mann, sechzig Jahre alt, ehemaliger Teilhaber in der Anwaltskanzlei BA-HR, Sammler von Aufsichtsratsposten und Retter des Staates, wann immer ihr Scheißangst vor irgendwas habt, weil ihr zwar vor Geld stinkt, aber ohne ausreichende Kompetenz auf dem Markt umherirrt.«

Er gab keine Antwort. Wieder musterte er einen Behälter mit Kugelschreibern, die er in unregelmäßigen Abständen immer weiter an den Tischrand schob.

Agnes Klemetsen erhob sich und packte den Mantel, den sie über die Stuhllehne gelegt hatte.

»Wir sind dankbar für deinen bisherigen Einsatz«, sagte Finn Schei. »Wir sagen dir noch genau Bescheid, wie der Wechsel verlaufen soll.«

Agnes Klemetsen schien einen Moment lang nach einer passenden Schlussbemerkung zu suchen. Nach einigen Sekunden aber seufzte sie tief, machte kehrt und ging auf die Tür zu.

»Der Wachmann im Vorzimmer bringt dich hinaus«, sagte Finn Schei zu ihrem Rücken. »Ich rufe dich an.«

Agnes Klemetsen sagte nicht einmal Auf Wiedersehen.

Donnerstag, 13. Mai 2010

**1.10 Uhr
Båtstøjordet, Høvik, Bærum**

Sara hatte sich ins Gästebett in Theas Zimmer gelegt.

Das regelmäßige Atmen der Nichte, das blaue Nachtlicht und die vielen Kuscheltiere, die noch immer dicht an dicht auf einem langen Regalbrett über den Fenstern saßen, hatten so beruhigend gewirkt, dass Sara endlich eingeschlafen war. Als sie erwachte, wusste sie nicht gleich, wo sie war. Sie fror und fragte sich, warum sie keine Bettdecke hatte.

Das schwache Summen des Telefons unten im Haus ließ sie auffahren und auf die Uhr schauen. Sie sah, dass sie kaum eine halbe Stunde geschlafen hatte.

Der Festanschluss klingelte sonst nie.

Wenn jemand sie erreichen wollte, dann versuchte er es per Mobilfunk.

Der einzige Grund, aus dem Sara und Thea noch einen Festanschluss hatten, dessen Nummer sie sich nie merken konnten, war, dass der im Preis des Breitbandlieferanten inbegriffen war.

Jemand rief ihren Festnetzanschluss an, noch dazu mitten in der Nacht.

Sara warf die Decke beiseite und schlich aus dem Zimmer. Das Klingeln wurde immer lauter, als sie barfuß die

Treppe hinunterlief, und sie war fast atemlos, als sie das Telefon aus dem Ladegerät auf der Fensterbank riss, auf das grüne Symbol drückte und in den Hörer keuchte: »Hallo!«

»Oh, hello! My name is Catherine Adams and I'm calling from New York. I'm trying to reach Doctor Zuckerman. Sara Zuckerman. Is this the correct number?«

»Das bin ich. Ist Ihnen klar, wie spät es ist?«

»Sie sind ein gutes Stück vor uns, das weiß ich, aber ... tut mir leid ... Ist es zu spät?«

»Es ist mitten in der Nacht. Worum geht es?«

Sara setzte sich resigniert auf einen Küchenstuhl.

»Es geht um ...«

Am anderen Ende der Leitung wurde es ganz still, aber Sara hörte die Frau atmen. Ihre Angst aus dem Moment, als sie erwacht war, schlug jetzt in Irritation um.

»Spreche ich mit Sara Zuckerman, die heute von CNN interviewt worden ist? Der Kardiologin, die ...«

»Ja, habe ich doch gesagt. Worum geht es?«

»Es geht ... Ich weiß nicht so recht, wie ich das sagen soll, aber mein Mann, mein verstorbener Mann, Peter ... Peter Adams ... er ... er hat bei Mercury Medical gearbeitet.«

»Ach?«

»Als Leiter von R & D Software. Das bedeutet ...«

Wieder wurde es still. Sara ging zum Küchenschrank, sie nahm ein Glas heraus und ließ das Wasser laufen, damit es abkühlte.

»Er war vor seinem Tod soeben befördert worden. Zum stellvertretenden Geschäftsführer. Unter Otto Schultz, wenn Ihnen der Name etwas sagt, er ist ...«

»Ich weiß, wer Otto Schultz ist«, fiel Sara ihr ins Wort und füllte das Glas.

»Ich habe Sie heute im Fernsehen gesehen, und da fiel mir ein ... Es tut mir wirklich leid, Sie zu stören. Ich wusste einfach nicht, wen ich ...«

»Ist schon gut. Ich bin Ärztin. Bin daran gewöhnt, geweckt zu werden. Und da ich nun wach bin, können Sie auch gleich erzählen, warum Sie anrufen.«

»Danke. Ich ... habe also diese Reportage gesehen. Und sofort musste ich an den Abend denken, an dem Peter gestorben ist.«

Ein schriller Pfeifton, wie von einem Wasserkessel, ertönte in der Leitung.

»Nur einen Moment.«

Sara hörte Klappern und ein Klicken, dann war Catherine wieder da. »Es ist ziemlich genau vier Jahre her. Ich war frisch operiert und bei meinen Eltern auf dem Land. Peter wollte eigentlich an jenem Abend noch herauskommen. Aber dann rief er an und sagte, er sei zu müde, um zu fahren. Er hatte an irgendeinem ... Fehler gearbeitet, das hat er wohl gesagt, ich kann mich an den genauen Wortlaut nicht erinnern, an einem von diesen ... Geräten, wenn ich das so nennen kann?«

»Ja«, antwortete Sara und trank einen Schluck Wasser, ehe sie hinzufügte: »Aber da gibt es sehr viele. Mercury Medical stellt eine Menge her. ICDs zum Beispiel.«

»Ich hatte den Eindruck, dass er an die achtundvierzig Stunden wach gewesen war. Danach hatte er ein längeres Gespräch mit Otto Schultz, erzählte er, und er wirkte so ...«

Sara fühlte sich seltsam wach. Angst und Verärgerung machten der Neugier Platz.

»Er wirkte so resigniert«, sagte Catherine Adams. »Ich habe damals nicht so genau darauf geachtet, und dann ist er ja gestorben, in derselben Nacht, und es war ...«

»Woran ist er gestorben?«

»Er wurde im Central Park überfallen.«

»Von wem?«

»Der Fall ist nie aufgeklärt worden. Die Polizei hielt es für einen Raubmord, aber er hatte kein Geld bei sich, und seine Armbanduhr war noch immer ...«

»Er war mitten in der Nacht im Central Park?«

»Ja. Ich begreife nicht, warum. Er ist dort jeden dritten Tag gelaufen, aber weil ich so ängstlich war, hat er das immer vor halb zehn gemacht. Aber er wurde mitten in der Nacht umgebracht. Ich habe nie verstanden, warum...«

Catherine Adams holte tief Luft, ein Keuchen, das in leises Weinen überging.

Sara sagte nichts.

»Peters Arbeitszimmer zu Hause habe ich seither nicht angerührt«, sagte Catherine Adams, als sie sich endlich gefasst hatte. »Ich gehe ab und zu hinein. Wenn er mir besonders fehlt. An seinem Geburtstag. Zu Weihnachten. An solchen Tagen. Peter-Tage nenne ich sie.«

Sara glaubte, jetzt ein kleines Lächeln zu hören.

»Heute war ich in seinem Arbeitszimmer. Es war kein Peter-Tag, aber ich hatte Sie im Fernsehen gesehen und dachte...«

Es hörte sich an, als ob sie sich die Nase putzte. »Ich rühre da nur selten etwas an«, sagte sie. »Aber diesmal ist mir etwas eingefallen. Ich habe etwas untersucht. Und etwas gefunden. Etwas, was mit diesem ... diesem Deimos zu tun hat.«

»Na gut«, sagte Sara. »Aber warum rufen Sie mich deshalb an?«

Sie merkte, dass sie abweisend wirkte. »Ich meine«, fügte sie rasch hinzu. »Was haben Sie gefunden, das mich interessieren könnte?«

»Kann es sein, dass dieses Virus, von dem die Rede ist, gemacht worden ist ... dass jemand bei Mercury Medical ein solches grauenhaftes Virus entwickelt?«

»Das ist absolut möglich«, sagte Sara leise.

Sie schaute aus dem Fenster. Es war jetzt die dunkelste Zeit der Nacht, aber die Birken zeichneten sich bereits als schwarze Silhouetten vor einem blassen Streifen Morgenlicht im Osten ab.

»Ich vertraue der Polizei nicht«, sagte Catherine plötzlich. »Die haben keinen Finger gerührt, um den Mord an Peter aufzuklären.«

»Ach.«

»Sie haben nicht auf mich gehört. Und außerdem ist es irgendwie ja auch nichts ...«

Jetzt zögerte sie länger. Für einen Moment glaubte Sara, die Verbindung sei abgerissen.

»Hallo?«, fragte sie.

»Es ist irgendwie nichts Ungesetzliches. Ich habe das Gefühl, etwas Wichtiges gefunden zu haben, aber es ist nichts, womit ich zur Polizei gehen könnte. Nichts Strafbares.«

»Ich glaube, ich weiß, was Sie meinen«, sagte Sara langsam.

»Im Fernsehen hat es so gewirkt, als hätten Sie das ganz allein herausgefunden.«

»Nicht ganz allein, aber ...«

»Ich möchte eigentlich am Telefon nicht darüber reden.«

»Worüber denn?«

»Über das, was ich gefunden habe. Aber ich will, dass Sie es bekommen. Dass Sie den Kampf gegen Mercury Medical aufgenommen haben, das ist ...«

»Ich führe keinen Kampf gegen Mercury Medical. Das nun wirklich nicht.«

»Ich vertraue der Polizei nicht«, sagte Catherine Adams noch einmal. »Kann ich Vertrauen zu Ihnen haben?«

»Ja. Aber wie soll ich Ihnen das beweisen?«

»Wie kann ich Ihnen das geben, was ich habe? Kann ich es schicken, oder vielleicht könnte ich ...«

»Sie rufen aus New York an, haben Sie gesagt?«

»Ja.«

Sara wusste nichts über Catherine Adams. Ihre Geschichte konnte der pure Unsinn sein. Die Frau konnte verrückt sein, es wirkte jedenfalls ziemlich verrückt, Sara mitten in der Nacht auf der anderen Seite des Atlantiks anzurufen, ohne mehr über Dr. Zuckerman zu wissen, als sie an diesem Tag in einer Nachrichtensendung gehört und gesehen hatte.

Andererseits schien das, was diese fremde Frau sagte, sinnvoll und irgendwie durchdacht zu sein, auch wenn sie ein wenig ins Stocken geriet.

»Give me a moment, okay?«

Catherine murmelte ein Ja, und Sara ging mit dem schnurlosen Telefon in den Keller. Ihr Rechner befand sich zum Glück im Ruhemodus. So schnell sie konnte, gab sie »Peter Adams, Mercury Medical« in Googles Suchfeld ein.

Bingo.

Es hatte einen Mann namens Peter Adams gegeben, und er war wirklich der Leiter der R & D Software-Abteilung des Konzerns gewesen. Er war am 6. Mai 2006 Opfer eines sinnlosen Überfalls im Central Park geworden, las sie, dann hielt sie den Hörer wieder an ihr Ohr.

»Still there?«

»Ja ...«

»Ich fliege heute Nachmittag nach norwegischer Zeit nach Denver«, sagte Sara. »Für Sie also morgen. Ich lande um 7.35 p.m. in Newark und habe drei Stunden zum nächsten Flugzeug. Wir könnten uns dort treffen.«

»Uns treffen? Könnten Sie ...«

Die Stimme wurde eifrig, fast erregt: »Können Sie sich meine Telefonnummer notieren?«

Sara griff zu einem Kugelschreiber und kritzelte die Nummer hin, ehe sie ihre eigene nannte.

»Ich fliege mit British Airways«, sagte sie. »Ich bin amerikanische Staatsbürgerin und komme sicher schnell durch die Passkontrolle. Wenn wir uns treffen wollen, muss ich mein Gepäck holen und es für den nächsten

Flug neu einchecken. Das lässt mir dann eine knappe Stunde für unser Treffen.«

»Eine Stunde reicht«, sagte Catherine Adams. »Eine Stunde ist mehr als genug. Tausend Dank. Bis morgen dann.«

»Bis morgen.«

Das Gespräch war beendet.

Der Bildschirm zeigte noch immer einen Artikel über Peter Adams' trauriges Ende. Sara las ihn langsam. Der Nachruf konnte wie immer nur Gutes über den Verstorbenen berichten und war deshalb ziemlich unbrauchbar als Grundlage für einen Eindruck davon, wer er eigentlich gewesen war.

Das ist aber auch nicht nötig, dachte Sara und loggte sich aus.

Sie wusste, dass es ihn gegeben hatte und dass Catherine Adams' Geschichte zutreffen konnte. Vielleicht war sie sogar wichtig.

Wenn ich jetzt nur schlafen könnte, dachte sie resigniert und ging wieder nach oben, um sich das Glas mit den Eiswürfeln zu holen.

Sie war durstig, verschwitzt und hellwach.

12.00 Uhr
Mercury Medical Zentrale für Nordeuropa und Norwegen, Sandakerveien, Oslo

Die Techniker auf beiden Seiten des Atlantiks hatten nur eine halbe Stunde gebraucht, um die gesperrte Verbindung einzurichten. Inzwischen hatte Morten Mundal in der Kantine ein Baguette mit Käse und Schinken verzehrt, wenn auch nur mit einiger Überwindung. Das zähe Weißbrot quoll in seinem Mund auf, und der Käse war fett und geschmacklos. Der ziehende Schmerz unter dem Brustbein hatte ein wenig nachgelassen, als er sich jetzt hinter den Schreibtisch setzte und Otto Schultz anstarrte.

Das Gesicht des anderen füllte fast den ganzen Bildschirm. »Morten«, brüllte er und klopfte leicht auf das Mikrofon, das vor ihm stand. »Hörst du mich?«

»Loud and clear.«

»Weitere sechs Prozent an der LSE gefallen.«

»Das sehe ich«, Morten nickte. »Aber der Absturz ist in der vergangenen Stunde abgeflacht. Das ist immerhin etwas.«

»Nicht genug«, sagte Otto Schultz und rückte dichter an die Kamera heran. »Was macht ihr da drüben, um die Sache zu klären?«

»Ich war in Kontakt mit der Polizei«, sagte Morten und versuchte, dem Blick des anderen standzuhalten. »Habe eine halbe Stunde mit ihnen gesprochen und werde morgen zu einer offiziellen Vernehmung hingehen. Sie haben die Ermittlungen aufgenommen. Die Programmiermaschine wird untersucht, und sie haben Fachleute hinzugezogen, also ...«

»Ohne die Kryptierungen kommen sie nicht weit«, fiel Otto Schultz ihm ins Wort. »Und die kriegen sie nicht. Ich hoffe, du hast ihnen zu verstehen gegeben, dass wir nie im Leben die Maschinencodes hergeben werden.«

»Natürlich. Es ist aber trotzdem so, dass ...«

»Diese Menschen im Groos, oder wie dieses Krankenhaus heißt, hast du von denen etwas erfahren?«

»Es ist sehr begrenzt, mit wem ich sprechen kann, jetzt, wo in der Sache ermittelt wird. Es würde einen sehr schlechten Eindruck machen, wenn ...«

»Schlechten Eindruck? Ich kann dir sagen, was einen fucking schlechten Eindruck macht, Morten! Und zwar, dass die gesamte R & D Software in Manhattan sich den Arsch abschuftet, während du in deinem verdammten

Büro keinen Finger rührst. Während die Aktien fallen und ...«

Er holte Luft und fuhr sich mit beiden Händen über den kurz geschorenen Schädel. Auch wenn das Bild in der gesicherten Leitung unscharf war, konnte Morten sehen, wie mitgenommen Otto wirkte. Sein Gesicht, sonst der Inbegriff kantiger Maskulinität, hatte etwas Aufgedunsenes.

Morten merkte plötzlich, dass er sich geirrt hatte.

Seit er eines Septemberabends im Jahre 2008 die Wahrheit über die Niederlage seines Vaters im Kampf um Mercury Medical erfahren hatte, war er der Meinung, Otto Schultz zu hassen. Er wollte hassen, er musste hassen, er hatte sich alle Mühe gegeben, den autoritären Mann zu hassen, der den Konzern mit eiserner Faust regierte. Jetzt aber empfand er vor allem Verachtung, nicht einmal Angst, nur eine tiefe und befreiende Verachtung.

Sogar Suzanne hatte Otto Schultz den Rücken gekehrt. Sie hatte ihr Glück bei einem Kunstmaler gefunden, das wussten alle, auch wenn Otto lange versucht hatte, die Schande zu vertuschen.

Der Kampf zwischen Otto und John war ein redlicher Krieg zwischen zwei ebenbürtigen Männern gewesen, das hatte Morten immer geglaubt, und sein Vater hatte verloren. Dass ein Job für Morten Bestandteil des Friedensvertrags war, empfand er nicht als erniedrigend. Apollo Med-Elec, auf der Mercury Medicals Elektronikabteilung beruhte, war ja von Anfang an ein Mundal-Projekt gewesen. Morten war ein Mundal, er war über zwanzig Jahre jünger als der Superstier, und mit harter Arbeit und klarer Positionierung konnte er an dem Tag, an dem der Alte das Ruder aus der Hand gab, sehr gute Karten haben.

Dann war der Brief seines Vaters gekommen und hatte alles geändert.

John Mundal hatte die neu gegründete Mercury Medical mit viel Geld verlassen. Morten hatte nie verstanden, warum seine Eltern nur acht Wochen nach Johns Ausscheiden aus der Firma auseinandergegangen waren. Weder Rebecca noch John hatten seine Fragen beantworten wollen, und als seine Mutter zu gleicher Zeit und absolut überraschend ihre angesehene Stellung am Presbyterian aufgab, war Morten bereits dabei, europäische Unterabteilungen von Mercury Medical aufzubauen. Er wollte beweisen, dass er der Herausforderung gewachsen war, und kam nur selten nach Hause.

Als sein Vater am 1. September 2008, nachdem er alles verloren hatte, Selbstmord beging, hinterließ er einen Brief an seinen einzigen Sohn.

Der Brief war kurz, banal, egozentrisch und melodramatisch.

Dennoch hatte der Brief ihn fast zerstört.

Der Vater bereute, schrieb er, nicht mehr Zeit für seinen Sohn gehabt zu haben. John Mundal bat seinen Sohn um Vergebung für alle falschen Entscheidungen. Dafür, dass er Mortens Erbe auf dem Finanzmarkt verspielt hatte, dafür, dass er Rebecca im Stich gelassen hatte, als sie ihn am allermeisten gebraucht hatte. Morten solle verstehen, bat er, dass der Schock über Rebeccas Suchtverhalten noch schlimmer gewesen sei als die lähmende Niederlage gegen Otto Schultz.

Als Morten Mundal den Selbstmordbrief seines Vaters las, erfuhr er endlich, warum die Mutter so plötzlich im Krankenhaus aufgehört hatte.

An allem war Otto schuld.

»Du wirkst so nachdenklich«, sagte Otto.

»Diese Situation lädt ja auch zum Nachdenken ein«, erwiderte Morten.

»Diese Situation lädt zum Handeln ein. Und genau danach frage ich! Ich habe die gesamte R & D Software in

Gang gesetzt, um überall nach Notizen, alten Dateien, veralteter Software zu suchen, wo ein Virus sich versteckt haben kann ...«

Er beugte sich noch weiter vor: »Hier zu Hause wird jeder Stein umgedreht, aber was tust du?«

»Was ich kann«, sagte Morten gelassen. »Was ich im Rahmen der norwegischen Gesetze tun kann. Ich habe ein Medienberatungsbüro engagiert und war erreichbar für alle, die ...«

»Medienberatung? *Medienberatung?*«

Otto Schultz schien kurz vor einem Infarkt zu stehen. Sein Gesicht war knallrot, und der Schweiß ließ seine Oberlippe glänzen.

Ohne Kontrolle war er nicht mehr derselbe.

Sondern ein ganz anderer.

Deshalb hatte Morten sich dazu verleiten lassen, ihm die E-Mail zu schicken, die viele Stunden vor dessen Tod Erik Berntsens Ende mitgeteilt hatte. Es war unüberlegt gewesen, eine impulsive Handlung, als er kurz zu einer Besprechung im schwedischen Handelsministerium in Stockholm gewesen war und am Abend ein Bier zu viel getrunken hatte. Die Vorstellung, was eine solche anonyme Mitteilung bei Otto anrichten, wie sie ihn quälen und zu Untersuchungen zwingen würde, ohne dass er je herausfinden würde, woher die Mail kam, war ganz einfach unwiderstehlich gewesen.

»Wir müssen das Virus finden«, schrie Otto Schultz. »Statt unsere Zeit mit Medienberatern zu vergeuden. Was macht ihr, um das Virus zu finden?«

»Was wir nur können«, sagte Morten ruhig. »Absolut alles, was wir können.«

Das Virus war wie ein Geschenk gekommen.

Morten wusste nicht, von wem; der knappe Brief, der dem USB-Stick beigelegen hatte, war anonym. Als er eines späten Abends im Labor den spärlichen Anweisungen im

Brief gefolgt war, hatte er immerhin begriffen, dass die von jemandem stammen mussten, der es auf Otto abgesehen hatte.

Von jemandem, der Otto Schultz erledigen wollte.

Davon gab es viele, das wusste Morten Mundal, aber dieser hier hatte endlich ein Mittel gefunden.

Es musste ein Insider sein.

Jedenfalls einer, der Insider gewesen war.

»Was denn?«, stöhnte Otto und hob ein Glas Wasser, ohne zu trinken. »Was zum Teufel tust du, um die Virusquelle zu finden?«

»Wir gehen alles durch. Alle Loggs. Alle Programmiermaschinen. Alles, was wir an Ausrüstung haben. Wir haben der Polizei unsere Mitwirkung angeboten, aber die ...«

Der Blackberry vibrierte sanft.

Mit der Hand außerhalb des Kamerawinkels öffnete er die SMS.

»Flower«, stand dort.

Er löschte die Mitteilung.

Er wollte ja gar nicht steinreich werden. Er wollte nur genug, um nach Hause zu fahren und einen neuen Anfang zu machen. Zusammen mit seiner Mutter. Er wollte nach Hause fahren und sich um Rebecca Mundal kümmern, wie sein Vater es hätte tun müssen.

Er war bereits reich, das kurze Codewort war die Bestätigung dafür, dass alles unter Dach und Fach war.

Die europäische Verkaufsoption, die er im März erworben hatte, gut getarnt durch Helfershelfer, hatte das Schlussdatum noch nicht erreicht. Was sie betraf, hielt er noch nichts für selbstverständlich.

Das Shorting dagegen war ein Erfolg gewesen. Durch drei Strohmänner und ein raffiniertes Manöver hatte er Mercury-Medical-Aktien zu einem Wert von 240 Millionen Kronen geliehen. Er hatte sechs Millionen für die

Leihgabe bezahlt und die Aktien sofort verkauft. An diesem Tag hatten seine Kontaktleute eine entsprechende Anzahl Aktien gekauft, um sie ihren rechtmäßigen Besitzern zurückzugeben, genau zu dem Zeitpunkt, an dem die Aktie um zwanzig Prozent gefallen war. Die Differenz zwischen Verkauf und Kauf belief sich auf 48 Millionen Kronen, und auch nach Abzug der sechs Millionen, die er für Leihen und Hilfe bezahlt hatte, besaß er mehr Geld, als er sich je erträumt hatte.

Er hatte nur auf Verkaufsoptionen setzen wollen, auf Puts, aber die Versuchung war zu groß geworden, als Erik Berntsen gestorben war: Das Virus funktionierte.

Sara Zuckerman hatte den ICD erhalten, wie es geplant war.

Dr. Zuckerman war eifrig, tüchtig und besaß einen fachlichen Stolz, der sie unfähig machte, andere ihre Angelegenheiten für sie klären zu lassen. Sie war wegen ihrer Alleingänge berüchtigt: Sogar an der Cleveland Clinic hatte sie als junge Ärztin zwei Konfrontationen mit der Krankenhausleitung durchgestanden, ehe sie in den Rängen aufgestiegen war und machen konnte, was sie wollte. Wenn das Virus nicht von ihr entdeckt würde, wäre es unmöglich, die Folgen zu berechnen. Irgendjemand würde natürlich früher oder später Alarm schlagen. Zum Glück war das nicht zu vermeiden, wenn FUCK YOU in der Spalte für die Personalien leuchtete. Dennoch konnte niemand sicher wissen, wie mit der Sache umgegangen werden würde.

Es konnte lange dauern. Es konnte entsetzlich lange dauern, und der Fall konnte mit dem üblichen grauen Nebel aus Schweigepflicht, Bürokratie und Korpsgeist umhüllt werden, der sich so oft um begangene Fehlgriffe legte.

Sara Zuckerman dagegen gab ihm die benötigten Wahrscheinlichkeiten.

Die Versuchung wurde zu groß, er hatte geshortet, und jetzt hatte er gewonnen.

Und noch immer stand *the put* aus.

»Ich fahre nach Denver«, sagte Otto Schultz plötzlich. »Da werden alle sein, und es ist besser, den Stier bei den Hörnern zu packen.«

»Ich bleibe zu Hause, es wäre nicht richtig, jetzt wegzufahren, wo ...«

»Alles klar. Keep me posted.«

Der Bildschirm flimmerte und wurde dunkel.

»Flower«, dachte Morten Mundal.

Was für ein alberner Code.

Was für ein wahnwitziger Tag.

16.10 Uhr
Flughafen Gardermoen, nördlich von Oslo

»Herrgott, was für ein Verkehr«, sagte Sara, als Ola verbotenerweise am Straßenrand vor dem Flughafengebäude hielt. »Gut, dass du darauf bestanden hast, einen Zeitpuffer zu haben.«

»Zeit ist etwas, wovon wir ausnahmsweise jede Menge haben«, sagte er. »Und wenn du die Bahn genommen hättest, wärst du schon vor einer Stunde hier gewesen.«

»Kann die Bahn nicht leiden«, sagte sie kurz. »Du bist ein Engel, dass du mich gefahren hast. Deine Musikauswahl ist ein wenig einseitig, aber ansonsten vielen Dank.«

Ola hatte nur CDs von Elvis Presley im Auto.

»Und jetzt versprich mir, dir nicht so große Sorgen zu machen. Sowie ich wieder zu Hause bin, werde ich Ordnung schaffen. Verlass dich auf die gute alte Sara, Ola.«

Sie öffnete den Sicherheitsgurt, beugte sich vor und

küsste ihn auf die Wange. »Und du hast es ja selbst gesagt: Im GRUS sind wir jetzt Helden.«

Er lächelte widerwillig.

Am Vormittag war er im Krankenhaus gewesen, um seine Turnschuhe zu holen. Er hatte für die wenigen Meter vom Foyer bis zu seinem Büro eine halbe Stunde gebraucht, alle hatten mit ihm reden wollen. Die Leute waren neugierig, alle, die er traf, klopften ihm auf die Schulter und lächelten ihn strahlend an. Petter Bråten hatte ihn zu seinem Büro begleitet und erzählt, dass nur Lars Kvamme und zwei weitere Oberärzte von der Medizinischen Abteilung sich über die Beurlaubungen zu freuen schienen.

»Ein gesichertes Einkommen wäre mir lieber als ein Heldenstatus«, sagte er.

»Sei nicht so negativ.«

»Du hast gut reden. Du schwimmst in Geld und ...«

»Ich schwimme in Geld?«

Ihre Stimme hatte jetzt eine dunkle Schwingung, die er gut genug kannte, um das Thema zu wechseln.

»Ja«, sagte er trotzdem wütend. »Du hast jede Menge Geld und keine Ahnung, wie das ist mit fünf anspruchsvollen Kindern, und wenn das doch nicht reicht, hast du noch immer einen ›Vetter in Amerika‹!«

Als er die Anführungszeichen in die Luft zeichnete, bereute er es schon.

Sara hatte ihm von Jerrys Anruf erzählt, als sie im Schneckentempo über die E6 nach Norden gefahren waren. Ola war ihm einmal begegnet, bei einem Grillabend bei Sara und Thea im vergangenen Sommer. Der Mann war charmant, offen und unverkennbar von diskretem Reichtum geprägt.

»Genau«, sagte Sara und nickte langsam. »Reich. Wohlhabende Verwandte. Und immer einen Vetter in Amerika.«

Sie riss die Tür auf. Dann beugte sie sich noch einmal herein und musterte ihn mit dem kältesten Blick, der ihn je getroffen hatte. »Demnächst wirst du mir mit der Theorie der großen jüdischen Weltverschwörung kommen.«

»Nein!«, sagte er verzweifelt und hob die Hände. »So war das nicht gemeint, Sara!«

Die Tür wurde zugeschlagen.

»Verdammt«, fauchte er und riss seine eigene Tür auf. Sara kämpfte mit dem Deckel des Kofferraums.

»Ich helfe dir«, sagte Ola.

»Bleib mir vom Leib«, fauchte sie. »Wir kommen allein zurecht, weißt du. Wir scheißen auf den Rest der Welt und kommen allein zurecht.«

»Hör auf«, sagte er so laut, dass andere sie anstarrten. »Jetzt ist aber Schluss, Sara!« Er öffnete den Kofferraum und hob den Koffer heraus. »Jetzt bist du ungerecht«, sagte er leise, als er den Koffer auf den Boden gestellt hatte. »Total ungerecht.«

»Nein, bin ich nicht. Aber setzen wir einen Schlusspunkt hinter diesen Unsinn. Ich hab es eilig.«

Sie packte ihren Rollkoffer und lief los.

Ola blieb ans Auto gelehnt stehen und beobachtete die kleine Gestalt, die mit entschiedenen Schritten und einem tanzenden knallroten Koffer auf Rädern hinter sich auf die Karuselltüren zulief und dann verschwand.

23.45 Uhr
Kirkeveien beim Ullevål Krankenhaus, Oslo

Dafür, dass es eine so kalte Nacht war, trug der Mann an der Ampel vor dem Haupteingang zum Universitätskrankenhaus Ullevål sehr leichte Kleidung: nur ein T-Shirt über zu weiten Jeans und keine Strümpfe in den zu großen Sandalen. Seltsamerweise schien er sich verstecken zu wollen: Er presste sich an den Metallpfosten, mit geradem Rücken und hochgezogenen Schultern. Niemand stand in seiner Nähe, aber dennoch redete er ununterbrochen, mit nur kleinen Pausen, in denen ihm ein imaginärer Gesprächspartner zu antworten schien.

Ein Bus kam von Westen her auf der Busspur angefahren.

Die Fahrerin sah die Ampel, ehe sie die Kreuzung erreichte. So spät am Abend war nicht viel Verkehr, und der Kirkevei streckte sich gerade und übersichtlich am südlichen Zaun um das Krankenhausgelände dahin. Da noch immer Rot war, als der Bus siebzig Meter von der Kreuzung entfernt war, konnte sie kaum schneller als dreißig Stundenkilometer fahren.

Die Ampel sprang auf Grün, als es noch fünfzig Meter waren.

Die Fahrerin beschleunigte. Niemand wartete an der Straße, würde sie der Polizei später sagen, atemlos und erschüttert. Niemand war zu sehen, bis dieser Mann auf die Straße schoss, im wahrsten Sinne des Wortes, er ließ sich mit dem Kopf zuerst vor den Bus fallen.

Die Fahrerin trat auf die Bremse, und als ihr eine Sekunde später aufging, was geschehen war, schaltete sie in den Leerlauf und zog die Handbremse, ehe sie aus dem Bus stürzte. Der Anblick, der sich ihr bot, als sie in die Hocke ging, ließ sie rückwärtstaumeln. Ein Vorüberkommender konnte sie gerade noch auffangen.

»Es war Grün«, jammerte die Fahrerin. »Ich bin bei Grün gefahren!«

»Ich habe alles gesehen«, sagte ihr Retter erregt und hielt sie fest. »Es war nicht Ihre Schuld. Ich habe alles gesehen.«

Sie versuchten nicht, dem Mann unter dem Bus zu helfen. Das versuchten auch die anderen nicht, die jetzt zusammenströmten, einige aus dem Bus, andere vom Krankenhaus her und noch andere von der anderen Seite des Kirkevei.

Niemand rührte ihn an.

Auch der Arzt, der zwei Minuten später vom Krankenhaus hergelaufen kam, unmittelbar vor Eintreffen der Polizei, tat nichts, als er das sah, was alle anderen gesehen hatten: Der Kopf des Mannes lag unter dem Reifen eines 22 Tonnen schweren Busses.

»Ich bin bei Grün gefahren«, schrie die Fahrerin immer wieder. »Ich bin bei Grün gefahren, und ich bin nicht zu schnell gefahren!«

Die Polizeisirenen kamen näher.

Wieder ging der Arzt in die Hocke, diesmal vor dem Bus.

Der Tote trug um das Handgelenk ein Namensschildchen. Der Arzt zog einen Kugelschreiber aus der Brusttasche, um es so zu drehen, dass der Name zu lesen war.

»Sverre Bakken«, murmelte er. »Der arme Teufel.«

Als er sah, in welcher Abteilung der Mann gewesen war, stand er auf und machte eine frustrierte Handbewegung, ehe er rief: »Wieso werden die denn nicht eingesperrt?«

Freitag, 14. Mai 2010

8.00 a.m.
Grand Hyatt Denver, 1750 Welton Street, Denver, Colorado

Sara Zuckerman drohte dem Wecker mit der Faust und legte sich das Kissen übers Gesicht.

Nichts davon half.

Das schrille Klingeln hatte sie aus einem so tiefen Schlaf gerissen, dass sie eine Weile auf dem Boden tastete, bis sie den kleinen Reisewecker gefunden hatte und ihn ausschaltete. Dann ließ sie sich zurücksinken und schlief wieder ein.

Fast.

Sie fuhr hoch, riss die dünne Decke weg und stürzte die drei Schritte zum Schreibtisch am Fenster.

Das Telefon lag an Ort und Stelle. In dem Ladegerät, das Catherine Adams ihr zusammen mit dem letzten Mobiltelefon ihres Mannes gegeben hatte. Das Ding war erst vier Jahre alt, wirkte aber bereits völlig überholt, mit so winzigen Tasten, dass Sara den Einschaltknopf erwischte, als sie feststellen wollte, ob der Akku jetzt aufgeladen sei. 2006 war offenbar das Jahr gewesen, in dem die Hersteller von Mobiltelefonen sich damit amüsiert hatten, sie so klein wie möglich zu machen.

Aufgrund von Verspätungen und eines diensteifrigen Zollbeamten, der es verdächtig fand, dass Sara als amerikanische Staatsbürgerin seit über einem Jahr ihre Heimat nicht mehr besucht hatte, waren ihr nur zehn Minuten geblieben, als sie endlich Catherine Adams gefunden hatte.

Die große schlanke Frau war sicher einige Jahre älter als Sara, mit Haaren, die ungestört hatten grau werden dürfen, und tiefen Lachfältchen. Sie war bei diesem Treffen viel ruhiger als bei dem Anruf in der Nacht. Offenbar machte ihr nicht einmal die Zeitnot zu schaffen. Ruhig ging sie mit Sara in eine Ecke der Abflughalle und reichte ihr eine durchsichtige Plastiktüte mit einem Mobiltelefon und dem dazugehörigen Ladegerät.

»Es sind noch einige private Nachrichten gespeichert«, sagte sie. »Ich habe nicht gewagt, sie zu löschen, aus Angst, etwas falsch zu machen und das zu entfernen, was Sie bitte hören sollen. Ich verlasse mich darauf, dass Sie die privaten Meldungen ignorieren und dass ich irgendwann das Telefon zurückbekomme.«

Sara nickte und sah die Tüte fragend an.

»Hören Sie sich die letzte Aufnahme an«, sagte Catherine Adams. »Ich habe sicherheitshalber die Gebrauchsanweisung herausgesucht, damit Sie nichts falsch machen können.«

Sie reichte Sara das kleine Heft. »Wie gesagt, ich weiß nicht, ob es wichtig ist. Aber wenn die Aufnahme von Bedeutung ist, dann wäre Peter damit einverstanden gewesen, dass Sie sie bekommen.«

Mit flüchtigem Lächeln streckte sie eine kühle Hand aus. »Rufen Sie mich an, wenn Sie mögen«, sagte sie und ging.

Im Flugzeug von Newark nach Denver hatte Sara versucht, »The Human Stain« auszulesen, aber sie ertappte sich dabei, dass sie dieselbe Seite immer wieder lesen musste. Daran war nicht das Buch schuld. Sie spielte schon mit dem Gedanken, mit Peter Adams Telefon zur

Toilette zu gehen und sich die rätselhafte Aufnahme anzuhören, gab diese Idee dann aber wieder auf. Sie wollte Catherine Adams Rat befolgen und zuerst die Gebrauchsanweisung lesen. Sie benutzte ihr eigenes Telefon nur zum Telefonieren, und dass es die Möglichkeit gab, damit Aufnahmen zu machen, war ihr nur vage bekannt.

Als sie endlich in der Suite angekommen war, die die Veranstalter des Kongresses ihr großzügigerweise spendiert hatten, wurde ihr schnell klar, dass sie wohl kaum schlafen könnte, wenn sie sich jetzt gleich die Aufnahme anhörte. Sie würde entweder zu aufgeregt oder zu enttäuscht sein, sie war zum Umfallen müde und hatte nur noch die Kraft, sich abzuschminken und die Zähne zu putzen, ehe sie ins Bett fiel.

Jetzt war sie hellwach, nach nur fünf Stunden Schlaf.

Zur Suite gehörte eine Kochnische neben der Eingangstür. Sara zog den hoteleigenen Bademantel an und bereitete sich einen dynamitstarken Kaffee, ehe sie sich mit der Gebrauchsanweisung wieder ins Bett setzte.

Alles wirkte so einfach.

Ihre Hände zitterten, als sie die Anweisungen befolgte, die sie inzwischen auswendig konnte. Auf dem Display tauchten nun fünf Tonspuren auf. Sara hielt die unterste für die neueste und markierte sie, ehe sie auf *Okay* drückte.

Sie hörte ein Kratzen, als hätte etwas das Mikrofon gestreift, als die Aufnahme begonnen hatte.

Dann hörte sie eine Stimme, eine ihr unbekannte Männerstimme.

Für eine gute Dreiviertelstunde lauschte Sara Zuckerman der Wiedergabe auf Peter Adams' Telefon. Als sie fertig war, blieb sie sitzen und sah eine weitere Viertelstunde lang das Telefon an.

Dann griff sie zu ihrem eigenen.

»Jerry«, sagte sie, als sich am anderen Ende der Leitung jemand meldete. »Hier ist Sara. Wie lange brauchst du, um nach Denver zu kommen?«

**11.59 a.m.
Colorado Convention Center, Denver, Colorado**

Obwohl es in Raum 405 des Kongresszentrums nur 174 Sitzplätze gab, schienen sich mindestens doppelt so viele Menschen in den Saal gedrängt zu haben. An den Wänden kämpften Ärzte und Presseleute um Plätze mit Blick auf das Rednerpodium. Sicherheitsmänner schimpften und pöbelten, als handele es sich um eine Invasion.

Sara kam zu spät.

Sie war zwar davon ausgegangen, dass man früh kommen müsse, um bei der von Otto Schultz angekündigten Pressekonferenz einen Platz zu erwischen, war jedoch unterwegs so oft aufgehalten worden, dass sie sich gerade noch in den Saal zwängen konnte, ehe ein Saalordner hinter ihr die Tür schloss.

Zum ersten Mal, seit sie ihr Hotelzimmer verlassen hatte, wurde sie von niemandem beachtet. Der Kongress hatte zehntausend Teilnehmer, das wusste sie, und sie hatte das Gefühl, dass fast alle sie an diesem Vormittag angesprochen hatten. Die Deimos-Entlarvung war das große Gesprächsthema bei Heart Rhythm 2010, und absolut alle schienen mitbekommen zu haben, welche Rolle Sara Zuckerman bei der Entdeckung des katastrophalen Fehlers im ICD von Mercury Medical gespielt hatte.

Einige hatten ihr gratulieren wollen, andere waren neugierig gewesen und hatten über Details zu reden versucht, auf die Sara nicht einging. Der Schock, den die

Aufnahme auf Peter Adams' Telefon ihr versetzt hatte, machte sie schroffer und abweisender, als sie es sonst gewesen wäre.

Norwegischer, dachte sie resigniert und hatte endlich einen Standort gefunden, von dem aus sie die Rednertribüne immerhin ahnen konnte.

Als Otto Schultz aus einer Tür an der Seite des Saals kam und zielstrebig auf das Podium zuschritt, war es, als hätte jemand auf einen Knopf gedrückt. Bisher hatte ein ohrenbetäubender Lärm geherrscht. Jetzt war nur vereinzeltes Flüstern zu hören, und als Otto Schultz das Rednerpult erreicht hatte, wurde es ganz still. Nur die Kameras summten wie ein Heuschreckenschwarm.

Er hatte kein Manuskript bei sich.

Er reckte sich zu seiner ganzen Höhe. Streifte die dicht gedrängten Reihen mit dem Blick, dann drehte er das Mikrofon ein wenig höher, ließ sich Zeit für einen Blick auf seine Armbanduhr und begann mit seiner Rede.

»Good afternoon and welcome.«

Es war eine Minute nach zwölf.

»Ich bin Otto Schultz, CEO der größten und besten Herstellerfirma für medizinische Elektronik und Pharmazie. Darauf bin ich stolz. Mercury Medicals Einsatz in Forschung und Entwicklung hat nicht nur in den USA, sondern überall in der Welt zahllose Leben gerettet.«

Noch immer war es ganz still im Saal.

»Uns ist allerdings ein Fehler unterlaufen«, sagte Otto Schultz und hob die Stimme. »Ein schwerwiegender Fehler. Zwei Menschen haben ihr Leben verloren, weil ein bösartiges Virus die Kontrolle über den Mercury Deimos an sich gerissen hat, einen implantierbaren Herzstarter, der bis vor etwas über einer Woche der zuverlässigste und mit Abstand betriebssicherste aller zugänglichen ICDs war.«

Vor ihm stand ein Glas Wasser, aber er rührte es nicht an.

»Nichts, und ich wiederhole *nichts*, lässt annehmen, dass das Problem weiter reicht als bis zu diesen beiden Fällen in Norwegen. Kein Bericht von irgendeinem anderen Ort der Welt vermittelt einen anderen Eindruck.«

Jetzt wandte er sich den Fotografen zu und ließ seinen Blick von Linse zu Linse schweifen, ehe er hinzufügte: »Aber Fehler darf es nicht geben. Nicht bei uns. Niemals. Wenn wir nun doch diese Manipulation an einem unserer avanciertesten Produkte nicht verhindern konnten, dann tragen wir auch die Konsequenzen. Vor allem ...«

Er hob den Zeigefinger wie ein Weltuntergangsprediger. »Vor allem werden wir uns um die Familien der direkt Betroffenen kümmern. In jeglicher Hinsicht. Finanziell, praktisch und emotional.«

Wie Mercury Medical sich um Bodil Berntsens Gefühlsleben kümmern wollte, war für Sara ein Rätsel, aber sie zweifelte nicht daran, dass die finanzielle Entschädigung großzügig ausfallen würde.

»Danach wird Folgendes geschehen«, sagte Otto Schultz, ehe er das Mikrofon aus dem Gestell löste, es in die rechte Hand nahm und die Rednerbühne verließ. »Wir rufen alle Deimos vom Markt zurück«, sagte er zu einer jungen Frau in der ersten Reihe. »Wirklich alle. Außerdem gilt für alle Patienten auf der Welt, denen ein Deimos implantiert wurde, das Angebot, den ICD sowie den Gesundheitszustand innerhalb von drei Wochen im nächstgelegenen Krankenhaus überprüfen zu lassen. Auf unsere Kosten natürlich. Des Weiteren wird Mercury Medical in Zusammenarbeit mit den amerikanischen Gesundheitsbehörden eine unabhängige Kommission einsetzen, die alle Todesfälle bei Patienten mit implantierten Deimos untersuchen wird. Der Zeitrahmen für diese Arbeit wird sehr eng sein.«

Sara bemerkte, dass der Mann neben ihr ein iPhone hervorgezogen hatte, das er in Hüfthöhe hielt, während sein Daumen über das Display strich.

»Das wird natürlich sehr viel kosten«, sagte Otto Schultz, der jetzt auf die Rednertribüne zurückgekehrt war. »Sehr, sehr viel. Derzeit trägt ungefähr eine Million Patienten einen Deimos in der Brust, und nicht zuletzt die logistischen Herausforderungen sind gewaltig. Wir werden uns auf die tüchtigsten Ärzte in aller Welt verlassen müssen.«

Er stellte das Mikrofon zurück ins Gestell. »Und es muss schnell gehen!«

Jetzt schlug er sich mit der rechten Faust in die linke Handfläche. »Wir scheuen in dieser Angelegenheit keine Kosten. Wir haben einen Fehler begangen, wir werden den Schaden, soweit es möglich ist, wiedergutmachen, und wir werden alle Kräfte einsetzen, um einen ähnlichen Fall unmöglich zu machen.«

»Das wird verdammt teuer«, flüsterte eine große Frau und beugte sich zu dem Mann mit dem iPhone vor.

»Weiß nicht so recht«, flüsterte der Mann. »Langfristig gesehen ist es doch das Einzige, was der Typ tun kann.«

»Pst«, sagte Sara verärgert.

»Ich werde heute keine Fragen beantworten«, sagte Otto Schultz und schob sein Kinn vor.

Zum ersten Mal wurde im Saal ein unzufriedenes Gemurmel laut.

»Ganz einfach, weil ich Ihnen schon geantwortet habe«, sagte Otto Schultz so laut, dass das Mikrofon kaum nötig gewesen wäre. »Auf die einzige, große, wichtige und entscheidende Frage: Wie wird Mercury Medical sich in dieser Situation verhalten, ist die Antwort gegeben: Wir werden alles tun.«

Wieder trat Totenstille ein. Sogar einige Fotografen

ließen ihre Kameras sinken und starrten den riesigen Mann an.

»Alles«, wiederholte er mit Nachdruck und ließ seine Blicke durch den Saal wandern. »Ladies and Gentlemen, ich danke für die Aufmerksamkeit. Ich habe eine große Aufgabe zu erledigen.«

Mit energischen Schritten ging er zu der Tür, durch die er hereingekommen war. Ein Saalordner hielt sie für einen Moment auf, und als Mercury Medicals legendärer CEO Raum 405 verlassen hatte, wurde sie hinter ihm nachdrücklich abgeschlossen.

Der Lärmpegel stieg dramatisch.

»Wasn't that an overkill?«, fragte der Mann, dessen iPhone-Display die Aktienkurse zeigte.

»Es geht ja trotz allem nur um zwei Todesfälle«, sagte die große Frau.

»Die Götter mögen wissen, welche Folgen das für den Aktienmarkt hat«, sagte der Mann auf ihrer anderen Seite. Er schüttelte den Kopf und zuckte mit den Schultern. »Otto Schultz kriegt die volle Punktzahl für seinen Stil, aber ob der Inhalt gut genug war, um den Sturz abzubremsen?«

Sara sagte nichts. Sie stand nur da, die Arme vor der Brust verschränkt, den Kopf voller widersprüchlicher Gedanken. Dieser Auftritt hatte es nicht leichter gemacht, das zu verstehen, was sie vor einigen Stunden erfahren hatte.

Im Gegenteil. Ihr blieb nichts anderes übrig, als auf Jerry zu warten.

Und Morten Mundal zu suchen, dachte sie und verließ mit der Menschenmenge den Saal. Sein Name stand auf der Teilnehmerliste von Mercury Medical, aber Sara musste wissen, ob er wirklich gekommen war.

Nicht, um mit ihm zu sprechen, sondern um festzustellen, was sie von ihm zu halten hatte.

1.15 p.m.
Grand Hyatt Denver, 1750 Welton Street, Denver, Colorado

»Jerry. Ich habe mich noch nie so gefreut, dich zu sehen!«

Sie umarmte ihren Vetter und zog ihn in die Suite. Er ließ seine Tasche zu Boden fallen und machte mit der rechten Hand eine resignierte Bewegung.

»Ich bin so schnell wie möglich gekommen, aber in dieser ganzen verdammten Stadt ist kein Hotelzimmer aufzutreiben. Überall wimmelt es von euch Quacksalbern. Außerdem ist es hundekalt. Zu Hause ist so ungefähr Sommer, und ich konnte mir nicht vorstellen, dass hier noch der pure Winter herrscht.«

Er schüttelte sich, ging zum Fenster und zeigte hinaus: »Siehst du! Das Kirchendach ist ganz weiß!«

»Heute Nacht hat es geschneit«, sagte Sara. »Gegen die Kälte kann ich nichts unternehmen, aber du bist herzlich eingeladen, in meinem Zimmer zu wohnen.«

»Was sollen dann die Leute denken?«

»Dass ich mir diesmal einen ungewöhnlich jungen Mann ausgesucht habe. Nur achtundvierzig Jahre alt.«

Jerry lächelte. »Ich muss sagen, ich bin gespannt darauf, was du auf dem Herzen hast.«

Sie holte Peter Adams' Mobiltelefon und legte es auf den niedrigen Glastisch. »Na gut«, sagte sie dann leise. »Du kennst die ganze Geschichte darüber, was in den vergangenen Tagen bei Deimos passiert ist?«

»Ja, als ich dich angerufen ...«

»Ich werde dir jetzt eine Tonbandaufnahme vorspielen«, fiel sie ihm ins Wort. »Ich habe sie gestern Abend von einer Frau namens Catherine Adams erhalten. Sie wohnt in New York, und ihr verstorbener Mann war Chef von R & D Software bei Mercury Medical. Peter Adams ist im Mai 2006 ganz plötzlich gestorben. Bitte merke dir das Datum: Mai 2006.«

»Gut«, sagte Jerry neugierig. »Und worum geht es bei dieser Aufnahme?«

»Ich möchte deine erste Reaktion auf das Gehörte sehen, ohne vorher zu viel zu sagen.«

Sie suchte die Tonspur heraus, drückte auf OK, stellte möglichst laut, ohne den Ton zu verzerren, und legte das Telefon direkt vor Jerry.

In der folgenden Dreiviertelstunde sagten sie nichts.

Jerry beugte sich immer weiter vor, jetzt ruhten seine Ellbogen auf dem Tisch, und er legte das Kinn auf die Fäuste, während er konzentriert zuhörte:

»Wer weiß von diesem Programm?«

»David Crow jedenfalls nicht. Der ist einige Tage nach seinem Rausschmiss ums Leben gekommen. Das Problem ist natürlich, dass wir keine Ahnung haben, ob er es weitergereicht hat. Wenn wir wüssten, dass es keine Kopien gibt, könnten wir den Dreck einfach löschen, und die Sache wäre erledigt. Aber das wissen wir nun einmal nicht.«

»Vier Jahre. In vier Jahren haben wir keinen einzigen Bericht über Ereignisse erhalten, die auch nur annähernd dieser ... dieser teuflischen Software zugeschrieben werden können.«

»Nein, aber ...«

»Ist es nicht höchst unwahrscheinlich, dass es Kopien gibt? Nach allem, was du erzählt hast, hatte David Crow keine Freunde. Wir sind nicht erpresst worden, nichts ist passiert. Und ganze vier Jahre sind vergangen.«

»Trotzdem müssen wir ...«

»Wo ist das Programm jetzt?«

»Da.«

»Der Stick?«

Pause. Ein Kratzen, dann wieder Stille.

»Hier.«

»Der kommt in den Safe. Es ist Freitag und geht auf den Abend zu. Ich will zum Wochenendhaus. Morgen erledige ich zwei Anrufe.«
»Zwei Anrufe? Aber wir müssen ...«
»Das ist vier Jahre lang sehr gut gelaufen. Es wird auch noch zwei Tage gut gehen.«

Das Gespräch wurde mit einer Verabredung für den Montagmorgen abgeschlossen. Dann folgte ein Klicken. Die Aufnahme war beendet.

Jerry starrte das Telefon an. Sara starrte Jerry an.

»Sag was«, bat sie endlich.

»Gerade so klein, dass es in eine Brusttasche passt«, sagte er und riss endlich seine Blicke von dem Gerät los. »Ottos Stimme ist ein wenig vage, aber deutlich genug. Wenn die Aufnahme echt ist, dann ist es aus mit Otto Schultz.«

»Ich versteh das nicht«, sagte Sara verzweifelt.

»Was verstehst du nicht?«

»Die Aufnahme beweist, dass Otto Schultz schon im Mai 2006 von der Existenz des Virus gewusst hat. Aber das Virus war nicht aktiv. Wenn er sich so verhalten hätte, wie Peter Adams es in diesem Gespräch vorschlägt, dann wären die Schäden gering gewesen. Eine freiwillige Rückrufaktion kostet natürlich, ist aber doch überschaubar, wenn noch niemand aufgrund des Mangels ums Leben gekommen ist. In jeder Hinsicht, vermute ich mal, was den guten Ruf angeht und im Hinblick auf die Kosten.«

Jerry grinste und wollte weitersprechen, als Sara plötzlich sagte: »Vor einigen Jahren, 2007, wenn ich es richtig in Erinnerung habe, musste Medtronic eine Elektrode zurückrufen.«

Sie presste Daumen und Zeigefinger jeder Hand zusammen und zog sie dann auseinander, als führe sie über einen langen dünnen Draht.«Eine Leitung, mit der wir das Herz an den ICD anschließen. Diese Elektrode hatte möglicherweise einen Produktionsfehler, der zu unnötigen Stößen hätte führen können. Es hat einen Höllenärger gegeben und war für Medtronic sehr teuer. Und die Reichweite der ganzen Sache ist noch immer ungewiss. Zu diesem Zeitpunkt hätte Otto Schultz jedenfalls begreifen müssen, dass Vorsicht die Mutter der Porzellankiste ist. Vor allem, wo ein Virusangriff viel schlimmer wäre ... als ein reiner Produktionsfehler. Virus, Hacking, Datenmanipulation ... das alles macht den Leuten eine Wahnsinnsangst, auch uns Ärzten! Allen ist klar, dass man sich nie hundertprozentig gegen einen Produktionsfehler wappnen kann. Aber wenn es um die Möglichkeit geht, einen ICD oder Pacemaker zu manipulieren oder zu zerstören ...«

Sara holte tief Luft. »Unmöglich, haben die Produzenten behauptet. Ganz und gar unmöglich.«

Jerry kratzte sich mit leicht gerunzelter Stirn am Ohr, er schien nachzudenken und ihr gar nicht zuzuhören.

»Warum um alles in der Welt hat Otto Peters Rat nicht befolgt?«, fragte sie dann, ohne Jerrys abwesende Miene zu bemerken. »Wie kann der Kerl überhaupt nachts ruhig schlafen, wenn er die ganze Zeit Angst haben muss, dass das Virus eines schönen Tages auftauchen wird? Es hätte doch jederzeit und überall passieren können. Es hätte noch viel mehr als nur meine beiden armen Patienten umbringen können. Auf der ganzen Welt bekommen sicher hundert Patienten jeden Tag einen Deimos eingesetzt und ...«

»Nein«, sagte Jerry.

»Nein?«

»Du irrst dich. Er brauchte keine Angst zu haben. Otto Schultz hat gewusst, dass das Virus niemals auftauchen würde.«

»Aber es hat doch ...«
»Er hatte das einzige Exemplar.«
Jerry zeigte auf das kleine Telefon. »Bei diesem Gespräch argumentiert er ganz richtig: Das Virus wurde vier Jahre zuvor von diesem David Crow entwickelt. Der Mann ist tot, und in den folgenden vier Jahren ist rein gar nichts passiert. Peter Adams hatte ganz einfach das einzige existierende Exemplar erwischt. Es hatte die ganze Zeit in seinem Bücherregal gestanden.«

»Und dann gibt er es Otto Schultz«, sagte Sara langsam.

»Und dann gibt er es Otto Schultz«, sagte Jerry und nickte, er sprach noch langsamer.

»Willst du damit sagen, dass ...«

Sie sah ihn ungläubig an.

»Otto Schultz hat das Virus losgelassen«, sagte er.

»Aber warum um alles in der Welt ...«

Sara sprang auf und lief in der Suite hin und her. »Mercury Medical ist sein Lebenswerk! Sein ...«

»Um Geld zu verdienen«, sagte Jerry.

»Um Geld zu verdienen«, wiederholte Sara tonlos. »Man verdient kein Geld bei etwas, das schiefgeht. Man verdient Geld, wenn etwas funktioniert.«

»Du weißt ganz schön wenig über den Aktienmarkt.«

»Zum Glück.«

Sara fühlte sich wie erschlagen. Die vergangenen Wochen waren eine emotionale Achterbahn gewesen, eine gewaltige Kraftanstrengung, und außerdem hatten sie ihr die größe Niederlage ihrer Karriere gebracht. Der Schlafmangel, den sie früher so leicht verkraftet hatte, ließ sie jetzt schwanken.

»Setz dich«, sagte Jerry. »Bitte.«

Sie gehorchte.

»Möchtest du etwas?«, fragte er. »Wasser? Du siehst nicht gerade gut aus, meine Liebe.«

Sara packte ein Sofakissen und drückte es an sich, als fürchtete sie, es könnte gestohlen werden.

»Willst du in vollem Ernst behaupten, Otto Schultz habe das Virus losgelassen, um der Gesellschaft zu schaden, die er aufgebaut hat?«

»Ja.«

»Dass er zwei meiner Patienten hat sterben lassen, nur um ... Geld zu verdienen?«

»Ja.«

»*Um Geld zu verdienen?*«

»Ja.«

Sara brach in Tränen aus. Jerry kannte sie gut genug, um keinen Trostversuch zu unternehmen.

»Wie«, flüsterte sie endlich. »Wie kann man Geld daran verdienen, dass ... etwas schiefgeht?«

»Auf viele Weise«, sagte Jerry ruhig. »Man kann shorten. Man kann Puts setzen. Man kann ...«

»Puts«, fiel sie ihm ins Wort und fuhr sich zum ersten Mal mit dem Ärmel über die Wangen. »Davon hast du mir erzählt, als du angerufen hast.«

»Ja«, sagte er. »Verkaufsoptionen sind eine ganz legale Quelle zum Gelderwerb. Eine Art Wette.«

Sara stand wieder und ging zum Schreibtisch. Sie nahm einen dünnen Schreibblock mit dem Logo des Hotels und reichte ihn Jerry.

»Sagen wir, du hast von Mercury Medical 1000 Aktien zu 100 Dollar«, sagte er ruhig. »Am 1. Januar frage ich dich, ob wir wetten sollen, ob die Aktie steigt oder fällt. Wenn du einigermaßen sicher bist, dass sie steigen wird, dann gehst du vielleicht auf die Wette ein. Um ganz sicher zu sein, baust du die Möglichkeit eines gewissen Falls mit ein. Verstehst du?«

Sara starrte das leere Blatt an.

»Du sagst, dass sie jedenfalls nicht mehr als zehn Prozent fallen wird«, sagte Jerry und schrieb die Zahl 90 auf den Block. »Die 100 000 Dollar, die deine Aktien am 1. Januar wert sind, werden also auf nicht weniger als 90 000 Dollar schrumpfen. Das wettest du also.«

Jetzt nickte sie kurz.

»Ich dagegen wette auf weiteren Absturz. Wir einigen uns auf ein Schlussdatum für unsere Wette. Zum Beispiel den 1. Juli.«

Er zeichnete eine Zeitlinie vom 1. Januar bis zum 1. Juli auf das Blatt. »Damit du auf die Wette eingehst, zahle ich dir eine gewisse Summe. Sagen wir der Einfachheit halber, ich zahle dir ein Prozent des Aktienwertes als Prämie, wie es heißt. Ich zahle also tausend Dollar nur dafür, dass du mitmachst.«

»Na gut.«

»Bei einer europäischen Option müssen sie dann bis zum abgemachten Schlussdatum warten, um zu sehen, wer gewonnen hat«, sagte Jerry. »Falls sie die Option nicht verkaufen und die Sache auf sich beruhen lassen. Aber amerikanische Optionen gibt es auch. Und die sind spannender. Schau her.«

Er zeichnete einen Strich, der parallel zur Zeitlinie verlief, schrieb ans Ende die Zahl 1000 und neben die Zeitlinie eine 90.

»Dann verläuft die Aktienentwicklung so«, sagte er und zog mit dem Kugelschreiber eine gezackte Kurve über die beiden Linien, ohne sie jemals unter die untere sinken zu lassen. »Vorläufig gewinnst du. Du behältst ja deine 1000 Dollar, egal, was passiert. Aber jetzt sieh her ...«

Der Kugelschreiber näherte sich Mitte Mai.

»Hier fällt die Aktie plötzlich. Und sogar sehr!«

Die Kurve endete einen Zentimeter unter dem 90er Strich.

»Dann habe ich zwei Möglichkeiten«, sagte er. »Ich kann die Nerven bewahren und darauf vertrauen, dass sie noch weiterfällt, oder ich kann verlangen, dass die

Option eingelöst wird. Dann musst du von mir 1000 Aktien für 90 Dollar pro Stück kaufen. Da ich sie zuvor für 80 Dollar kaufen kann, beträgt mein Gewinn ...«

Rasch kritzelte er eine Zahl auf das Blatt. »10 000 Dollar. Du hast verloren. Mein Nettogewinn beträgt 9000 Dollar, weil ich dir ja 1000 zahlen musste, damit du auf die Wette eingehst.«

Jerry ließ den Kugelschreiber fallen und lehnte sich zurück. »So ein großer Ertrag kann verlockend auf Leute wirken, die ein Risiko nicht scheuen«, sagte er. »Und überleg doch nur, wie hoch die Summen werden, wenn du den Einsatz mit zehn malnimmst. Oder hundert! Wenn jemand unter solchen Bedingungen Verkaufsoptionen für 10 Millionen Dollar einkauft, kann er heute 100 Millionen einsacken.«

»Was für ein Scheißspiel«, sagte Sara auf Norwegisch.

»Die Börse ist ein Spiel«, sagte Jerry kurz.

»Ist das ... Ist das wirklich erlaubt?«

»Natürlich. Nur darfst du die betroffenen Werte nicht manipulieren. Wenn Otto Schultz das wirklich getan hat ...«

Er zögerte.

»Ich kann es fast nicht glauben«, flüsterte Sara. »Ein Mann, der ...«

»Das wäre dann das eklatanteste Beispiel für Insiderhandel, das ich mir überhaupt vorstellen kann«, unterbrach Jerry. »Er geht nicht nur auf Grundlage eines Wissens vor, das nur er besitzt, er stößt die Entwicklung noch dazu selbst an. Wie er das macht, begreife ich nicht, rein praktisch, meine ich, aber ...«

Es wurde an die Tür geklopft. Sara zuckte so heftig zusammen, dass sie das Kissen fallen ließ. Jerry sprang auf und lief zur Tür. Sara hörte, wie er leise und kurz mit einer Frau sprach.

»Es war nur das Zimmermädchen«, sagte er und runzelte die Stirn. »Es sieht dir gar nicht ähnlich, so schreckhaft zu sein, Sara.«

Er bückte sich und hob das Kissen auf.

»Weißt du, warum man in der Regel einen Tunnel von beiden Seiten gräbt?«, fragte er schließlich.

»Nein...«

»Weil es doppelt so schnell geht.«

»Ach?«

»Wie ich am Telefon gesagt habe, hat die SEC mit dem Bohren angefangen...«

»Die SEC?«

»U.S. Securities and Exchange Commission«, sagte er. »Weißt du das nicht mehr?«

»Doch, jetzt, wo du es sagst.«

»Sie suchen also seit Längerem den Grund für riesige Puts bei Mercury Medical. Ich habe keine Ahnung, wie weit sie gekommen sind und ob sie überhaupt weiterkommen. Ich weiß allerdings, dass seit der Einrichtung der *Financial Fraud Enforcement Task Force* vor nur einem halben Jahr die Arbeit gegen Wirtschaftskriminalität sehr viel effektiver geworden ist. Und wenn wir ihnen diese Tonaufnahme geben, können sie von beiden Enden bohren.«

»Wie meinst du das?«

»Otto Schultz muss auf jeden Fall Strohmänner eingesetzt haben«, sagte er eifrig.

»Wenn er es wirklich getan hat«, korrigierte Sara.

»Ja, sicher«, sagte Jerry ungeduldig. »Er muss also Strohmänner und Nebenstrohmänner eingesetzt haben, um damit durchkommen zu können. Wenn wir die Aufnahme der SEC geben, haben sie eine einzigartige Möglichkeit, die Sache von beiden Seiten her aufzuriffeln, was die Arbeit natürlich sehr viel leichter machen wird.«

»Aber«, sagte Sara unsicher. »Ist diese SEC ein Büro, das einfach alle Welt... aufsuchen kann?«

»Natürlich«, sagte er. »Und noch besser: Von den elf Bezirksbüros der SEC in den gesamten USA liegt das eine genau hier ...«

Er zeigte mit dem Daumen über die Schulter. »In Denver.«

Freitag, 4. Dezember 2009

21.00 Uhr
East Hampton, Long Island, New York

Alles war verloren.

Er verfügte zwar weiterhin über knapp zwanzig Millionen Dollar in bar, aber seine Gesamtschulden lagen sehr viel höher.

Im Sommer würden die Darlehen fällig, und Suzanne müsste ausbezahlt werden.

Otto Schultz lief mit einem Glas Bourbon durch sein großes, leeres Strandhaus. Die Eiswürfel klirrten leise bei jedem Schritt. Es war sein viertes Glas in zwei Stunden.

Unwirsch hatte er Ruth zurück in die Portierswohnung geschickt, als sie zum Kochen gekommen war. Seit dem Mittagessen hatte er nur eine Tüte Erdnüsse hinuntergebracht, aber er hatte keinen Hunger. Der Abend war mit Regen und bleischweren Wolken vom Meer herangekrochen, aber er machte kein Licht. Nur die Außenlampen hatten sich eingeschaltet und warfen Streifen von gedämpftem Licht über den Wohnzimmerboden, als er dort hin und her lief. Hin und her, wieder und wieder.

Alles war verloren.

Als er vor fünfzehn Monaten, im September des Vorjahrs, schlucken musste, dass sein großer Wurf mit dem

Subprime-Kredit fehlgeschlagen war, hatte er immer noch eine gewisse Hoffnung gehabt. Otto Schultz besaß große Werte. Die Grundstücke, die Aktien von Mercury Medical, die anderen Aktivposten. Da dreißig von den hundert Millionen, die in dem wahnwitzigen Kauf von CDOs verschwunden waren, geliehenes Geld waren, musste er immer neue Summen aufnehmen, um die Gläubiger zu bedienen. Aber da er zum guten Ruf noch Grundbesitz als Sicherheit bieten konnte, war es leicht, Geld zu besorgen. Irgendwann aber drehte sich das Karussell dann doch zu schnell.

Viel zu schnell.

»Ich bin kein Finanzmann«, hatte er an dem fatalen Abend des Jahres 2006 zu Joe Jackson gesagt.

Er hatte recht gehabt.

Otto Schultz kannte sich mit Wachstum aus, mit Produktion und Ökonomie, er konnte leiten, er konnte planen. Er sorgte dafür, dass das Geld sich vermehrte, indem produziert wurde. Seit seiner Rückkehr aus Vietnam als junger Mann war er auf brutale Weise immer besser darin geworden, billiger als alle anderen, größer und besser zu produzieren. So hatte er sein Imperium aufgebaut, zuerst Apollo Med-Elec und nach der Fusion mit Gemini Pharmacy: Mercury Medical.

Otto war ein Mann, der sein Leben an Ergebnissen maß. Der Wert der schwarzen Zahlen bei Mercury Medical lag für ihn vor allem darin, was sie zum Ausdruck brachten: Wachstum und Produktion, Arbeitsplätze und erfolgreiche Geschäftsführung.

Ein Mann in seiner Stellung beherrschte natürlich den Jargon auf dem Finanzmarkt und hielt sich auf dem Laufenden. Mercury Medical mit heiler Haut durch die Finanzkrise laviert zu haben, das war eine Leistung, die tief greifende Kenntnisse über die Gesetze des Marktes erfordert hatte.

Aber seine Seele blieb davon unberührt.

Das Fingerspitzengefühl, das ihm sagte, welche kleinen Firmen von Mercury Medical aufgekauft, geschlachtet und geschluckt werden sollten und welche er nicht einmal mit der Zange anfassen durfte, war einzigartig. Der Instinkt, der ihn befähigte, schneller Entscheidungen zu treffen als alle anderen, wenn es um Angebot, Positionierung auf neuen Märkten, In- und Outsourcing und neue Investitionsbereiche ging, war glasklar. Er fühlte sich viel kurzsichtiger, wenn es um die unbegreiflichen Schwingungen des Aktienmarktes ging. Kurse stiegen und fielen auf Grundlage von Gerüchten und Tricks, für die er noch nie Sinn gehabt hatte.

Trotzdem hatte er sich in Versuchung führen lassen.

Joe Jackson hatte ihm einen so umwerfenden Gewinn verheißen, dass er dem Angebot nicht hatte widerstehen können.

Otto Schultz hatte sich an den Teufel verkauft, und in dem verzweifelten Kampf um die verlorenen Summen hatte er es mit Abkürzungen versucht. Als der neue Präsident der USA in einem Land ins Amt eingeführt wurde, in dem die Finanzbranche mit entblößter Kehle am Boden lag, hatte Otto Schultz angefangen, Aktien zu kaufen. Das sei klug, wurde behauptet, die Talsohle sei bald durchschritten. Wer Geld hatte, sollte jetzt kaufen, ruhiges Blut bewahren und sich der Reise in bessere Zeiten anschließen.

Das Problem war, dass Otto kein Geld zum Aktienkauf hatte. Einige seiner Investitionen erwiesen sich als Schuss in den Ofen. Andere Aktien fingen im Sommer 2009 an zu steigen, es ging aber trotzdem zu langsam, kurzfristige Darlehen von der Sorte, zu der er jetzt greifen musste, hatten höhere Zinsen und mussten mithilfe neuer Darlehen zurückgezahlt werden, ehe er überhaupt einen Gewinn von Bedeutung einholen konnte.

Nur selten hatte Otto sich an seinem Sparschwein vergriffen: den Aktien von Mercury Medical für über vierzig Millionen Dollar. In den frühen Kinderjahren von Apollo hatten er und John Mundal jeder zwanzig Prozent der Firma besessen, aber durch immer neue und notwendige Emissionen, Käufe, Verkäufe und Fusionen war sein Aktienposten bei Mercury Medical inzwischen belanglos. Nicht als Eigner war er wichtig für Mercury Medical. Sondern als unbestrittener Chef und Anführer.

Vierzig Millionen Dollar waren dennoch eine nette Summe, und er hatte einige herauslösen müssen. Das hatte großes Aufsehen erregt, auch wenn er jeweils nur fünf Millionen flüssig gemacht hatte. Der Markt, der verdammte Markt, reagierte nervös darauf, dass der CEO eines Konzerns verkaufen musste. Er hatte öffentlich erklärt, das Geld für feste Investitionen für seine drei erwachsenen Kinder zu benötigen, und um Respekt für seine Privatsphäre gebeten.

Die Kinder hatten zum Glück bei dieser Nachricht nur mit den Schultern gezuckt. Sie hatten sich niemals für seine Unternehmungen interessiert.

Die Aktien, die er noch besaß, waren weit weniger wert als die Schuld, die auf ihm lastete. Alle Grundstücke waren bis über den Dachfirst beliehen.

Otto Schultz war pleite.

Genauer gesagt, er hatte einen dröhnenden Konkurs hingelegt, auch wenn das noch niemand wusste. Niemand wissen durfte.

Suzanne schon gar nicht.

Er könnte die Karten auf den Tisch werfen. Er könnte die Abmachung über die Auszahlung zerreißen, mit den Schultern zucken und erklären: Wo nichts ist, hat sogar der Kaiser sein Recht verloren.

Aber wenn er den Konkurs offenlegte, würde er Mercury Medical nicht länger leiten können.

Er würde alles verlieren.

Und das würde bedeuten, dass Suzannes langhaariger Farbkleckser sich besser um sie kümmern könnte als er. Es würde bedeuten, dass es richtig von Suzanne gewesen war, nach fast vierzig Jahre ihren Ehemann zu verlassen.

Ein Otto Schultz ohne Geld, Macht und Position war kein Otto Schultz. Nicht für die Familie und nicht für die Welt.

Und für sich selbst schon gar nicht.

Der Regen fiel immer dichter, und als Otto Schultz die digitalen Zahlen las, die im Glas über dem Boden leuchteten, sah er, dass die Temperatur stark gefallen war. In der Nacht würde es schneien.

Noch einen Bourbon, dachte er und ging zum Barschrank.

Nur noch einen.

Er kam sich überhaupt nicht betrunken vor. Nicht einmal angetrunken, dachte er, als er Eiswürfel aus dem Behälter nahm, den Ruth äußerst widerwillig hingestellt hatte, als er ihr das Kochen verboten hatte. Er ließ die Eiswürfel in sein Glas fallen und füllte es bis zum Rand mit Bourbon.

Eine Karte blieb ihm noch ...

Eine einzige Karte.

Joe Jackson hatte ihm vor langer Zeit von Verkaufsoptionen erzählt, *Puts* hatte er sie genannt, und er hatte bis ins Detail beschrieben, was da vor sich ging. Damals hatte Otto wütend reagiert, es ging ihm wider die Natur, bei einem Scheitern Geld zu verdienen.

Damals war er reich und auf dem Höhepunkt seiner Macht gewesen.

Das war er jetzt nicht mehr.

In der vergangenen Woche hatte er sich abermals darüber informiert, wie Verkaufsoptionen funktionierten.

Er griff nach dem Glas und ging aus einem plötzlichen Impuls heraus in das kleine Wohnzimmer, das Suzanne für sich eingerichtet hatte. Er war nicht mehr dort gewesen, seit Suzanne ihn verlassen hatte, aber er wusste, dass Ruth dort Ordnung hielt. Als er die Tür öffnete und zögernd den Raum betrat, schien Suzanne wieder da zu sein. Für einen Moment glaubte er, sie mit einem Buch auf den Knien in dem roten Sessel sitzen zu sehen. Die Pflanzen, die sie so geliebt hatte, lebten noch immer. Riesige Grünpflanzen überall, gepflegt und blank im gedämpften Licht der versteckten Spots am Fenster. Dieses Zimmer unterschied sich von allen anderen im Haus. Kleiner natürlich, viel kleiner, mit geblümten Gardinen und Bücherregalen, in denen er kein System erkennen konnte. Von den Autoren hatte er nie auch nur gehört. Hier und dort standen kindische Ziergegenstände: ein Fabeltier aus bunten Pfeifenreinigern, ein aus Pappstücken zusammengeklebtes und blau angemaltes Auto. Unter der Decke beim Sessel hing ein winziger Engel, der bei genauerem Hinsehen aus Nudeln gebastelt war, zusammengeklebt und mit Gold lackiert.

Er setzte sich.

Trank.

Schloss die Augen und holte tief Luft.

Es gab einen Ausweg. Otto hatte eine Rückfahrkarte, und er würde sie nutzen, auch wenn die Reise überaus riskant wäre.

Die Fahrkarte war David Crows Virus.

»Alles oder nichts«, flüsterte er sich Mut zu und nippte an seinem Bourbon.

Er war erschüttert gewesen, das wusste er noch. Der Abend, an dem Peter Adams ins Büro gestürzt war und von dem skandalösen Versagen der Sicherheitsvorkehrungen berichtet hatte, durch die es dem kranken Genie möglich gewesen war, in ihren eigenen Laboren ein

Todesvirus zu entwickeln, war der schlimmste Abend in Ottos beruflicher Laufbahn gewesen.

Otto Schultz war ein harter Mann. Er wollte ein tatkräftiger und notfalls erbarmungsloser Mann sein. Der zwar wütend werden konnte, nie aber erschüttert. Doch Peter Adams hatte ihn mit seiner Geschichte einfach umgeworfen.

Zum Glück hatte Otto sich den USB-Stick gesichert.

Peter Adams war noch in derselben Nacht gestorben.

Otto wusste noch genau, wo er von diesem Todesfall erfahren hatte. Er hatte eine Stunde am Strand gejoggt und wollte nun in seinen Trainingsraum, um eine halbe Stunde lang Eisen zu stemmen. Suzanne war ihm auf dem Fußweg an der Südseite des Hauses entgegengekommen und hatte so verstört gewirkt, dass er sofort die Arme um sie gelegt und angefangen hatte, sie zu beruhigen.

Als er von Peters Tod erfahren hatte, war er dermaßen erleichtert gewesen, dass es ihm größte Mühe bereitete, den Geschockten zu spielen. Tausend Gedanken wirbelten durch seinen Kopf, und er war dankbar dafür, dass Suzanne so traurig war und seine Reaktion kaum zu bemerken schien.

An den folgenden Tagen war er ein wenig nervös gewesen.

Nur wenige wussten von ihrer Begegnung am Freitagnachmittag. Wenn Peter die Wahrheit gesagt hatte, konnte niemand wissen, worüber sie gesprochen hatten.

Peter Adams' Tod hatte Ottos und Mercury Medicals größtes Problem gelöst.

Der Mord konnte wie bestellt wirken, und Otto musste mit einer vagen Furcht leben. Aber nur wenige Tage. Peter war idiotischerweise nach Mitternacht im Central Park gelaufen, und die Polizei hatte sicher recht: Raubmord. Blinde Gewalt. Otto ging zur Beerdigung, sorgte für eine großzügige Zahlung an die Witwe Catherine und konnte wieder frei atmen.

Er ließ das Virus im Safe in seinem Büro liegen und beschloss, Peter Adams und David Crow zu vergessen.

Bis vor kurzer Zeit.

Er wusste noch, wie er Peter von den Konsequenzen erzählt hatte, die eine Bekanntgabe der Existenz des Virus haben würde. Peter hatte seinem Chef standhaft widersprochen, als Otto vorgeschlagen hatte, das Teufelszeug zu vernichten und die Sache abzuhaken, obwohl Peter gewusst hatte, wie verheerend die finanziellen Folgen sein würden, wenn das Wissen um den potenziellen Defekt des Deimos an die Öffentlichkeit gelangte.

Das Virus loszulassen wäre noch schlimmer.

Ein Aktiensturz von 30 Prozent, ehe die Lage sich wieder stabilisierte, wäre jedenfalls nicht unwahrscheinlich. Wenn er eine Verkaufsoption mit sechs Monaten Laufzeit zu zehn Prozent weniger als zum Tageskurs kaufte, würde der Gewinn riesengroß sein.

Er hatte zwanzig Millionen Dollar in der Hinterhand und hatte während der vergangenen Wochen dem Darlehensmarkt noch weitere zwanzig Millionen abpressen können. Vierzig Millionen Dollar waren aber leider nur Kleingeld im Vergleich zu den Schwierigkeiten, in denen er sich befand. Ein Put von dieser Art würde ihn jedoch nicht nur auf geraden Kurs zurückbringen, er würde ihn zu dem machen, der er gewesen war.

Otto Schultz würde wieder dort sein, wohin er gehörte.

Wenn die Sache mit dem Put funktionierte.

Mithilfe von sechs Strohmännern, zwei auf den Cayman-Inseln, einer in der Schweiz, einer auf den Bahamas und zwei auf den Jungfraueninseln, wollte er für alles, was er hatte, Verkaufsoptionen für Mercury Medical kaufen.

Für alles, was er *nicht* hatte, dachte er und lächelte verkniffen, als er sich aus Suzannes Sessel hochstemmte.

Bei einem Kursverfall von dreißig Prozent am Fälligkeitstag würde der Gewinn 280 Millionen Dollar betragen.

»Zweihundertachtzig Millionen Dollar«, sagte er leise zu sich selbst und schloss die Tür zu Suzannes Raum. »Vielleicht mehr.«

Diese Transaktion zu verbergen würde durchaus möglich sein.

Es hatte ihn überrascht, wie leicht es war, auf dem Markt anonym zu operieren. Über das Internet und durch Makler in weniger regulierten und weitaus diskreteren Gesellschaften als den USA würde es fast unmöglich sein, ihn aufzuspüren.

Ein Risiko gab es natürlich, denn die finanziellen Labyrinthe, die er so geschickt konstruiert hatte, mussten standhalten.

Außerdem musste auf irgendeine Weise das Virus bekannt werden.

Das wäre schon schwieriger.

Eine Zeit lang hatte er mit dem Gedanken gespielt, es selbst zu tun. Sich eine Geschichte darüber aus den Fingern zu saugen, wie es in seine Hände geraten war, in einem anonymen Brief vielleicht; er könnte einen rätselhaften Begleitbrief verfassen, mit dem Brief und dem USB-Stick zum neuen Chef von R & D Software gehen und fragen, was das wohl sein könne.

Ob der Chef ebenso tüchtig wäre wie Peter Adams, stand natürlich nicht fest, und wenn Otto es richtig verstanden hatte, war es auch Peter nur unter Mühen gelungen, das kleine Programm zu knacken. Trotzdem wäre es die sicherste Lösung. Otto befände sich in der Nähe, er könnte drängen, er könnte entscheiden. Aber in der Nähe zu sein wäre leider nicht nur von Vorteil.

Je weiter er von dem Ort entfernt wäre, an dem das verdammte Virus auftauchte, umso besser. Ein Virus auf Abwegen wäre außerdem noch übler und damit besser für ihn als ein Virus, das bei R & D Software unter einer gewissen Kontrolle stand. Wenn er ihnen das Virus aushändigte, würde der Markt vielleicht nie von dessen Existenz erfahren. Mercury Medical würde mit einer abgeschwächten Begründung eine Rückrufaktion für den Deimos in die Wege leiten. Die Sache würde für die Firma teuer sein, und die Aktien würden vielleicht sogar beträchtlich fallen. Aber nicht tief genug.

Das Virus musste von jemandem entdeckt werden, der den Deimos kannte. Aber es durfte niemand hier zu Hause sein.

Jemand weit weg.

So weit weg wie möglich.

Otto hatte seinen fünften Bourbon getrunken und fühlte sich im Kopf kristallklar.

Er schlenderte in die Küche, in der es früher so gemütlich gewesen war. Jetzt kam sie ihm eher vor wie eine Großküche in einem eleganten Hotel. Steril, dachte er.

Er musste etwas mit diesem Haus machen.

Aber zuerst musste er etwas mit David Crows Virus machen.

Endlich hatte er Hunger. Vielleicht hatte der Alkohol seinen Appetit angeregt.

Er öffnete die Kühlschranktür. Ein Spiegelei mit Speck würde er sich wohl noch braten können, dachte er. Beides fand er in einem Fach in der Tür und legte die Eier und den in Plastik eingeschweißten Speck auf die Anrichte, ehe er auf der Suche nach einem Messer eine Schublade aufriss.

Seine Wahl fiel auf Jan van Liere, den Regionalchef in Durban, und Hal Bristol, den technischen Chef der großen Mercury-Medical-Niederlassung in Hongkong. Für van

Liere entschied er sich aus einem klaren Grund. Er hatte sich mit seiner extremen Nervosität bei Security und R & D gleichermaßen verhasst gemacht. Von allen Vorgesetzten in dem riesigen Konzern führte er die Liste mit den Verdachtsmeldungen an. Mercury Medical hatte extrem strenge Sicherheitsvorkehrungen, und die Vorschriften dafür, bei welchem Verdacht auf Unregelmäßigkeiten die Zentrale informiert werden musste, waren eng gefasst. Van Liere aber nahm sie gar zu ernst.

Allein im ersten Halbjahr 2009 hatte er neunzehn angebliche Unregelmäßigkeiten gemeldet, gefunden bei Produkten, beim Verhalten der Angestellten, bei der Finanzlage und weiß Gott wo sonst noch.

Im Oktober war er nach New York bestellt und zusammengestaucht worden und hatte sich seither bedeckt gehalten. Ein anonymes Päckchen mit einem einigermaßen verlockenden Begleitschreiben und einem Datenzäpfchen mit einem suspekten Programm würde den Mann aber dennoch mit größter Wahrscheinlichkeit die Wände hochgehen lassen.

Sicherheitshalber wollte er auch eine Kopie an Hal Bristol schicken. Der war der beste Ingenieur im ganzen Mercury-Medical-Konzern und hätte R & D Software leiten sollen, hatte aber darauf bestanden, in Hongkong zu leben. Hal Bristol würde innerhalb einer Stunde herausfinden, was das hier für ein Programm war, und Alarm schlagen.

Endlich hatte Otto Schultz Messer und Bratpfanne gefunden. Mit dem Gasherd hatte er keine Probleme, und sowie die Pfanne heiß war, klatschte er fünf dicke Scheiben Speck hinein.

Plötzlich kam ihm ein Gedanke.

Eine Erinnerung, ein Gespräch, nur wusste er nicht mehr, mit wem. Otto Schultz versuchte, sich die Episode ins Gedächtnis zu rufen. Das Fett spritzte, und er trat einen Schritt vom Herd zurück, als ihm einfiel, an wen er gedacht hatte.

Morten Mundal.

Alexander Grouss hatte Otto vor Johns tüchtigem Sohn gewarnt. Otto dürfe Morten Mundal niemals den Rücken zukehren.

Otto hatte das als Unsinn abgetan.

Er verstand sich hervorragend mit Morten. Seit der in so jungen Jahren als Chef der Nordeuropa-Abteilung eingesetzt worden war, hatten sie ein vertrauensvolles und produktives Verhältnis entwickelt. Anfangs war Otto von der Freundlichkeit des jungen Mannes sogar überrascht gewesen, aber Morten konnte unmöglich die volle Wahrheit über die Gründe kennen, aus denen John Mercury Medical hatte verlassen müssen.

Später hatte er sich daran gewöhnt. Es sollte eben so sein. Morten Mundal bekleidete in der mächtigen Mercury-Sphäre einen hohen Posten und musste sich mit dem Häuptling gut stellen.

Otto drehte die Speckscheiben um.

Nach Johns Tod war etwas mit Morten passiert.

Er war noch immer korrekt, noch immer tüchtig und noch immer bestrebt, das zu zeigen. Aber er hatte etwas Wachsames und Verspanntes angenommen, wenn sie miteinander telefonierten und wenn sie sich drei-, viermal im Jahr trafen. Bei Morten gab es keinen Small Talk mehr, keine Vergleiche von Golfhandicaps oder Stemmrekorden. Früher hatte Morten ihm sogar ab und zu ein kleines Geschenk mitgebracht, eine Neuaufnahme eines klassischen Werkes, von der er wusste, dass Otto sich darüber freuen würde, einen Kunstband über amerikanische Leuchttürme oder eine Flasche Wein von gutem Jahrgang. Das alles hatte ein jähes Ende genommen, und als Otto es sich jetzt überlegte, konnte es zutreffen, dass sich diese Veränderungen nach Johns Tod eingestellt hatten.

Als er das Ei gegen den Rand der Pfanne schlug, zerbrach das Dotter. Das halbe Ei fiel neben die Pfanne, die andere Hälfte brannte am viel zu heißen Pfannenrand an.

»Shit«, fauchte Otto und drehte das Gas aus.

Er legte die Speckscheiben auf einen Teller und öffnete abermals den Kühlschrank. Nahm sich drei frische Tomaten und eine Paprika und legte sie neben den Speck, ohne sie zu zerschneiden.

»Shit«, sagte er noch einmal, dann ging er zu dem bartresenartigen Küchentisch mit den vier hohen Hockern.

Morten Mundal hatte sich nach dem Tod seines Vaters wirklich verändert. Vielleicht hatte Alex recht.

Als er die Speckscheiben verzehrt hatte, nahm er die rote Paprika und zerteilte sie.

Wenn Alex recht hatte und auf Morten Mundal kein Verlass war, würde Otto ihm eine Steilvorlage liefern, der er nicht widerstehen könnte.

Ein richtig prachtvolles Geschenk, dachte Otto Schultz und biss in die knackige Paprika.

Drei Männer würden die Möglichkeit bekommen, David Crows Virus zu entdecken. Drei Männer sollten Otto Schultz zurückhelfen in das Leben, das ihm gebührte.

Es könnte klappen. Es würde klappen, entschied Otto Schultz.

Sonntag, 16. Mai 2010

11.00 a.m.
Zimbali Coastal Resort, Durban, Südafrika

»Machst du dir Sorgen, Jan?«

Elsa van Liere stellte ihrem Mann eine Kaffeetasse hin.

»Nein«, sagte er zerstreut.

Sie lachte und streichelte seine Wange, dann nahm sie den Teller mit den kaum angerührten Früchten und ließ ihn allein.

Jan van Liere hatte keine Lust auf Kaffee. Er erhob sich und ging auf die Terrassentür zu. Die hatte sich verklemmt, und er schnitt sich in den Finger, als er sie endlich aufstemmen konnte.

Es war schon lange nicht mehr so kühl gewesen. Der Winter rückte näher. Sogar hier in Durban mit seinem freundlichen, sonnigen Klima konnten im Winter die Temperaturen auf zehn Grad sinken. Das fand er zu kalt, das quälende Gelenkrheuma, von dem nur er und sein Arzt wussten, wurde bei kalter Luft noch schlimmer.

Eine Schieferplatte hatte sich gelockert. Das Geländer um die riesige Terrasse hätte einen neuen Anstrich brauchen können, und beim letzten Regen war ein Rosenbeet die Böschung zum Meer hinabgerutscht. Auf den vorigen Gärtner war Verlass gewesen, aber nach seinem tragischen Tod bei einem Autounfall hatten sie keine brauchbare Hilfe mehr finden können.

Die Leute waren entweder träge und nachlässig oder so jung und unerfahren, dass sie kaum den Unterschied zwischen einer Rose und einer Orchidee kannten. Das Faktotum, das seine Arbeit nur verrichtet hatte, wenn sie gut genug aufpassten, hatte plötzlich behauptet, seine Mutter sei gestorben, und war verschwunden.

Aber Jan van Liere machte sich nicht nur Sorgen um Haus und Garten, als er auf das funkelnde Meer im Südosten hinausschaute.

Mit den Nachrichten über Mercury Deimos wurde er sehr viel schwieriger fertig.

Im Januar hatte er einen anonymen Brief erhalten, indem er aufgefordert wurde, sich den Inhalt eines beigelegten Datensticks genauer anzusehen. Es ging um den Mercury Deimos. Jan van Liere hatte den Stick ängstlich in seinen Computer gesteckt, aber er begriff nichts davon, was dann auf dem Bildschirm auftauchte.

Der Brief hatte ihn sehr beunruhigt, wie alles Ungewohnte ihn beunruhigte. Normalerweise hätte er einen Computeringenieur hinzugezogen.

Normalerweise.

Die Zurechtweisung, die er sich im letzten Herbst in der Zentrale hatte abholen müssen, steckte ihm noch in den Knochen. Die Chefs von R & D Software, von R & D Pharmacy und von der Security hatten wie ein boshafter dreiköpfiger Troll auf der einen Seite eines langen Tisches gesessen und waren alle Verdachtsmeldungen durchgegangen, mit denen er sie im vergangenen Jahr »bombardiert« hatte, wie sie das nannten.

Es war ein überaus unangenehmes Erlebnis gewesen.

Zutiefst ungerecht.

Jan van Liere war ein vorsichtiger Mann, und Vorsicht war in seiner Branche eine Tugend. Als er das Büro im 35. Stock der Zentrale von Medical Mercury verlassen hatte, nachdem sie ihn wie einen Schulbuben zusammengestaucht hatten, war es ihm schwer genug gefallen, seine Stimmung zu verbergen. Er war auf das Schändlichste gedemütigt worden. Erst im Flugzeug nach Südafrika hatte er seiner Wut freien Lauf lassen können.

Er verschwende ihre Zeit, hatten sie behauptet. Da das Protokoll vorschrieb, dass auf jede Verdachtsmeldung eine Untersuchung in der Zentrale zu folgen hatte, egal, von wem und woher die Anfrage stammte, beschäftige Jan van Liere mit seinen vielen Sorgen allein fünf, sechs Mann.

Das müsse ein Ende haben, hatte der Troll mit drei Köpfen befohlen. Natürlich solle er sich melden, wenn Grund dazu bestand, aber es müsse ein guter Grund sein, betonten sie, ehe sie ihm die Tür wiesen.

Deshalb hatte Jan van Liere das im Januar erhaltene Programm geschlossen, hatte den USB-Stick aus dem Computer gezogen und samt Begleitschreiben in den Safe gelegt.

Ein Virus, besagte jetzt die besorgniserregende Nachricht, intern in der Firma und in den Massenmedien. Zwei Menschen gestorben, die Aktien in freiem Fall.

Obwohl er nichts von den Zeichen verstanden hatte, die im Januar auf seinem Bildschirm aufgetaucht waren, wusste er, dass es um den Deimos ging.

»Hier stehst du also?«, hörte er hinter sich Elsas helle Stimme. »Aber Lieber, du blutest ja!«

Jan van Liere hob den Zeigefinger. Ein scharfer kleiner Riss in der Haut blutete nach seinem Zusammenstoß mit der Tür, und er steckte den Finger in den Mund.

»Ich hole Pflaster«, sagte Elsa und lief ins Haus.

Seit Oktober hatte er keine einzige Verdachtsmeldung geschickt.

Das hätte er vielleicht tun sollen.

Er beschloss, obwohl es Sonntag war, einen der leitenden Ingenieure anzurufen. Er wollte wissen, was das Datenzäpfchen enthielt. Wenn es etwas mit dem Virus zu tun hatte, wollte er sich jedenfalls nicht nachsagen lassen müssen, dass er sich von Leuten, die eher an finanzielle Folgen dachten als an Leben und Gesundheit, den Mund verbieten ließ.

Zufrieden, weil er einen Entschluss gefasst hatte, lief er über die Terrasse. Er bog in dem Moment um die Hausecke, als Elsa mit dem Erste-Hilfe-Kasten zurückkam. Aber sie musste warten.

Er wollte zum Safe im Keller. Er wollte einen Ingenieur anrufen.

Er wollte ihnen verdammt noch mal zeigen, dass Vorsicht am längsten währt.

Ein wenig spät, vielleicht, aber besser spät als nie.

6.50 p.m.
Sassoon Road, Pokfulam, Hongkong

Als Hal Bristol, technischer Direktor der Niederlassung von Mercury Medical in Hongkong, endlich hinter Sohn und Enkel die Wohnungstür schließen konnte, befand er sich kurz vor einem Nervenzusammenbruch.

Der Sechsjährige war den ganzen Tag bei ihm gewesen. Dass der Junge nur Playstation spielen wollte und bockte, wann immer der Großvater versuchte, ihn zu einem anderen Spiel zu überreden, war das eine. Schlimmer war es, dass er sich weigerte, allein zu spielen. Sieben Stunden lang hatte Hal Bristol Autorennen und Fußball gespielt, hatte gegen Monster gekämpft und auf einem Bildschirm Hundebabys gezüchtet, ohne aus anderen

Gründen vom Sofa aufzustehen, als zur Toilette zu gehen und Nachschub an Cola und Chips zu holen.

Eine sanfte Stille erfüllte jetzt die kleine Wohnung. Hal Bristol massierte sich die Schläfen, kniff die Lider zusammen, holte tief Luft und beschloss, sofort mit der Suche anzufangen.

Am frühen Morgen war er mit einem Ruck aus dem Schlaf gefahren.

Normalerweise schlief er die ganze Nacht lang tief, und es machte ihm oft Probleme aufzustehen, wenn der Wecker klingelte. An diesem Tag aber war er vor sechs von einem Gedanken geweckt worden, der verschwunden war, ehe er sich richtig hatte festsetzen können. Verwirrt hatte er versucht, sich zu erinnern.

Erst einige Stunden später, als die Türklingel ging, während er gerade eine Partie Blitzschach gegen seinen Computer beendete, war der Gedanke wieder aufgetaucht.

Mit der Post war ein anonymer Brief gekommen.

Er war an ihn adressiert gewesen, nicht ans Büro, und er hatte irgendwann zu Jahresbeginn auf der Kommode gelegen, als er von der Arbeit nach Hause gekommen war. Im Januar, glaubte er, war sich aber nicht sicher. Seit Jasmine vor zwei Jahren an Krebs gestorben war, hatte er dreimal in der Woche eine Haushaltshilfe, vor allem zum Kochen. Viel Schmutz und Unordnung machte er ja nicht, aber es war nett, in ein Haus zu kommen, in dem jemand auf Kleinigkeiten achtete. Auf dem Küchentisch konnte ein Blumenstrauß stehen. Ein duftendes Stück Seife konnte im Badezimmer und ein neues Deckchen unter einer Konfektschale auf dem Wohnzimmertisch liegen. Das Essen, das die zierliche Chinesin kochte, war außerdem hervorragend. Immer zwei Mahlzeiten auf einmal, damit er sich an den Tagen, an denen sie nicht kam, etwas aufwärmen konnte.

Immer legte sie die Post des Tages auf die Kommode.

Der Umschlag war ihm sofort aufgefallen. Er war nicht so flach wie alle anderen Briefe und Rechnungen, und als er ihn vorsichtig in die Hand nahm, merkte er, dass ein kleiner Gegenstand darin lag. Es fühlt sich an wie ein USB-Stick, dachte er und hatte damit richtig geraten.

Als er das Begleitschreiben las, geriet er in Wut.

Beigelegt finden Sie ein Computerprogramm, das einen Mann in Ihrer Stellung interessieren dürfte. Der Mercury Deimos ist durchaus nicht das Produkt, als das er sich ausgibt. Das kann böse Folgen haben. Viel Glück.

Er hatte den Brief zusammengeknüllt und in den Mülleimer in der Küche geworfen. Den Stick hatte er auf der Kommode im Gang liegen lassen, ohne weiter daran zu denken.

Seit er vor zweiunddreißig Jahren eine Hongkongchinesin aus der Oberklasse geheiratet hatte, waren Drohungen für Hal Bristol fast schon Alltagskost. Jasmines Familie schwamm nicht nur im Geld, es konnte auch durchaus danach gefragt werden, wie sie ihren Reichtum erlangt hatte. Obwohl die Familie sich in den vergangenen Jahren in an sich redlichen Geschäften engagiert hatte, zweifelte er keinen Augenblick daran, dass mehrere von Jasmines Brüdern noch immer leitende Rollen in einer der größten Triaden spielten. Dass Jasmine mit der Familie gebrochen und einen Briten geheiratet hatte, der nur über das Geld verfügte, das er als junger Computeringenieur verdiente, war nicht gern gesehen worden.

Mehrmals hatte Jasmine ihn angefleht umzuziehen. Der Terror, dem sie ausgesetzt waren, wechselte vom plump Grotesken zum raffiniert Infamen. Zum Beispiel hatte jemand kleine Geräte in die Schlafzimmerwand eingesetzt, die ein Geräusch aussandten, das das menschliche Ohr gerade noch wahrnehmen konnte. Hal und Jasmine hatten vier Nächte lang im Wohnzimmer schlafen müssen, ehe sie endlich einen Tontechniker fanden, der diese teuflischen Geräte ausfindig machte.

Mit den Jahren hatte die Lage sich ein wenig beruhigt.

Bei Jasmines Tod war es seltsamerweise noch einmal losgegangen. Also brauchten sie nun gar keine Rücksicht mehr auf sie zu nehmen und könnten den Terror hochschrauben, um Hal Bristol aus Hongkong zu vertreiben.

Da er in dieser Stadt zwei Söhne und ein Enkelkind hatte, kam Aufgeben für ihn nicht infrage. Er hatte gelernt, mit seinen Quälgeistern zu leben, und dieser alberne Brief würde ihn auch nicht aus der Ruhe bringen.

Jetzt, vier Jahre später, war er sich nicht mehr so sicher, dass Jasmines Familie ihm den anonymen Brief geschickt hatte.

Die Nachricht, dass der Deimos mit einem Virus infiziert war und zwei Europäer das Leben gekostet hatte, war in der Branche wie eine Bombe eingeschlagen. Nicht nur bei Mercury Medical. Wenn er es richtig verstanden hatte, musste der Erfinder eines solchen Virus Zugang zu Mercury Medicals Maschinencodes haben.

An diesem Morgen hatte die Erinnerung an das Datenzäpfchen ihn geweckt. Leider war ihm das erst eingefallen, als der kleine Halifax mit seinem Vater in der Tür stand, und danach hatte er keine Minute mehr für sich gehabt.

Jetzt war er endlich allein.

Wenn er nur wüsste, was aus dem USB-Stick geworden war.

Er wusste genau, dass er nur den Brief weggeworfen hatte.

Aber auf irgendeine Weise war der Stick einfach verschwunden.

Natürlich konnte Jiao ihn irgendwohin gelegt haben.

Systematisch öffnete er die Schubladen, zu denen sie Zugang hatte. Die beiden obersten in der Kommode waren sorgfältig aufgeräumt, mit kleinen Schachteln für Schlüssel, für Jasmines schlichtere Schmuckstücke, von denen er sich nicht hatte trennen können, für Kugelschreiber und Büroklammern und andere notwendige Dinge.

Auch zwei Datenzäpfchen, aber das waren seine eigenen.

Hal Bristol ging nervös in die Küche, um dort die Schubladen zu durchsuchen. Zehn Minuten später hatte er überall gesucht, aber ohne Erfolg.

Er ging zurück in die Diele.

Die Kommode reichte bis auf den Boden. Sie war bleischwer, als er versuchte, sie zu verschieben. Er wandte alle Kraft auf und konnte sie endlich so weit von der Wand wegrücken, dass er dahinterschauen konnte.

Da lag es.

Hal Bristol bückte sich, schob die Hand in den kleinen Spalt und konnte das Ding fassen, ehe er sich langsam wieder aufrichtete. Er schloss die Hand um den Stick, ehe er in sein gut ausgerüstetes Arbeitszimmer ging. Wenn es in dieser kleinen Speichereinheit auch nur die Spur eines Virus gab, würde er es in kurzer Zeit gefunden haben.

Und dann würde die Lage für Mercury Medical schwarz sein.

Noch schwärzer als ohnehin schon.

Montag, 17. Mai 2010

8.30 p.m.
Four Seasons Ballroom, Colorado Convention Center, Denver, Colorado

In Anbetracht der Geschehnisse war das hier die beste Lösung.

Otto Schultz setzte sich zusammen mit neun anderen Gästen an den runden Tisch. Er war auf dem Weg von der Doppeltür des Four Seasons Ballroom zu seinem Platz an fast jedem der anderen zwanzig Tische stehen geblieben, hatte Hände geschüttelt und geplaudert, geprägt vom Ernst der Stunde, dennoch mit selbstsicherem Lächeln und einem Kommentar zum Kongress, einem Vortrag oder auch einem schönen Kleid.

Alles lief so, wie es laufen sollte.

Otto Schultz hatte alles eingesetzt und gewonnen.

Der Öffentlichkeit gegenüber hatte er seine Rolle als ruhiger, verantwortungsbewusster und einigermaßen demütiger Konzernherr hervorragend gespielt. Intern hatte er getobt, gepöbelt und gewütet, ein Otto Schultz, wie sie ihn kannten, wenn er Grund zur Unzufriedenheit hatte.

Er fühlte sich wieder stark.

War wieder ganz er selbst.

Ursprünglich war ein viel größerer Empfang geplant gewesen. Der ganze Saal hätte genutzt werden sollen, und über 1200 Gäste waren eingeladen, um Heart Rhythm 2010 gebührend abzurunden. Da aber Mercury Medicals PR-Abteilung schon am Donnerstag vor einer solchen Extravaganz in dieser für den Konzern kritischen Phase gewarnt hatte, war höflich abgesagt worden. Da dieselben PR-Menschen betont hatten, eine viel kleinere Veranstaltung für die allerwichtigsten Gäste werde den Eindruck erwecken, die Lage sei trotz allem unter Kontrolle, war der Four Seasons Ballroom bereitwillig mithilfe von Schiebewänden auf ein Viertel seiner Größe reduziert worden. Alle wichtigen Leute waren gekommen, stellte Otto Schultz zufrieden fest und nickte zum CEO von Boston Scientifics drei Tische weiter hinüber.

An der NYSE waren die Aktien von Mercury Medical an diesem Tag um weitere sieben Prozent gefallen. Seit die Bombe am vergangenen Mittwoch hochgegangen war, betrug der Sturz 31 Prozent.

Otto Schultz war endlich *home free.*

Im Laufe des Tages hatte er die notwendigen Befehle erteilt.

Der Nettogewinn, nach Abzug der Prämie und der anderen Unkosten, belief sich auf über 230 Millionen Dollar. Er konnte 110 Millionen Schulden zurückzahlen, konnte Suzanne mit 70 Millionen und dem Grundbesitz in Villefranche auszahlen, auf die sie nach der verdammten Abmachung Anspruch hatte, und würde dann immer noch über fünfzig Millionen Dollar besitzen.

Und schuldenfrei sein, dachte er und lächelte seine Tischdame an, ehe er ihr ein Kompliment für ihre elegante Frisur machte. Mercury Medical hatte Probleme, aber mit harter Arbeit würde er die Firma im Laufe eines

Jahres wieder hochbringen. Dass die Firma 2010 als schlechtestes Jahr ihrer Geschichte verbuchen würde, musste er hinnehmen.

In vieler Hinsicht freute er sich auf diese Herausforderung. Bisher hatte er immer Rückenwind gehabt. Das hier konnte für ihn ein neuer Frühling werden, ein neuer Anfang, persönlich und beruflich.

Als die Kellner Weißwein eingeschenkt und die Vorspeise zu jedem Platz gebracht hatten, klopfte Otto Schultz energisch mit dem Messer an sein Glas, während er sich erhob. Obwohl die Art von Rede, die er sonst bei solchen Gelegenheiten hielt, mit leicht selbstironischem Prahlen und einer Huldigung an seine Gesellschaft jetzt nicht so ganz am Platze war, wollte er doch willkommen heißen.

Sofort verstummten die Gespräche an den Tischen rundum.

Alle sahen ihn an.

Wie sie ihn immer ansahen, dachte er.

Etwas geschah hinten an den Türen. Die wurden geöffnet, wie er nun sah. Unruhe breitete sich an den Tischen aus. Zuerst Getuschel, dann leises Gerede, das lauter wurde, als vier dunkel gekleidete Männer den Saal durchquerten, zwei auf jeder Seite der symmetrisch platzierten Tische.

Und sie sahen ihn an, registrierte Otto Schultz.

Immer sahen alle ihn an. Auch diese Männer mit den ausdruckslosen Gesichtern, die immer näher kamen. Sie waren nicht für den Anlass gekleidet, im Gegenteil, zwei von ihnen trugen ihre kurzen Windjacken offen.

Otto Schultz schluckte.

Als die Männer so nahe gekommen waren, dass Otto Schultz die gelben Initialen auf ihrer linken Brusttasche lesen konnte, hörte er auf zu atmen, so kam es ihm vor, er schien nicht mehr zu existieren. Sein Körper kam ihm leicht und weit weg vor, und sein Herz war stehen geblieben, er konnte beschwören, dass es stehen geblieben war, es hatte einen oder zwei Schläge ausgesetzt, und er bat sein Herz, für immer aufzuhören, er befahl seinem Herzen, nicht mehr zu schlagen.

Es gehorchte nicht.

»Otto Schultz?«

Der Älteste der dunkel gekleideten Männer sah ihn an. Er nickte kurz.

»You're under arrest for ...«

Mehr hörte Otto Schultz nicht. Alle Geräusche und alle Gefühle wurden vom Schlagen seines unerbittlichen Herzens übertönt.

Mittwoch, 19. Mai 2010

21.30 Uhr
Båtstøjordet, Høvik, Bærum

»Worüber hast du geredet?«, fragte Ola Farmen lachend und hob sein Champagnerglas. »Stimmt das? Dreitausend Zuhörer?«

»Ja«, sagte Sara und schüttelte den Kopf. »Zuerst mussten sie in einen viel größeren Raum überwechseln. Dann war auch dieser Saal überfüllt, und die Veranstalter haben mir erzählt, sie hätten noch doppelt so viele reinlassen können, wenn Platz gewesen wäre. Mein Vortrag hieß *Inappropriate and appropriate shocks of modern ICDs*.«

Ola lachte so sehr, dass er sich am Champagner verschluckte. »Sechstausend Menschen wollten dich darüber reden hören?«

»Ja! Es war aber auch ein Vortrag von seltener Qualität. Es war so ein Erfolg, dass ich ihn am Sonntag noch einmal halten musste, statt über Vorhofflimmern zu sprechen, was ich eigentlich vorhatte.«

Jetzt lachte sie leise und zufrieden.

»Nichts fördert das Interesse der Leute so sehr, als wenn die Vortragende unmittelbar vorher ein Killervirus entdeckt und eine der größten Firmen der Welt in die Knie zwingt!«

»Stell dir vor, das wäre heute gewesen!«

Ola riss die Augen auf. »Am Samstag und Sonntag war die Reichweite deiner Entdeckungen doch noch nicht bekannt. Otto Schultz war noch nicht festgenommen worden, und diese Viren in Afrika und Asien waren noch nicht bekannt.«

»Heute könnte ich das Mile High Stadium füllen«, sagte Sara zufrieden.

»Aber es gibt immer noch vieles, was ich nicht begreife«, sagte Ola. »Otto Schultz wird also Insiderhandel vorgeworfen. Die Ermittlungen haben ergeben, dass er von der Existenz des Virus wusste und dass er diese Wette eingegangen ist, die sie uns jetzt seit gestern in den Nachrichten zu erklären versuchen.«

Er zeichnete mit beiden Händen ein wüstes Bild in die Luft. »Diesen ganzen Aktienkram habe ich noch nie kapiert«, sagte er. »Aber logisch gesehen müsste doch eine solche Anklage beinhalten, dass Otto Schultz das Virus verbreitet hat. Ich meine, damit es illegal wird, diesen Put zu setzen, muss er doch gewusst haben, dass die Aktien fallen würden.«

Sara setzte sich bequemer hin und legte die Füße auf den Tisch. »Das nehme ich an«, sagte sie. »Ich bin ja keine Juristin, und von Aktienhandel und dessen Regeln weiß ich nicht viel mehr als du, aber ich gehe davon aus, dass SEC und FBI und alle anderen, die zu dieser von Barack Obama eingesetzten ... *Financial Fraud Enforcement Task Force* gehören, gute Möglichkeiten haben, alles zu klären. Sie haben sich Otto Schultz nun gekrallt und können offenbar beweisen, dass er mit Aktienstürzen spekuliert hat. Dass zwei Kopien des Virus plötzlich aufgetaucht sind ...«

»In Durban und Hongkong«, sagte Ola, als sie zögerte.

»Ja. Dass beide bei den lokalen Mercury-Medical-Niederlassungen aufgetaucht sind, beweist natürlich nicht, dass Otto Schultz sie geschickt hat. Aber es gibt den Ermittlern Material, nehme ich an.«

»Aber falls«, sagte Ola und betonte das letzte Wort, »falls Otto Schultz das Virus verbreitet hat, dann ...«

»Natürlich hat er es verbreitet«, fiel Sara ihm ins Wort. »Du weißt ja, dass ich keine übertriebenen Erwartungen an die Kompetenz der Polizei stelle, aber die Leute vom SEC wissen offenbar, was sie tun. Sie werden das herausfinden, Ola. Wir müssen eben abwarten.«

»Wie gut kennst du Otto Schultz eigentlich? Ich habe den Eindruck, dass du ...«

»Du bist ganz schön frech geworden«, unterbrach sie ihn. »Hör auf damit, Ola. Vergiss es.«

Ola wurde rot, ohne so recht zu wissen, warum.

»Aber Sara«, sagte er nach einer kleinen Pause. »Wie hat Sverre Bakken das Virus in die Finger gekriegt? Ein Mann wie Otto Schultz würde sich doch nicht an einen schnöden Ingenieur wenden und ...«

»Das kann er sehr wohl getan haben«, unterbrach Sara ihn abermals. »Wir wissen doch jetzt, dass Sverre Bakken dauernd in Geldnot war, und zu Recht und Unrecht hatte er ein, gelinde gesagt, unklares Verhältnis.«

Alle Fernsehnachrichten hatten den Fall früher an diesem Abend ausführlich vorgestellt. Ein tiefernster Morten Mundal musste zugeben, dass ihr unlängst verstorbener leitender Ingenieur Sverre Bakken sich auch schon früher strafbar gemacht hatte, als er seine doppelten Gehaltsüberweisungen nicht gemeldet hatte. Mundal übte Selbstkritik angesichts der fehlenden Sicherheitsmaßnahmen, die dadurch ans Licht gekommen waren, dass Bakken nach diesem Vergehen weiterhin eine Stellung hatte bekleiden dürfen, zu der das volle Vertrauen der Firmenleitung unabdingbar war. Auf die Frage, ob Morten Mundal als Folge des Skandals auch seine eigene Stellung infrage stelle, nickte er.

»Natürlich«, hatte er gesagt. »Aber im Moment ist meine wichtigste Aufgabe, den Behörden bei der vollständigen Klärung dieses Falles zu helfen, der mit etwas begonnen hat, was die meisten von uns offenbar schon vergessen haben. Zwei Menschen wurde das Leben genommen.«

Sara drehte ihr Glas in der Hand. »Ein Mann wie Sverre Bakken muss doch genau das sein, was Otto Schultz gesucht hat«, sagte sie leise. »Amoralisch, pleite und verbittert. Seine arme Familie.«

»Es wird die pure Antiklimax, jetzt wieder arbeiten zu müssen«, sagte Ola und grinste. »Nach einer Doppelfolge von CSI wird die Herzmedizinische Abteilung des GRUS ein wenig zu ... Entenhausen, sozusagen.«

»Ich freue mich für dich«, sagte Sara aufrichtig.

»Für mich? Ich habe doch gesagt, dass die Beurlaubung für uns beide aufgehoben worden ist. Es gibt Gerüchte über politische Einmischung, niemand wollte, dass ...«

»Ich weiß verdammt noch mal nicht, ob ich zurückwill«, sagte Sara.

»Nicht zurück? *Nicht zurück?* Bist du ...«

Sie hob die rechte Hand, um ihn zum Verstummen zu bringen. »Morgen sieht das sicher anders aus«, sagte sie müde. »Im Moment kommt es mir einfach nicht ...«

Die Türklingel ertönte. Sara schaute auf die Uhr. »Sicher hat Thea ihren Schlüssel vergessen«, sagte sie und erhob sich. »Sie hat versprochen, vor zehn zu Hause zu sein.«

Ola blieb sitzen. Eine behagliche Wärme hatte sich in seinem Körper ausgebreitet, die Champagnerflasche war leer. Er legte den Kopf in den Nacken und schloss die Augen, als er Sara rufen hörte: »Lars? Was machst ...«

Ola sprang auf und stürzte zur Tür.

»Der Knabe ist auch hier, wie ich sehe.«

Lars Kvamme stand vor der Tür, in Hemdsärmeln

und leicht keuchend, einen dünnen Papierstapel in der Hand.

»Möchtest du reinkommen?«, fragte Sara mit tonloser Stimme.

»Nein. Das hier ...«

Er fuchtelte mit den Papieren vor Saras Gesicht. »Das ist eine Anzeige«, sagte er dann.

Ola streckte die Hand aus, um sich die Papiere anzusehen, aber Lars Kvamme zog sie zurück.

»Dich geht das nichts an«, sagte er kalt. »Du bist nur ein Laufbursche, der tut, was die Mama ihm sagt. Erinnerst du dich an Klaus Aamodt?«

»Natürlich erinnere ich mich an Klaus Aamodt«, sagte Sara verwirrt. »Ein Patient, der ...«

»*Mein* Patient«, fiel Lars Kvamme ihr ins Wort. »Mein Patient, den du umgebracht hast.«

»Umgebracht?«

Ola starrte erst Sara, dann Lars und dann wieder Sara an.

»Sepsis«, sagte Lars Kvamme kurz. »Nachgewiesene Endokarditis. Vermutlich septische Embolie im Gehirn, in kritischem Zustand seit Samstag. Er ist in der Nacht zum Sonntag gestorben. Du hast mit deiner albernen unsterilen Nummer meinen Patienten umgebracht«, sagte Lars so laut, dass zwei Spaziergänger auf der zehn Meter entfernten Straße stehen blieben. »Du hast ihn umgebracht, und damit wirst du nicht durchkommen. Ich zeige dich bei der Polizei an, und außerdem wird jedes verdammte Gesundheitsorgan sich überlegen müssen, wie man mit PR-geilen Oberärztinnen umgeht, die einfach machen, was sie wollen.«

Sara schüttelte den Kopf. »Kannst du nicht reinkommen?«, sagte sie dann. »Es ist entsetzlich, dass das passieren konnte, und ...«

»Ja«, sagte Lars Kvamme. »Entsetzlich ist genau das

richtige Wort. Und du wirst bezahlen, Sara Zuckerman. Du wirst das GRUS verlassen. Ich werde erst Ruhe geben, wenn du aus dem norwegischen Gesundheitswesen verschwunden bist.«

Er tippte mit der Anzeige so plötzlich auf ihre Brust, dass sie automatisch die Hände um den Papierstapel legte. Dann machte er kehrt und lief auf das Gartentor zu. Dort drehte er sich um und rief so laut, dass ganz Høvik es hören konnte: »Du wirst verdammt noch mal dieses Land verlassen, Sara Zuckerman! Ich gebe erst Ruhe, wenn du verschwunden bist.«

Samstag, 11. September 2010

1.15 p.m.
Central Park, Manhattan, NYC

»Was für ein schöner Tag«, sagte Rebecca Mundal und packte Ortys Arm fester. »Und ich bin so froh, dass du hier bist.«

»Ich bin hier und ich bleibe hier.«

Morten Mundal schaute zu den grünen Ulmenkronen hinauf, die vor dem hellweißen Himmel fast schwarz wirkten. Der Griff seiner Mutter um seinen Arm war fest und warm. Er schaute die schmächtige Gestalt an, die heute schon beim Friseur gewesen war und ihn jetzt um einen kleinen Spaziergang gebeten hatte. Vielleicht würden sie noch in einem kleinen italienischen Lokal, das sie bereits lieb gewonnen hatte, ein verspätetes Mittagessen einnehmen.

»Du riechst gut«, flüsterte er ihrem grauen Kopf zu.

Rebecca lächelte kokett. »Danke gleichfalls«, sagte sie. »Wir sind ein ganz schön fesches Paar, was?«

Er lachte laut.

Morten Mundal lachte die Welt an und war glücklich. Seit er seine Stellung als Leiter von Mercury Medical Nordeuropa aufgegeben und zu seiner Mutter nach Manhattan gezogen war, wurden ihm überall Jobs angeboten. Bisher hatte er alle höflich abgelehnt. Er hatte so viel zu erledigen, dass er alle Stunden des Tages zur Verfügung haben wollte.

Seine Mutter vom Trinken abzubringen, das war wohl nicht mehr möglich.

Rebecca Mundal würde nicht mehr lange leben, dazu war alles zu weit fortgeschritten. Sie trank tagsüber Wein und vor dem Schlafengehen einen Schnaps, und die regelmäßige Alkoholzufuhr machte sie einfach nur glücklich.

Sie verbrachten die Tage miteinander, Morten und Rebecca, lange gute Tage. Die Wohnung war gereinigt worden, die geputzten Fenster und die leichteren Vorhänge ließen wieder Licht in Rebecca Mundals kleines Leben.

»Du hast ihn wirklich fertiggemacht«, sagte sie, wie sie es sicher zehnmal am Tag sagte. »Du hast Otto Schultz fertiggemacht. Mein Orty.«

Sie lachte übermütig und blieb stehen, als drei Eichhörnchen über den Weg huschten und dann einen Baumstamm hochjagten.

Otto Schultz hatte sich dafür entschieden, nichts zu sagen.

Kein Wort in fast vier Monaten. Die Kaution war so turmhoch angesetzt worden, dass er noch immer in Untersuchungshaft saß, und das Interesse der Medien an Mercury Medicals altem Häuptling nahm langsam ab.

Als Morten Mundal wie der Rest der Welt erfahren hatte, dass allem Anschein nach Otto Schultz hinter der Verbreitung des Virus gesteckt hatte, konnte er das wirklich nicht begreifen. Dass Otto selbst ihm einen Umschlag mit einem USB-Stick geschickt hatte, dessen Inhalt Mercury Medical zum größten Schiffbruch aller Zeiten verhelfen könnte, war einfach nicht zu glauben. In dem Fall hätte der Kerl einen Oscar verdient. Verzweiflung und Wut bei der Videokonferenz an dem Tag, an dem Morten geshortet hatte und reich geworden war, hatten so echt gewirkt, dass Morten fast Mitleid mit ihm hatte.

Er konnte es nicht glauben.

Er hatte es auch nicht geglaubt, erst dann, als die Medien in den Tagen nach der Festnahme die katastrophale Finanzlage des Industriemagnaten ans Licht gebracht hatten. Die von FBI und SEC durchsickernden Informationen verstärkten noch das Bild eines Mannes, der in seiner Verzweiflung bereit gewesen war, sein eigenes Schiff zu versenken, um die Versicherungssumme zu kassieren.

Jetzt saß er da, der Alte, und berief sich auf das Recht, nicht gegen sich selbst aussagen zu müssen.

Stumm wie ein Fisch.

Wenn Otto sich die Sache jemals anders überlegte und doch redete, würde es auch keine Rolle spielen, dachte Morten Mundal. Rein gar keine. Bei den beiden polizeilichen Vernehmungen, die er in Norwegen über sich hatte ergehen lassen, hatte er ruhig seine Beziehung zu Sverre Bakken geschildert. Die war belanglos. Drei-, viermal hatten sie zusammen ein Bier getrunken, und einmal hatte er versucht, den Burschen mit einer ebenfalls alleinstehenden Freundin zusammenzubringen. Die Polizei hatte die Geschichte überprüft, das wusste er. Agnes hatte ihn verdutzt angerufen und gefragt, was in aller Welt die Polizei mit ihrem Liebesleben zu tun habe.

Wenn Otto irgendwann behauptete, das Virus sei an Morten Mundal geschickt worden, brauchte er nur zu leugnen.

Alles zu leugnen.

Vier Monate waren vergangen, und der Mann hatte kein einziges Wort gesagt.

Im tiefsten Herzen freute Morten Mundal sich vor allem darüber, dass er seine finanziellen Transaktionen besser versteckt hatte als sein ehemaliger Chef. Sehr viel besser: Er war ungeschoren davongekommen. Otto war gierig gewesen, wahnsinnig gierig, wie Ikaros hatte er zu hoch hinausgewollt und war abgestürzt. Morten hatte nur das genommen, was er zu verdienen glaubte.

Und war damit durchgekommen.

»Ich weiß schon gar nicht mehr, wann es mir zuletzt so gut gegangen ist«, flüsterte Rebecca.

»Doch«, sagte Orty. »Gestern warst du genauso glücklich. Und vorgestern. Und am Tag davor.«

»Und so wird es auch morgen sein«, sagte sie und lehnte den Kopf an seinen Oberarm. »So wird es auch morgen sein, nicht wahr?«

»Doch«, sagte Orty. »Morgen und übermorgen und an allen Tagen, die dann kommen.«

Nachwort

Wir bedanken uns ganz herzlich bei dem Wirtschaftswissenschaftler Øystein Stephansen, der geduldig und interessiert alle erdenklichen und unerdenklichen Fragen nach dem Aktien- und Finanzmarkt beantwortet hat. Wir danken außerdem Dr. Marit Aarønæs am Rikshospital und Dr. Trine Håland am Krankenhaus Asker & Bærum für bereitwilliges Manuskriptlesen und gute Ratschläge.

Die Vereinfachungen, die wir vornehmen mussten, und die Fehler, die wir trotz ihrer Hilfe sicher gemacht haben, fallen in unsere eigene Verantwortung.

Viele andere haben ebenfalls zu unserer Arbeit an diesem Buch beigetragen, Verwandte, Freunde und die immer enthusiastische Besetzung des Piratforlagets. Wir danken ihnen allen, insbesondere unserer Lektorin Mariann Aalmo Fredin.

Unser innigster Dank aber geht an unsere Eltern, Tordis und Olav, von denen wir die Kunst gelernt haben, Geschwister zu sein.

Raasjøen, Romeriksåsen, am 19. Juni 2010

Anne Holt/Even Holt

PIPER

Anne Holt
Gotteszahl

Kriminalroman. Aus dem Norwegischen von Gabriele Haefs.
464 Seiten. Gebunden

Eine bis zur Unkenntlichkeit verweste Leiche und eine angesehene Bischöfin, die auf heimtückische Weise erstochen wird – das ist nur der Beginn einer grausamen Mordserie, der ein teuflisches Muster zugrunde liegt. Kommissar Yngvar Stubø ist schnell klar, dass Beten nicht der Schlüssel zur Lösung sein wird ...

»Das hat man davon: Verfolgungswahn. Kalte Füße. Kaffeedurst. Was sich für diesen unfassbar spannenden Thriller alles lohnt.«
Brigitte

PIPER

Johan Theorin
Blutstein

Kriminalroman. Aus dem Schwedischen von Kerstin Schöps.
448 Seiten. Gebunden

Rot wie Blut schimmert die Gesteinsschicht im Steinbruch von Stenvik. Jeder auf Öland kennt die Legenden von den Bluttaten, die diesen Stein gefärbt haben sollen. Auch Per Mörner kennt sie, und dennoch beschließt er, mit seinen Töchtern im Frühjahr nach Stenvik zu ziehen. Nach einem gescheiterten Brandanschlag auf seinen Vater Jerry sieht Per sich gezwungen, auch ihn zu sich auf die Insel zu holen. Doch Per kann nicht verhindern, dass Jerry schon kurz darauf vor seinen Augen getötet wird. Der Vater schien seinen Mörder gekannt zu haben – wer aber könnte ihn so gehasst haben, dass er das Risiko einging, ihn in aller Öffentlichkeit zu töten? Mörner lässt die Frage keine Ruhe. Und was er herausfindet, erschüttert ihn zutiefst ...

01/1928/01/R

PIPER

Jón Kalman Stefánsson
Der Schmerz der Engel

Roman. Aus dem Isländischen von Karl-Ludwig Wetzig.
352 Seiten. Gebunden

In den Wintern sind die Nächte dunkel und still, wir hören die Fische auf dem Meeresgrund atmen. Der Schnee fällt so dicht, dass er Himmel und Erde miteinander verbindet. Während der Junge den anderen bei Schnaps und heißem Kaffee in der Gaststube aus Shakespeares »Hamlet« vorliest, entrinnt Jens, der Postmann, knapp dem Tod: Festgefroren auf seinem Pferd, erreicht er unterkühlt und mit letzter Kraft die Herberge, im Gepäck zwei Leichen und die wohlbehaltene Postkiste. Auf seine nächste Reise in die weiten Fjorde wird der Junge ihn begleiten. Und beide müssen für ein ungewöhnliches Poststück ihr Leben aufs Spiel setzen.

»Einer der besten isländischen Erzähler seit Halldór Laxness. Seine Romane sind reine Poesie.«
Kristof Magnusson